KB037913

신의
손

1

신의 손

구사카베 요 의학 미스터리 / 박상곤 옮김

1

학고재

주요 등장인물

*주인공
시라카와 다이세이　　　　시립 교라쿠 병원 외과 부장. 소화기외과 의사

*안락사법 추진파
니미 데이이치　　　　　　일본전의료협회JAMA 대표. 심장외과 의사
사도하라 잇쇼　　　　　　자공당 전 총재. 정계의 원로
시바키 가오리　　　　　　JAMA 부대표. 니미의 대학 후배이며 오른팔 역할. 마취과 의사
야마나 게이스케　　　　　JAMA 집행 이사. 시라카와의 대학 동기이며 같은 의국 출신.
　　　　　　　　　　　　소화기외과 의사

*안락사법 반대파
후루바야시 야스요　　　　안락사한 쇼타로의 어머니. 수필가
히가시 고로　　　　　　　히라마사 신문사 사회부 기자

*그외
모토무라 유키에　　　　　사가 기념병원 간호사. 시라카와의 애인
무라오 시로　　　　　　　진무리전드 제약 회사 영업 사원
후루바야시 쇼타로　　　　스물한 살에 안락사한 항문암 환자. 야스요의 아들
히라노 히데오　　　　　　교토 부경 형사부 조사1과 경감

1. 스물한 살의 안락사

말기 암 환자의 병실에는 특유의 냄새가 떠돈다.

코앞에 닥친 죽음을 말해주는 듯 시큼하면서도 들쩍지근한 쉰 냄새. 온몸에 퍼진 암세포에서 풍기는 독특한 냄새다. 젊은 암 환자에게서 나는 죽음의 냄새는 혈기왕성한 몸에서 일어나는 대사와 땀에 전 머리카락 냄새가 뒤섞여 더욱 진하다.

후루바야시 쇼타로. 스물한 살, 항문암 말기.

쇼타로는 밝은 형광등 불빛조차 견디기 힘들어했다. 그의 바람대로 병실은 어슴푸레한 어둠에 싸여 있었다.

주치의인 시라카와 다이세이가 침대 머리맡에 서서 쇼타로를 묵묵히 내려다보았다.

잠깐의 휴식조차 허용하지 않고 쇼타로를 괴롭히는 통증. 진통제나 진정제도 더는 소용이 없었다. 마약조차 아무런 효과를 발휘하지 못하고 통증은 점점 심해질 뿐이었다. 회음부에서 궤양을 일으킨 암 때문에 거즈를 갈 때마다 쇼타로는 마치 천 개의 바늘로 찌르는 듯한 통증을 견뎌내야 했다. 림프샘으로 전이된 암은 복부에 들러붙어 뜨겁게 달군 인두로 지지는 듯한 통증을 더했다. 게다가 시도 때도 없이 엄습하는 구토, 온몸이 뒤틀리는 헛구역질, 복수가 차올라 마치 물속에 얼굴을 처박고 숨을 쉬는 듯한 호흡곤란과 구더기처럼 파고들어 전신을 지배하는 참을 수 없는 무기력감.

이런 고통을 견디면서까지 삶을 연장하는 것이 과연 무슨 의미가 있을까? 무의미한 일이다. 지금껏 25년 동안 암 의료에 종사해온 의사로서 시라카와는 그렇게 확신했다.

"으윽…… 윽……."

쇼타로는 소리조차 내지 못한 채 이를 악물며 고통을 참아냈다. 며칠 전부터 한시도 곁을 떠나지 않고 돌보던 이모 아키코가 절박하게 외쳤다.

"쇼타로, 정신 차려!"

무심코 생각과 다른 말이 나오는 것은 역시 끊을 수 없는 애정 때문일까? 친자식처럼 키워온 조카가 한 달 넘도록 병마에 시달리며 괴로워하고 있었다. 목숨을 부지하면 할수록 고통은 길어질 뿐이었다. 그래서 차라리 빨리 끝나기를 바라는데도 튀어나오는 한마디는 "정신 차려!"였다.

시라카와는 묵묵히 침대 옆에 놓인 심전도를 바라보았다. 조금 전까지 120을 넘었던 맥박이 20대로 떨어져 있었다. 호흡도 거의 멈췄다. 가끔 산소를 찾아 헤매는 물고기처럼 아래턱을 내미는 것은 삶을 조금이라도 연장해보려는 마지막 몸부림일까?

애써 터져 나오려는 비명을 억누르고 있던 아키코는 쇼타로의 손을 꼭 잡았다. 깡마른 가슴에 겨우 붙어 있는 근육이 숨을 쉴 때마다 거칠게 움직였다. 눈부신 태양 아래에서 젊고 건강한 삶을 마음껏 누려야 할 가슴이 이렇게 어슴푸레한 병실 안에서 마지막 몸부림을 치고 있었다. 혈압이 떨어지면서 점점 맥박도 잡히지 않았다.

시라카와는 말없이 심전도를 바라보았다. 모니터 속에서는 황록색 선이 심하게 요동치며 물결을 그리고 있었다. 평탄해졌다가 다시 경련이라도 일으키듯 심하게 요동쳤다. 꺼져가는 생명의 조용하고도 슬픈 마지막 몸부림이었다. 물결의 간격이 점점 길어지더니 잦아들었다. 아키코는 집어삼킬 듯한 시선으로 모니터를 바라보았다.

아무런 말도 할 수 없다. 고통을 멈추기 위해 생명을 끊는 일, 과연 이것이 옳은 결정일까? 그래, 분명히 옳은 결정일 것이다.

마침내 심전도의 황록색 선이 완전한 직선을 그렸다. 그렇게 쇼타로는 떠났다. 시라카와는 아키코 앞에서 평소처럼 사망을 확인했다. 동공 확대, 호흡 정지, 심장 정지. 시라카와는 손목시계에 흘낏 눈길을 주더니 머리를 숙였다.

"오후 10시 40분, 임종했습니다."

아키코는 터져 나오는 통곡을 꾹꾹 눌러 참고 그저 조용히 머리를 숙일 뿐이었다. 그녀의 뺨을 타고 흐르는 눈물이 병실 바닥을 적셨다.

시라카와는 케타민(마취제)이 들어 있는 링거의 클램프를 잠그고 쇼타로의 환자복을 가지런히 여몄다. 나머지는 간호사가 정리해줄 것이다.

시라카와는 고요히 누워 있는 쇼타로를 내려다보며 누구에게랄 것도 없이 조용히 중얼거렸다.

"어머님은 끝내 오시지 않았군요."

암으로 떠난 젊은 환자의 죽음은 잔인하리만치 비참했다.

더구나 항문암이라니. 일상생활과 직결된 부위여서 더욱 민감할 수밖에 없다는 사실이 더욱 가슴을 아프게 했다. 항문에 이상을 느낀 쇼타로가 가까운 동네 병원을 찾은 것은 약 반년 전이었다. 당시 동네 병원의 의사는 곧바로 종합병원에 가보라고 권했다.

그 말을 듣고 쇼타로가 찾아간 곳은 교토 시 시모쿄 구의 시립 교라쿠 병원이었다. 진찰은 외과 부장인 시라카와가 담당했다.

"조금 까다로운 치질이라는 말을 들었습니다만."

불안한 표정으로 동네 병원 의사의 말을 전하던 쇼타로에게 시라카와는 애써 태연한 얼굴로 설명했다.

"응어리가 생겼군요. 종양인 것 같은데 양성인지 악성인지는 검사를 해봐야 알겠습니다."

진찰용 장갑을 낀 손가락으로 만져봤을 때는 분명 악성이었지만 차마 그것까지는 말할 수 없었다. 나쁜 소식은 조금이라도 늦게 듣는 편이 나았다.

일주일 후에 나온 생검 결과 역시 암이었다. 즉시 수술이 필요한 상태였다.

수술을 설명하는 자리에 함께한 것은 아키코 이모였다. 수필가인 어머니 야스요에게 피치 못할 사정이 있어서 쇼타로는 어릴 때부터 아키코의 손에서 자랐다.

시라카와는 온화한 목소리로 친절하게 설명했다.

"유감스럽게도 검사 결과 나쁜 세포가 발견되었어요. 항문암입니다. 하지만 수술하면 되니까 포기하지 마십시오. 다만 암이 이미 진행되었기 때문에 수술하고 나서 방사선 치료를 해야 합니다."

순간 쇼타로는 온몸에서 피가 빠져나간 사람처럼 숨을 멈추더니 얼굴 가득 슬픔이 번졌다. 이미 예상했다는 눈빛이었다. 어린 시절부터 불행에 익숙해진 사람의 눈빛이었다. 불운한 운명을 받아들이는 듯 쇼타로는 담담한 목소리로 물었다.

"살아날 가망은 어느 정도인가요?"

"글쎄요, 지금은 뭐라 말하기 어렵군요. 반반이라고밖에는……"

사실이 아니었다. 살아날 가망은 20퍼센트도 되지 않았다. 쇼타로는 마치 그것을 알고 있기라도 한 듯 시라카와를 똑바로 쳐다보며 말했다.

"살아날 가망이 없다면 차라리 고통을 멈추는 쪽을 택하겠습니다."

한창 젊은 나이에 어째서 이런 말을 할까? 시라카와는 의아했지만 쇼타로에게서는 묘하게도 산전수전 다 겪은 노인의 모습이 엿보였다.

수술일은 5월 1일, 긴 연휴 기간 중이었다. 병에 연휴가 무슨 상관이겠는가. 항문뿐 아니라 직장과 주변 림프샘을 모두 들어내고 인공 항문을 다는 대수술이었다.

수술은 성공적으로 마쳤지만 이후 방사선 치료 과정에서 상태가 악화되었다. 수술로 완전히 제거하지 못한 암세포를 조금이라도 없애보려고 방사선량을 늘린 것이 오히려 화근이었다. 방사선으로 조직이 괴사해 수술 부위가 벌어지면서 녹은 조직이 밖으로 흘러나왔다. 그런 와중에 괴사가 더욱 번졌고 염증이 악화되어 회음부에 테니스공만 한 구멍이 뚫리고 말았다.

젊은 환자일수록 암은 빠르게 진행된다. 쇼타로는 수술한 지 2개월 만에 재발해 암이 뼈까지 전이되면서 척수 신경을 압박했다. 이것이 허리와 오른쪽 다리에 엄청난 고통을 주었다. 그러나 암은 여기서 멈추지 않고 복부 림프샘까지 전이되어 찢어지는 듯한 통증으로 쇼타로를 괴롭혔다. 일반 진통제가 아무런 효과를 발휘하지 못하자 시라카와는 망설임 없이 모르핀을 포함해 여러 가지 마약류를 사용했다. 처음에는 정제, 이어서 붙이는 약, 피하 주사, 근육 주사, 마침내는 24시간 링거를 투여했지만 별다른 효과를 거두지 못했다. 오히려 마약의 부작용으로 쇼타로는 심한 구토 증세와 끊임없는 헛구역질에 시달려야만 했다.

그리고 지금으로부터 약 한 달 전인 9월 초에 증상이 급격히 나빠지기 시작했다. 쇼타로는 차마 볼 수 없을 정도로 고통스러워했고, 시라카와는 초조함과 괴로움을 동시에 느꼈다. 그러나 어떻게 해볼 방법이 없었다. 온몸에 비지땀을 흘리며 숨을 쉴 때마다 괴로워하고 신음하는 쇼타로에게 시라카와가 물었다.

"쇼타로 군, 마약은 이제 효과가 없네. 남은 방법은 강한 진정제로 의식을 잃게 하는 것뿐이네만, 어떻게 하겠나?"

"제발…… 부탁입니다. 더 이상…… 통증을…… 참을 수가 없어요."

눈을 크게 뜨고 필사적으로 말을 이어가는 쇼타로는 마치 사자에게 잡아먹히기 직전의 초식 동물처럼 애처로웠다.

시라카와는 가능한 한 부작용이 적은 진정제를 사용하고 싶었지만 통증이 너무 심해서 어떤 것을 사용해도 의식을 잃게 할 수 없었다. 유일하게 효과를 기대할 수 있는 것은 케타민뿐이었다. 그러나 이 약을 너무 많이 사용하면 호흡이 멈출 수도 있었다. 그렇다고 적은 양을 사용하면 완전히 의식을 잃지 않아서 여전히 고통에 시달려야 했다.

"선생님, 부탁입니다. 어떻게든 이 아이가 잠들 수 있게 해주세요."

병실을 지키고 있던 쇼타로의 이모 아키코가 시라카와에게 매달리며 애원했다.

"하지만 약을 너무 늘리면 숨이 멎을 수도 있습니다."

"그래도 괜찮아요!"

처절한 외침이었다. 애지중지 키워온 조카가 죽을 만큼 괴로워하는 모습을 지켜보는 이모로서는 당연한 부탁이었을지도 모른다.

시라카와는 쇼타로의 오른쪽 쇄골 밑에 꽂혀 있는 링거를 원망스럽게 쳐다보았다. 이 중심 정맥 영양(입으로 충분한 영양을 섭취하지 못하는 환자에게 심장 근처의 정맥으로 고칼로리 영양액을 보급하는 치료법 – 옮긴이) 덕분에 쇼타로는 밥을 먹지 않고도 충분한 칼로리와 수분을 섭취하고 있었다. 그렇게 육체는 살기 위해 몸부림쳤다. 젊고 강한 심장은 좀처럼 지치지 않았다. 덕분에 상상을 초월하는 고통이 계속되었다.

의식만 잃고 호흡은 멈추지 않도록 시라카와는 케타민의 양을 최대한 조절했다. 그래도 쇼타로는 신음하며 잠꼬대를 하듯이 말했다.

"살려줘…… 으윽…… 괴로워…… 누가 좀…… 아악……."

어둠침침한 병실에 고통으로 가득한 신음 소리만이 낮게 울려 퍼졌다. 그런 상태가 3주 정도 계속되었을 때 참다못한 아키코가 마침내 시라카와에게 매달렸다.

"선생님, 더 이상 못 보겠어요. 부탁입니다. 부디, 저 아이를……."

차마 입 밖으로 내지 못한 다음 말이 무엇인지 시라카와는 가슴이 저릴 정도로 잘 알고 있었다.

일본에서는 아직 안락사가 법적으로 허용되지 않는다. 안락사에 필요한 조건이 충분하더라도 안락사를 시키면 그 의사에게 살인죄가 적용된다.

말없이 서 있는 시라카와에게 아키코가 울며 매달렸다.

"원해서 그 길을 선택하는 게 아니에요. 그 길밖에 없으니까 부탁드리는 겁니다. 더 이상 이 아이의 고통을 두고 볼 수가 없어요. 언젠가 다시 건강해진다면 참겠어요. 하지만 아무리 참아봤자 희망이 없잖아요. 그런데도 이렇게 고통스럽게 목숨을 이어가야 하다니, 너무 불쌍해요. 선생님, 제발 부탁입니다."

"하지만 일본에서는 아직……."

"안 될까요? 도저히 안 될까요? 선생님이라면 해주실 줄 알았는데, 아아!"

절망한 아키코는 쇼타로의 침대에 몸에 던지며 오열했다.

그것이 일주일 전의 일이었다.

진정제를 조절한다고 해서 고통이 멈추지는 않는다. 그런 사실은 시라카와도 충분히 알고 있었다. 기다리는 것은 오직 죽음뿐인데도 그 고통을 계속 참으라고 한다면 너무 가혹하지 않은가! 그러나 안락사가 허용되지 않는 상황에서는 달리 도리가 없었다.

시라카와는 중심 정맥 영양의 칼로리를 줄이거나 수분량을 절반으로 조절해 탈수 증상을 일으키는 등 무난한 방법을 모색했다. 그러나 그런 일시적인 수단으로는 쇼타로의 격렬한 고통을 멈출 수 없었다.

쇼타로의 혈압은 계속 150을 웃돌았고 맥박도 100을 넘었다. 아직 정상인 간과 신장 등 젊은 장기들이 온 힘을 다해 육체를 살리려 애썼다. 그러나 한편에서는 온몸에 퍼진 암세포가 신경을 갉아먹으면서 말할 수 없는 고통을 안겨주었다.

안락사는 고령자들의 문제라고 생각하기 쉽지만 실상은 그렇지 않다. 정말로 안락사가 필요한 쪽은 젊은 환자다. 생명력이 왕성해 아무리 고통스러워도 죽을 수 없는 젊은 환자들. 의사가 구해주지 않으면 가혹한 고통만이 그들을 괴롭힐 뿐이다. 그런데도 자신은 아무것도 하지 않는다. 그저 끝나기만 기다릴 뿐이다. 이래도 되는 걸까?

아키코의 절박한 애원을 뿌리친 다음 날, 시라카와는 절망에 빠져 병실에 주저앉아 있는 아키코에게 말했다.

"아직 아무것도 결정된 것은 없습니다. 다만 먼저 본인의 의사를 확인하고 싶군요."

케타민의 양을 줄이면 의식이 회복된다. 시라카와는 천천히 링거 병에 달린 클램프를 돌렸다. 1분, 그리고 1분이 또 흘렀다.

쇼타로의 호흡이 조금씩 거칠어지더니 신음 소리가 커졌다.

"아…… 악, 아악."

"쇼타로, 정신이 드니? 이모야."

아키코의 외침에 쇼타로는 얼굴을 찡그리면서 고개를 끄덕였다.

"쇼타로 군, 정신이 드나? 날세, 시라카와라고."

익사하기 직전 물속에서 마지막으로 얼굴을 내미는 사람처럼 쇼타로는 눈꺼풀을 들어 올렸다. 시라카와는 자신도 모르게 말문이 막히고 말았다. 어리석게도 무슨 말을 어떻게 해야 할지 생각해보지 않았던 것이다. 하지만 무슨 말을 해야 할지는 이미 정해져 있었다. 안락사를 받아들일 것인가, 말 것인가? 그러나 죽음을 앞둔 사람에게, 더구나 지금 이렇듯 절망적인 고통에 몸부림치는 당사자에게 어떻게 그런 생각 없는 말을 내뱉을 수 있을까.

시라카와가 주저하는 동안에도 쇼타로의 고통스러운 신음은 점점 커져갔다. 쇼타로는 끔찍한 고통에 몸부림쳤다. 이토록 괴로워하는 환자에게 안락사를 선택할 것인지, 아니면 조금이라도 목숨을 연명할 것인지 확인할 필요가 있을까? 본인의 의사 확인 따위는 안락사 현장과 동떨어진 곳에 있는 인간들의 탁상공론 아닐까?

문득 화가 치밀어 올라 얼굴을 찌푸렸지만 사태는 급박했다. 시라카와는 온 힘을 긁어모아 쇼타로에게 물었다.

"진정제를 조금 줄여서 의식이 돌아오게 했네. 약을 더 늘리면 호흡이 멈출지도 몰라. 그래도 괜찮겠나?"

"윽, 으으윽."

"쇼타로 군!"

쇼타로는 이를 악물며 필사적으로 고통을 참아냈다. 자신이 이다지도 잔혹해야만 한다는 사실에 시라카와는 두려움을 느끼며 몸을 떨었다. 그러나 피할 수 없는 일이었다.

참다 못해 아키코가 외쳤다.

"선생님, 부탁입니다. 편안히 잠들도록 해주세요."

쇼타로가 시라카와를 바라보며 크게 고개를 끄덕였다.

"알겠네, 자네 뜻이 그렇다면."

말을 마치자마자 시라카와는 링거액이 최대한 많이 투입되도록 클램프를 조절했다. 호스를 타고 약이 빠르게 흐르면서 쇼타로의 의식이 점점 멀어져갔다. 서서히 호흡도 약해졌다. 케타민의 호흡 억제가 작용하며 신음 소리가 잦아들었다.

"쇼타로, 이제는 편히 쉴 수 있겠구나. 잘됐어, 오랫동안 아프게 해서 미안해."

아키코가 댐이라도 터진 듯 눈물을 쏟아내며 쇼타로의 손을 꼭 쥐었다. 그러나 시라카와는 케타민의 양을 다시 줄였다.

"선생님, 대체 왜?"

"아직 이대로 보낼 수는 없습니다."

약해졌던 호흡이 서서히 되돌아왔다. 그와 함께 신음 소리

18

가 다시 높아졌다. 이윽고 조금 전처럼 몽롱한 상태에서 헛소리가 시작되었다.

"왜 그러세요, 선생님?"

슬픔에 가득 찬 얼굴로 아키코가 물었다.

"아직 어머님의 허락을 받지 못했습니다. 모친인 야스요 씨와 연락을 취해주십시오."

야스요의 이름을 듣자 아키코는 몹시 놀라며 말했다.

"제가 어머니나 다름없습니다. 어째서······."

쇼타로의 어머니 후루바야시 야스요는 수필가이자 텔레비전 시사 프로그램 패널로도 활약하는 유명인이었다. 시라카와가 야스요를 만난 것은 수술 며칠 뒤와 암이 재발해 문병 왔을 때, 단 두 번뿐이었다. 야스요는 언니인 아키코와는 성격이나 삶 자체가 전혀 다른, 개성 강한 커리어 우먼 같았다. 야스요 본인의 말에 따르면, 오사카의 여대를 졸업한 후 자원봉사 활동으로 간호 복지 시설을 지원하는 NPO(비영리 민간 단체)를 설립해서 간사이(현재의 교토, 오사카를 중심으로 한 지방 – 옮긴이) 일대에 광범위한 네트워크를 형성하고 있으며, 다른 한편으로는 활발한 문필 활동을 펼쳐 10년 전 신문사의 수필가 상을 수상했고, 지금은 간호 복지뿐 아니라 사회 보장 전반에 박식한 논객으로 주목받고 있었다.

야스요는 스물일곱 살에 쇼타로를 낳았는데, 상대 남성과는 결혼을 약속했지만 출산 전에 파경을 맞았다. 그즈음 야스요의

NPO 활동이 텔레비전 등 언론을 통해 세간에 알려지기 시작했기 때문이다. 자유롭게 활동하고 싶었던 야스요는 가정에 얽매이기 싫었다고 했다.

야스요는 이러한 사정을 처음 만난 시라카와에게 거칠 것 없는 오사카 사투리로 술술 풀어놓았다. 그 이면에는 결국 엄마 노릇을 하지 못한 데 대한 변명이 숨어 있었다. 야스요를 대신해서 쇼타로를 키운 사람은 독신인 아키코였다. 아키코는 처음엔 동생 집을 드나들며 쇼타로를 돌보다가 나중에 어떤 사건을 계기로 아예 맡아서 키우게 되었다.

그 사건이란 쇼타로가 세 살 때 야스요가 내뱉은 말이었다.

"나, 이 애하고 안 맞는 것 같아."

세 살밖에 안 된 어린 아들을 향해 '안 맞는다'고 말하는 어미라니. 쇼타로는 영문도 모른 채 동그란 눈으로 엄마를 쳐다보기만 했다. 하지만 엄마의 차가운 태도를 민감하게 알아챘을 것이다. 그전부터 쇼타로는 일에 열중한 엄마 주위를 맴돌다가 거칠게 밀려나거나 밥을 먹다 흘려 뺨을 얻어맞기도 했다.

아키코는 쇼타로가 어린아이를 싫어하는 야스요의 손에서 자라는 것이 가여웠다. 그래서 재택근무로 교정 일을 하던 자신이 쇼타로를 직접 키우기로 결심했던 것이다.

야스요를 불러달라고 부탁하자 아키코는 왠지 동생에게 연락하기를 주저했다. 평소 연락 정도는 주고받으며 지냈을 터인데 병원에 와달라는 말은 하기 어렵다고 했다. 동생은 바쁘다는 둥 쇼타로의 일은 언니인 자신에게 모두 일임했다는 둥 납득하기 어려운 핑계를 반복했다. 그래도 시라카와가 거듭 부탁하자 아키코는 어렵게 사정을 털어놓았다.

"사실 동생에게는 다 말하지 못했어요."

"무슨 말을요?"

"쇼타로의 상태가 이렇게 나쁘다고……."

"네에?"

시라카와는 기가 막혔다. 그래서 야스요는 병문안도 오지 않는 것인가? 마음이 약한 아키코는 자아가 강한 동생을 두려워하는 면이 있었다. 그러나 쇼타로의 상태가 절박한 지금은 이것저것 가릴 때가 아니었다.

"그렇다면 제가 직접 연락드리지요."

시라카와는 아키코의 만류에도 아랑곳하지 않고 직접 야스요의 휴대전화로 연락했다. 벨이 두 번 울리고 나서 야스요가 전화를 받았다. 시라카와가 이름을 밝히자 야스요는 반갑게 인사했다.

"아, 시라카와 선생님이시군요. 쇼타로를 잘 돌봐주셔서 감사합니다."

방송에서 들은 적 있는 시원스러운 오사카 사투리였다.

"아드님 일로 드릴 말씀이 있습니다. 꼭 찾아주시……."

말이 채 끝나기도 전에 야스요가 빠르게 끼어들었다.

"선생님, 이미 알고 계시겠지만 제가 지금 관여하고 있는 약해(의약품을 사용하는 과정에서 나타난 의학적으로 유해한 현상 중 사회문제로까지 확대된 것을 말하며, 그중에서도 특히 부적절한 의료 행정이 관여한 것으로 의심되는 경우를 가리킨다 – 옮긴이) 뇌염 재판이 마침내 결판날 것 같아요. 원고 측은 C형 간염 소송 때처럼 피해자의 전원 구제를 호소하면서 한 걸음도 양보하지 않을 생각입니다. 조금 있으면 두 번째 화해안이 나오겠지만 정부도 여론을 의식하는지 이번에는 한발 물러설 것 같아요."

이 여자가 대체 무슨 말을 하는 건가? 당장이라도 자기 아들이 죽을지 모르는 판에 일이 먼저라고? 아니, 아키코가 제대로 전하지 않아서 낙관하고 있는 거겠지.

"야스요 씨, 아드님 일로 꼭 드릴 말씀이 있습니다."

"무슨 일이신데 그렇게 정색을 하고 말씀하세요? 병 때문에 그러세요? 물론 치료하기 어렵다는 건 알고 있어요. 하지만 할 수 있는 일은 다 해주셨으면 좋겠어요. 부탁이에요. 전 현대 의학을 믿거든요."

"아니, 그런 것이 아니라."

시라카와는 자기도 모르게 천장을 올려다보았다. 설마 아직 희망이 있다고 생각하는 것은 아니겠지. 만약 그렇다면 얘기가 복잡해지는데.

"야스요 씨, 잘 들어주세요. 아드님의 치료 방향에 대해 직접 뵙고 급히 드릴 말씀이 있습니다. 내일이라도 병원에 와주실 수 없습니까? 아무 때라도 좋습니다."

"찾아뵙고 싶은 마음은 굴뚝같지만 지금은 바빠서요. 밥 먹는 시간도 아까울 정도거든요. 전화로 말씀하시면 안 될까요?"

"아니요, 꼭 직접 뵙고 말씀드리고 싶습니다."

"그렇다면 가능한 한 가도록 하지요. 하지만 이쪽 형편도 워낙 바빠서 확답은 못 드리겠네요."

"꼭 부탁드립니다. 기다리겠습니다."

대체 누구를 위한 연락이란 말인가? 시라카와는 불쾌했지만 감정을 억누르며 전화를 끊었다.

다음 날 시라카와는 하루 종일 시간을 비워놓고 기다렸지만 야스요는 끝내 나타나지 않았다.

그다음 날, 그러니까 지금으로부터 3일 전이다. 시라카와는 아침 일찍 야스요에게 전화를 걸었다. 다시금 방문해달라고 부탁하려 했지만 야스요는 또 말을 끊었다.

"선생님, 어제 뉴스 안 보셨어요?"

"무슨 일이 있었나요?"

"어제저녁 약해 뇌염 환자인 열아홉 살 청년이 국회 앞에서 분신자살을 시도했잖아요."

모르는 일이었다. 시라카와는 쇼타로 외에도 환자 열두 명을 담당하고 있었다. 쇼타로를 치료하는 중간중간 다른 환자를 진료하고 수술을 집도했기 때문에 텔레비전 따위는 볼 틈이 없었다.

야스요는 흥분한 목소리로 계속 지껄였다.

"그래서 저는 지금 도쿄에 있어요. 다행히 몸에 뿌린 석유의 양이 적어서 청년은 목숨을 건졌지요. 다행이에요, 정말 다행이에요."

이 여자는 대체 누구의 어머니인가? 쇼타로인가, 아니면 분신자살을 시도한 그 청년인가? 치밀어 오르는 화를 꾹 눌러 참으며 시라카와는 단호한 어조로 말했다.

"어머님, 쇼타로가 매우 위급한 상태입니다."

어머님이라고 부른 것은 조금이라도 자신이 누구인지 자각하라는 뜻이었다. 그런데 야스요는 오히려 날 선 목소리로 말했다.

"위급하다니요, 선생님? 대체 무슨 뜻입니까? 쇼타로가 당장 죽기라도 할 것처럼 말씀하시는군요."

시라카와는 마음을 굳게 먹고 대답했다.

"거의 그런 상황입니다."

"뭐라고요? 갑자기 그게 무슨 말씀이세요? 선생님, 설마 쇼타로의 치료를 포기하신 건 아니죠? 위급한 상태라면 인공호흡기를 하고 있나요? 할 수 있는 모든 일은 다 하고 계신 거죠?"

"지금은 인공호흡기를 달 만한 상태가 아닙니다."

"그렇다면 다행이네요."

"하지만 그, 심장이 약해서 곧 한계에……."

시라카와는 말을 멈추었다. 무심코 거짓말이 튀어나왔기 때문이다. 쇼타로는 심장이 건강하기 때문에 죽지 않는 것이다.

그러나 심장이 약하다는 말 외에 야스요를 불러들일 다른 방법이 있을까?

"그러면 강심제는 쓰고 계신가요? 강심제가 안 되면 보조 심장 같은 것도 있잖아요."

말기 암 환자에게 보조 심장이라고? 시라카와는 기가 막혔다. 이런 타입이 가장 골칫거리였다. 어설픈 지식으로 현장을 휘젓는 사이비 지식인.

"그런 상황은 아닙니다. 병원에 오시면 자세한 설명을 드리지요. 그러니까 시간을 꼭 좀 내주세요."

"오늘은 어려워요. 이번 사건으로 시민의 분노가 최고조에 달해 지금 현장을 떠날 수 없어요. 쇼타로의 치료에는 아무튼 최선을 다해주세요. 모든 방법을 써주세요. 마지막까지 포기하지 않겠습니다."

전화가 끊겼다.

시라카와는 전화기를 바닥에 집어던져버리고 싶은 충동을 애써 참았다. 친어머니가 이렇게까지 치료를 바라는데 쇼타로를 안락사시킬 수는 없는 노릇이었다.

그날 오후 시라카와가 병실에 들어섰을 때, 아키코는 창가에 서서 울고 있었다. 쇼타로의 병실은 6층이었는데, 창에는 엉성한 난간밖에 달려 있지 않았다. 시라카와는 문득 불길한 예감에 휩싸여 아키코에게 다가갔다.

"무슨 일이십니까?"

"조금 전에 동생의 전화를 받았어요. 화를 내더군요. 동생에게는 지금이 중요한 시기인데, 제가 제대로 처신하지 못해서 선생님께 방해를 받는다고요."

"그것참, 아키코 씨는 이렇게 열심히 간병하고 계시는데."

시라카와는 야스요에 대한 분노가 다시금 끓어올랐다. 쇼타로는 완전히 의식을 놓지 못한 채 신음하고 있었다. 야스요는 아키코의 고통을 알지 못할 것이다. 괴로운 표정의 시라카와에게 아키코가 부르짖었다.

"선생님, 저는 더 이상 견딜 수가 없어요. 미칠 것만 같아요. 쇼타로를 죽이고 저도 죽어버리겠어요."

아키코는 침대에 달려들어 두 손으로 쇼타로의 목을 감쌌다.

"무슨 짓입니까?"

재빨리 아키코를 떼어냈지만 시라카와는 예상치 못한 아키코의 강한 힘에 비틀거렸다. 아키코는 진심이었다. 보고 있으면 가슴이 아플 정도로 마른 등, 목덜미에서 풍기는 체취. 그녀는 매일 밤늦게까지 쇼타로 곁을 지키다가 집에 돌아가서 먹지도 씻지도 않은 채 잠들어버렸던 것이다.

"아키코 씨, 진정하세요. 조금만 더 시간을 주세요. 제가 어떻게든 해보겠습니다."

저항하던 힘이 스르륵 풀리면서 아키코는 그 자리에 주저앉았다. 그러고는 침대에 얼굴을 묻고 울음을 터뜨렸다. 그 모습을 보자 시라카와는 뼛속까지 초조해졌다.

지금까지 시라카와는 여러 명의 말기 암 환자를 담당했다. 고통으로 몸부림치는 환자를 보며 안락사를 생각한 적도 있었다. 그러나 늘 결정을 내리지 못하고 망설이는 사이 환자의 생명이 먼저 스러져갔다. 모두 나이 든 환자들이었기 때문이다. 그러나 쇼타로는 젊기 때문에 목숨이 끊어지지 않았다. 고통을 견디는 것만이 전부인 생명을 그저 묵묵히 바라만 보고 있어야 하는가?

다음 날, 그리고 또 다음 날, 시라카와는 쇼타로의 의식이 깨어나지 않도록 케타민의 양을 최대한 조절했다. 고통은 물결치듯 주기가 있었다. 고통이 잦아들면 쇼타로는 가까스로 얕은 잠에 빠져들었다. 그러나 고통이 다시 밀려오면 몸을 뒤틀고 팔을 휘저었다. 아키코는 정신이 나간 표정으로 그 모습을 응시하며 말 그대로 피폐해갔다.

시라카와는 마침내 결정을 내리고 아키코에게 말했다.

"내일 아침 일찍 야스요 씨께 연락해서 아들이 위독하다고 말합시다. 거짓말이지만 어쩔 수 없지요. 그래도 야스요 씨를 설득할 수 없다면 제가 케타민의 양을 잘 조절해서 아무도 모르게 쇼타로를 안락사시키겠습니다. 어머님께는 암이 급격하게 악화되었다고 말하지요."

"내일……요?"

초점을 잃은 아키코의 눈에 가느다란 희망이 스쳐 지나갔다.

그때가 바로 어제였다.

10월 1일 수요일, 오늘 아침 시라카와는 출근과 동시에 야스요에게 전화를 했다. 그러나 자동 응답 메시지 소리만 들려올 뿐이었다. 어쨌거나 급히 와달라는 전언을 남기고 8시 30분부터 예정되어 있던 식도암 수술에 들어갔다. 오후 3시에 수술을 마치고 환자의 상태를 확인한 뒤 점심도 거른 채 쇼타로의 병실로 향했지만 야스요는 와 있지 않았다.

"어머님은 아직 안 오셨나요?"

"지금이라도 곧바로 와달라고 부탁했는데, 가능하면 오겠다는 말밖에는······."

겁먹은 듯한 아키코의 음성에 시라카와는 자기도 모르게 혀를 찼다. 얼마나 이기적인 어머니인가?

다른 환자의 진료와 컴퓨터에 진료 기록을 입력하면서도 시라카와는 몇 번이나 쇼타로의 병실을 찾았다. 하지만 야스요는 끝내 오지 않았다. 그러는 사이 어느덧 밤이 되었다. 이대로 야스요가 나타나지 않는다면 어떻게 해야 하나?

일단 결심을 하기는 했지만 시라카와에게 한 치의 망설임도 없는 것은 아니었다. 안락사는 일단 해버리고 나면 되돌릴 길이 없다. 정말로 해도 될 일인가?

시라카와는 머릿속으로 도카이 대학에서 안락사 사건이 발생했을 때 요코하마 법원이 내린 안락사 허용의 네 가지 요건을 떠오르는 대로 확인했다. 첫째, 환자가 견디기 어려운 육체적 고통을 겪고 있을 것. 이것은 틀림없다. 둘째, 고통을 없애기 위한 모든 방법을 동원했으며 그 밖에 다른 대체 수단이 없을 것. 이것도 해당된다. 셋째, 생명의 단축을 승인하는 본인의 분명한 의사 표시가 있을 것. 이것도 확인했다. 넷째, 죽음을 피할 수 없으며 죽음이 임박할 것. 죽음을 피할 수 없는 것은 틀림없지만 지금 이 상태에서라면 쇼타로는 금방 죽지 않을 것이다. 그러나 죽음이 임박했다면 애당초 안락사는 필요하지 않다. 아직 죽음이 멀기에 죽음을 앞당기는 것 아닌가! 이것은 요건 자체가 잘못되었다.

오후 10시, 시라카와는 일단 외과 부장실로 돌아와 주문해놓은 햄버거 카레를 먹었다. 식어서 그릇을 싼 랩에 물방울이 송송 맺히고 고기는 딱딱해져 있었다. 시라카와는 절반도 채 먹지 못하고 남기고 말았다.

병원 내 대회의실을 들여다보니 텅 비어 있었다. 그때 발밑에서 무언가 움직였다. 엄지손톱만 한 작은 벌레가 꾸물거렸다. 방귀벌레였다. 어디에서 기어들어왔을까? 이런 곳에 있다가는 금방 밟혀 죽을 텐데.

시라카와는 몸을 구부려 손가락으로 벌레를 집어 들었다. 그리고 창가로 다가가 밖으로 손을 뻗었다. 방귀벌레는 마치 기다리고 있었다는 듯 날개를 펴더니 잔잔한 바람을 타고 어둠 속으로 사라졌다. 하찮은 벌레지만 분명 생명은 생명이다.

한참 동안 어둠 속을 바라보던 시라카와는 문득 정신을 차리고 회의실에서 나와 쇼타로의 병실로 향했다. 쇼타로를 이대로 안락사시켜도 되는가? 지금이라면 멈출 수 있다. 지금이라면 되돌릴 수 있다. 만약 쇼타로의 상태가 안정되어 있다면 나중에 다시 생각해보자고 아키코를 설득해볼까?

그렇게 시라카와는 복잡한 심경으로 병실 문을 열었다. 그런데 신음 소리가 들리지 않았다. 이상하리만치 고요했다. 쇼타로가 잠들었나? 시라카와를 발견한 아키코가 도망치듯 벽 쪽으로 얼굴을 돌렸다. 링거에서는 케타민이 폭포수처럼 떨어지고 있었다.

"아키코 씨, 설마."

시라카와는 급히 다가와 링거의 클램프를 잠갔다. 아키코가 직접 링거의 클램프를 조절해서 케타민양을 최대로 해놓았던 것이다. 재빨리 침대 옆의 심전도를 보니 녹색 광선이 거의 직선을 그리고 있었다.

"쇼타로 군!"

시라카와는 큰 소리로 이름을 부르며 쇼타로의 뺨을 두드렸다. 가느다란 신음 소리가 새어나오고 미간에 고통스러운 주름이 잡혔다. 시라카와는 반사적으로 심장 마사지를 했다. 열 번 정도 시도하자 심전도가 원래대로 돌아왔다. 호흡도 회복되었고, 그와 동시에 고통스러운 신음 소리도 함께 돌아왔다.

"아키코 씨, 대체 무슨 짓입니까? 당신이 쇼타로 군을 죽게 하면 그거야말로 살인이란 말입니다. 쇼타로 군의 치료는 제게 맡겨주십시오."

시라카와의 엄한 어조에 아키코는 울음을 터뜨리며 제정신이 아닌 사람처럼 벽에 머리를 찧었다. 비쩍 마른 등줄기가 부들부들 떨리고 있었다. 그 모습에 시라카와는 더 이상 망설일 필요가 없다고 마음을 굳혔다.

"알겠습니다, 제가 하지요. 그러니 이제 그만 진정하시고 쇼타로 군의 마지막을 지켜주십시오."

시라카와는 아키코를 부축해 침대 옆으로 데려왔다. 그리고 플라스틱 링거 클램프에 손가락을 대며 쇼타로를 내려다보았다. 가는 눈썹, 오뚝한 코, 아직 어린 티가 나는 입술.

"쇼타로 군, 괜찮지?"

그렇게 말하며 링거 클램프를 끝까지 밀어 올리자 시라카와의 손가락 끝에 지금까지 한 번도 경험해본 적 없는 전기 충격과 같은 감각이 느껴졌다.

이것이 생명을 거둘 때의 느낌일까?

더 이상 생각할 겨를도 없이 케타민은 빠르게 쇼타로의 몸속으로 흘러들어갔다.

그로부터 15분 정도 흘렀을까, 쇼타로의 숨이 잦아들면서 맥박이 120을 넘었다가 서서히 떨어졌다. 젊은 피부에서는 마지막 생명의 향기가 피어올랐다. 아키코는 침대 곁에 서서 가슴 앞에 두 손을 모으고 있었다. 쇼타로는 몇 번인가 고개를 젖히며 숨을 헐떡이다가 이내 조용해졌다.

시라카와는 형식에 따라 쇼타로의 사망을 확인하고 아키코에게 임종을 고하며 머리를 숙였다.

"어머님은 끝내 오시지 않았군요."

누구에게랄 것도 없이 시라카와가 낮게 중얼거렸다. 어슴푸레한 병실에 기묘한 정적이 흘렀다. 숨을 거둔 쇼타로를 조용히 응시하면서 시라카와는 간호사를 호출했다.

"쇼타로 군의 상태가 급변했으니 아무나 빨리 오도록. 소생 세트는 필요 없어."

말을 마친 시라카와는 생각지 못한 긴장감에 휩싸였다. 지금 이 자리에 제삼자를 불러들인다는 사실에 뜻 모를 불안을 느꼈기 때문이다.

이 안락사는 자신과 아키코 단둘이 결정한 일이었다. 외과 부장인 시라카와는 다른 사람의 지시를 받을 필요가 없었다. 그러나 그는 이 안락사를 밝혀야 할지 숨겨야 할지 전혀 생각해 보지 않았다.

황급히 달려오는 발소리가 들리고 병실 문이 조용히 열렸다. 6개월 전쯤 이 병원으로 전근해온 간호사 니시다 세쓰코였다. 니시다는 30대 중반의 평범한 여성이었다.

시라카와는 평정을 가장하며 빠르게 말했다.

"조금 전 내가 상태를 확인하러 왔는데 이미 하악 호흡(임종 이 가까워올 때 아래턱을 아래위로 움직이면서 하는 호흡—옮긴이)

을 하고 있었네. 케타민을 멈추고 마사지를 했지만 이미 늦었더군. 아키코 씨가 이대로 좋다고 말씀하셔서 더 이상의 소생 처치는 하지 않았네. 사망 확인은 오후 10시 40분. 나머지 처치는 자네에게 부탁하네."

니시다는 마스크 속에 표정을 감춘 채 "알겠습니다"라고 낮게 대답했다. 그다지 놀란 모습은 보이지 않는다. 시라카와는 이상하리만치 침착한 니시다의 태도에 왠지 모르게 초조해졌다.

"이제야 겨우 그도 편안해졌군."

엉겁결에 튀어나온 변명 같은 말에 당황한 시라카와는 헛기침을 했다. 니시다는 의아한 눈빛으로 시라카와를 보다가 곧바로 눈을 피하며 "그렇군요"라고 조용히 대답했다.

"시라카와 선생님, 감사합니다. 그동안 정말 수고 많으셨습니다."

아키코가 깊이 머리를 숙이며 인사했다. 니시다가 그 앞을 "실례합니다"라고 말하며 조심성 없이 가로질러 지나갔다. 그러고는 아키코에게 등을 돌린 채 메마른 목소리로 말했다.

"환자를 깨끗하게 정리해야 해서요."

어째서 좀 더 따뜻하게 위로해주지 못할까? 시라카와는 주의를 주려다가 괜히 일을 만들 필요가 없다는 생각에 참았다.

니시다는 능숙하게 움직였다. 침대 반대편으로 돌아가 쇼타로의 머리 밑에서 베개를 빼내고 덮고 있던 얇은 이불을 벗겨 둘둘 말았다. 체격이 좋은 쇼타로의 몸이 드러났다. 벌써 죽은 사람 특유의 냄새가 병실에 퍼지기 시작했다. 조금 전까지만 해도 거칠게 오르내리던 가슴은 돌처럼 움직이지 않았다.

"아키코 씨, 지금까지 정말 고생 많으셨습니다. 수고하셨어요."

"네⋯⋯."

시라카와는 쇼타로의 시신에서 아키코의 주의를 돌리려고 말을 걸었다. 하지만 아키코는 누가 뭐라 해도 쇼타로에게서 눈을 떼지 않겠다고 결심한 사람 같았다.

니시다는 여전히 거침없는 손놀림으로 쇼타로의 가슴에 부착된 심전도 패드를 떼어냈다. 그 모습을 보아하니 소변줄을 빼고 입과 코를 솜으로 막는 처치도 기계적으로 처리할 것이 틀림없었다.

시라카와는 도저히 그런 모습까지 아키코에게 보이고 싶지 않았다.

"처치가 끝날 때까지 밖에서 기다리시지요."

시라카와는 반강제로 아키코를 병실 밖으로 밀어내면서 안타까운 심정을 금할 길이 없었다. 이것으로 또 하나의 치료가 끝났다. 죽은 자를 보낼 때마다 느끼는 허탈감과 분노.

시라카와는 이번에 쇼타로를 치료하면서 자신이 어떤 선을 넘었다는 사실을 그다지 의식하지 못했다. 모든 것은 필요한 치료였다. 법률적인 문제나 안락사 논의를 둘러싼 탁상공론을 아무리 늘어놓아봤자 현장에서 내릴 수 있는 판단은 이것밖에 없었다.

다만 등 뒤로 병실 문을 닫는 순간, 어쩐지 니시다 혼자 병실에 남겨놓고 나왔다는 사실이 꺼림칙했다. 시라카와는 비록 한 순간이었지만 나락으로 떨어지기 직전 소름이 돋는 듯한 불안을 느꼈다.

2. 특종 보도

　교토 시립 교라쿠 병원은 전체 침상 수가 480개에 진료 과목이 14개인 종합 병원이다.

　교라쿠 병원의 얼굴이라 할 수 있는 외과 부장 시라카와 다이세이의 아침은 일찍 시작된다. 오전 7시 20분에 출근하면 45분부터 외과 스태프 회의가 있고, 이어서 월요일과 목요일은 9시부터 오후 4시경까지 외래 진료에 쫓겨 점심을 거르는 경우가 허다하다. 수요일과 금요일은 8시 30분에 수술실에 들어가 수술을 집도하고 다른 의사들을 지도한다. 그 밖에도 마취 관련 회의, 병리 검토회, 병원 회의 등이 계속되다가 밤 9시에서 10시가 되어야 마침내 하루 일과가 끝난다. 때때로 오늘은 부장실 책상 앞에 몇 분이나 앉아보았는지 떠올리며 스스로도 한숨을 쉴 정도로 바쁜 일상이다.

그렇게 정신없이 하루하루를 보내다 보니 후루바야시 쇼타로의 일도 이미 먼 과거처럼 여겨졌지만 사실은 겨우 9일 전의 일이었다.

그날, 쇼타로의 사체는 사후 처치가 끝난 뒤 지하에 있는 영안실로 옮겨졌다. 전자 진료 기록 입력을 마친 시라카와가 조문을 하러 가자 아키코 혼자 쓸쓸히 빈소를 지키고 있었다. 일단 부검을 할지 물어보았더니 아키코는 예상대로 거부했다. 시라카와도 더 이상 강하게 권하지 않았다. 어머니 야스요는 그날 도쿄에 있었는데도 결국 다음 날 아침 고인의 사체가 자택으로 돌아갈 때까지 모습을 보이지 않았다.

야스요에게 쇼타로의 임종을 설명하는 일은 아키코가 맡기로 했다. 시라카와는 자신이 설명하는 편이 낫겠다면 언제라도 상관없으니 연락하라고 했지만, 그 후 아키코에게서도 야스요에게서도 아무런 연락이 없었다.

10월 10일 금요일, 오후에 수술이 예정되어 있던 환자가 갑자기 열이 오르는 바람에 수술이 연기되어 오랜만에 여유가 생겼다. 시라카와는 학회지라도 읽을까 생각하며 부장실로 들어갔다. 그때 접수계에서 전화가 걸려왔다.

"후루바야시 야스요라는 분한테서 전화가 왔습니다."

쇼타로의 어머니가 이제 와서 무슨 일일까? 의아하게 여기며 전화를 받자 수화기 너머에서 변함없이 빠른 어조의 오사카 사투리가 들려왔다.

"여보세요, 시라카와 선생님이시죠? 저는 후루바야시 야스요입니다. 지난번에는 정말 신세가 많았습니다. 어쨌거나 선생님께 알려드리는 편이 나을 것 같아서 연락드렸어요. 오늘 오후 3시부터 제가 고정으로 출연하는 〈프론티어〉라는 프로그램에서 쇼타로에 대한 이야기를 하게 되었어요. 그러니까 선생님도 한번 보세요."

그러고는 전화가 일방적으로 끊겼다.

일부러 그러는 것인지 은근히 무례한 말투였다. 야스요는 '알려드린다'고 했지만 퉁명스러운 말투는 통보나 다름없었다.

시계를 보니 2시 35분이었다. 시라카와는 부장실을 나와 같은 층에 있는 직원 휴게실로 향했다. 그곳에는 32인치 평면 텔레비전이 설치되어 있었다. 소파에 앉아 편히 쉬고 있던 젊은 의사들이 갑자기 들어온 외과 부장을 보고 급히 자리에서 일어섰다.

"시라카와 선생님, 시키실 일이라도?"

의사 한 명이 긴장한 얼굴로 물었다.

"아닐세, 아무 일도 아니야."

시라카와는 무심한 표정으로 장식장에 놓여 있는 신문을 꺼내 그 자리에 선 채 텔레비전 편성표란을 펼쳤다. 야스요가 말한 〈프론티어〉는 도와 텔레비전의 보도 버라이어티 프로그램이었다. 타 방송국에 비해 보수적인 패널들을 기용하는 점이 특징이라는 이야기를 들은 적이 있었다. 제목 아래에 적힌 프로그램 내용을 보고 시라카와는 순간 피가 거꾸로 솟는 느낌이었다.

'특종! 안락사는 허용되었는가? 의사의 독단으로 아들을 빼앗긴 한 어머니의 이야기.'

뭐지, 이건? 두 눈을 의심하며 다시 한 번 신문을 읽어보았지만 눈앞에서는 활자들이 춤을 추고 있었다.

"선생님, 보시고 싶은 프로그램이라도 있으십니까?"

조금 전의 젊은 의사가 눈치 빠르게 텔레비전 리모컨을 들고 말했다.

"아니, 아닐세. 그저 오늘 밤에 볼만한 것이 있나 잠깐 살펴봤을 뿐이야."

애써 아무렇지 않은 척했지만 심장이 빠르게 요동쳤다. 이 프로그램을 휴게실에서 다른 의사들과 함께 본다는 건 말도 안 될 일이었다. 시라카와는 마치 허공을 걷는 듯한 기분으로 휴게실을 나와 일단 부장실로 향했다.

'의사의 독단'이라니, 대체 무슨 말일까? 쇼타로의 안락사는 아키코의 간절한 부탁으로 이루어진 것이 아닌가! 게다가 케타민의 양을 줄여 쇼타로의 의식을 되돌리면서까지 본인의 의사를 확인하지 않았는가! 모친인 야스요에게도 몇 번이나 병원에 와달라고 설득했었다. 결국 바쁘다는 평계로 모습을 나타내지 않은 것은 야스요 본인 아닌가! 시라카와 입장에서 보면 마지막 순간까지 고민하며 갈등한 후에 내린, 결코 쉽지 않은 결단이었다. 양심의 가책을 받을 만한 일은 절대로 하지 않았다. 그런데 독단이라니!

그렇게 스스로 되뇌면서도 시라카와는 스멀스멀 피어오르는 초조감을 억누를 수 없었다.

프로그램이 시작되기 5분 전 시라카와는 남몰래 휴게실 맞은편의 당직실로 들어갔다. 그러고는 혹시라도 다른 사람이 들어오지 못하도록 문을 잠갔다. 당직실에는 구식 브라운관 텔레비전이 놓여 있었다. 시라카와는 침대에 앉아 텔레비전에 연결된 이어폰을 꼈다.

오후 3시, 경쾌한 배경 음악과 함께 〈프론티어〉가 시작되었다. 스튜디오의 패널 석에 검은 정장을 입은 야스요가 앉아 있었다. 검은 머리를 짧게 자른 미인이었는데, 크게 뜬 눈은 조금도 빈틈이 없어 보였다. 마흔여덟 살로는 보이지 않는 동안에 자신만만한 표정을 짓고 있었다.

몇 가지 화제를 둘러싼 이야기가 오가더니 마침내 '특종!' 코너 시간이 되었다. 스튜디오의 조명이 어두워지면서 프로그램의 분위기가 일변했다. 음산한 음악과 스포트라이트 속에 야스요의 옆얼굴이 비쳤다.

—후루바야시 야스요 씨의 아들인 쇼타로 군은 이달 1일 항문암으로 사망했습니다. 향년 스물한 살······.

우울하게 가라앉은 설명에 눈물을 머금은 야스요의 얼굴이 겹쳤다. 쇼타로의 발병에서 입원, 수술, 죽음까지의 경과가 설명되었다. 시라카와는 사실과 다른 부분이 없는지 주의 깊게 귀를 기울였다.

설명이 끝나자 스튜디오가 밝아지면서 진행자가 야스요에게 조의를 표했다. 패널 석에 앉아 있던 두 사람의 남성도 애석한 표정으로 야스요를 위로했다.

─이 코너에 특별 손님을 모셨습니다. 세타가야 의료센터의 집중 치료 부장인 오쓰카 아키히코 선생님입니다.

진행자의 소개가 끝나자마자 몸집은 작지만 다부진 체격의 의사가 등장했다. 40대 초반으로 보이는데 부장이라니 꽤 유능한 사람인가 보다고 시라카와는 생각했다.

─오쓰카 선생님, 지난번에는 신세를 많이 졌습니다.

야스요가 자리에서 일어나 자신의 옆자리에 앉도록 권했다. 오쓰카가 자리에 앉으며 조의를 표하자 야스요는 숙연한 태도로 마이크를 의식하며 대답했다.

─사정이 있어서 쇼타로는 어릴 때부터 아버지가 없었어요. 저 혼자 힘으로 애지중지 키웠지요.

거짓말! 쇼타로를 키운 것은 이모인 아키코 씨가 아닌가! 시라카와는 자기도 모르게 텔레비전을 향해 욕설을 퍼부을 뻔했다. 그러나 야스요의 '거짓말'은 시작일 뿐이었다. 마치 자신이 줄곧 쇼타로의 병상을 지키며 온갖 슬픔과 기쁨을 맛본 것처럼 떠들어댔던 것이다. 마치 참말처럼 느껴지는 거짓말에 시라카와는 기가 막혔다.

아무튼 여기까지는 시라카와도 침착하게 이야기를 들었다. 그러나 이어진 야스요의 한마디에 시라카와는 갑자기 망치로

한 대 얻어맞은 듯한 충격을 받았다.

—쇼타로가 이런 상태에 빠진 것은 사실 의사의 과실입니다.

이게 대체 무슨 말인가! 아무리 보도 버라이어티 프로그램이라고 해도 해서 될 말이 있고 안 될 말이 있다! 게다가 전국으로 방영되는 프로그램에서 의사의 과실이라는 근거 없는 말을 내뱉다니, 엄연한 명예 훼손 아닌가! 시라카와의 가슴은 놀람과 분노, 당혹감으로 소용돌이쳤다.

—어떤 과실이었나요?

진행자의 질문에 야스요는 분연한 표정으로 답했다.

—수술은 성공적이었어요. 하지만 그 후 방사선 치료를 너무 강하게 했던 거죠. 항문 주위의 조직이 녹아서 엉덩이에 커다란 구멍이 생겨버렸어요. 쇼타로의 상태가 나빠진 것은 그때부터 였습니다. 조직이 녹아버릴 정도로 심하게 방사선 치료를 하다니, 이건 정말 의료 과실이 명백하다고 생각합니다.

"뭐라고! 아무리 제멋대로인 여자라지만 저런 말도 안 되는 소리를."

시라카와는 자기도 모르게 텔레비전을 향해 분노를 터뜨렸다.

물론 방사선량이 많았던 것은 사실이다. 그러나 그것은 수술로 제거하지 못한 암세포를 죽이기 위해서였다. 웬만한 방사선량으로는 암세포가 남을 위험성이 높았다. 안전을 우선해서 적은 방사선으로 암세포를 남기는 치료 방법도 있었다. 그러나 당시 쇼타로는 물론 아키코와도 충분히 상담해서 위험을 감수하고 방사선량을 늘린 것이었다.

방사선 치료를 위해 상담을 할 때도 야스요에게 연락했지만 그녀는 나타나지 않았다. 그런데 이제 와서 치료 결과가 나빴다며 의료 과실이라고 한다면 어떤 의사가 치료를 할 수 있겠는가!

화면에서는 진행자가 오쓰카에게 의견을 물었다. 같은 의사라면 사정을 이해하겠지 기대하며 시라카와는 오쓰카의 말을 기다렸다. 그런데 오쓰카는 유감스럽다는 듯 고개를 흔들면서 이렇게 말할 뿐이었다.

— 안타까운 일이군요. 확실히 무모한 치료였습니다.

"대체 뭐라는 거야, 저자는!"

시라카와는 또다시 텔레비전을 향해 소리를 질렀다. 저 의사는 정말 암을 치료해본 적이 있는 건가? 진행 중인 암을 치료할 때는 늘 어려운 선택의 기로에 놓인다는 설명을 왜 하지 않는 거지?

시라카와가 당혹스러워하는 동안 패널 석에 앉아 있던 아오야기 고스케라는 자칭 '시민파' 저널리스트가 불분명한 발음으로 이야기에 끼어들었다.

— 쇼타로 군의 주치의는 이른바 병에만 관심 있고 환자는 보지 않는 타입의 의사가 아닐까요? 암 치료에만 신경 쓰느라 정말 중요한 환자의 체력은 안중에 없어서 사태를 그 지경으로

만든 거지요.

아무것도 모르는 주제에 아는 척을 했다. 그는 의사가 환자를 얼마나 소중히 생각하고, 치료를 고민하고, 최선의 판단을 하는지 전혀 모를 것이다. 시라카와는 치미는 화를 애써 억누르며 텔레비전을 응시했다. 그러자 이번에는 반대편 자리에 있던 사우치 고이치라는 변호사가 부드러운 저음으로 말했다.

—이 의사의 치료를 보면 난폭하기 그지없네요. 지나치게 자신만만한 의료 행위는 종종 환자의 안전을 위협한다는 것을 잊어서는 안 됩니다. 그렇게 무모한 치료를 하지 않았다면 야스요 씨의 아드님은 지금쯤 건강히 살아 있을 테니까요.

뭐라고! 저것이 변호사의 말이라니 기가 막힐 따름이었다. 자신은 꽤 고상하고 품위 있는 사람이라는 표정으로 결과론을 내세워 상대방을 무시하다니 창피하지도 않은가! 시라카와는 분한 마음에 혀를 찼다.

—그래서 아드님의 증상이 악화되고 고통이 심각해져서 조금 전 말씀하셨던 케타민이라는 약을 사용한 것이군요.

진행자의 말에 야스요는 입을 꾹 다문 채 의미심장하게 고개를 끄덕였다. 시라카와는 야스요가 또 무슨 말을 하는지 자세를 꼿꼿이 한 채 기다렸다.

—케타민은 마취제의 일종입니다. 강력한 최면 효과가 있기 때문에 코끼리처럼 몸집이 큰 동물을 재우는 용도로도 쓰이지요. 일본에서는 2007년부터 마약으로 지정되어 있습니다.

물론 그것은 사실이다. 하지만 그렇게 설명해버리면 케타민은 아주 위험한 약이라는 인상만 주지 않겠는가! 실제로 옆에 앉은 아오야기가 눈살을 찌푸렸다.

야스요는 어조를 조금씩 높였다.

—쇼타로는 통증이 너무 심해서 케타민을 사용하지 않으면 의식을 잃게 할 수 없었어요. 하지만 이 약은 많이 사용하면 호흡 정지를 일으킬 수 있습니다. 그 아이는 질식으로 안락사당한 것입니다. 살려낼 방법이 있었는데도 말이에요. 흑흑······.

살려낼 방법이 있었다고? 대체 어떤 방법이 있었단 말인가! 시라카와는 불안과 의심 속에서 야스요의 설명을 기다렸다.

—그러니까······ 쇼타로가 죽고 나서 오쓰카 선생님께서 가르쳐주신 겁니다만······.

야스요가 말을 흐리자 오쓰카가 뒤를 이었다.

—간단합니다. 케타민으로 호흡 정지가 발생하면 인공호흡기를 달면 됩니다. 그렇게 하면 아무리 많은 양의 케타민을 사용하더라도 문제없지요. 일부러 안락사시킬 필연성 따위는 어디에도 없었습니다.

말도 안 된다. 시라카와는 분노가 끓어올라 가슴을 쳤다. 그 상황에서 인공호흡기라니, 있을 수 없는 일이었다. 몰라도 너무 모르고 하는 소리가 아닌가! 시라카와는 당장 텔레비전 속으로 들어가 반박하고 싶었지만 당연히 불가능한 일이었다. 화면 속에서는 야스요가 과장되게 울음 섞인 목소리로 말을 이었다.

―저도 주치의에게 할 수 있는 모든 치료를 해달라고 애원했습니다. 인공호흡기에 대해서도 말했지요. 그런데 그 주치의는 빤히 알면서도 독단적으로 쇼타로를 죽게 한 겁니다.

―믿기 어려울 정도로 형편없는 의사군요.

아오야기가 거만하게 몸을 뒤로 젖히며 화를 냈다.

―주치의는 대체 왜 인공호흡기를 달지 않았을까요?

사우치가 변호사다운 심각한 표정으로 묻자 야스요가 곧바로 대답했다.

―그것은 주치의가 쇼타로를 저버렸기 때문이에요. 더 이상 가망이 없다고 마음대로 판단하고는 마지막까지 최선을 다하지 않았던 거예요. 인공호흡기를 달고 관리하는 것이 귀찮으니까 빨리 죽게 놔둔 겁니다.

―용서할 수 없군요. 의사라고도 할 수 없어요.

아오야기가 다시 한 번 소리를 지르며 탁자를 내리쳤다. 오쓰카는 부끄럽기 그지없다는 표정으로 심각하게 설명했다.

―안락사에는 언제나 그런 측면이 내재되어 있습니다. 의사는 환자를 편안하게 하기 위해서라고 말하지만, 실은 자신이 귀찮은 치료에서 해방되고 싶다는 마음인 거지요.

말도 안 되는 소리. 시라카와는 어처구니없는 해석에 아연실색하고 말했다. 세상에 어떤 의사가 그런 생각을 하겠는가! 이 사람은 대체 어떤 의사란 말인가? 의심스럽게 화면을 주시하자 진행자가 오쓰카의 의견에 수긍한다는 듯 고개를 크게 끄덕였다.

— 그런 상황을 우려해서 오쓰카 선생님은 '안락사법제화저지연합'의 대표 이사를 맡고 계시는 거군요.

— 그렇습니다. 지금 일본에 안락사법이 제정되면 위험하니까요.

그렇군, 그런 사람이었군. 시라카와는 그제야 납득했다.

'안락사법제화저지연합', 이른바 '저지련'에 대해서는 시라카와도 들은 적이 있었다. 2001년 네덜란드에서 안락사법이 제정된 후 일본에서도 안락사의 법제화를 요구하는 움직임이 나타났다. 일찍부터 이에 반발해 결성된 것이 '저지련'이다. 그 중심은 좌파계 저널리스트, 의료 종사자, 환자 단체의 대표들이었다. 그들은 "환자를 버리지 마라", "삶과 죽음을 결정할 권리는 없다" 등의 말로 호소했지만 매일매일 의료 현장의 최전선에서 고군분투하는 시라카와에게는 어차피 탁상공론으로밖에 들리지 않았다.

오쓰카가 '저지련'의 멤버라면 한쪽으로 치우친 의견을 내세우는 것도 당연하다고 시라카와는 이해했다.

쇼타로에게 인공호흡기를 달지 않은 데는 물론 정당한 이유가 있었다. 만약 당시 상황에서 무리하게 쇼타로의 생명을 연장했다면 어떻게 되었을까? 비록 의식은 없더라도 손발은 나무토막처럼 부어오르고 얼굴은 두 배 이상 부풀 것이다. 고열로 머리카락이 빠지고, 눈꺼풀은 골프공처럼 둥그렇게 부으며 눈에서는 젤리 같은 눈물이 흐르고, 항문에서는 콜타르 같은 혈변이 넘쳐나고, 입·코·귀·성기 등 몸에 있는 모든 구멍에서는 출혈이 멈추지 않는다. 피부는 중증의 황달로 푸르죽죽해지고 배는 복수가 차서 부풀어 오르는 등 차마 눈 뜨고 보지 못할 처참한 모습으로 변하고 만다.

쇼타로처럼 젊은 육체는 치료를 계속하는 한 죽지 않고 결국 욕창이 생겨 피하 조직이 뭉개지고 뼈가 드러난다. 병실에는 피와 고름의 악취가 진동하고 링거를 통해 주입된 수분은 온몸에 저장되어 익사체처럼 된다. 온몸이 산 채로 썩기 시작하고 수많은 관과 튜브와 기계를 몸에 매단 채 그저 심장이 멈추기만을 기다리는 수밖에 없다. 쇼타로도 그렇게 일말의 존엄조차 찾아보기 어려운 비참한 최후를 맞이했을 것이 틀림없다. 그렇기 때문에 인공호흡기를 달지 않았던 것이다.

야스요나 오쓰카의 말은 탁상공론에 지나지 않는다. 현실의 비참함을 이해하지 못한 허황된 이야기다. 그런 형편없는 논리로 아무리 달려들어봐라. 내가 눈 하나 깜짝하는지.

시라카와는 반격 태세를 갖추었지만 그것도 한순간, 야스요는 또다시 귀를 의심하게 만드는 말을 했다.

― 쇼타로는 분명 어떻게 해서라도 살고 싶었을 겁니다. 주치의가 본인의 의사를 확인하기만 했어도 그 애는 분명 안락사 따위는 받아들이지 않았을 거예요. 그런데 주치의는 자기 멋대로……

"거짓말!"

시라카와는 자기도 모르게 벌떡 일어나 화면 속의 야스요를 향해 소리쳤다. 쇼타로의 의사를 분명히 확인했다. 틀림없는 사실이다. 시라카와는 너무나 화가 나서 주먹을 쥐었지만 야스요는 여전히 눈물을 흘리며 대담한 눈동자로 카메라를 쏘아보았다.

변호사인 사우치가 재빨리 끼어들어 야스요에게 말했다.

—그러니까 아드님은 약에 취해 잠들어 있었기 때문에 의사 표시를 할 수 없었다는 뜻이군요.

—아니요, 그게 아닙니다. 쇼타로는 의식이 있었습니다. 아무튼 주치의도 일단은 아들의 의사를 확인하려고 했던 모양입니다. 그때 저는 때마침 병원에 갈 수 없어서 대신 언니가 간병을 하고 있었는데, 언니의 말에 따르면 주치의는 케타민의 양을 줄여서 아들의 의식을 억지로 회복시켰다고 합니다. 의식이 회복되면 당연히 통증도 다시 시작되지요. 그렇게 해서 주치의는 통증에 괴로워하는 아이에게 안락사를 받아들일지 물었던 것입니다. 그것만으로도 용서할 수 없는 행위 아닙니까? 고통을 없애줘야 할 의사가 일부러 고통스럽게 한 뒤 안락사를 받아들일지 말지 본인에게 묻다니, 이런 잔혹한 일이 또 어디 있단 말입니까?

감정이 복받친 듯 야스요의 큰 눈에서 눈물이 뚝뚝 떨어졌다.

시라카와는 두 손 두 발 다 들었다는 듯 한숨을 쉬며 천장을 올려다보았다. 안락사에 대한 환자의 의사를 확인해야 한다고 강하게 비난하더니, 이제는 확인했다는 사실에 잔인하다고 비난의 화살을 돌렸다. 야스요는 겨우 두 번밖에 병원에 오지 않은 주제에 '때마침 병원에 갈 수 없어서'라고? 현장 상황을 알지도 못한 채 야스요는 그런 이기적인 말을 잘도 늘어놓았다.

눈물을 닦고 자세를 가다듬은 뒤 야스요가 계속했다.

— 의식이 돌아오자 쇼타로는 통증이 너무 심해서 주치의의 질문에 대답이고 뭐고 할 상황이 아니었다고 해요. 제 언니는 더이상 두고 볼 수가 없어서 그만 잠들게 해달라고 주치의에게 부탁했다고 합니다. 쇼타로도 그렇게 해달라고 고개를 끄덕였고요. 그런데 주치의는 그것을 안락사에 대한 대답이라고 자기 맘대로 해석했던 것입니다.

말도 안 되는 억지였다. 시라카와는 너무 화가 나서 말도 나오지 않았다. 그와 동시에 문득 등줄기를 타고 흐르는 서늘한 불안감에 가슴이 두근거렸다.

잠깐만, 그때⋯⋯.

시라카와는 쇼타로의 의사를 확인하던 때의 기억을 다시 한번 떠올렸다. 그러고 보니 그때 아키코가 옆에서 무슨 말을 한 것 같았다. 자신은 쇼타로의 의사를 확인하고 나서 잠들게 했던 것인데⋯⋯. 설마, 성급한 결론을 내렸던 것일까!

등골에 식은땀이 흘렀다.

아니다, 그때 쇼타로는 분명 내 눈을 보고 고개를 끄덕였다. 나는 확신했기 때문에 바로 케타민의 양을 최대한으로 늘렸던 것이다.

그러나 지금 그것을 증명할 방법이 있을까? 시라카와는 섬뜩한 불안감에 휩싸이면서 기억을 더듬었다. 진료 기록에는 '안락사 의사를 확인'이라고 확실히 기재했지만 그것이 자신 혼자만의 독단이었다고 한다면 어떻게 반론해야 할지.

화면에서는 바로 이때를 놓칠 수 없다는 듯 패널들이 일제히 떠들어댔다.

— 본인의 의사 확인은 안락사의 요건 중에서도 가장 중요한 요소 아닙니까?

— 그것을 엉성한 방법으로, 게다가 아전인수 격으로 해석하다니 용서할 수 없군요.

— 그 의사는 처음부터 안락사를 염두에 두고 있었던 것 아닙니까? 본인의 의사 확인은 그저 형식이었겠지요.

— 주치의이면서 어머니인 야스요 씨에게는 아무런 설명도 하지 않았단 말입니까?

진행자의 질문에 야스요는 낮게 대답했다.

— 안락사에 대한 설명은 없었습니다. 병원에 와달라는 말은 들었지만 때마침 약해 뇌염 소송이 한창 진행 중이어서 저는 현장을 떠날 수 없었어요.

야스요의 말에 친분이 있는 듯한 아오야기가 곧바로 도움의 손길을 내밀었다.

— 야스요 씨는 말이죠, 약해 뇌염 소송 건으로 정말 열심히 싸웠습니다. 자기 아들의 병이 위중한데도 원고단 편에서 최선을 다했습니다. 그 소송에서 정부가 크게 한발 물러선 것도 야

스요 씨를 비롯한 지원자들의 힘이 매우 컸어요. 그러니까 이번에는 우리가 야스요 씨를 도와야 합니다. 쇼타로의 죽음이 헛되지 않도록 하기 위해서라도 우리가 안락사를 쉽게 여기는 의사에게 제동을 걸어야 하지 않겠습니까?

— 옳은 말씀입니다.

오쓰카가 재빨리 맞장구를 쳤다.

— 우리 '저지련'도 적극적으로 협력하겠습니다.

그러나 그 말이 시라카와의 귀에는 거의 들리지 않았다. 온통 자신의 상황이 압도적으로 불리하다는 생각뿐이었다. 방사선 치료의 실패나 인공호흡기를 달지 않은 사실은 의학적으로 얼마든지 반론할 수 있었다. 그러나 쇼타로의 의사 확인만은 확실한 증거가 없었다. 그렇게 되면 담당의로서 정확히 확인하지 못한 책임을 면하기 어려울 것이었다. 그 점을 추궁당한다면 자신의 정당함을 증명하기 어려울 수도 있었다.

이런 내용이 세상에 공공연하게 알려지면 어떤 비난을 받게 될까? 어쩌면 더 심각한 사태에 빠질지도 모른다. 시라카와는 멍하니 화면을 응시하면서 절망감에 빠져들었다.

프로그램은 중간 광고가 나오고 나서 겨우 다음 화제로 옮겨 갔다. 한참 시간이 흐른 것 같은데 시계를 보니 겨우 15분 정도밖에 지나지 않았다.

시라카와는 텔레비전을 끄고 무거운 발걸음을 부장실로 옮겼다. 방으로 돌아온 시라카와는 의자에 털썩 주저앉아 몸을 뒤로 젖혔다. 〈프론티어〉라는 프로그램의 영향력은 어느 정도일까? 프로그램에서는 시라카와의 이름이나 병원 이름은 밝히지 않았지만 알려지는 것은 시간문제였다. 이번 한 번으로 이 이야기가 어둠 속으로 사라질 수는 없을까? 아니다, 그렇게 쉽게 내 바람대로 될 리가 없다. 그보다 먼저 사실을 확인해야겠다.

시라카와는 휴대전화를 꺼내 쇼타로의 이모인 아키코에게 전화를 걸었다. 그때 상황을 확인하기 위해서였다.

"선생님, 정말 죄송합니다."

아키코는 전화를 받자마자 사과부터 했다.

"텔레비전을 보셨군요. 동생이 그런 식으로 말하다니, 선생님께는 어떻게 사과를 드려야 할지 모르겠네요. 저는 결코 선생님을 나쁘게 말하지 않았어요. 그런데도 동생은 멋대로 오해해서 쇼타로의 죽음에 저렇게 소동을 피우다니."

무작정 두서없이 떠들어대는 아키코에게 시라카와는 초조함을 느꼈다.

"아키코 씨, 침착하세요. 책망하려고 전화한 것이 아닙니다. 몇 가지 확인하고 싶은 사실이 있어서요. 쇼타로 군이 사망했을 당시의 일을 야스요 씨에게 어떤 식으로 전하셨나요?"

"안락사라는 말은 한마디도 한 적이 없어요. 그 말을 하면 동생은 당연히 화낼 테니까요. 쇼타로의 병세가 악화되어서 숨을 거두었다고 말했을 뿐이에요. 다만 동생이 쇼타로에게 너무 무관심하기에 나도 모르게 그만 선생님이 편히 쉬게 해주지 않았

다면 쇼타로가 어떻게 되었을지 모르겠다는 말이 튀어나오고
말았어요."

그랬으니 들키고 말았지. 시라카와는 실망에 한숨이 나왔다.
애써 다시 기운을 차리고 가장 중요한 것을 물어보았다.

"쇼타로 군에게 안락사에 대한 의사를 확인했을 당시의 일은
어떻습니까? 쇼타로 군이 확실히 응답했지요?"

"그건⋯⋯."

아키코가 말끝을 흐렸다. 설마 아키코도 야스요와 같은 생
각인가?

"저는 잘 모르겠어요. 쇼타로가 어떤 생각이었는지⋯⋯."

뭐라고? 시라카와의 화난 기색을 느끼자 아키코는 당황하면
서 말을 이었다.

"그때는 저도 정신이 없어서⋯⋯. 그저 쇼타로가 더 이상 고
통스럽지 않기를 바라는 마음뿐이었어요. 하지만 나중에 과연
잘한 일이었는지 혼란스러웠어요."

휴대전화를 쥔 시라카와의 손이 부들부들 떨렸다. 이제 와서
대체 무슨 말을 하는 건가? 쇼타로의 안락사는 애당초 아키코
가 원했던 일 아닌가?

그러나 지금 와서 아키코를 탓할 수는 없었다. 아키코가 등
을 돌리면 안락사의 정당성을 증명해줄 사람이 사라지고 말 것
이다.

"아키코 씨, 저는 그때 쇼타로 군이 확실히 안락사를 받아들

였다고 판단했습니다. 호흡이 멈추더라도 약을 늘려달라는 뜻
으로요."

"그렇지요. 저도 그것으로 되었다고 생각했습니다. 그 아이의
괴로워하는 모습을 더 이상은 도저히 볼 수 없었으니까요."

대체 어느 쪽이란 말인가. 시라카와는 화가 치밀었지만 억지
로 가라앉혔다.

"이건 정말 중요한 일입니다. 그러니까 잘 생각해보세요. 쇼
타로 군이 안락사를 받아들였다는 사실을 증명해줄 사람이 아
키코 씨 말고는 아무도 없습니다. 만약 필요할 경우 다시 이 질
문을 하게 될 겁니다."

시라카와는 가능한 한 침착하게 아키코와의 통화를 마쳤다.

잠시 후 접수계로부터 연락이 왔다. 이번에는 도와 텔레비전
의 프로듀서라는 사람에게서 전화가 왔다고 했다. 시라카와는
마음의 준비를 하고 전화를 받았다.

"시라카와 선생님이십니까? 저는 〈프론티어〉의 제작을 맡고
있는 하시모토라고 합니다. 혹시 오늘의 '특종'을 보셨습니까? 다
름이 아니라 다음 주 금요일에 제2탄을 방영할 예정인데 출연해
주실 수 있으신지요? 쇼타로 군의 안락사에 대해 자세하게 이야
기해주시면 좀 더 심도 있는 논의가 이루어질 것 같습니다."

정말 제멋대로군. 시라카와는 눈살을 찌푸렸다. 몰래 뒤통수
를 치며 싸움을 걸 때는 언제고 이제 와서 심도 있는 논의라고?

시라카와는 불쾌감을 감추지 않고 말했다.

"오늘은 때마침 시간 여유가 있었습니다만, 다음 주 금요일은 수술 일정이 잡혀 있습니다."

"그렇다면 스튜디오에는 마지막에 잠깐만 출연하셔도 됩니다. 오사카 스튜디오에서 중계방송을 해도 괜찮고요. 잠깐 다녀가시는 것만으로도 좋습니다. 텔레비전 출연입니다. 선생님께도 좋은 기회라고 생각되는데요."

이 강요하는 듯한 태도는 또 뭔가? 시라카와는 더욱 기분이 상했다.

"금요일은 수술 일정이 잡혀 있다고 하지 않습니까? 출연은 불가능합니다. 게다가 시간이 있다고 해도 출연할 생각이 전혀 없습니다."

"그렇습니까? 거절하신단 말씀이군요. 유감스럽네요."

전화는 비웃는 듯한 울림을 남기고 눈앞에서 문을 쾅 닫아버리듯 끊겼다.

3. 괴문서

주말은 평온하게 지나갔다.

월요일과 화요일도 조용했지만 수요일에는 주간지의 취재 의뢰가 한 건 있었다. 도와 텔레비전 계열의 대중 잡지였다. 방송에서 시라카와의 이름을 밝히지는 않았지만 이미 공공연한 비밀이 되어 있을 것이다. 당연히 취재는 거절했다. 그러나 소동이 더 이상 확대되지 않도록 뭔가 손을 써야 하지 않을까?

그런 생각을 하고 있던 다음 날 시라카와가 평소처럼 아침 회의에 들어가보니 부원장인 야스하라가 먼저 와 있었다. 같은 외과지만 '은퇴 의사'라는 소리를 들을 정도로 병원 일에 관심이 없고, 아침 회의에는 거의 얼굴을 내밀지 않던 그가 가장 먼저 와서 자리에 앉아 있다는 사실에 시라카와는 기분 나쁜 예감이 들었다.

"좋은 아침입니다, 야스하라 선생님. 오늘은 어쩐 일이십니까?"

"어이구, 매일 아침 일찍부터 수고가 많으시구려. 나도 가끔은 얼굴을 내밀어야 모두 저를 기억하지 않겠습니까? 하하하."

숱이 적은 머리카락을 찰싹 빗어 넘겨 바코드처럼 보이는 야스하라는 교토 사람 특유의 의미심장한 웃음을 흘렸다.

회의는 평소처럼 진행되었고 시라카와도 병례를 검토하는 데 집중했다. 야스하라는 의자에 기대앉은 채 한마디도 하지 않았다.

회의가 끝나자 야스하라는 천천히 몸을 일으키더니 낮은 목소리로 시라카와에게 말했다.

"시라카와 선생, 미안하지만 내 사무실에 잠깐 들러주게."

부원장실은 내과 부장실을 끼고 시라카와의 사무실과 나란히 있었다. 부원장실에 들어가 두 사람만 있게 되자 야스하라는 갑자기 표정이 굳어지면서 노골적으로 불쾌감을 드러냈다.

"시라카와 선생, 최근 환자와 무슨 문제라도 있었나? 문제가 있으면 내게 보고해야지. 내 입장도 좀 생각해주게."

말은 간신히 정중함을 잃지 않았지만 어투에는 분노가 섞여 있었다.

"무슨 일 때문에 그러십니까?"

"굳이 말하지 않아도 알지 않는가? 이런 게 날아들었어."

야스하라는 서랍에서 작은 봉투를 꺼내 시라카와 앞에 던졌다. 뭔지 모를 봉투에는 각진 글씨체로 '교라쿠 병원 와다 시게루 원장 귀하'라고 쓰여 있었다. 즉, 이 편지는 와다 원장이 야스하라에게 건넨 것이었다.

시라카와는 보낸 사람이 누군지 확인하기 위해 봉투의 뒷면을 보았다. 역시나 각진 글씨체로 이렇게 쓰여 있었다.

'선의의 고발자로부터.'

얇은 편지지에는 봉투와 같은 글씨체로 이렇게 쓰여 있었다.

'이달 1일 사망한 후루바야시 쇼타로는 주치의인 시라카와의 독단적인 판단하에 안락사를 당했다. 환자는 안락사를 당할 필요가 전혀 없었다. 방만한 의료 행위에 희생당한 것이다. 병원은 이 부당한 행위를 철저히 규명해 진상을 해명하라.'

대체 누가 이런 편지를 보냈단 말인가. 제일 먼저 떠오른 사람은 역시 후루바야시 야스요였다. 텔레비전에 나가 떠드는 것만으로도 부족해 이런 편지까지 보내다니. 감사는커녕 원망을 해도 유분수라는 생각에 시라카와는 눈살을 찌푸렸다.

"이 후루바야시 쇼타로는 어떤 환자였나?"

부원장이면서도 병동의 환자를 전혀 파악하지 못한 야스하라가 물었다. 시라카와는 쇼타로의 병에 대해 설명한 후 떳떳하게 말했다.

"저는 양심의 가책을 받을 만한 짓은 전혀 하지 않았습니다. 문서의 내용은 생트집일 뿐입니다. 그것을 그대로 믿으시다니 놀라울 따름입니다. 진료 기록이건 뭐건 전부 조사해보십시오."

야스하라는 화를 꾹 참는 듯 눈을 내리떴다. 부원장은 약한 자에게는 강하고 강한 자에게는 기가 꺾이는 성격이라는 것을 지금까지의 경험으로 이미 알고 있었다.

시라카와는 선제공격만이 살길이라는 듯 계속해서 말을 이어갔다.

"야스하라 선생님, 이 편지를 누가 보냈는지 대충 짐작이 갑니다. 병원에는 거의 얼굴도 내밀지 않던 환자의 어머니입니다. 어떤 상황이었는지도 잘 모르는 주제에 멋대로 불만을 제기하고 있는 겁니다. 제가 담판을 짓겠습니다."

"그렇지만 이미 원장의 귀에도 들어간 터라……."

야스하라는 떨떠름한 표정으로 팔짱을 끼었다. 원장인 와다는 올해 1월 대학에서 옮겨온 내과의로, 야스하라에게는 1년 선배였지만 경력으로나 실력으로나 야스하라를 훨씬 능가하는 사람이었다.

"와다 원장님께는 제가 확실하게 보고하겠습니다. 그전에 환자의 어머니와 통화하도록 해주십시오."

성질이 급한 시라카와는 당장 연락하는 편이 낫겠다고 판단한 듯 휴대전화를 꺼내 들었다. 아직 오전 8시 30분밖에 안 되었지만 다행히 야스요와 연결되었다.

"후루바야시 야스요 씨입니까? 저는 교라쿠 병원의 시라카와입니다. 병원에 익명의 편지를 보내다니 제정신입니까?"

야스하라의 눈을 의식해서 시라카와는 더욱 목소리를 높여

따졌다. 그런데 전화기 너머에서는 예기치 못한 엉뚱한 대답이
돌아왔다.

"뭐라고요? 익명의 편지라니, 그게 대체 무슨 말입니까?"

시라카와는 야스요의 반응에 기가 눌릴 뻔했지만 지지 않고
목소리를 높였다.

"시치미를 떼는 것도 정도껏 하시죠. 뭐가 '선의의 고발자'
입니까?"

더욱 몰아붙이기 위해 시라카와는 봉투에 찍힌 소인을 확인
하면서 말했다.

"당신이 그저께 오사카 중앙우체국에서 부쳤다는 것을 알고
있어요. 오전 중에 우체통에 넣지 않았습니까?"

"잠깐만요, 적당히 좀 하시죠. 내가 왜 시라카와 선생님께 익
명의 편지를 보낸단 말인가요. 나는 하고 싶은 말이 있으면 정
면에서 할 겁니다."

시라카와는 야스요의 말에 순간 뭔가 잘못 짚었다는 생각
이 들었다. 야스요는 시라카와 앞으로 보낸 편지라고 생각하
는 게 아닌가.

"아니, 편지는 저희 원장님에게 보냈더군요."

"그렇다면 더욱 그런 편지는 쓰지 않아요. 익명의 편지 따위는
의심을 살 뿐이니까요. 그런 서툰 짓은 하지 않습니다."

야스요는 코웃음을 쳤다. 시라카와는 당황해서 따졌다.

"그런 말로 날 동요하게 하려는 생각 아닙니까?"

"그러니까 그런 말도 안 되는 소리는 하지 마시라고요. 선생님, 함부로 사람을 의심하는 건 자신이 뭔가 꺼림칙한 일을 했다는 증거 아닙니까?"

시라카와는 말문이 막혔다. 어쩌면 정말 야스요가 보낸 편지가 아닐지도 모른다. 야스요는 기세등등하게 말을 이었다.

"쇼타로의 일은 물론 이대로 끝내지 않을 겁니다. 하지만 싸우더라도 정정당당하게 할 테니 아침부터 이런 이상한 전화는 하지 말아주세요."

전화가 뚝 끊겼다.

"어떤가? 상대방이 인정하던가?"

뻔히 들은 주제에 야스하라가 천연덕스럽게 물었다.

"아니요, 뻔뻔하게 끝까지 발뺌을 하는군요. 하지만 이런 편지를 보낼 사람은 그 여자 말고는 없어요."

강경하게 말했지만 내심 불안한 마음은 감출 수 없었다. 야스요가 아니라면 대체 누가 이런 편지를 보냈을까? 내용으로 보건대 분명 야스요의 주변 인물이 틀림없었다. 방송에서 야스요를 편들던 저널리스트이거나 어쩌면 방송국의 인간이나 주간지 기자일지도 모른다. 아니면…… 설마 병원 안의 누군가?

시라카와의 뇌리에 불길한 생각이 스쳤다. 이 편지는 자신을 싫어하는 누군가가 쓴 내부 고발 아닐까? 그래서 와다 병원장에게 보낸 것일까? 와다와 시라카와가 대립하고 있다는 것은 교라쿠 병원에서는 잘 알려진 사실이었다.

1월에 부임한 와다는 '좋은 의료는 좋은 근무 환경에서'라는 기치 아래 원내 개혁을 추진했다. 의사나 간호사가 쾌적한 환경에서 일하면 여유가 생겨서 환자에게도 좋은 의료를 제공할 수 있다는 것이 그의 생각이었다. 정시에 퇴근하고 유급 휴가도 다 찾아 쓰고, 대신 근무 중에는 환자를 위해 최선을 다한다는 방침이었다. 직원 대다수가 이런 방침을 환영했다.

그러나 의료란 정해진 시간 내에 끝나지 않는다. 특히 외과는 수술이 연장될 때가 많다. 그렇게 되면 수술부 직원은 정시에 퇴근하지 못한다. 정시 퇴근을 고집하는 와다는 외과 수술 일정을 줄이려고 했다. 외과에서는 당연히 반발할 수밖에 없었다. 특히 먼 곳에서까지 수술을 받으러 찾아오는 환자가 많은 시라카와는 수술 일정을 축소하려는 계획에 강하게 반대했다.

외과의 수장은 부원장인 야스하라지만, 그는 좋은 게 좋다는 성격이라 원장에게 강하게 맞서지 않았다. 그 바람에 시라카와가 앞장서서 몇 번인가 와다와 심하게 부딪쳤다.

합리적인 생각에 쉰여섯 살치고는 젊고 세련된 외모의 와다는 내과를 중심으로 병원에서도 인기가 높았다. 한편 쉰 살의 외과 부장이면서 젊은 의사 이상으로 의욕적인 시라카와도 원내 의사와 간호사로들로부터 신망이 두터웠다. 하지만 환자를 위해서라면 심야 진료도 마다하지 않는 시라카와의 방식에 일부 간호사들이 불만을 갖고 있는 것이 사실이었다.

한편 와다의 방침도 그저 인기를 끌기 위한 수단이라는 둥, 잔

업 수당을 줄이려는 속셈이라는 둥 험담하는 사람들도 적지 않았
다. 그중에는 뇌신경외과나 정형외과 같은 외과계 의사들이 많
았다. 흔히 있는 내과 대 외과의 힘겨루기인데, 당사자들의 눈이
닿지 않는 곳에서 쌍방의 대립은 확실히 깊어지고 있었다.

"원장이 어찌 된 일인지 빨리 보고하라고 하니 지금 당장 가
세. 기다리게 했다가는 괜히 시끄러워지기만 할 걸세."

야스하라는 성가시다는 듯한 태도로 자리에서 일어나 시라
카와를 데리고 방을 나섰다.

원장실은 복도 끝에 있는데, 그 바로 앞에 비서의 자리가 있
었다. 비서에게 눈짓으로 와다가 있는지 확인한 후 야스하라는
문 앞에서 머리를 깊이 숙였다.

"야스하라입니다. 와다 원장님, 잠깐 시간 좀 내주시겠습니
까?"

옆에서 보기 민망할 정도로 굽실거리는 태도였다. 보아하니
야스하라의 도움은 기대하기 어려울 것 같았다. 시라카와는 각
오를 한층 다졌다.

마음을 단단히 먹고 원장실로 들어가자 와다가 기다리고 있
었다는 듯 자리에서 일어섰다.

"아, 시라카와 선생, 수고가 많으십니다. 이쪽으로 와 앉으세
요. 편지를 보고 깜짝 놀라셨지요? 세상에 그런 끔찍한 중상모
략을 하는 사람이 있다니."

중상모략? 와다로부터 책임을 추궁당할 것으로 생각했던 시

라카와는 약간 기운이 빠졌다. 권하는 대로 소파에 앉자 옆에 있던 야스하라가 송구스러워하면서 편지를 내밀었다. 와다는 그것을 무시하고 시라카와를 바라보았다. 어색한 침묵 속에서 시라카와가 말문을 열었다.

"이런 일로 폐를 끼쳐서 죄송합니다."

일단은 순순히 머리를 숙이고 빠른 어조로 상황을 설명했다.

"후루바야시 쇼타로는 금년 5월 1일 항문암 수술을 받은 환자입니다. 수술 후 방사선 치료에 차도가 없어서 7월경부터 터미널 케어(terminal care: 말기 암 환자 등 치유 가능성이 없는 환자를 돕는 일 - 옮긴이)를 시작했습니다."

암의 재발, 극심한 통증, 케타민을 사용할 수밖에 없었던 상황 등을 간결하게 이야기하자 와다는 고개를 끄덕이며 열심히 귀 기울여 들었다.

"마지막에는 가족의 강력한 요청으로 일단 본인의 의식을 깨워 의사를 확인하고 부득이하게 케타민을 대량 투여했습니다."

"그렇군요. 저도 시라카와 선생이 불합리한 치료를 할 리가 없다고 확신하고 있었습니다. 젊은 말기 암 환자의 마지막은 비참하니까요."

늘 정중히 예의를 차리는 듯한 태도를 보이던 와다가 예기치 못한 친밀함을 보이며 고개를 끄덕였다. 그러고는 당연하다는 듯 이렇게 물었다.

"의사 확인 건입니다만, 동의서는 받으셨습니까?"

"동의서라니요?"

지금껏 와다는 자신의 이야기를 제대로 듣고 있었던 것일까? 그 다급한 상황에서 동의서 따위를 받을 여유가 있을 리 만무하지 않은가!

"동의서는 받지 않았습니다만."

시라카와가 곤혹스럽게 대답하자 와다가 혼잣말처럼 중얼거렸다.

"그게 문제군요."

그러자 야스하라가 곧바로 시라카와에게 말했다.

"어쩌다 동의서도 받지 않았는가? 지금은 수술뿐만 아니라 위 내시경 검사조차 동의서를 받는 시대인데."

쓸데없는 참견에 미간을 찌푸렸지만 오히려 사정을 설명할 좋은 기회였다. 시라카와는 와다에게 의식을 집중해서 대답했다.

"물론 동의서를 받지 않은 것은 저의 불찰일지도 모릅니다. 그러나 앞서 말씀드렸듯이 환자는 통증이 너무 심해서 의식도 간신히 깨어 있는 상태였습니다. 도저히 동의서에 사인할 수 있는 상황이 아니었어요."

한참 생각에 잠겨 있던 와다가 더욱 심각한 어조로 물었다.

"그렇게 의식이 간신히 깨어 있는 상황이라면 더더욱 명확한 의사 확인이 불가능했다고 할 수 있지 않을까요?"

"그 부분은 틀림없습니다. 환자는 제 눈을 보고 확실히 고개를 끄덕였으니까요."

시라카와는 확신에 찬 눈으로 와다를 바라보았다. 와다는 시라카와의 시선을 피하듯 미묘하게 얼굴을 돌리고 한숨을 쉬었다.

"동의서가 없다니 곤란하게 됐군요."

"원장님, 현장이 어떤 상황이었을지 잘 생각해보십시오. 환자는 극심한 통증으로 마약도 듣지 않는 상태였고, 환자의 어머니는 수차례 연락해도 병원에 나타나지 않았습니다. 어머니 대신 간병하던 이모는 정신적으로 피폐해져 발광하기 일보 직전이었습니다. 한번은 환자의 목을 조를 정도였으니까요."

"하지만 그렇다고 곧장 안락사를 결정하는 것도 좀 그렇지 않습니까? 시라카와 선생은 그 길밖에 없다고 생각하셨던 모양입니다만, 아무래도 당사자는 자칫 시야가 좁아지기 십상이니까요. 다른 사람과 안락사에 관한 상의를 하셨습니까?"

"아니요, 그건……."

대체 누구와 상의하란 말인가? 야스하라는 환자에게 관심이 없을 뿐 아니라 좋은 게 좋다는 주의고, 부하 의사들은 자신에게 이의를 제기하지 못했을 것이다. 시라카와는 격분했지만 문득 한 가지 의문이 생겼다. 와다는 자신이 아무하고도 상담하지 않았다는 사실을 알고 있는 듯한데, 대체 그것을 어떻게 안 것일까?

편지의 소인은 그저께 오전이다. 그렇다면 어제 오전에 배달되었다는 뜻이다. 와다는 그것을 읽고 곧바로 조사를 시작했음이 틀림없었다. 먼저 당사자에게 묻지 않고 주변을 캐다니 비겁한 방법이었다. 시라카와가 노려보았지만 와다는 무시하고 혼잣말처럼 중얼거렸다.

"그렇다면 경찰에 신고하지 않을 수 없겠군요."

시라카와는 자기도 모르게 눈을 크게 떴다. 느닷없이 경찰이라니.

시라카와의 당황한 모습을 꿰뚫어보듯 와다는 더욱 심각하게 말했다.

"시라카와 선생에게는 유감스러운 일입니다만, 빨리 경찰에 신고하지 않으면 병원이 은폐하려 했다는 의심을 받기 쉽습니다."

경찰이라는 말에 야스하라도 불안해진 모양이었다. 놀랍게도 양손을 비비며 시라카와 쪽을 변호했다.

"와다 원장님, 일단은 온건한 방책을 찾아보는 편이 어떨까요?"

와다는 야스하라에게 날카로운 눈초리를 보내며 엄격한 어조로 말했다.

"그러면 이 편지는 어떻게 합니까? 만약 외부인이 보낸 거라면 그쪽에서 경찰에 신고할지도 몰라요. 그렇게 되면 우리는 사태를 파악하지 않고 보고도 하지 않은 것이 됩니다."

시라카와는 일이 너무 잘 짜여 있다는 느낌이 들었다. 이 괴문서는 역시 병원 내 누군가가 보낸 것이 틀림없었다. 와다는 쇼타로의 안락사를 알고 자신을 함정에 빠뜨리기 위해 덫을 놓은 것이었다. 자신이 이 병원에서 물러나면 외과의 힘이 약해지고 원내에서 원장과 대립하는 세력은 사라질 것이다.

"저도 괴롭습니다. 하지만 병원장으로서 다른 방법이 없습니다."

어색하게 얼굴을 숙이는 와다에게 시라카와는 어떻게든 반격을 가하려고 했다.

"원장 선생님은 지금 우리가 사태를 파악하고 있으면서라고 했습니다만, 제 설명만으로 충분하십니까? 조금 더 조사하는 편이 좋지 않을까요? 아니면, 원장 선생님은 이미 충분한 정보를 갖고 계십니까?"

의미심장한 질문에 와다는 희미하게 동요하는 듯했다.

"그런 건 아닙니다만……."

"그렇다면 다른 사람의 이야기도 들어주십시오."

"알겠습니다. 그렇다면 병동 책임자인 이시이 씨에게 물어봅시다."

이시이는 외과 병동의 수간호사였다. 다소 소심한 면이 있지만 수간호사로는 비교적 젊은 40대 후반이었다. 이시이라면 쇼타로의 상태나 아키코에 대해 잘 알고 있었다. 시라카와가 동의하자 와다는 내선 전화의 수화기를 들었다.

"아, 이시이 씨, 와다 원장입니다. 잠깐 원장실로 와주십시오. 그래요, 바쁜데 미안합니다."

이시이는 곧바로 원장실로 왔다. 와다가 옆자리를 권하자 어려워하면서 소파 끝에 앉았다.

"지금부터 하는 이야기를 다른 사람에게는 발설하지 말아주십시오. 2주일 정도 전에 외과 병동에서 사망한 후루바야시 쇼타로라는 환자의 일입니다만, 시라카와 선생이 그 환자를 안락사시킨 일은 이시이 씨도 들어서 알고 있지요?"

이시이는 눈을 내리뜨고 시라카와 쪽을 흘깃 보면서 "네, 조금은" 하고 신통치 않은 대답을 했다.

"조금이라는 건?"

"시라카와 선생님으로부터 직접 들은 이야기가 아니라서."

"환자는 어떤 상태였나요? 고통이 상당히 심했나요?"

"네, 그렇습니다. 그건 틀림없습니다. 쇼타로 씨는 젊기도 했고……."

어쩐지 석연치 않은 말투였다. 와다는 신경 쓰지 않고 계속해서 부드럽게 물었다.

"그러면 이시이 씨도 안락사는 어쩔 수 없는 선택이었다고 생각합니까?"

"네? 아뇨. 그건, 그러니까 간호사들 사이에서도 여러 가지 의견이 있긴 했지만……."

"어떤 식으로요?"

"시라카와 선생님은 치료에 최선을 다하고 계셨기 때문에 다른 방법이 없었다는 생각도 합니다. 다만 간호하는 입장에서는 완화 치료(암에 의한 동통이나 고생을 부드럽게 하는 처치법의 총체 - 옮긴이)의 여지도 있지 않았나 하는……."

시라카와는 자기도 모르게 눈썹을 치켜세웠다. 쇼타로의 안락사가 너무 빨랐다고 말하고 싶은 건가? 이시이는 시라카와의 시선을 피하듯 눈을 내리뜨고 있었다.

"그런 생각을 시라카와 선생에게는 말했나요?"

원장의 질문에 이시이는 마른 몸을 더욱 웅크리며 말하기 어려운 듯 목소리를 낮췄다.

"말씀드리고 싶었지만 선생님께는 선생님의 생각이 있으시니까……."

"귀 기울이지 않았다는 말입니까?"

"아니요, 그게 아니라 시라카와 선생님은 늘 너무 바쁘셔서……."

와다는 이시이로부터 시선을 돌려 팔짱을 끼고는 "음" 하고 신음 소리를 냈다. 문제가 심각해졌다는 암묵적인 의사 표현이었다. 와다는 헛기침을 한 번 하고는 직무상 어쩔 수 없다는 듯 이시이에게 물었다.

"본인 앞에서 물어보기는 좀 그렇지만 외과 병동의 수간호사로서 이번 일 말고도 시라카와 선생의 진료에 문제가 있다고 느낀 적은 없습니까?"

와다의 말에 시라카와는 순간 머리로 피가 몰렸다. '이번 일 말고도'라니, 대체 그게 무슨 뜻인가? 마치 쇼타로의 안락사가

문제 있는 진료였다고 결정해버린 말투가 아닌가? 그러나 지금
감정적으로 나가면 와다의 계획에 넘어가는 꼴이 될 것이다. 시
라카와는 냉정함을 잃지 않으려 애쓰며 이시이에게 말했다.

"만약 그렇게 생각한 적이 있다면 솔직히 말해주세요. 저도
모르고 넘어간 일이 있다면 참고할 테니."

이시이를 재촉해서 반대로 여유를 보일 생각이었는데, 이시
이의 입에서는 생각지도 못한 말이 튀어나왔다.

"시라카와 선생님은 환자 입장에서 열심히 진료하십니다만,
굳이 말씀드리자면 독단적인 타입이셔서 간호사들 중에서는 선
생님을 따라가기 힘들다는 사람도 있어요."

"그래, 독단적인 타입이라. 옛날 의사들은 그걸로 충분했지
만 말이야."

와다가 자기 생각이 맞아떨어졌다는 표정으로 중얼거렸다.
시라카와는 조금 전의 냉정함을 잃고 목소리를 높였다.

"대체 나의 어떤 점이 독단적이란 말인가?"

"이것 봐요. 바로 그런 점 아니겠습니까?"

시라카와는 몹시 불쾌했지만 곧바로 받아치는 와다의 말에
입을 다물지 않을 수 없었다.

지금까지 자신은 간호사들도 충분히 배려해서 협력을 구해왔
다고 생각했다. 물론 환자의 상태가 급변하거나 촌각을 다투는
상황에서는 호통을 치기도 하고 시간 외 근무를 요구하기도 했
다. 그러나 의료는 간호사의 협력 없이는 불가능하다는 점을 부

하 의사들에게도 늘 귀에 못이 박히도록 가르쳐왔다. 그것은 오직 의사의 횡포나 독단을 경계하기 위해서였다. 이시이는 수간호사로서 지도력이 약간 부족해 그 점을 지적한 적이 있긴 하지만, 그것은 이시이의 장래를 생각해서 한 말이었다. 자신의 지적을 순수하게 받아들였다고 생각했는데 그런 식으로 보고 있었단 말인가? 그렇게 생각하자 시라카와는 상당히 실망스러웠다.

"대개 뛰어난 의사일수록 독단적인 경우가 많고, 외과 리더는 그 정도 실력이 없으면 맡기 힘들지요."

와다는 시라카와에게 말하는 척하며 야스하라를 의뭉스럽게 비아냥거렸다. 하지만 야스하라는 그 말뜻을 알아챘는지 알아채지 못했는지 표정을 바꾸지 않았다. 와다는 다시 공격의 화살을 시라카와에게 돌렸다.

"다만 그 독단적인 행동이 이번 안락사로 이어졌다면 전혀 문제가 없다고는 할 수 없겠군요."

에둘러 말하면서도 와다는 쇼타로의 안락사가 시라카와의 독단이라는 방향으로 이야기를 몰아갔다. 그것을 부정하면 누구하고도 의논하지 않았다는 사실을 따지고 들겠지. 설마 병원 내에서 궁지에 몰릴 것이라고는 생각도 못했다.

시라카와가 아무 말도 하지 않자 와다가 벽시계로 시선을 돌렸다.

"여기서 더 이상 이야기해봤자 소용없겠어요. 일단 시라카와 선생은 보고서를 제출해주세요. 기한은 다음 주 월요일까지면 될까요? 보고서를 작성하는 데 시간이 필요할 테니 그때까지는 진료에서 손을 떼주십시오."

무심코 시라카와의 언성이 높아졌다.

"잠깐만 기다려주십시오. 진료에서 손을 떼라니, 당장 오늘 외래 환자는 어떻게 합니까? 병동 회진도 있고 내일은 수술 일정도 잡혀 있어요. 현장을 떠날 수 없습니다. 보고서는 밤이나 주말에도 충분히 쓸 수 있습니다."

"시라카와 선생, 오해하셨군요. 지금 선생은 위법 안락사의 당사자입니다. 보고서를 검토한 후에 결백이 증명될 때까지는 진료를 하도록 내버려둘 수 없습니다. 오늘 외래는 다른 의사에게 맡기십시오. 이것은 원장의 명령입니다."

시라카와가 할 말을 잃자 이야기의 흐름이 달라진 것을 눈치 챈 야스하라가 부랴부랴 와다에게 물었다.

"그러면 조금 전 원장 선생님이 말씀하신 경찰 신고는 어떻게 할까요?"

"그건 시라카와 선생의 보고서를 읽어보고 나서 결정하지요."

"알겠습니다. 시라카와 선생, 그러면 원장 선생님의 지시대로 서둘러 보고서를 작성해주세요."

야스하라도 손목시계를 보더니 자리에서 일어섰다. 이시이는 원장이 말하기도 전에 이미 자리에서 일어나 있었다. 시라카와는 세 사람에게 떠밀리듯 어쩔 수 없이 소파에서 몸을 일으켰다.

원장실을 나오자 야스하라는 시라카와에게 눈길도 주지 않고 부원장실로 가버렸다. 이시이도 불안한 걸음걸이로 엘리베이터 쪽으로 향했다.

시라카와는 방으로 돌아와 생각에 잠긴 채 의자에 앉았다. 진료 정지라니, 참기 어려운 굴욕적인 처분이었다. 그러나 딱 잘라 거부하지 않은 데에는 나름대로 이유가 있었다. 수술 일정이 잡혀 있는 내일, 즉 금요일에는 〈프론티어〉가 방송되기 때문이었다. '특종'에서 예정된 제2탄 방송을 보고 싶었다. 다행히 내일 수술은 젊은 의사를 지도하는 것이어서 자신의 환자에게 피해를 줄 일은 없었다.

그건 그렇고, 이시이가 그런 말을 할 거라고는 생각지도 못했다. 자신은 참 사람 보는 눈이 없다고 생각하고 있는데 희미한 노크 소리가 들렸다.

"들어오세요."

대답을 하자 이시이가 들어왔다. 외과 병동에 돌아가지 않고 엘리베이터 앞에서 되돌아온 모양이었다.

"이시이 씨, 무슨 일입니까?"

"선생님, 저는……."

이시이는 말을 꺼내며 눈물을 흘렸다. 그리고 한바탕 울고 나더니 띄엄띄엄 말하기 시작했다.

"선생님, 저…… 마음속에 있는 말을 하지 못했어요. 원장님께…… 그런 식으로 질문을 받으니까 무슨 말을 해야 좋을지…… 당황해서……."

이시이의 눈물은 어딘가 모르게 연기하는 듯한 느낌이 들었다. 그녀는 약해 보이지만 사실 강한 면이 있었다. 이시이가 젊은 나이에 외과 병동의 수간호사라는 요직에 발탁된 것도 원장이나 간호 부장에게 잘 보였기 때문이라는 소문이 있었다. 그런 그녀가 지금 와서 무슨 말을 하려는 것일까?

"아까는 본심이 아니었어요. 실은 어제저녁 원장실로 불려가 이런저런 말을 들었습니다. 그래서 다른 말을 하고 싶었지만 어쩔 수 없었어요. 선생님, 부디 오해하지 말아주세요."

역시 그랬군! 와다는 이시이에게서 이미 이야기를 들었던 것이다. 그리고 자신에게 유리한 말을 하지 못하도록 압력을 가한 것이 틀림없었다. 그런 사실을 이렇게 말하러 왔다는 건 자신에게도 밉보이면 곤란하다고 판단했기 때문이겠지. 그녀는 이런 식으로 늘 다른 사람의 안색을 살피고 있었던 것이다.

시라카와는 이시이를 가엾게 여기며 조용히 말했다.

"알겠어요. 나는 이시이 씨를 믿어요. 그러니까 마음 쓰지 말아요."

이시이는 몹시 감동한 듯 양손으로 얼굴을 가리고 머리를 깊이 숙여 인사한 뒤 방을 나갔다.

4. 거짓 보고서

이튿날인 금요일, 시라카와는 복도에 인기척이 없는 것을 확인하고 혼자 당직실로 들어가 문을 잠갔다. 그리고 채널을 도와 텔레비전에 맞추고 이어폰을 끼었다. 신문에서 본 이날의 방송 편성표에는 '특종! 안락사 사건의 섬뜩한 전개'라고 쓰여 있었다.

프로그램은 지난주와 거의 같은 멤버들로 시작되었는데, '저지련'의 오쓰카는 출연하지 않았다. 제대로 된 의사라면 당연히 평일 낮에 그렇게 자주 텔레비전에 얼굴을 내밀 수 없었다. 야스오는 지난번과 같은 검은색 옷차림에 자신만만한 시선으로 카메라를 쳐다보았다. 오늘은 어떤 이야기를 꺼낼지 시라카와는 마른침을 삼키며 지켜보았으나 의외로 쇼타로의 건은 처음에 간단히 다루고 끝나버렸다.

그 후 지금까지의 안락사 사건을 설명하는 형태로 화면이 지나갔다. 1991년 도카이 대학의 사례를 시작으로 가나가와 현의 가와사키 협동병원, 홋카이도 하보로 병원, 후쿠야마 현 이미즈 시민병원의 사례 등이 소개되었다. 모두 세간에 크게 화제가 된 안락사 사건이었다.

프로그램에서는 네덜란드의 안락사법을 다루면서 일본에서도 은밀하게 안락사법 제정 움직임이 확대되고 있다고 주의를 환기시켰다.

한바탕 토론이 오가고 나서 야스요가 결론을 내리듯 말했다.

"과거의 안락사 사건에서 의사에게 유죄 판결이 내려진 것은 도카이 대학과 가와사키 협동병원 두 건입니다. 이 두 건 모두 환자의 생명을 위협하는 염화칼륨이나 근이완제를 투여한 것이 판결을 결정짓는 요인이 되었습니다. 단순히 연명 치료를 중지하는 것보다 죽음에 이르는 약을 투여하는 쪽이 죄가 더 무겁다는 판결이 내려졌지요. 당연히 의사가 해서는 안 되는 행위니까요."

말을 마치자 야스요는 분노로 들끓는 시선을 카메라로 향했다. 그 눈빛은 환자를 죽음에 이르게 하는 케타민을 투여한 시라카와 너도 유죄라고 선고하는 듯했다.

어쨌거나 예상하던 비판은 없었다. 쇼타로의 안락사를 특별히 떠들어대지도 않았다. 대체 뭐지? 시라카와는 섬뜩한 기분이 들면서도 일단 안심했다.

원장실에서 이야기가 오간 뒤 시라카와는 보고서를 작성하기 시작했지만 좀처럼 진척이 없었다. 있는 그대로 쓰면 와다는 안락사라는 사실을 내세워 경찰에 신고할 것이 틀림없다. 그렇게 되면 당연히 진료 정지도 해제되지 않을 것이다. 자신의 수술을 기다리는 환자들은 어떻게 하면 좋단 말인가? 그런 생각 때문에 시라카와는 보고서에 사실대로 써도 좋을지 결정을 내리기 어려웠다.

그날 오후 7시가 지나서 누군가 부장실을 노크하는 소리가 들렸다. 내과 부장인 시마즈가 서류 파일을 들고 들어왔다.

"선생님, 잠깐 드릴 말씀이 있는데요."

시마즈는 내과의다운 온화한 태도로 말했다. 그는 시라카와보다 2기 아래로, 지적인 분위기를 물씬 풍기는 순환기 질환 전문가였다. 시라카와가 의자를 권하자 시마즈는 책상 맞은편에 앉아 목소리를 낮춰 말했다.

"오늘 원장 선생님의 지시로 시라카와 선생님 건에 대해 원내 조사위원회가 조직되었습니다. 멤버는 야스하라 부원장, 오노하라 간호 부장, 이시이 수간호사, 야마무라 사무장과 저입니다. 위원장은 본래 야스하라 선생님이 맡으셔야 되지만 자신은 같은 외과의라며 사양하셔서 제가 맡았습니다."

밀의를 도모하는 듯한 시마즈의 말투에 시라카와는 긴장했다.

"그래서 위원장을 맡은 제가 이렇게 선생님을 방문한 것은 규칙 위반입니다만, 가능한 한 빨리 사건을 수습할 필요가 있다고 생각해서요."

"고맙습니다."

시라카와는 상대의 호의적인 태도에 일단 감사 인사를 했다.

"눈치채셨는지 모르겠습니다만, 지금 원내에는 온통 이 이야기뿐입니다. 선생님이 오늘 당직실에서 텔레비전을 보신 일도, 프로그램 내용도 이미 병원 안에 전부 퍼졌습니다."

그럴 리가 없다고 생각한 시라카와는 미간을 찌푸리며 말했다.

"의국에서 텔레비전을 보는 사람은 없었는데요."

"모두 DMB로 봤습니다."

휴대전화로 말이군. 숨어서 몰래 봤다는 소리가 불쾌했지만 자신도 당직실에서 몰래 봤으니 뭐라 비난할 수 없었다.

"소동이 더 커지면 환자들에게도 알려질 테고 진료에도 영향을 미칠 우려가 있습니다."

시마즈의 표정에 그림자가 드리워지자 시라카와는 긴장했다. 그는 무슨 말을 하러 온 걸까? 시라카와가 입을 꾹 다물자 시마즈는 사무적인 냉정한 말투로 말했다.

"시라카와 선생님, 제발 안락사를 시행했다는 말은 보고서에 적지 마십시오."

예상치 못한 요청에 시라카와는 할 말을 잃었다. 그러나 시마즈는 심사숙고했다는 표정으로 시라카와의 대답을 기다렸다. 시라카와는 의아함을 감추지 않은 채 물었다.

"……무슨 뜻입니까?"

시마즈는 같은 내과 소속인 원장에 대한 수치심을 드러내며 말했다.

"와다 원장이 선생님께 진료 정지를 명령했다는 말을 듣고 저는 정말 깜짝 놀랐습니다. 사실 시라카와 선생님처럼 열심히 진료하는 분도 없어요. 만약 선생님이 진료할 수 없는 상황이 계속된다면 외과뿐 아니라 병원 전체로서도 큰 손해입니다. 환자들을 위해서도 하루빨리 현장에 복귀해주셔야 합니다."

내과 부장인 시마즈의 말에 시라카와는 가슴이 뜨거워졌다. 전공은 다르지만 무엇보다 환자를 우선시하는 자세는 같았다. 게다가 이전부터 시마즈는 두뇌 회전이 빠르지만 경박함이 느껴지는 와다의 언동에 저항감을 느끼는 기색이었다.

"시라카와 선생님이 보고서에서 안락사를 인정하면 그것이 비록 정당한 행위였다 하더라도 와다 원장은 경찰에 신고할 겁니다. 그렇게 되면 선생님의 입장은 매우 불리해집니다."

"그렇다면 보고서에 뭐라고 쓰면 좋을까요?"

"실은 방금 전에 야마무라 사무장에게 선생님의 비밀 번호를 가르쳐달라고 해서 후루바야시 쇼타로 씨의 진료 기록을 보았습니다. 이게 인쇄한 진료 기록입니다."

시마즈는 파일에서 종이를 꺼내 보여줬다.

"전자 기록이니까 수정이나 삭제는 전부 기록이 남습니다만, 당연히 내용을 바꾼 흔적은 없었습니다. 쇼타로 씨가 임종하기 전에 케타민이 대량 투여되었다는 기록이 있어요. 그런데 투여 목적은 쓰여 있지 않습니다. 그전에는 환자의 고통이 굉장히 심해서 통상적인 양의 케타민으로는 의식을 잃게 할 수 없다는 기록이 있습니다."

"그래요. 일주일 전까지 그런 상태였어요."

"그러니까 케타민의 사용은 어디까지나 쇼타로 씨를 잠들게 하기 위해서지 안락사를 시킬 의도가 아니었다고 하면 되는 겁니다."

"하지만 투여량은 허용 범위를 넘었어요."

"그것은 케타민의 양이 적으면 의식을 회복하기 때문이겠죠. 의식을 잃게 하기에 충분한 양이 치사량이라고는 할 수 없습니다. 보고서에는 암이 급격히 진행돼 발병한 다발성 장기 부전이 직접적 사망 원인이라고 써주세요."

"하지만 그건 사실과 다릅니다. 마지막에는 케타민양을 최대로 늘렸으니까요."

시라카와가 머리를 흔들자 시마즈는 시라카와의 얼굴을 뚫어지게 바라보았다.

"진료 기록에는 환자 사망 시의 케타민 투여량을 쓰지 않으셨더군요. 만일을 대비해서 일부러 적지 않으신 것 아닙니까?"

아니다. 그런 잔꾀를 부린 기억은 없었다.

시라카와는 시마즈로부터 진료 기록을 받아 마지막 날의 페이지를 찾아보았다. 사망 확인란의 소견에 '케타민을 더욱 증량'

이라고만 쓰여 있고, 투여량은 적혀 있지 않았다. 링거를 전부 열었을 때의 양을 정확히 몰랐기 때문에 쓰지 않았던 것이다.

시라카와는 그런 사실을 설명하고, 시미즈의 마음은 고맙지만 거짓으로 보고서를 작성할 수는 없다고 말했다.

"그렇다면 진료 정지가 계속되어도 괜찮다는 말씀이신가요?"

물론 그건 곤란하다. 완전히 나쁜 짓을 한 것도 아니고 수술을 기다리는 환자를 위해서도 빨리 진료에 복귀해야 한다. 그러나 거짓으로 보고서를 작성하는 짓은 신념에 위배된다. 그렇다고 있는 그대로 쓰면 진료 정지가 풀리지 않는다.

해답을 찾으려고 여러 가지 생각을 하고 있는데 시미즈가 다시 시라카와를 설득했다.

"시라카와 선생님 같은 분이 오랫동안 진료를 떠나서는 안 됩니다. 선생님의 수술을 기다리는 환자들을 생각해보세요. 선생님의 진실한 마음은 충분히 이해합니다만, 지금은 현실을 우선해야 합니다. 아무 말도 하지 않으면 분명 선생님은 보고서에 사실 그대로 쓰실 것 같아 제가 이렇게 은밀히 찾아온 겁니다. 진료 재개를 위해서는 결코 안락사를 인정하면 안 됩니다."

시미즈의 말에는 열의가 담겨 있었다. 시라카와는 여전히 석연치 않았지만 시미즈의 깊은 배려에 마음이 흔들렸다.

"알겠습니다. 보고서를 작성하기 전에 다시 한 번 깊이 생각해보겠습니다."

"부탁드립니다. 그 환자는 악성 항문암이었다는 사실을 잊지 마십시오."

그 말은 얼마든지 다발성 장기 부전으로 상태가 급변할 가능성이 있다는 뜻이었다. 시마즈는 다시 한 번 다짐하며 인사를 하고 방을 나갔다.

시라카와는 시마즈가 두고 간 쇼타로의 진료 기록을 보며 생각에 잠겼다. 쇼타로의 죽음은 명백한 안락사였다. 그러나 법률에서 안락사를 인정하지 않는 지금과 같은 상황에서 아무리 정당성을 주장해봤자 세상은 그것을 받아들이지 않는다. 와다처럼 자신을 탐탁지 않게 여기는 자에겐 절호의 공격 기회가 될 것이다.

한편 시마즈가 이야기한 계획에는 논리적인 모순이 없었다. 쇼타로는 말기 항문암 환자였고 실제로 병세가 급격히 악화될 가능성은 얼마든지 있었다. 케타민의 투여가 쇼타로의 죽음에 직접적인 원인이 되었는지 밝힐 증거도 없었고, 부검도 하지 않았기 때문에 다발성 장기 부전을 부정하는 증거 또한 없었다.

진료를 재개하려면 쇼타로의 안락사를 어둠 속에 묻는 방법밖에 없을까? 안락사법만 제정되면 이런 꺼림칙한 일을 하지 않아도 되겠지만 법이 제정되지 않은 현재는 시마즈가 권하는 '방편'에 의지할 수밖에 없을까?

시라카와는 집무 책상에 양 팔꿈치를 대고 머리를 감싼 채 오랫동안 생각에 잠겼다.

다음 날인 토요일도, 그다음 날인 일요일도 시라카와는 병원에 출근해 혼자 부장실에 틀어박혀 있었다.

보고서에 사실을 쓰고 안락사의 정당성을 주장해야 할지, 아니면 거짓 보고서를 작성해 진료 재개를 요구해야 할지 결정을 내리지 못한 채 시간만 흘러갔다. 가능하면 거짓 보고서는 쓰고 싶지 않았다. 그러나 그렇게 되면 악의에 찬 와다의 생각대로 되어 자신이 궁지에 몰리고 만다. 시마즈가 아무리 편들어주려 해도 자신이 보고서에서 안락사를 인정하면 변호할 방법이 없어진다.

그러나 이제 와서 안락사를 부정하는 보고서로 와다를 납득시킬 수 있을까? 얼마 전 원장실에서는 분명히 안락사를 전제로 이야기했다. 이제 와서 안락사를 하지 않았다고 말을 바꾸면 스스로 잘못을 인정하는 것이나 다름없다. 게다가 일단 거짓말을 시작하면 조사가 끝날 때까지 거짓말을 계속해야 한다.

시라카와는 원장실에서 오갔던 대화를 세세하게 떠올려보았다. 가족이 강하게 요청했고, 쇼타로의 의사를 확인했고, 케타민을 대량 투여했다는 사실은 말했지만 '안락사를 시켰다'라고는 말하지 않았다. 안락사를 부정할 생각은 없었지만 정면으로 인정하는 것에도 경계심이 작용했기 때문이다.

와다는 쇼타로의 의사 확인이 제대로 이루어졌는지 파고들었지만 의사 확인과 안락사는 별개 문제다. 의사 확인을 했지만 안락사가 필요 없는 경우도 있다. 시마즈의 말처럼 병세가 급격히 악화되어 안락사 전에 환자가 죽음을 맞이한 경우가 그렇다.

시라카와는 이시이 수간호사의 발언도 신중히 떠올려봤다. 그녀는 '안락사시켰다는 말을 들었는가?'라는 와다 원장의 질문에 '대충은'이라고 답했지만 '직접 이야기를 들은 것은 아니다'라고 말했다. 실제로 이시이에게 안락사에 관한 말을 한 적은 없었다. 어디까지나 쇼타로의 이모인 아키코와 둘이서 결정한 일이었다.

그 밖의 대화 내용을 떠올려봐도 특별히 안락사였다고 단정지을 만한 발언은 없었다. 그렇다면 사실 안락사가 아니었다고 보고서에 써도 그것을 부정하는 결정적인 증거는 없을 것이다. 그렇다면 시마즈의 계획에 따르는 것도 가능할지 모른다.

시라카와는 진료 기록을 다시 한 번 처음부터 신중하게 읽어보았다. 만약 어딘가에 안락사와 관련된 기록이 있다면 끝이었다. 다만 그럴 가능성은 낮았다. 의식적으로 증거가 될 만한 사항은 기재하지 않았기 때문이다.

쇼타로가 입원한 날짜는 4월 28일, 수술은 5월 1일, 방사선 치료 후 암이 재발한 것을 발견한 날짜는 7월 2일이며, 7월 17일부터 모르핀을 사용하기 시작했다. 그때부터 이것저것 모든 방법을 총동원해도 효과가 없어서 의식을 잃게 하기 위해 9월 1일 처음으로 케타민을 사용했다. 처음에는 1시간에 150밀리그램이었지만 좀처럼 의식을 잃지 않아서 서서히 양을 늘려 아키코가 안락사를 입 밖에 낸 9월 24일에는 1시간에 350밀리그램 투여했다. 통상적인 사용량은 100에서 150밀리그램이니까 상당히 많은 양이라고 할 수 있었다. 그러다가 사망하기 이틀 전에는 375밀리그램, 전날에는 400밀리그램으로 늘렸다. 그래도 쇼타로의 의식은 안정을 찾지 못해 '때때로 고통스럽게 신음함'이라고 기록되어 있었다.

그리고 사망 당일인 10일 1일, 고통스러워하는 쇼타로의 신음 소리는 더욱 커졌고, 오후 6시 30분에는 케타민 양이 1시간당 425밀리그램까지 늘어났다. 그리고 안락사 직전부터 직후까지는 다음과 같이 기록되어 있었다.

22:15 병실 방문. 가족에게 혼란이 보임.
　　　　케타민을 더욱 증량.
22:22 BP(혈압) 저하. P(맥박) 120오버
22:30 하악 호흡. BP 65/30 P 70으로 다운
22:35 호흡 정지. BP 잡히지 않음. P 22
22:40 심장 정지. 동공 확장. 사망 확인.
　　　　가족의 희망에 따라 소생술은 시행하지 않음.

오후 10시 15분에 케타민 양을 최대한으로 늘린 것은 사실 아키코였다. 그것을 시라카와가 일단 멈추고 다시 양을 늘렸다. '가족에게 혼란이 보임'이라는 기록은 그 일을 의미했다.

시라카와는 기록을 뚫어지게 바라보았다. 핵심은 마지막 케

타민의 증량이었다. 링거를 최대한으로 열었으니 아마도 시간당 3000밀리그램이 넘었을 것이다. 그러나 그전까지 증량이 필요할 때는 규칙적으로 25밀리그램씩 늘렸다. 이때의 증량도 마찬가지로 계산하면 최종적인 투여량은 450밀리그램. 그렇다면 치사량은 아니다. 와다에게도 케타민을 '대량 투여'했다고 말했지만 링거를 '전부 열었다'고는 하지 않았다. 이 부분만 단순 실수로 기록이 누락되었다고 주장하면 사용량은 대충 얼버무릴 수 있지 않을까?

케타민 투여량을 늘리고 20분 후에 호흡이 멈췄지만, 원래 다발성 장기 부전이 진행되었다고 생각하면 반드시 케타민이 원인이라고 단언할 수 없었다. 케타민의 증량은 어디까지나 환자의 마지막 고통을 줄여주기 위해서였다. 그렇게 하면 안락사라는 주장은 부정할 수 있었다. 나머지는 다발성 장기 부전 징후에 대한 기록을 찾으면 되었다.

시라카와는 9월 하순부터의 기록을 다시 한 번 검토했다. 쇼타로의 마지막 혈액 검사는 9월 27일이었다.

신장 기능은 약간 떨어져 있었지만 간 기능이나 전해질은 정상이었다. 그로부터 나흘 동안 죽음에 이르는 다발성 장기 부전이 일어날 수 있을까? 가능성은 있지만 기록 없이 어떻게 설명할 수 있을까?

시라카와는 눈을 감고 당시의 일을 떠올려보았다. 그때 만약 실제로 다발성 장기 부전이 진행되고 있었다면 자신은 어떻게 했을까? 치료하려고 했을까? 아니, 차라리 잘됐다며 방치했을 것이 틀림없다. 치료하면 고통만 더욱 연장될 뿐이니까. 게다가 이미 본인과 아키코는 안락사를 바라고 있지 않았던가.

머릿속에서 뒤엉킨 실타래가 슬슬 풀렸다. 그렇다. 다발성 장기 부전은 있었지만 상황이 여의치 않아 검사도 치료도 하지 못하고 경과를 관찰하는 중이었다. 이른바 자연 경과라는 것이다. 진료 기록에 쓰지 않은 이유는 환자의 통증 완화와 정신적으로 피폐해가는 가족을 돌보느라 시간적인 여유가 없었기 때문이다.

본래부터 시라카와는 진료 기록을 간단하게 작성했다. 젊은 시절 선배 외과의에게서 진료 기록을 아무리 자세히 써도 환자의 병이 낫지는 않는다고 배웠기 때문이다. 진료 기록보다는 치료에 더 힘쓰라는 가르침이었다.

시라카와는 컴퓨터에서 간호 일지를 찾아 처음부터 다시 읽어보았다. 거기에는 환자의 혈압, 체온, 맥박, 배뇨량 등이 하루 단위로 기록되어 있었다. 9월 들어 케타민을 사용하고 나서부터 때때로 혈압이 내려가고 부정맥도 나타났다. 배뇨량이 적은 날도 있고 산소 포화도가 정상 하한선인 90퍼센트를 밑도는 날도 많았다. 그것은 말기 암 환자에게 당연한 일이지만, 다발성 장기 부전의 징후로 해석할 수도 있었다.

무엇보다 부검을 하지 않았기 때문에 쇼타로의 장기 상태를 확실히 알 수 없다는 점이 유리했다. 일단 아키코에게 부검 의사도 물어보았으니 시라카와가 의도적으로 은폐하지 않았다는 사실을 증명할 수 있었다.

이 정도면 충분했다. 시라카와는 숨을 크게 쉬고 시마즈의 계획대로 보고서를 쓰기 시작했다.

다음 월요일, 시라카와는 아침 회의가 끝난 뒤 원장실에 보고서를 제출하러 갔다.

와다는 맞은편 책상에서 일어나 걸어 나오며 부드러운 표정으로 시라카와를 맞이했다.

"시라카와 선생, 수고 많으셨습니다. 이쪽으로 앉으세요."

건너편 소파에 앉자 와다는 여유로운 태도로 다리를 꼬고는 즉시 보고서를 읽기 시작했다. 안락사 사실을 확인하고 하루라도 빨리 승리감을 맛보고 싶다는 야비한 표정이었다. 시라카와는 신중하게 와다의 표정을 살폈다.

여유만만한 표정으로 지면을 좇던 와다의 시선이 어느 한 곳에 멈추더니 표정이 점점 험악해졌다. 안락사를 부정하는 내용에 이른 모양이었다. 읽는 속도가 빨라지면서 보고서를 쥔 손이 보일 듯 말 듯 떨리기 시작했다. 보고서를 다 읽은 와다의 얼굴에서는 대범한 척하는 평소의 침착함을 전혀 찾아볼 수 없었다.

보고서를 탁자 위에 내려놓고 와다는 냉정을 되찾으려는 듯 숨을 깊이 들이마셨다.

"여기에 쓰인 내용이 틀림없는 사실입니까?"

"네."

"이번 사태의 진상을 밝히기 위해 어제 원내 조사위원회를 구성했습니다. 위원장은 내과의 시마즈 선생입니다. 야스하라 부원장에게도 위원을 부탁했습니다."

시라카와는 무표정으로 답했다. 시마즈와 내통하고 있다는 사실을 알아채게 해서는 안 되었다. 와다는 시라카와를 응시하며 이윽고 무자비한 미소를 지었다.

"만약 위원회의 조사 결과 이 보고서에서 허위 기재가 밝혀진다면 그에 상응하는 처분을 받게 될 겁니다. 알겠습니까?"

상응하는 처분이라면 징계 면직일까? 물론 각오하고 있다. 시라카와는 와다의 눈을 응시하며 대답했다.

"네."

"그러면 이 보고서는 제가 맡아두겠습니다."

와다는 보고서를 빼앗듯이 낚아채더니 자신의 책상에 올려놓았다. 철회하고 싶어도 이미 늦었다는 태도였다.

"그럼, 이만 실례하겠습니다."

시라카와가 자리에서 일어서자 와다는 못마땅하다는 눈초리로 시라카와를 보며 못을 박듯 말했다.

"선생의 진료 정지는 아직 풀리지 않았습니다."

이번에는 시라카와가 참아야 할 차례였다. 도발에 응할 필요는 없었다. 시라카와는 입을 굳게 다문 채 목례한 뒤 자리를 떴다.

원내 조사위원회는 그날부터 곧바로 활동을 개시했다. 조사 기간은 일주일. 위원회는 진료 기록과 간호 일지, 검사 기록 등을 상세하게 검토했다. 후루바야시 야스요와 아키코에 대한 청취 조사도 이루어졌는데, 이는 베테랑인 오노하라 간호 부장이 담당했다. 오노하라는 오사카와 교토 시내에 있는 야스요와 아키코의 집을 방문해 이야기를 들었다.

청취 조사 결과는 시마즈를 통해 은밀히 시라카와에게 보고되었다. 그에 따르면 야스요는 시라카와를 격렬하게 비난했지만 거의 아키코에게서 들은 이야기가 전부였고 구체성이 부족해서 안락사를 증명할 수 있는 내용과는 거리가 멀었다고 한다.

아키코의 증언도 시라카와에게 유리한 내용이었다. 미리 전화로 연락해두었기 때문에 아키코도 구체적인 말은 하지 않았고 임종 시의 케타민 투여량도 '못 봤다'로 일관해줬다.

"오노하라 간호 부장은 시라카와 선생님에게 호의적이니까 걱정 마세요."

시마즈는 위원회 멤버 각자의 입장에 대해 설명해주었다.

"부원장은 혹시 이 문제가 경찰로 넘어가 자신에게까지 불똥이 튈까 전전긍긍하면서 이번에는 안락사를 인정하고 싶지 않은 모양이에요. 그러나 원장의 비위도 건드리고 싶지 않은지 아부와 자기방어 사이에서 흔들리고 있습니다. 이시이 수간호사는 우유부단합니다. 원장에게 반기를 들지 못하지만 시라카와 선생님에게도 미움을 받고 싶지 않은 눈치입니다. 야마무라 사무장은 원장 쪽에 착 달라붙어 시라카와 선생님의 보고서에서 거짓을 찾아내려고 혈안이 되어 있습니다. 하지만 어차피 의학 지식이 없기 때문에 증거가 될 만한 자료는 찾지 못할 겁니다. 다만 선생님과 제 관계를 의심하는 모양이니 조심해야 할 것 같습니다."

시라카와는 시미즈의 친절에 감사하면서도 그의 입장이 난처해지지 않을까 무척 걱정되었다.

수요일 저녁, 원장도 참석한 가운데 시라카와에 대한 대면 조사가 이루어졌다. 확실하게 준비한 상태여서 시라카와는 질문에 막힘없이 당당하게 대답했다. 다만 야마무라 사무장이 누군가 조력자가 있는지 캐내려는 듯 끈질기게 물고 늘어졌다.

"시라카와 선생님은 보고서를 쓸 때 다른 누군가와 상의하신 적이 없으신가요?"

그렇지만 시라카와도 지지 않고 버텼다.

"실례되는 질문이군요. 보고서 정도는 저 혼자서도 충분히 쓸 수 있습니다."

"하지만 환자의 어머니는 안락사라고 주장하고 있지 않은가?"

와다가 불만스럽게 중얼거리자 오노하라 간호 부장이 가볍게 받아넘겼다.

"그 어머니는 믿을 수 없습니다. 감정적으로 달려들고 있을 뿐입니다."

다음 날인 목요일에도 원장이 동석한 가운데 조사위원회가 열렸다. 시마즈에 따르면, 와다는 끝까지 시라카와의 안락사를 추궁할 작정이었지만 증거가 없기 때문에 꼼짝 못하고 있었다. 한편 시마즈도 시라카와의 보고서에 따라 조사 결과를 정리하려고 했지만 와다가 완고한 자세로 허락하지 않아서 결론을 미루었다. 어째서 위원장의 권한으로 밀어붙이지 못하는지 이해할 수가 없었다. 성격 급한 외과의인 시라카와는 시마즈의 내과적인 신중함이 답답하기만 했다.

시라카와는 실질적인 근신 상태로 부장실에 틀어박혀 지냈다. 보는 눈이 있기 때문에 시마즈와 이야기를 하기도 어려웠다. 하릴없이 시간을 보내며 시라카와는 최악의 사태에 대비하기로 마음먹고 각오를 단단히 했다. 만일 안락사를 결정짓는 증거라도 나온다면 미련 없이 물러날 생각이었다. 불명예스러운 일이지만 거짓 보고서를 제출했으니 어쩔 수 없는 일이었다. 혹시 그런 일이 벌어지더라도 시마즈에게만은 피해가 가지 않도록 하겠다고 결심했다.

새로운 한 주가 시작되는 월요일, 마침내 마지막 조사 날이었다.

점심시간 전에 시마즈로부터 연락이 왔다. 도저히 결론을 낼 수 없어서 다시 한 번 최종적인 대면 조사를 실시하겠다는 것이었다. 질문을 받을 사람은 쇼타로가 사망한 날 밤 병동 근무를 하던 간호사, 니시다 세쓰코였다. 당연히 니시다도 이미 모든 조사를 받았지만 환자의 사후 처치를 한 입장에서 다시 한 번 조사를 받게 되었다.

니시다의 이름을 듣고 시라카와는 불안한 느낌이 들었다. 쇼타로의 병실로 불렀을 때, 그녀는 이상하게도 쌀쌀하고 냉담했다. 도저히 자신에게 호의적이라고는 생각할 수 없었다. 니시다는 뭔가 알고 있을까? 그날 밤 니시다가 병실에 들어섰을 때 케타민이 든 링거는 분명 잠겨 있었다.

그때 시라카와의 머릿속을 번쩍 스치고 지나가는 것이 있었다. 원장 앞으로 도착한 괴문서. 만약 그것을 보낸 사람이 니시다라면 악의에 찬 증언을 할 것이 틀림없었다. 그렇다면 유죄 판결을 받는 것과 다름없었다. 시라카와의 등줄기에 식은 땀이 흘렀다.

조사는 오후 5시부터 4층 회의실에서 시작되었다. 참석자는 조사위원 다섯 명과 와다 원장이었고, 조사 최종일이니 증언 확인을 위해 시라카와도 참석하라는 연락을 받았다.

자리는 ㄷ자형으로 나열되어 있었다. 시라카와는 언뜻 보기에도 험악한 표정으로 한쪽 끝에 앉아 있었다. 시라카와와 비스듬히 건너편에 앉은 와다는 일이 뜻대로 되지 않는 불만을 애써 억누르며 무뚝뚝한 표정을 짓고 있었다.

이윽고 니시다가 들어와 고개를 숙인 채 위원들과 마주 보고 앉았다.

"니시다 씨, 수고가 많으십니다. 아시는 바와 같이 우리는 10월 1일 숨을 거둔 후루바야시 쇼타로 씨의 사망을 조사하고 있습니다. 다시 한 번 확인할 사항이 있으니 답변해주십시오."

조사위원장인 시마즈가 공평한 어조로 묻자, 니시다는 얼굴을 들어 "네" 하고 고개를 끄덕였다. 뒤쪽에 앉은 시라카와에게는 니시다의 표정이 보이지 않았다.

시마즈는 자세를 바로잡고 니시다에게 확인했다.

"당신은 후루바야시 쇼타로 씨가 임종했을 때 병동에서 근무하고 있었지요?"

"그렇습니다."

"쇼타로 씨가 사망했을 당시의 상황을 설명해주십시오."

"그때 저는 간호 센터에서 간호 일지를 입력하고 있었어요. 10시 40분이 지나서 벨이 울렸고 시라카와 선생님으로부터 쇼타로 씨의 상태가 급변했다는 연락을 받았습니다. 소생 세트는 필요 없다고 말씀하셨기 때문에 그대로 병실로 향했습니다. 그런데 시라카와 선생님이 사망 확인을 이미 마쳤다고 하셔서……."

"소생 처치도 하지 않고 사망을 확인했단 말인가? 이상하다는 생각은 하지 않았나?"

와다가 끼어들었다.

니시다는 주눅 든 기색도 없이 대답했다.

"그런 생각도 들었습니다만, 암 말기인 쇼타로 씨는 소생해 봤자 통증만 계속될 뿐이라서 아무런 처치도 하지 않는 거라고 생각했습니다."

시마즈가 와다로부터 주도권을 되찾으려는 듯이 물었다.

"그 점에 대해 시라카와 선생님으로부터 뭔가 설명을 들었나요?"

"네, 함께 계셨던 가족이 아무것도 필요 없다고 하셔서 심장 마사지도 하지 않으셨다고."

또다시 와다가 끼어들어 질문했다.

"보고서에 환자는 다발성 장기 부전이 갑자기 진행되었다고 쓰여 있는데, 그런 징후가 있었나?"

니시다는 고개를 갸우뚱하며 생각을 떠올리듯 대답했다.

"전신 부종이나 출혈, 배뇨량의 감소는 있었습니다만."

"그것만으로는 다발성 장기 부전이라고 할 수 없지."

와다가 날카로운 시선으로 시라카와를 쳐다보았다. 시마즈는 보고서를 넘기면서 깔보듯 냉정한 어조로 니시다에게 물었다.

"만약 다발성 장기 부전이 진행됐다고 하면 어떤 징후가 나타납니까?"

"글쎄요, 지금 말씀드린 증상 정도라고 생각합니다."

"그렇다면 다발성 장기 부전이 진행되지 않았다고 단언할 수도 없겠군요."

직속 부하의 반항적인 의견에 와다는 얼굴이 일그러질 정도로 눈을 부라렸다. 시마즈는 태연한 얼굴로 손에 든 자료를 보고 있었다. 와다와 결말도 나지 않을 논쟁을 해봤자 소용없다고 판단한 듯, 시마즈는 갑자기 조사의 핵심 질문으로 넘어갔다.

"지금 시라카와 선생은 환자를 안락사시켰다는 의심을 받고 있습니다. 그런 정황이 있었습니까?"

니시다는 살짝 머리를 흔들었다. 와다는 위압감을 한껏 드러내며 니시다를 노려보았다. 과연 니시다는 뭐라고 대답할 것인가? 그녀가 괴문서를 보낸 당사자라면 안락사를 긍정할 것이 틀림없다. 만약 결정적인 증언이라도 한다면 미련 없이 사실을 인정하자. 시라카와는 마음속으로 다시 한 번 각오를 다지며 눈을 감았다.

니시다의 가는 목소리가 들렸다.

"저는 아무런 말씀도 드릴 수 없습니다."

"안락사를 의심할 만한 행위는 특별히 없었다는 말입니까?"

"그렇습니다."

니시다의 대답은 또렷했다. 시라카와는 눈을 뜨고 니시다의 뒷모습을 바라보았다. 자기도 모르게 온몸에서 힘이 빠져나가는 것 같았다. 시마즈가 고개를 끄덕이자 와다는 더 이상 못 참겠다는 듯 목소리를 높였다.

"어떻게 그렇다고 단정할 수 있지? 케타민을 대량 투여해서 환자를 죽게 한 흔적이 전혀 없었단 말인가?"

시퍼런 서슬에 압도된 니시다는 기어들어가는 목소리로 대답했다.

"없었다고 생각합니다……. 다만 지금은 잘 생각이 나지 않습니다."

"잘 생각해보게. 시라카와 선생이 병실에서 무슨 말을 했는지 전부 떠올려보라고."

참으로 끈질긴 사내라고 생각하며 시라카와는 와다에게 차가운 시선을 던졌다. 적당히 좀 하라고 속으로 뇌는 순간, 시라카와의 뇌리에 터무니없는 일이 떠올랐다. 니시다가 병실에 들어왔을 때 자기도 모르게 입 밖으로 흘러나온 말. '이제야 겨우 그도 편안해졌군.' 누가 들어도 안락사를 의심할 만한 말이었다. 어째서 그런 쓸데없는 말을 했을까? 만약 니시다가 이 말을 기억하고 있다면 와다는 얼씨구나 하고 달려들 것이다. 시라카와는 눈앞이 캄캄해졌다.

"아, 그러고 보니 시라카와 선생님이 그때 이런 말씀을 하셨습니다."

니시다가 기억을 더듬는 표정으로 와다를 바라보며 말했다. 역시 기억하고 있었구나. 시라카와는 이제 끝이라고 생각하며 체념했다.

"간병을 하셨던 이모님께 '지금까지 정말 고생 많으셨습니다. 수고하셨어요'라고요."

"그것뿐?"

"……네."

애매한 침묵이 회의실 안을 떠돌았다. 니시다는 기억하지 못하는가? 아니, 그럴 리가 없다. 그때 니시다는 "그러네요"라고 안락사를 인정했었다. 그녀는 안락사를 덮어주고 있었다. 시라카와는 이상한 기분으로 니시다를 바라봤다.

"감사합니다. 질문은 이상입니다."

시마즈가 종료를 선언하며 니시다에게 웃어 보였다.

와다는 분해서 못 견디겠다는 표정이었지만 시마즈의 태연한 종료 선언에 자리에서 일어설 수밖에 없었다. 시라카와도 와다에 이어 회의실을 나섰다. 나오기 직전에 뒤돌아보니 시마즈는 시라카와만이 알아챌 수 있도록 고개를 가볍게 끄덕였다. 이것으로 시라카와의 보고서는 정당하다고 인정될 것이다.

와다가 원장실로 사라진 후 시라카와는 병동으로 돌아가는 니시다를 복도에서 불러 세웠다.

"니시다 씨, 내 편을 들어줘서 고맙네."

그녀는 놀란 듯 돌아서며 시라카와를 응시했다.

"아니요, 뭐 별로."

니시다는 그날 밤처럼 냉정하리만치 담담하게 목례를 하더니 돌아섰다. 고맙다는 인사를 했는데 왜 피하는 걸까? 시라카와는 니시다를 이해할 수 없었다.

다음 날 아침, 시라카와는 야스하라로부터 8시 30분에 원장실로 오라는 부름을 받았다. 시간에 맞춰 방에 들어서자 시마즈와 야스하라도 와 있었다.

와다는 위원회의 보고서를 손에 든 채 굳은 표정으로 일어섰다.

"조사 결과가 나왔습니다. 위원회는 선생의 보고서 내용을 전면적으로 인정한다는 판단을 내렸습니다. 따라서 시라카와 선생에게는 아무런 과실도 없습니다. 그러나……."

와다는 여전히 포기하지 않은 듯 덧붙였다.

"시라카와 선생은 그 괴문서가 배달되었을 때 스스로 안락사를 인정하지 않았던가요?"

시라카와는 표정을 바꾸지 않고 딱 잘라 대답했다.

"아니요."

"그렇게 명확하게 환자의 안락사 의사를 확인했다고 말씀하셨으면서……."

시라카와는 침묵으로 응수했다. 와다는 눈길을 피하며 패배의 한숨을 쉬었다.

"그렇습니까? 그러면 오늘부터 다시 진료에 복귀하셔도 좋습니다."

"감사합니다."

시라카와는 와다에게 정중히 머리를 숙인 뒤 동석한 두 사람에게도 감사를 표했다. 시마즈는 "정말 잘됐습니다"라고 말했지만, 야스하라는 와다 앞이어서 그런지 무뚝뚝한 표정을 바꾸지 않았다.

병동에서도, 수술부에서도 시라카와의 복귀를 환영했다. 외과 병동의 의사와 간호사들은 시라카와가 마치 억울하게 기소되었다가 재판에서 이기고 돌아오기라도 한 양 일제히 환호했다.

그렇게 진료에 복귀하고 모든 일이 순조롭게 흘러갔다. 그리고 진료를 재개한 날로부터 열흘이 지난 11월 7일, 시라카와는 원내 방송을 통해 즉시 원장실로 오라는 호출을 받았다. 황급히 원장실로 가보니 양복을 입은 남자 세 명이 소파에 앉아 있었다. 와다는 굳은 미소를 띠고 있었다.

"이분들은 교토 부경 조사1과의 형사입니다. 지난번 환자에 대한 건으로 선생에게 묻고 싶은 일이 있다고 합니다."

5. 경찰 조사

형사라는 세 남자가 일제히 일어서서 시라카와에게 목례를 했다. 가운데에 선 키가 작고 나이 많은 형사가 투박한 손놀림으로 경찰수첩을 꺼내더니 높고 날카로운 목소리로 말했다.

"교토부경의 히라노라고 합니다."

히라노는 수첩을 펼쳐 신분증을 보이더니 명함을 내밀었다. '형사부 조사1과 과장 보좌 히라노 히데오'라는 이름 위에 작은 글씨로 '경감'이라는 직함이 쓰여 있었다. 둥근 얼굴에 머리숱이 적고 눈매가 선해 보이는 남자였다. 나이는 시라카와와 같은 쉰 살 정도?

"갑자기 찾아와서 죄송합니다."

히라노는 사과부터 하고 나서 옆에 있던 부하들을 간단히 소개했다. 두 사람은 형사답게 눈매가 예리했다. 호리카와 경찰서의 계장과 주임이라는 것은 알겠는데 이름까지는 잘 알아듣지 못했다.

"그 환자란 후루바야시 쇼타로를 말하는 건가요?"

시라카와가 소파에 앉으면서 와다에게 확인했다.

"달리 떠오르는 환자가 또 있다는 말씀이신가?"

와다는 자리에 어울리지 않는 농담으로 받아쳤다. 원내 조사위원회에서 문제없다고 결론 났는데 왜 형사가 찾아온 거지? 설마 와다가 독단적으로 신고라도 한 건가? 시라카와가 와다에게 의심스러운 시선을 돌리자 히라노가 재빨리 끼어들며 말했다.

"바쁘신데 죄송합니다. 다름이 아니라 선생님이 지금 말씀하신 쇼타로라는 환자에 대한 건으로 고소장이 접수되어 찾아뵈었습니다."

"고소?"

시라카와는 고소라는 말에 눈살을 찌푸렸다.

히라노는 이야기를 계속했다.

"하지만 와다 선생님께 여쭤보니 이 건에 대해서는 병원에서 이미 조사를 끝냈다고 하시더군요. 시라카와 선생님이 작성한 보고서와 위원회의 조사 결과를 보여주셨습니다. 그 보고서에 따르면 안락사는 없었고 치료는 타당했다고 합니다만."

히라노는 여기에서 말을 끊고 미묘하게 표정을 바꿨다. 붉은 뺨에 곤혹스러운 표정이 떠올랐다.

"고소장이 접수되었기 때문에 경찰로서는 조사를 하지 않을 수 없습니다. 죄송합니다만, 협조를 부탁드립니다."

시라카와는 흘긋 와다의 표정을 훑어보았다. 와다는 늘 그렇듯 점잔을 빼며 여유 있는 미소를 짓고 있었다. 이쪽이 궁지에 몰린 것을 즐기는 듯한 모습이었다.

시라카와는 다시 히라노에게 물었다.

"고소인은 누굽니까? 쇼타로 군의 어머니입니까?"

히라노는 잠깐 뜸을 들인 뒤 애매한 미소를 지었다.

"뭐, 그런 셈입니다."

고소인이 후루바야시 야스요라면 어차피 신경질적으로 덤벼들었을 것이 뻔했다. 그렇다면 이쪽은 반대로 냉정하게 대응하는 편이 나았다. 시라카와는 의식적으로 온화하게 대답했다.

"조사에는 적극적으로 협조하겠습니다."

"감사합니다. 그러면 바로 시작하겠습니다."

히라노는 시라카와의 보고서를 보면서 순서대로 사실 관계를 확인했다. 시라카와는 경찰이 자신을 어느 정도 의심하고 있는지 생각해보았다. 정말 조사를 진행할 생각이 있는지, 아니면 고소장이 접수되었으니 일단 조사하는 것인지 알아야 했다. 온화한 태도와 말씨로 미루어 히라노는 강압적인 형사 타입이라기보다는 지식인 타입으로 보였다. 곤혹스러운 표정을 짓고 있는 것은 이야기가 전문적인 의료에 관한 내용이어서인 듯했다. 그렇다면 안심이었다. 원장인 와다가 추궁해도 안락사라는 결론을 내리지 못했는데 경찰이 증명할 리가 없었다.

"……그렇습니다. 케타민은 해리성 마취제로 환자의 의식 수준을 낮추려고 사용했습니다. 투여량이 보통 때보다 많았던 것은 동통에 의한 각성 작용이 강했기 때문이지요."

시라카와는 일부러 어려운 의학 용어를 섞어가며 말했다. 형사들이 전문성의 벽을 실감하도록 하기 위해서였다. 히라노는 눈살을 찌푸리며 마치 복잡한 수학 문제를 앞에 둔 학생처럼 한숨을 쉬더니 골치 아프다는 듯 검지에 침을 묻혀 보고서를 넘겼다. 양옆에 앉은 건장한 체격의 형사들은 말없이 수첩에 뭔가를 적었다.

"대략적인 경과는 알겠습니다. 그리고 가능하시다면 진료 기록과 엑스선 사진을 빌려주셨으면 합니다만."

히라노가 목을 움츠리며 미안한 듯 웃었다.

"그러세요. 진료 기록이건 뭐건 필요한 건 다 가져가세요."

전혀 거리낄 것 없다는 점을 강조하기 위해 흔쾌히 허락하자, 그때까지 아무 말도 하지 않던 와다가 갑자기 끼어들었다.

"그건 좀 곤란하지 않을까요? 진료 기록은 개인 정보인 데다 병원 입장에서도 귀중한 공문서인데, 아무리 경찰이라지만 그렇게 넘겨줄 수는 없습니다. 영장을 갖고 오셔야지요."

히라노는 고개를 크게 끄덕였다.

"그럼요, 죄송합니다. 지당하신 말씀이세요. 진료 기록에 대한 영장은 다음에 반드시 가지고 오겠습니다. 단, 시라카와 선생님의 보고서와 조사위원회의 서류는 오늘 꼭 빌려주셨으면 합니다."

히라노는 한발 물러서면서도 빈틈없는 대답을 했다. 시라카와는 히라노가 어쩌면 의외로 능력 있는 형사일지도 모르겠다고 생각하며 경계했지만, 와다는 별다른 생각이 없는 듯했다. 와다는 갑자기 일어서더니 내선 전화를 연결했다.

"아, 시마즈 선생. 난데, 즉시 원장실로 와주게."

전화를 끊은 뒤 와다는 소파로 돌아와 히라노를 향해 기묘한 미소를 지었다.

"서류는 갖고 가셔도 좋습니다. 다만 설명이 조금 필요할 것 같군요."

히라노는 양옆에 앉은 형사들을 보며 '무슨 일이지?' 하는 표정을 지었다. 두 형사도 고개를 갸웃거렸다.

얼마 지나지 않아 시마즈가 들어오자 와다는 바쁠 텐데 미안하다며 친절하게 맞이하더니 자신의 옆자리에 앉혔다.

"지난번 시라카와 선생의 환자에 관한 건으로 형사분들이 찾아오셨네. 조사위원장인 시마즈 선생이 그 사건에 대한 설명을 해주었으면 하네."

"어떤 건 말씀이십니까?"

"그러니까 지난번에 내가 일단 경찰에 신고하는 편이 좋겠다고 했던 그 건 말이야. 조사위원회를 구성하기 전에 그렇게 말하지 않았나?"

"아, 그런 말씀을 하셨지요."

"게다가 조사위원회 자리에서도 안락사 가능성에 대해서는 내가 가장 많이 의심하지 않았나."

"아, 네."

아무래도 와다는 자신이 안락사의 은폐에 가담하지 않았다는 사실을 형사들에게 알리고 싶은 듯했다. 시라카와는 몸을 사리는 와다의 좀스러운 태도가 역겨웠지만 와다는 아랑곳하지 않고 말을 이었다.

"그러니까 조사 결과가 내 의견과는 달랐지만, 어쨌거나 병원 전체가 사건을 은폐하려 했다거나 하는 일은 있을 수 없다는 걸 말일세. 알겠나? 그 점을 형사님들에게 정확히 이해시킬 필요가 있네. 물론 나는 위원회의 조사 결과를 신뢰하지만."

와다는 자신의 말이 모순된다는 사실도 깨닫지 못하고 자신만만하게 형사들을 바라보았다. 히라노는 어이가 없다는 표정이었지만 금세 웃음을 머금고 고개를 끄덕였다.

"무슨 말씀인지 잘 알겠습니다. 다음번에는 영장을 갖고 찾아뵐 테니 잘 부탁드립니다."

히라노는 서둘러 자리에서 일어나 방을 나가려다 시라카와에게 다가왔다.

"시라카와 선생님, 다음에 다시 찾아뵙겠습니다. 그럼."

자신을 올려다보는 작은 눈동자에 시라카와는 기묘한 압력을 느꼈다.

히라노는 나흘 뒤에 다시 찾아왔다. 시라카와가 야마무라 사무장으로부터 연락을 받고 사무부의 응접실로 가보니 히라노는 이미 진료 기록을 압수하고 젊은 주임과 둘이 시라카와를 기다리고 있었다. 히라노가 안쪽 주머니에서 갈색 봉투에 든 종이를 꺼내더니 양손으로 내밀었다.

"보시다시피 법원이 압수 수색 명령을 내렸기 때문에 필요한 것을 가지러 왔습니다. 시라카와 선생님께 몇 가지 질문하겠습니다. 대답하기 싫으시면 안 하셔도 됩니다. 진술 거부권이 있으니까요."

히라노는 공손한 태도로 말하더니 헛기침을 한 번 했다.

"와다 원장님께 들었습니다만, 조사 전에 내부 고발로 생각되는 편지를 받으셨다고요. 시라카와 선생님은 그 편지를 보시고 어떤 생각을 하셨습니까?"

"어떤 생각이라니요? 그 편지는 엄연한 모략입니다."

"누가 보냈는지 짐작되는 사람은 없습니까?"

시라카와는 어떻게 대답해야 할지 망설였지만 괜히 숨기려는 태도를 보이면 더 좋지 않을 것 같아서 있는 그대로 대답했다.

"처음에는 분명 환자의 어머니일 거라고 생각했습니다. 그래서 전화로 따졌는데 제 생각이 틀렸더군요."

"환자 어머니를 의심한 이유는요?"

"환자의 어머니는 텔레비전 프로그램에 패널로 출연하고 있는데, 거기에서 제 치료를 비판한 적이 있었기 때문입니다."

"그것만으로 그런 편지를 보냈다고 의심할 수 있을까요?"

"달리 떠오르는 사람이 없었으니까요."

"그러면 누가 그 편지를 보냈는지 모르신다는 말씀이군요."

시라카와는 니시다에 관한 이야기를 할까 망설였다. 처음에는 니시다가 와다의 부탁을 받고 그런 편지를 썼을지 모른다고 생각했다. 하지만 조사위원회에서 보여준 니시다의 태도는 전혀 달랐다.

어떻게 대답할까 생각하고 있는데 히라노가 먼저 말을 잘랐다.

"아, 답하고 싶지 않으시면 안 하셔도 상관없습니다."

그리고 뜻밖에 허를 찌르는 질문을 했다.

"그리고 이건 어디까지나 참고로 드리는 질문입니다만, 시라카와 선생님은 안락사를 찬성하십니까, 아니면 반대하십니까?"

히라노의 작은 눈이 시라카와를 날카롭게 쏘아보았다. 시라카와는 신중하게 대답했다.

"그것은 상황에 따라 다릅니다. 쉽게 안락사를 결정해서는 안 된다고 생각합니다. 하지만 극심한 고통에 시달리는 환자는 안락사도 하나의 방법으로 생각해야 하지 않을까요?"

"후루바야시 쇼타로 씨도 그런 경우입니까?"

시라카와는 그렇다고도 아니라고도 대답하지 않았다. 어디에 함정이 있는지 알 수 없었다. 그러나 방심만 하지 않는다면 전문 영역에 관한 이야기에서는 이쪽이 훨씬 유리할 것이 분명했다. 대답을 기다리는 히라노에게 시라카와는 보고서에 적힌 주장을 반복했다.

"쇼타로 씨는 확실히 극심한 고통에 시달렸습니다. 여러 가지 마약류까지 사용해봤지만 통증을 완화시킬 수 없었지요. 케타민이라는 마취제를 사용하고 나서야 겨우 통증을 잊고 쉴 수 있었습니다. 투여량은 많았지만 그 정도 양을 사용해야 가까스로 잠들었습니다. 하지만 결코 치사량은 아니었습니다. 그가 사망한 까닭은 암이 급격하게 악화되면서 다발성 장기 부전 증상을 일으켰기 때문입니다. 그것을 치료하지 않은 이유는 무익한 연명 치료를 피하기 위해서였습니다."

"그리고 부검을 하지 않은 건 이모인 후루바야시 아키코 씨가 거부했기 때문이라는 말씀이시군요?"

히라노가 보고서를 전부 숙지하고 있다는 듯이 시라카와의 말을 받았다.

"환자의 어머니를 부르지 않은 이유는 무엇입니까?"

"여러 번 오시라고 말씀드렸지만 오지 않았습니다."

"그러나 친어머니에게는 증상을 설명해야 하지 않습니까?"

"물론입니다. 하지만 본인이 오지 않는데 달리 방법이 없잖습니까?"

"전화로 설명하실 수는 없었나요?"

"전화로는 충분하지 않다고 판단했습니다. 실제로 환자의 모습을 봐야 한다고 생각했어요."

"좀 전에 무익한 연명 치료라고 하셨습니다만, 임종을 지킬 수 있도록 어머니가 올 때까지는 치료를 계속해야 하지 않았을까요?"

"그러고 싶었지만 보고서에도 썼듯이 간병을 하던 이모가 정신적으로 한계에 달해 있었습니다. 거의 미치기 일보 직전이었으니까요."

"그래서 더 이상 기다리지 못했다는 말씀인가요?"

히라노가 물었다.

시라카와는 자기도 모르게 '그렇습니다'라는 말이 튀어나올 뻔했지만 겨우 참았다. 위험했다. 어느새 안락사를 전제로 이야기가 진행되고 있었다. 역시 히라노 형사는 방심할 수 없는 인물이었다. 시라카와는 히라노의 유도 신문을 눈치채지 못한 척하며 대답했다.

"그거야 환자의 목숨은 기다려주지 않으니까요. 그만큼 상태가 나빴습니다."

히라노는 낚싯바늘을 피해 달아나는 물고기를 바라보듯 희미하게 입술을 일그러뜨리며 시라카와를 응시했다.

히라노 일행이 다녀간 뒤 한동안 경찰에서는 아무런 연락이 없었다. 그러나 병원 직원들을 대상으로 조사가 계속되어 시라카와에게는 불안한 나날이 이어졌다.

내과 부장인 시마즈는 그 후로도 시라카와에게 도움을 아끼지 않았다. 마침 시마즈의 친척 중에 경찰청에 근무하는 사람이 있어 조사가 대략 어떻게 진행되는지 알 수 있었다. 고소장이 접수되면 송치는 피할 수 없다고 했다. 이때 경찰은 '처분 의견'이라는 것을 첨부하는데, 처분 의견은 '엄벌에 처해야 한다', '정상을 참작해야 했다', '범죄성이 거의 없다' 이 세 가지로 분류된다고 한다. 시라카와의 경우에는 범죄성이 없기 때문에 세 번째 처분 의견이 될 것이라고 했다.

그러나 그것은 물론 보고서의 거짓이 발각되지 않았을 경우였다. 만약 안락사에 관한 증거가 나타나면 엄중 처분 의견이 될 가능성이 높았다. 그러니 사실을 철저하게 감추어야 했다.

"제가 선생님께 안락사를 인정하지 않도록 권한 탓에 오히려 일이 골치 아프게 되어버렸습니다."

시마즈는 시라카와의 방을 찾아와 미안해했다.

"당치도 않은 말씀입니다. 시마즈 선생님 덕분에 이렇게 진료를 계속하고 있지 않습니까? 보고서를 사실대로 작성했다면 지금쯤 벌써 체포되었을 겁니다."

시라카와는 마음속으로 고마움을 표했지만 문득 가슴이 먹먹해졌다. 성심성의껏 환자와 가족을 위해 치료에 임했다고 생각해왔는데 왜 이런 일을 당해야만 하는가? 경찰 조사까지 받다니 뭔가 잘못된 것이 틀림없었다.

"해가 될 일은 전혀 하지 않았는데······."

시라카와가 탄식하자 시마즈는 안타까운 듯 말했다.

"일본에 안락사법만 있다면 일이 이렇게 되지는 않았을 텐데요."

며칠 후 시마즈도 경찰에 불려가 조사위원회의 일과 시라카와의 사람 됨됨이에 대한 질문을 받았다. 그는 병원에 돌아오자 바로 외과 부장실에 들러 질문 내용을 이야기해주었다.

"경찰은 열심히 조사하려는 생각이 없는 것 같더군요. 담당 형사인 히라노도 골치 아픈 사건이라고 생각하지 않을까요? 조금 전문적인 이야기가 나오면 벌레 씹은 얼굴이 되더군요."

그렇다면 이쪽이 유리하겠다는 생각에 시라카와는 기분이 조금 가벼워졌다.

시마즈 외에도 병원 관계자들이 차례로 조사를 받았다. 와다는 원장이라는 이유로 히라노가 병원으로 찾아왔지만 그 밖의 직원들은 호리카와 경찰서로 불려갔다.

부원장인 야스하라는 경찰서에서 돌아오자마자 비아냥거리며 투덜댔다.

"원장과 부원장 사이에는 엄청난 격차가 있구먼. 게다가 경찰에 불려가 조사까지 받다니. 시라카와 선생 덕분에 별 경험을 다 합니다."

그 밖에 외과 동료들, 이시이 수간호사, 니시다 세쓰코를 비롯한 외과 병동의 간호사들도 경찰서에 불려가서 조사를 받았다. 시라카와에게 호의적인 사람은 곧바로 조사 결과를 알려주었다. 그중에는 조사에 항의하며 시종일관 묵비권을 행사하다 돌아온 이도 있었다.

니시다는 경찰서에 몇 번이나 불려간 모양이지만 시라카와에게 아무 말도 하지 않았다. 시라카와도 굳이 물어보지 않았다. 니시다는 침묵을 지키며 시라카와를 멀리하는 분위기였지만, 그것은 타인과 쉽게 어울리지 못하는 니시다의 성격 탓이라고 시라카와는 생각했다. 조사위원회의 증언을 생각하면 자신에게 악의를 갖고 있는 것 같지는 않았다.

그보다 신경이 쓰인 것은 쇼타로의 이모인 후루바야시 아키코에 대한 조사였다. 병원 내부 조사 때는 전화만으로 충분히 입막음할 수 있었지만 경찰 조사는 그리 만만치 않을 것이다. 아키코가 무심코 한마디 실수하면 모든 것이 발각되고 말 것이다.

시라카와는 조사가 시작되자 바로 아키코에게 단단히 일러둘까 생각했지만 오히려 수상쩍어 보일 것 같아서 참았다. 그러나 가만히 있다가는 히라노의 유도 신문에 걸려들지도 모른다. 히라노의 언변을 생각하면 어떻게든 손을 써야 한다.

일요일인 11월 23일, 쇼타로의 49재는 지났지만 시라카와는 영전에 분향하고 싶다는 연락을 하고 아키코를 방문했다.

후루바야시 아키코의 집은 우쿄 구 나카자와초에 있었다. 한큐 교토선의 니시쿄고쿠 역에서 내려 가도노 대로를 따라 내려가 초등학교 앞에서 왼쪽으로 돌았다. 간선 도로에서 주택가로 들어서자 구석구석까지 잘 손질된 아담한 주택이 보였다.

낡은 나무 벽에 붙은 초인종을 누르자 곧바로 대답이 들렸다. 현관문을 열고 나온 아키코는 두 달도 안 된 사이에 더욱 작아진 것 같았다.

"시라카와 선생님, 요전에는 쇼타로의 일로 정말 신세가 많았습니다. 감사합니다."

"아니요, 아무런 도움도 드리지 못했는걸요."

인사를 마치자 아키코는 서둘러 시라카와를 집 안으로 안내했다.

쇼타로의 영정은 방 안에 마련된 불단에 모셔져 있었다. 사진 속의 쇼타로는 하얀 이를 드러내며 밝게 웃고 있었다. 죽기 직전의 모습에서는 상상도 할 수 없는 활짝 웃는 얼굴이었다. 시라카와는 가슴이 미어지는 듯한 마음으로 합장을 하며 고인의 명복을 빌었다.

"이제는 안정을 조금 찾으셨습니까?"

시라카와는 몸을 돌려 아키코에게 물었다.

"네, 덕분에요."

아키코는 고개를 끄덕이며 대답했다.

시라카와는 쇼타로의 인내심과 예의 바른 성품을 떠올리며 칭찬했다. 아키코는 때때로 웃음을 지었지만 눈가에 새겨진 슬픔은 사라지지 않았다.

시라카와가 "야스요 씨에 관해서입니다만" 하고 말을 꺼내자 아키코는 황망히 머리를 깊이 숙이며 말했다.

"선생님, 정말 죄송합니다. 동생이 선생님을 고소하다니 배은망덕도 이만저만이 아닙니다. 선생님께 어떻게 사죄드려야 할지 모르겠어요."

아키코는 말 그대로 이마를 바닥에 댄 채 어깨를 부들부들 떨었다.

"이게 무슨 짓입니까? 얼른 일어나세요. 오늘은 그런 이야기를 하러 온 것이 아닙니다."

아키코는 얼굴을 들고 비명을 지르듯 말했다.

"저는 동생이 그런 앤 줄 꿈에도 몰랐습니다. 그 애와는 자매의 연을 끊을 생각입니다. 더 이상 언니도 동생도 아닙니다."

"진정하세요. 피를 나눈 자매인데 그런 말씀 마십시오. 쇼타로 군이 슬퍼할 겁니다."

시라카와가 위로의 말을 건네자, 아키코는 그제야 눈물에 젖은 얼굴을 들었다.

"저는 요즘도 쇼타로의 꿈을 꾼답니다. 고통스러워하는 그 아이의 신음 소리가 들려요."

"하지만 지금은 쇼타로 군도 편히 쉬고 있을 겁니다."

격려할 생각으로 말을 건네자 아키코는 주저주저하며 말을 머뭇거렸다.

"하지만 시라카와 선생님, 정말 그 선택이 옳았던 걸까요? 정말 다른 방법이 없었을까요? 저는 아직도 그게 마음에 걸립니다."

시라카와는 순간 〈프론티어〉가 방송된 후 통화한 내용이 떠올라 피가 머리로 솟구칠 것만 같았다. 지금 와서 안락사를 후회해서 대체 어쩌겠단 말인가? 그때 반쯤 정신이 나가 쇼타로의 목을 조르고 직접 케타민의 양을 늘리기까지 했으면서 다른 방법이라니, 그걸 말이라고 하는가?

그러나 지금은 화를 낼 입장이 아니었다. 시라카와는 억지로 화를 참으면서도 아키코의 우유부단이 한심스러웠다.

안락사에서 가장 골치 아픈 문제가 바로 시시때때로 바뀌는 유가족의 마음이었다. 환자가 고통스러워하면 빨리 편하게 쉴 수 있도록 해달라고 애원하다가도 환자가 죽으면 그 결정이 정말 옳았는지 후회하기 시작한다. 안락사를 원한다면 나중에 후회하지 말고, 후회할 거라면 애당초 안락사를 원하지 말아야 한다. 하지만 그렇게 마음이 강한 가족이 얼마나 될까?

시라카와 자신은 쇼타로를 안락사시킨 사실에 일말의 후회도 없었다. 만약 쇼타로가 자신의 아들이었어도 똑같은 결정을 내렸을 것이다. 의학적으로 최선을 다했고, 더 이상의 연명은 비참한 고통을 강요할 뿐이라는 백 퍼센트 확신이 있었기 때문에 안락사를 감행했다. 그것은 전문 지식과 경험에 바탕을 둔 확고한 판단이었다. 그런데 가족에게는 그런 시라카와의 마음과 판단이 전해지지 않는다. 그것은 야스요처럼 지식인인 척하는 이들이 감언이설로 사람들을 현혹하기 때문이다. 어쩌면 아키코도 야스요의 쓸데없는 말에 혼란스러워진 것인지 모른다.

시라카와는 마음을 가라앉히고 슬퍼하는 아키코에게 부드럽게 말했다.

"아키코 씨의 기분은 충분히 이해합니다. 그러나 저는 쇼타로의 주치의로서 올바른 치료를 했다고 확신합니다. 최선을 다했습니다만, 쇼타로의 고통과 괴로움을 덜어줄 수가 없었습니다. 그러니 부디 더 이상 부질없는 말들에 현혹되지 마십시오."

"네, 알겠습니다. 저는 시라카와 선생님을 굳게 믿고 있습니다."

약한 목소리였지만 시라카와는 아키코의 대답에 의지할 수밖에 달리 방법이 없었다.

"그런데 경찰서에서 연락 없었나요?"

"아니요, 아직까지는."

"만약 경찰에게서 질문을 받으면 지난번 병원 조사 때처럼 말씀해주셨으면 합니다."

"알겠습니다."

이것으로 충분한지는 알 수 없었다. 그러나 그 이상 강요할 수도 없어서 시라카와는 불안한 마음으로 아키코의 집을 나섰다.

12월에 들어서자 곧바로 아키코는 호리카와 경찰서로 불려 갔다. 조사 담당자는 역시 히라노였다. 아키코는 형사가 쇼타로의 인생, 야스요와의 관계, 시라카와의 인상 등을 물어봤다고 밤에 전화로 알려주었다. 쇼타로를 간병하는 동안의 일도 자세히 물어봤지만 안락사는 물론 케타민의 양에 대해서는 모른다는 말로 일관했다고 했다.

시라카와는 연말연시에도 평상시와 다름없이 진료를 계속했고 수술 일정도 빡빡하게 잡았다. 원장인 와다는 일이 자기 뜻대로 전개되지 않자 기분이 언짢은 듯했지만, 경찰 조사라는 이유만으로 시라카와의 진료를 정지시킬 수는 없었다.

새해가 밝고 1월도 거의 끝나갈 무렵, 마침내 시라카와에게 소환장이 도착했다. 주변 조사가 모두 끝나고 시라카와를 대상으로 본격적인 조사가 시작될 차례였다. 출두는 2월 4일 수요일, 장소는 다른 참고인들과 마찬가지로 호리카와 경찰서였다.

오후 2시 정각에 경찰서에 출두하자, 시라카와는 4층에 있는 소회의실로 안내되었다. 긴 사각형 탁자에 파일 여러 개와 엑스선 사진, 의학서와 공책 등이 쌓여 있었다. 권하는 대로 의자에 앉아 잠시 기다리자 히라노가 노트북 컴퓨터를 들고 들어왔다.

"어이구, 이제야 겨우 선생님의 이야기를 듣게 되었습니다. 지금까지 정초에도 쉬지 않고 자료를 살펴보았습니다만, 역시 의학 용어들은 어렵더군요."

머리숱이 적은 정수리를 빛내며 히라노가 서둘러 자리에 앉았다.

"그럼, 바로 시작하겠습니다. 다시 한 번 후루바야시 쇼타로 씨의 초진에서 사망까지의 경과를 되도록 자세히 설명해주십 시오."

"진료 기록을 드린 지 벌써 3개월이 다 되어 가는데 아직도 그런 걸 질문하십니까? 전에도 말씀드렸고, 제 보고서에도 자 세히 쓰여 있지 않습니까?"

"정말 죄송합니다. 하지만 경찰 사무도 관공서 일이어서 절차 가 꽤 번거롭습니다. 본인 진술이라는 형태로 정리할 필요가 있 어서요. 하지만 이걸로 마지막입니다. 약속드리지요."

벌써 신경전이 시작된 것일까? 시라카와는 경계심을 늦추지 않으면서 쇼타로의 진료 경과를 자세히 이야기했다. 히라노는 시라카와가 하는 말을 빠르게 컴퓨터에 입력했다. 상당히 익숙 한 작업인지 속기사처럼 빨랐다. 시라카와는 바쁘게 키보드를 두드리는 소리가 귀에 거슬렸다.

시라카와가 대강 이야기를 마치자, 히라노는 모니터에서 눈 을 떼지 않고 "몇 가지 질문이 있습니다"라며 말을 시작했다. 시라카와에게는 눈길 한 번 주지 않고 마치 노트북과 대화하는 듯한 말투였다.

"후루바야시 쇼타로 씨의 암은 최초 진찰 시점에도 이미 상 당히 진행되었던 거군요."

"그렇습니다."

"회복될 가망은 거의 없었습니까?"

"상당히 진행된 상태였으니까요."

"그런데도 수술을 하신 이유는 뭔가요?"

"가능성이 전혀 없었던 것은 아니기 때문입니다."

"만약 수술이 실패할 경우 극심한 통증에 시달리게 된다는 사실은 예측하셨나요?"

"그럴 가능성도 있었지요."

"예측 가능했다는 말씀이시군요."

히라노는 키보드를 두드리던 손놀림을 멈추고 시라카와를 흘깃 쳐다보았다. 그러나 히라노는 시라카와의 대답을 기다리지 않고 계속 진행했다.

"보고서에 기록된 수술에 관한 설명을 보면 쇼타로 씨가 '회복될 가망이 없다면 고통스럽지 않게 해달라고 말했다'고 쓰여 있는데, 선생님은 그것을 안락사의 승낙으로 받아들였던 것입니까?"

"승낙으로까지 생각하지는 않았습니다만, 만일에 대비한 간접적인 의사 표시 정도로는 생각했습니다."

"다시 말해 쇼타로 씨에게는 애초부터 안락사 의사가 있었다고 판단하셨군요."

히라노는 또다시 손동작을 멈추고 시라카와에게 시선을 고정했다.

"그때 안락사에 대한 설명을 하셨습니까?"

"아니요."

시라카와는 어이가 없어서 웃음이 나왔다. 수술을 설명하면서 안락사에 관한 이야기를 꺼내는 의사가 어디 있단 말인가. 이래서 문외한은 곤란하다는 식으로 한숨을 쉬자, 히라노는 표정을 바꾸지 않고 질문을 이어갔다.

"안락사에 대한 설명을 하지 않은 이유는 무엇입니까? 경우에 따라 수술 후 비참한 상황에 빠질 수 있다는 사실을 예측하고 계셨지 않습니까?"

"수술도 끝나지 않았는데 그런 설명을 할 수는 없었습니다."

"그렇다면 환자의 상태가 나빠지고 난 뒤에 설명하셨습니까?"

그것은 더더욱 불가능한 일이다. 그런 설명을 하면 죽음을 선고하는 것과 마찬가지 아닌가. 시라카와가 머리를 흔들자, 히라노는 다시금 모니터로 시선을 돌리며 마우스를 빠르게 움직였다.

"진료 기록에 따르면, 선생님은 9월 25일에 일단 케타민의 양을 줄이고 쇼타로 씨에게 안락사에 대한 의사를 확인하셨습니다. 이때는 상세한 설명을 하셨습니까?"

"……음, 최소한 설명해야 할 사항은요."

"구체적으로 어떻게?"

시라카와의 이마에 땀이 솟았다. 히라노는 의사의 설명 의무 위반을 걸고넘어질 생각인 듯했다. 최근의 의료 재판에서 의사에게 불리한 판결이 내려진 경우는 대개 설명 의무를 위반했기 때문이었다. 그러나 그때 상황을 생각하면 자세한 설명 따위는 애초부터 불가능한 일이었다. 괜히 서툴게 얼버무리면 오히려 궁지에 몰릴 수 있어 시라카와는 사실대로 이야기하기로 결심했다.

"쇼타로 군에게는 더 이상 약을 늘리면 호흡이 멈출지도 모르는데 그래도 괜찮겠냐고 물었습니다."

"그뿐입니까?"

히라노의 눈빛이 험악해졌다. 시라카와는 냉정함을 잃지 않으려고 애쓰며 말했다.

"그때 쇼타로 씨는 상상할 수도 없을 정도의 고통에 시달리는 상태였기 때문에 자세히 설명할 여유 따위는 없었습니다. 그래서 일단 의사 확인만이라도 해두려고 했던 겁니다."

"어쨌거나 마지막까지 자세한 설명은 하지 않으셨다는 말씀이군요."

"잠깐만요." 시라카와는 참지 못하고 목소리를 높였다. "마치 제가 안락사를 했다고 단정하는 말투가 아닙니까? 쇼타로 군은 다발성 장기 부전으로 사망했습니다. 안락사의 설명이 불충분했다는 점은 인정하지만, 그건 쇼타로 군의 죽음과 무관하지 않습니까?"

두 사람의 시선이 부딪치면서 서로의 입장을 새삼 인식했다. 끝까지 거짓을 관철하려는 자와 어떻게든 그 거짓을 깨뜨리려는 자. 시라카와는 방어하는 자세를 드러냈지만 히라노는 이제 겨우 시작일 뿐이라는 듯 웃음으로 응수했다.

"이봐, 그거."

히라노는 옆에 대기하고 있던 부하에게 '파일 1'을 지시했다. 부하는 탁자 위에 있던 파일을 재빠르게 꺼냈다.

"선생님께서 지금 말씀하신 환자의 사인입니다만."

히라노는 시라카와를 초조하게 하려는 듯 빠른 손놀림으로 자료를 앞뒤로 뒤적이다 마침내 사본 한 장을 꺼냈다. 그리고 시라카와가 볼 수 있도록 파일 전체를 돌렸다. 시라카와가 기재한 쇼타로의 사망 진단서였다.

"여기를 보세요. 선생님은 지금 쇼타로 씨의 사인은 다발성 장기 부전이라고 말씀하셨는데 사망 진단서의 '(가) 직접 사인' 란에는 '항문암'이라고 쓰여 있습니다. 그리고 '(가)의 원인'란 에는 공백에 사선이 그어져 있습니다. 만약 선생님께서 말씀하신 대로라면 직접 사인은 '다발성 장기 부전'이고 그 원인이 '항문암'이어야 하는 것 아닙니까?"

이 질문에는 얼마든지 대답할 수 있었다. 시라카와는 자세를 바로잡으며 말했다.

"관례적으로 암 환자는 직접 사인란에 원질환명을 쓰는 경우 가 많습니다. 엄밀하게 따지면 히라노 씨가 말씀하신 대로 해야 겠지만 최종적인 직접 사인은 심장 정지, 즉 '심부전'이니까요. 그 원인이 '다발성 장기 부전'이고 '다발성 장기 부전'의 원인이 '항문암'이 됩니다. 그러나 어떤 죽음이건 심장 정지인 것만은 틀림없기 때문에 그런 복잡한 기재는 하지 않습니다."

"흠, 그렇군요."

역시 의학적인 내용으로 들어가자 히라노가 불리해졌다. 히라노는 어깨를 약간 움츠렸지만 곧바로 반문했다.

"하지만 설사 사인이 다발성 장기 부전이라고 해도 진료 기록 어디에서도 '다발성 장기 부전'이라는 기록을 찾아볼 수 없는데 그건 어째서입니까?"

시라카와는 여유를 보이며 대답했다.

"그것은 말기 암 환자는 대개 다발성 장기 부전으로 사망하기 때문입니다. 너무 당연해서 굳이 기록할 필요가 없는 거지요. 게다가 저는 본래 진료 기록을 자세히 적는 편이 아니어서요."

히라노는 이야기 중간에 자세를 노트북 쪽으로 돌려 대답도 하지 않고 입력 작업을 재개했다. 노골적으로 상대를 무시하는 무례한 태도였다. 시라카와가 말을 끊어도 양손으로 빠르게 키보드를 두드렸다. 무얼 그리 열심히 기록하는가 싶어 시라카와는 문득 불안했다.

마침내 기세 좋게 엔터 키를 치고 나서, 히라노가 음침한 미소를 띠면서 시라카와에게 말했다.

"오늘은 이것으로 마치겠습니다. 지금 말씀하신 내용을 진술서로 작성할 테니 조금만 기다려주십시오."

히라노는 마우스와 키보드를 조작해 편집 작업을 하더니 문서를 완성했다. 이윽고 구석에 놓인 프린터가 인쇄를 시작했다.

젊은 형사가 A4 용지 다섯 장에 인쇄된 진술서를 가지고 왔다.

"읽어보신 후에 수정할 내용이 없으면 서명하시고 날인해 주십시오."

시라카와는 그 자리에서 진술서의 내용을 확인한 뒤 서명하고 도장을 찍었다.

경찰서를 나설 때 시라카와는 완전히 지쳐 있었다. 혹여 실수를 하지는 않았을까? 특별히 걱정할 만한 부분은 떠오르지 않았지만 너무 피곤해서 조사 자체에 대한 기억도 잘 나지 않았다.

그 후로도 시라카와는 거의 매주 호리카와 경찰서로 불려가 신문을 받았다. 경찰은 쇼타로에 관한 일뿐 아니라 말기 암의 의료에 대한 생각, 환자를 대하는 태도, 간호사나 다른 의사와의 관계 등 이번 건과 상관없어 보이는 일까지 꼬치꼬치 캐물었다. 히라노는 시라카와의 대답을 빠짐없이 노트북 컴퓨터로 입력하고 저장했다.

시라카와가 경찰 조사를 받고 있다는 소문은 환자들 사이에도 퍼졌다. 오래된 환자들 중에는 "시라카와 선생님이 경찰에 불려가다니 말도 안 된다"며 분개하거나 "선생님을 위해서라면 서명운동이나 항의 운동이라도 벌이겠다"고 말하는 이들까지 있었다.

3월 초순 시라카와가 속해 있는 교안 대학 소화기외과 의국장인 모리가 찾아왔다. 모리는 시라카와의 4년 후배로, 인턴 시절 시라카와가 지도한 적도 있었다.

"시라카와 선생님, 오랜만입니다. 이번에 이렇게 터무니없는 일에 휘말려 많이 힘드시겠어요. 하지만 안심하세요. 의국에서는 선생님을 전폭적으로 지지하고 있으니까요."

연구보다는 진료를 좋아해서 대학과 소원했던 시라카와지만 의국이 그렇게까지 응원해준다는 사실에 솔직히 고마움을 표했다.

"뭐라 드릴 말씀이 없네요. 오타 교수님께는 자주 찾아뵙지도 못하고 걱정만 끼쳐드려서 정말 죄송할 따름입니다. 부디 안부 전해주세요."

시라카와가 머리를 숙이자 모리는 주변을 경계하듯이 목소리를 낮췄다.

"사실 오늘 저를 보내신 분은 오타 교수님이 아니라 야마나 부교수님입니다."

"야마나가?"

시라카와는 예상치 못한 이름을 듣고 놀라서 얼굴을 번쩍 들었다. 부교수인 야마나 게이스케는 시라카와의 동급생으로, 의국에서도 눈에 띄게 우수한 외과의였다. 다만 출세욕이 강하고 때로는 지나치게 계산적인 면도 보여서 시라카와와는 그리 친한 사이가 아니었다. 그런 그가 자신을 편들어주다니 역시 동급생에 대한 의리일까?

"아마나는 잘 지내고 있나?"

"물론입니다. 이번 4월에 라이토 소화기의료센터 부센터장으로 부임하십니다."

모리는 충실한 부하의 얼굴로 돌아가 대답했다.

라이토 소화기의료센터는 정부의 도시 재생 프로젝트로 북오사카에 세워진 문화 신도시 '라이토'에 개설되는 소화기 질환 전문 시설이었다. 그곳의 부센터장이라면 확실한 승진이었다.

"그건 몰랐군. 축하한다고 꼭 전해주게."

시라카와는 생각지 못한 우정에 감동하면서도 출세한 친구의 친절이 약간 당혹스러웠다.

6. 전세 역전

4월 8일 수요일 오후 2시, 시라카와는 3주 만에 호리카와 경찰서에 출두하라는 요청을 받았다. 일곱 번째 호출이었다. 대체 아직도 물어볼 것이 남아 있단 말인가?

출두 시각에 정확히 맞춰 도착한 시라카와는 늘 그렇듯 4층 소회의실로 가려고 했다. 그러자 젊은 형사가 제지하며 말했다.

"오늘은 이쪽으로 오십시오."

안내된 곳은 2층에 있는 취조실이었다.

"어서 오십시오. 기다리고 있었습니다."

취조실에 들어서니 히라노가 철창을 등지고 팔짱을 낀 채 책상 앞에 앉아 있었다. 역광 탓에 표정을 읽기 어려웠다. 녹이 슬어 삐걱거리는 의자에 앉자 시라카와는 자신이 용의자라는 사실이 새삼 의식되어 불쾌했다. 히라노의 얼굴에서는 평소와 같은 형식적인 미소를 찾아볼 수 없었다. 그리고 장소를 취조실로 바꾼 이유에 대해 한마디 설명도 하지 않은 채 느닷없이 질문 공세를 펼쳤다.

"오늘은 제 쪽에서 여러 가지 확인할 것이 있습니다. 먼저 후루바야시 쇼타로 씨의 사인입니다만, 이것은 이전에 진술하신 대로 다발성 장기 부전이 맞겠지요? 진료 기록에 쓰지 않은 이유는 말기 암 환자는 다발성 장기 부전으로 사망하는 일이 흔하므로 굳이 기재할 필요가 없었다고 말씀하셨습니다."

확실히 그렇게 설명했다. 히라노의 말투에서는 오늘이야말로 끝장을 보겠다는 확고한 의지가 느껴졌다. 시라카와가 경계하면서 고개를 끄덕이자 히라노는 파일에서 인쇄한 서류를 꺼내 카드를 펼치듯 책상 위에 늘어놓았다.

"이것은 작년 교라쿠 병원에서 사망한 환자 중 선생님이 주치의를 맡았던 암 환자의 진료 기록입니다. 모두 11명입니다. 전부 영장을 청구해서 받은 것입니다. 여기 진단명이 적힌 곳을 봐주십시오."

각 진료 기록의 첫 페이지에 기재된 진단명에 히라노가 표시한 듯한 빨간색 동그라미가 그려져 있었다. 일곱 명의 진료 기록에 '다발성 장기 부전'이라고 쓰여 있었다.

"선생님 말씀대로 말기 암 환자 중에는 다발성 장기 부전으로 사망하는 경우가 많은 것 같군요. 그런데 너무 당연해서 굳이 기재할 필요가 없던 것 아니었습니까? 쇼타로 씨를 제외한

다른 환자의 진료 기록에는 이렇게 분명히 다발성 장기 부전이라고 쓰여 있습니다. 그런데 쇼타로 씨의 진료 기록에는 왜 기재하지 않으셨습니까?"

히라노의 작은 눈이 파고들듯 시라카와를 쳐다보았다. 설마 다른 환자의 진료 기록까지 조사할 줄은 몰랐다. 시라카와는 동요했지만 대수롭지 않다는 표정으로 대답했다.

"어쩌다보면 입력을 잊을 수도 있지요."

"어쩌다라고요?"

히라노는 의미심장하게 웃으며 표시해놓은 진료 기록 페이지를 펼쳤다.

"그렇다면 이건 어떻습니까?"

히라노가 시라카와의 눈앞에 들이민 다른 환자의 소견란에는 '다발성 장기 부전 의심', '다발성 장기 부전에 대해 가족에게 설명' 등의 기록이 있고, 역시 히라노가 표시한 듯한 빨간 동그라미가 그려져 있었다.

"다른 환자의 진료 기록에는 다발성 장기 부전이 시작되었다거나 가족에게 설명한 기록까지 있는데 쇼타로 씨의 진료 기록에만 아무런 기록이 없습니다. 그 이유는 대체 무엇입니까?"

"우연일 겁니다. 쇼타로 씨 때는 너무 바빠서 기록할 여유가 없었어요."

"하지만 진단명을 기록할 정도의 시간은 있지 않았을까요?"

"그러니까, 그만 깜박하고."

"이상하지 않습니까? 시라카와 선생님처럼 뛰어나신 분이 진단명을 깜박하고 입력하지 않다니. 진단명은 처방전을 청구할 때 근거가 되는 것이라 기록 누락에는 특별히 주의하셔야 되는 것 아닙니까?"

"저도 사람인지라 잊어버릴 때도 있습니다."

"그렇다면 이건 어떤가요?"

히라노는 다발성 장기 부전 외에 다른 진단명이 있는 진료 기록을 꺼내 책상 위에 늘어놓았다. '패혈증', '간질성 폐렴', '신부전' 등의 병명에 동그라미가 쳐 있었다.

"다른 환자의 진료 기록에는 이렇게 여러 가지 진단명이 기록되어 있습니다. 그러나 쇼타로 씨의 진료 기록에는 중증 병명에 항문암과 골수 전이, 암 복막염밖에 없습니다. 이유가 무엇입니까?"

"그런 질문을 해봤자 전문가도 아닌 당신을 이해시키기는 어렵습니다. 다발성 장기 부전 증상은 갑자기 나타난 겁니다. 의사라면 이해할 수 있는 일입니다만."

시라카와는 순간적으로 의학 지식을 방패 삼아 방어하려 했다. 지금까지 히라노는 이야기가 전문적으로 흐르면 곤혹스러워하며 말문을 닫은 적이 많았기 때문이다. 그런데 이날은 기세가 꺾이지 않았다. 그러기는커녕 시험에서 운 좋게 정답을 찍은 수험생처럼 기쁜 표정으로 공세를 늦추지 않았다.

"시라카와 선생님, 이상하다고 생각하지 않습니까? 다발성 장기 부전이 아무리 급격히 진행되었다고 해도 혈액 검사를 하면 먼저 이상이 나타나지 않습니까? 간 기능이 떨어지거나 요소 질소 혹은 크레아틴이 증가하고, 나아가서는 혈소판의 감소나 황달도 나타나지요. 그런데 쇼타로 씨의 진료 기록에는 그런 기록이 전혀 없습니다. 어째서입니까?"

시라카와는 놀란 표정으로 히라노를 바라보았다. 이런 전문 지식은 하룻밤 만에 쌓을 수 있는 것이 아니었다. 히라노는 상당한 의학 지식을 지니고 있음에 틀림없었다. 지금까지 문외한인 척했던 것은 이쪽을 방심시키기 위한 술수였단 말인가.

"히라노 씨는 의학 지식이 꽤 풍부하시군요."

시라카와가 신음하듯 내뱉자 히라노는 차가운 미소를 띠며 사실을 밝혔다.

"지금까지 잠자코 있었습니다만, 사실 저는 의료 과실이나 약물 살인 등 의료계 특수 범죄 전문 형사입니다."

시라카와는 지금까지 모든 조사가 함정이었다는 생각에 다리가 떨릴 정도로 불안했다. 필사적으로 냉정을 유지하려는 시라카와에게 히라노가 천천히 물었다.

"쇼타로 씨에게 다발성 장기 부전 증상이 있었다는 건 하나의 가능성일 뿐 확증이 없었던 것 아닙니까?"

어떻게 대답해야 할까? 히라노는 분명히 유도 질문을 하고 있었다. 시라카와는 머릿속에서 열심히 생각했다. 다발성 장기 부전이라고 진단한 근거를 기록하지 않은 이유에 대해 우연이 나 깜박 잊었다는 말은 더 이상 통하지 않을 것이다. 추정 진단이었기 때문에 기재하지 않았다고 인정하는 편이 신빙성 있게 들릴지도 모른다.

"분명히 다발성 장기 부전이라는 진단에는 어느 정도 추측이 포함되어 있습니다."

시라카와가 괴로운 듯 인정하자 히라노는 곧바로 다음 질문을 던졌다.

"만약 다발성 장기 부전이 아니라고 한다면 쇼타로 씨의 사인으로는 그 밖에 어떤 것을 생각할 수 있습니까?"

무슨 말을 하려는 것일까? 시라카와는 자신에게 불리하지 않도록 심사숙고하며 대답했다.

"그건……, 암 자체가 진행되어 죽음에 이르렀겠지요."

"그렇군요."

히라노는 시라카와의 말을 인정하고 "그 밖에는요?"라며 계속해서 대답을 재촉했다. 호흡 부전이나 신부전 등도 있지만 그렇게 대답하면 결국 다발성 장기 부전이 되어버린다. 어떻게 대답하면 좋을지 고심하고 있는데, 히라노가 헛기침을 하더니 조심스럽게 말했다.

"선생님이 사용하신 케타민이라는 약에는 호흡을 억제하는 부작용이 있다고 하더군요. 그 부작용으로 사망했다고는 생각할 수 없습니까?"

드디어 본격적인 공격인가? 시라카와는 온몸의 신경을 바짝 곤두세우며 방어 자세에 돌입했다. 한마디로 부정하려 하자 히라노가 황급히 막았다.

"아니, 오해하지 마십시오. 케타민의 부작용이 사인이라고 단정하는 것이 아닙니다. 가능성으로서 모든 요인을 파악하려는 것뿐입니다."

"그럴 가능성은 전혀 없습니다. 케타민이 호흡을 억제하는 건 사실이지만 저는 그런 위험한 양을 투여하지는 않았으니까요."

"그러니까 선생님은 환자가 위험에 빠질 만한 양은 사용하지 않았다는 말씀이군요. 하지만 만약 다량 투여했다면 어떻습니까? 그런 때에는 호흡 억제로 사망할 수도 있지 않습니까? 어디까지나 가능성입니다만."

히라노는 왜 가능성이라는 말을 강조하는 걸까? 마지막에 쇼타로에게 투여한 케타민의 양은 증명할 수 없을 텐데. 진료 기록에도 기록하지 않았고 간호 기록에도 없었다. 그 사실을 머릿속에서 재차 확인하고 나서 시라카와는 마지못해 인정했다.

"그럴 가능성이 없지는 않지요."

"그렇다면 다시 묻겠습니다. 쇼타로 씨의 병세가 악화되었을 때 인공호흡기를 달지 않은 이유는 무엇입니까?"

히라노의 질문에 시라카와는 〈프론티어〉에서 쇼타로의 어머니 야스요가 말했던 비판이 떠올랐다. '인공호흡기만 달았더라면 쇼타로는 죽지 않았을 것이다.' 이것은 안락사법에 반대하는 '저지련'의 대표 이사 오쓰카 의사의 얼토당토않은 주장이었다. 시라카와는 불쾌해하며 대답했다.

"쇼타로 군에게는 필요 없었으니까요."

"선생님이 쇼타로 씨의 치료를 포기했기 때문 아닙니까?"

시라카와는 자기도 모르게 강한 어조로 부정했다.

"그렇지 않습니다. 그 상태에서 인공호흡기를 달면 더욱 비참한 상태에 빠질 게 뻔했습니다."

"하지만 쇼타로 씨의 어머니는 인공호흡기를 달아주기를 희망했었지요?"

"그래서 그럴 상황이 아니라는 점을 전화로 설명했습니다. 더 자세히 설명하기 위해 병원에 오시라고 부탁드렸는데 오지 않았어요."

"인공호흡기를 달면 모든 환자가 비참한 상황이 됩니까?"

"모든 환자가 그렇지는 않습니다만, 어쨌든 상황은 악화됩니다."

"의사가 부정적인 결과만을 예상해서 환자 측이 희망하는 치료를 하지 않았다면 민사 소송에서 말하는 진료 계약 위반에 해당합니다."

느닷없이 민사 소송이라는 말에 시라카와는 동요했다. 자신이 의학 용어로 방어해온 것에 대한 복수라도 하듯 법률 용어로 공격할 생각인가? 히라노는 질문을 멈추지 않았다.

"만약 인공호흡기를 달았다면 어떤 상황이 됩니까?"

"철저히 연명 치료를 했다면 먼저 온몸이 부어올랐겠지요. 얼굴도 붓고 거무스름해지며 몸속에서 출혈이 시작되어 피부는 흑갈색이 되고 항문에서는 하혈이 넘쳐나는 참담한 지경에 이르렀을 겁니다."

"관리하기가 굉장히 힘들어진다는 말씀이군요. 빨리 결말을 내버려 그런 골치 아픈 치료를 끝내고 싶었던 것은 아닙니까?"

"아닙니다! 그런 말도 안 되는 소리를."

시라카와는 주먹으로 책상을 격렬하게 내리쳤다. 의사로서 최선을 다해 성심성의껏 치료했는데 어째서 이런 소리까지 들어야 한단 말인가? 흥분하는 시라카와를 보고 히라노는 어색할 정도로 부드럽게 물었다.

"그렇다면 선생님은 순수하게 환자를 생각해서 인공호흡기를 달지 않았다는 말씀이군요. 연명 치료로 비참한 상태가 되기보다는 그대로 죽게 놔두는 편이 낫다고 생각해서요."

"그렇습니다."

시라카와가 분개하며 당당하게 인정하자 히라노의 눈에 언뜻 수상한 빛이 떠올랐다. 그는 아무렇지 않은 척 쇼타로의 진료 기록을 뒤적이더니 생각을 정리하는 듯 고개를 끄덕였다.

"그럼 다음으로 넘어가겠습니다. 살의에 대해 질문하겠습니다."

"뭐, 뭐라고요?"

시라카와는 자기도 모르게 고개를 내밀었다. 너무도 어처구니없는 질문이었기 때문이다. 너무나 경악스러운 나머지 헛웃음이 나왔다. 환자에 대한 살의라고? 해도 해도 너무하는군.

그러나 히라노는 표정도 바꾸지 않은 채 말했다.

"웃으시는군요. 하지만 이 부분은 아주 중요합니다. 검찰에서도 확실히 해두라고 해서요."

히라노는 턱 앞에 양손을 깍지 끼고 시라카와에게 차가운 시선을 보냈다.

"지금껏 잠자코 있었습니다만, 선생님의 사건은 중대 사안이기 때문에 일찍부터 검찰과 논의해왔습니다. 설명할 필요도 없이 살해할 생각이 있었는지 없었는지에 따라 살인과 과실치사로 죄상이 달라집니다. 저 개인적으로는 과실치사가 아니라 명백한 살인이라고 확신하고 있습니다. 사실 그렇지 않습니까?"

히라노의 붉은 뺨에 비아냥과 냉혹함이 뒤섞인 미소가 떠올랐다. 무엇을 근거로 살인이라고 확신한단 말인가? 시라카와는 혼란스러워 자신도 모르게 목소리가 떨렸다.

"살해할 생각 같은 건…… 없었습니다."

"물론 그렇겠지요. 처음에는요. 하지만 케타민을 사용하기 시작한 후에는 어땠습니까? 고통으로 신음하는 쇼타로 씨의 의식을 잃게 하기 위해 선생은 굳이 호흡 억제라는 부작용이 있는 약을 사용했습니다. 그리고 쇼타로 씨의 이모로부터 안락사 요청을 받고 본인의 의사를 확인했습니다."

"······그렇습니다."

"안락사 의사를 확인했다는 건 환자 본인이 승낙하면 안락사를 시킬 생각이었다는 거죠."

"그건 그렇지만······."

시라카와는 반론의 실마리를 찾고 조금 강한 어조로 대답했다.

"안락사 의사를 확인하는 것과 실제로 안락사를 실행하는 것은 별개입니다. 쇼타로 씨는 안락사를 시키기 전에 이미 사망했으니까요."

"흠."

히라노는 시라카와의 반론을 긍정하는 건지 부정하는 건지 알 수 없는 표정이었다.

"실제로 안락사가 이루어졌는지에 관한 이야기는 제쳐놓고, 선생의 마음이 어땠는가에 대해서 이야기합시다. 선생의 마음 속 깊은 곳에는 쇼타로 씨가 죽어도 상관없다는 생각이 숨어 있지 않았습니까? 아니, 오히려 죽는 편이 낫다고 느꼈던 건 아닙니까?"

시라카와는 주먹을 꼭 쥔 채 머리를 숙이고 생각했다. 자신이 정말 쇼타로가 죽는 편이 낫다고 생각했었나? 어두운 병실에서 고통에 신음하는 쇼타로를 보며 참을 수 없는 기분이 들었던 것은 사실이다. 젊디젊은 쇼타로에게 죽음은 아직 멀리 있었고 이루 다 말할 수 없는 고통만이 계속되는 현실을 견디기 힘들었던 것도 사실이다. 그러나 살의와는 달랐다. 완전히 다른 감정이었다.

시라카와는 고개를 들고 단호하게 말했다.

"절대로 살의 따위는 없었습니다."

"하지만 선생은 조금 전 비참한 상태에 빠지느니 죽는 편이 낫다는 생각을 했었다고 인정하지 않았습니까?"

"인정한 건 맞습니다만, 살의와는 다릅니다."

히라노는 눈을 내리뜨고 고개를 흔들었다.

"선생, 살의는 꼭 원한이나 분노 때문에 생겨나는 것만이 아닙니다. 상대를 생각해서 죽게 하는 살의, 즉 '자비에 의한 살의'도 있을 수 있습니다. 그런 의미에서 선생은 살의를 품게 되지 않았을까요?"

그때 시라카와는 분명 쇼타로가 죽는 편이 낫다고 생각했다. 하지만 그런 감정이 과연 살의일까? 대답하지 못하는 시라카와에게 히라노가 초조하게 말했다.

"지금 선생과 살의에 대한 해석을 두고 논쟁해봤자 쓸데없는 일이겠지요. 한 가지만 확인하겠습니다. 쇼타로 씨에게 인공호흡기를 사용하기보다는 사망하도록 놔두는 편이 낫다고 생각한 건 사실이지요?"

"그거야 뭐……."

시라카와가 수긍하자, 히라노는 다시 진료 기록을 뒤적여 파일에서 다른 서류를 꺼냈다.

"시라카와 선생, 다음은 케타민의 사용량에 대해 묻겠습니다. 선생이 쇼타로 씨에게 처음으로 케타민을 투여한 날짜는 9월 1일로 되어 있습니다. 진료 기록에 따르면 처음에는 한 시간당 150밀리그램을 투여했군요. 이후 서서히 투여량을 늘려 쇼타로 씨가 사망하기 전날인 9월 30일에는 한 시간당 400밀리그램이 되었습니다. 진료 기록대로 계산하면 한 달 동안의 투여량은 25.08그램인데 이쪽 서류에는 9월분 총사용량이 200밀리그램 앰플 151개, 즉 30.2그램으로 기록되어 있습니다."

히라노가 내민 것은 진료 요금 청구서였다. 진료 기록에 기재된 사용량보다 청구 금액이 많다는 지적이었다. 그런 것까지 조사했다는 사실이 시라카와는 놀라웠다.

"진료 기록에 쓰여 있는 양이 실제 사용량보다 적은 건 어떤 의도입니까?"

"아무런 의도도 없습니다. 기록보다 청구한 양이 많은 이유는 사용하고 남은 것을 버리거나 임시 조정분 때문입니다."

그것은 사실이었다. 시라카와는 경계심을 늦추지 않고 히라노를 응시했다.

"간호사의 증언에 따르면 쇼타로 씨에게는 상당히 빈번하게 케타민양을 조정하면서 투여했다고 하더군요. 그 까닭은 무엇입니까?"

"가능한 한 투여량을 줄이기 위해서입니다. 예를 들어, 한 시간에 300밀리그램이라고 정했어도 편안히 잠들었다면 275밀리그램으로 줄이고, 의식이 돌아올 것 같으면 다시 정량을 투여하는 식으로 미세하게 조정했습니다."

"간호 일지에는 확실히 그렇게 기재되어 있군요. 진료 기록에는 기록되어 있지 않지만."

"그런 미세한 조정까지 일일이 입력할 시간이 없습니다."

시라카와가 조바심을 내자 히라노의 입가가 느슨해졌다.

"케타민이 호흡 억제를 일으키는 양은 몇 밀리그램 정도부터인가요?"

"사람에 따라 다릅니다. 쇼타로 군의 경우도 350밀리그램부터 가벼운 호흡 곤란이 있었습니다. 하지만 최종적으로 투여한 450밀리그램에서도 호흡은 유지되었으니까요."

"잠깐만요. 진료 기록에는 9월 30일에 '시간당 400밀리그램으로 증량'이라고 쓰여 있고, 다음 날인 10월 1일 오후 6시 30분에는 '케타민을 시간당 425밀리그램로 증량'이라고 쓰여 있습니다. 같은 날 오후 10시 15분의 기록에는 '케타민을 더욱 증량'이라고밖에 쓰여 있지 않습니다. 그전까지는 정확한 양을 기재했는데 마지막에만 '증량'이라고 기록한 이유는 무엇입니까?"

"그건 앞서도 말했다시피 바빴기 때문입니다. 쇼타로 군의 상태가 악화되고, 옆에서 간병하던 아키코 씨는 정신을 놓고 있었고, 어머니에게 여러 번 연락했으나……."

"잠깐만요. 병세가 악화되었다면 의식도 없었을 것 아닙니까? 그렇다면 케타민을 늘릴 필요도 없지 않습니까?"

"그렇지 않습니다. 당신은 현장에 없었으니까 모릅니다. 마지막에 쇼타로 군이 느꼈던 극심한 고통은 도저히 두고 볼 수 없을 정도였어요."

"그러니까 케타민을 늘려서 잠들게 했다는 말씀이군요. 그 마지막 양이 1시간에 450밀리그램이었고요. 그건 확실합니까?"

"확실합니다. 케타민의 증량은 1회 25밀리그램씩으로 정했었으니까요."

지금이 바로 정면으로 승부를 낼 때였다. 시라카와는 히라노의 눈을 응시하며 단호하게 말했다.

"방금 하신 말씀을 뒷받침할 만한 증거가 있습니까?"

"그런 건 없습니다."

케타민의 최종 투여량이 450밀리그램이라고 증명할 수는 없지만 마찬가지로 링거 클램프를 완전히 열었다는 증거도 없을 것이다.

잠시 무거운 침묵이 흐르고 히라노는 후 하고 숨을 쉬더니 원래 질문으로 돌아갔다.

"선생은 케타민양을 450밀리그램으로 늘렸을 때도 쇼타로 씨가 호흡을 유지하고 있었다고 하셨는데, 확실하게 호흡이 멈추려면 몇 밀리그램을 투여해야 합니까?"

어째서 이런 질문을 하는 걸까? 끈질기게 확인하려는 건 무언가 숨겨진 의도가 있는 것이 틀림없었다. 여기에서 수치를 말하는 것은 위험하지만 말하지 않는다면 안전한 양이 얼마인지도 모르면서 투여했다고 추궁당할 우려가 있었다. 시라카와는 깊이 생각하고 나서 마지못해 대답했다.

"1000에서 1200 정도일 겁니다."

실제로는 800밀리그램 정도부터 위험하지만 조금이라도 안전을 확보하기 위해 약간 높여서 말했다.

"그 이상이면 호흡이 멈추는군요."

"그렇습니다."

시라카와가 언짢아하며 인정하자 히라노는 입꼬리를 비틀어 올리며 숨겨놓은 비장의 카드를 꺼내듯 서류 한 장을 내밀었다. 쇼타로에 대한 10월 1일 자 간호 일지를 인쇄한 것이었다.

"이것 좀 보십시오. 이 기록에 따르면 쇼타로 씨의 링거는 오후 8시 40분에 교체되었습니다. 500밀리그램짜리, 투여 속도는 한 시간에 100밀리그램입니다. 진료 기록에 따르면 선생이 쇼타로 씨의 병실에 간 시각이 오후 10시 15분. 대충 계산해도 그 시점에서는 링거액 주머니에 350밀리그램 정도 남아 있어야 합니다."

"그렇습니까? 계산해보지 않아서 모르겠습니다만."

"그런데 실제로는 어느 정도 남아 있었습니까?"

"확실하게 보지 않아서 모르겠습니다. 그 정도였겠지요."

"선생의 지시에 따라 이 링거 주머니에는 케타민 앰플이 10개, 즉 2000밀리그램 들어 있었습니다. 주머니에 남아 있던 양은 약 1400밀리그램."

"대체 무슨 말을 하고 싶은 겁니까?"

시라카와는 복잡하게 나열된 숫자에 짜증이 나서 목소리가 거칠어졌다. 그러나 히라노는 여전히 차가운 표정으로 말했다.

"1400밀리그램이 선생께서 쇼타로 씨의 병실로 들어가 쇼타로 씨가 사망하기까지 25분 동안 투여한 양입니다. 시간당으로 환산하면 3360밀리그램입니다."

시라카와는 온몸에서 피가 빠져나가는 것만 같았다. 링거의 클램프를 전부 열면 확실히 그 정도 양이 된다. 히라노는 어떻게 그런 사실을 알고 있는 걸까? 당시 상황을 더듬어보던 시라카와의 머릿속에 퍼뜩 떠오르는 사람이 있었다. 니시다였다.

"그렇습니다. 마지막에 병실에 있던 간호사가 증언해주었습니다."

히라노는 시라카와의 마음을 읽기라도 하듯이 고개를 끄덕였다.

"클램프라고 하던가요? 링거 튜브에 달린 플라스틱 기구. 그것을 완전히 열면 단시간에 다량으로 약물을 투입할 수 있다고 했습니다. 간호사는 쇼타로 씨에게서 링거를 떼어낼 때 주머니에 케타민이 거의 남아 있지 않아서 이상하다고 생각했다더군요."

시라카와의 이마에 식은땀이 흘렀다. 설마 링거의 잔량까지 확인했으리라고는 생각지 못했다.

"게다가 그 간호사는 선생이 '이제야 겨우 그도 편안해졌군'

이라고 말씀하셨다고."

"그게 무슨……."

시라카와는 추락하는 비행기에 타고 있는 듯한 절망감에 사로잡혔다. 원내 조사위원회에서는 자신을 두둔했던 니시다가 어째서 경찰에게는 결정적으로 불리한 증언을 했단 말인가.

"그 간호사에게 억지로 증언을 강요한 겁니까?"

"그렇지 않습니다."

히라노는 단호하게 대답하면서 말을 이었다.

"증언을 강요하면 재판에서 증거로 인정받지 못하니까요. 덧붙여 말하면 후루바야시 아키코 씨에게도 케타민의 투여량에 대해 물어봤습니다만 전혀 모른다고 대답했습니다. 보지도 않았고 기억도 나지 않는다고 이중으로 부정하더군요."

입막음했으리라는 걸 벌써 간파하고 있었다는 말투였다.

"쇼타로 씨에게 투여한 케타민의 양은 명백히 치사량을 넘었습니다. 선생이 링거의 클램프를 완전히 열었기 때문입니다. 고통스러워하는 쇼타로 씨의 모습을 차마 더 이상 볼 수 없었겠지요. 케타민을 그 정도 투여하면 환자의 호흡이 멈출 거라는 사실쯤 분명 예상했을 텐데도 선생은 치사량을 투여했습니다. 환자가 죽어도 괜찮다, 아니 죽는 편이 낫다고 생각해서 말입니다. 즉, 명백한 살의를 품고 쇼타로 씨를 죽음으로 내몬 것입니다."

히라노는 단숨에 말을 끝냈다. '살해했다'고 말하지 않은 것은 최소한의 배려였다. 시라카와는 숨도 쉬지 못한 채 듣고 있었다.

"시라카와 선생, 그 마음은 충분히 이해합니다. 악의가 있어서 그런 것이 아니라는 것도요. 아니, 오히려 선의에서 행한 일이지요. 그러나 현재 일본에서 안락사는 살인에 해당합니다. 현장의 노고는 충분히 압니다만, 누구라도 법을 어기는 것은 용납될 수 없습니다."

히라노는 그때까지 보였던 차가운 표정을 누그러뜨리며 동정하는 기색마저 보였다. 시라카와가 '걸려들었다'는 것을 알아챘기 때문이다. 그렇다. 시라카와는 양 무릎에 주먹을 올려놓은 채 어깨를 떨어뜨렸다.

히라노는 방 한쪽에서 컴퓨터 작업을 하고 있던 형사에게 눈짓을 보내 진술서를 준비시켰다. 기다리는 동안 시라카와는 히라노에게 물었다.

"저는 체포되는 겁니까?"

"아니요, 그렇지 않습니다."

히라노는 곧바로 대답하더니 위로하는 말투로 덧붙였다.

"기소되어도 물론 정상 참작이 되겠지요. 다만 선생이 병원의 조사위원회에 제출한 허위 보고서는 유감스럽게도 은폐 의도가 있었던 것으로 간주될지 모릅니다."

진술서가 완성되자 시라카와는 순순히 서명하고 날인했다. 그는 저항할 기력조차 남아 있지 않은 사람처럼 보였다.

다음 날 시라카와는 원장실에 들러 얼마 동안 쉬고 싶다는 뜻을 전했다. 전날 받은 조사로 완전히 기진맥진한 상태여서 도저히 진료를 할 수 없었기 때문이다. 와다는 짤막한 대답으로 승낙했다.

그로부터 며칠 후 시라카와에게 교토 지검으로부터 소환장이 날아들었다. 마침내 검찰 조사가 시작된다는 뜻이었다. 시라카와는 더 이상 저항할 힘도 없었다. 아마도 히라노가 쓴 시나리오를 그대로 인정하고 끝날 것이었다.

소환일인 4월 22일, 절망적인 시라카와의 심경만큼이나 흐린 날이었다. 금방이라도 비가 쏟아질 것 같은 하늘을 보며 시라카와는 가미쿄 구 신마치 거리에 위치한 법무합동청사에 출두했다. 접수계에 이름을 말하자 인상 좋은 사무관이 나타나 별관으로 이어지는 통로로 시라카와를 안내했다.

"이 사건은 특별형사부에서 취급하게 되었습니다."

사무관은 의미심장한 웃음을 지으며 시라카와를 흘긋 쳐다보았다. 앞으로 매스컴에 자주 등장하게 될 얼굴이니 미리 보아두자는 속셈인가?

좁은 엘리베이터를 타고 4층에서 내린 두 사람은 취조실과 검찰관실을 그대로 지나쳐 안쪽에 있는 특별형사 부장실 앞에서 멈췄다.

"실례합니다."

사무관이 노크를 하고 조심스럽게 문을 열었다. 넓은 방 안에는 고급스러운 응접세트가 놓여 있었다. 집무 책상 너머로 창을 등진 채 한 은발 신사가 앉아 있고, 그 옆에 검은 정장을 입은 남자가 서 있었다. 사무관이 목례를 하고 물러나자 검은 정장을 입은 남자가 다가와 시라카와를 안쪽으로 안내했다.

"시라카와 선생, 오시느라 고생하셨습니다. 저는 형사부 주임 검사인 나가카타입니다. 이쪽은 특별형사부 오사와 부장님이십니다."

나가카타가 소개하자 오사와는 앉은 채 시라카와에게 소파를 권했다. 두 사람 모두 태도는 정중했지만 이상할 정도로 무표정했다. 굳이 부장실에서 취조를 하다니, 역시 이 사건은 검찰청 내에서도 특별 취급을 받는다는 말인가? 이런 생각이 들자 시라카와의 기분은 더욱 침울해졌다.

권하는 대로 자리에 앉기는 했지만 편안한 소파에 앉아 취조를 받으니 뭔가 수상쩍다는 생각을 하고 있는데 나가카타가 앞에 앉더니 파일에서 서류를 꺼냈다.

"선생의 진술서를 읽어보았습니다. 제 입으로 말하기는 뭐합니다만, 무리하게 수사를 진행한 부분도 없지 않더군요."

무슨 말일까? 다시 나가카타를 쳐다보니 입가에 미소를 띠면서도 결코 웃지 않는 시선이 되돌아왔다.

"안락사 문제에는 민감한 측면이 있습니다. 정의에서 성립 요건, 그 시시비비에 이르기까지 아직 논쟁의 여지가 많습니다. 전문가도 아닌 경찰이 통상적인 범죄를 다루는 방식으로 수사한다는 건 문제가 있습니다."

"무슨 말씀입니까?"

"현장의 의사와 환자 외에는 알 수 없는 상황이 있다는 뜻입니다."

나가카타는 뭔가 속뜻이 숨겨진 듯한 말을 하며 서류로 눈을 돌렸다.

"선생의 진술서를 읽어보니 유도 질문으로 의심되는 부분이 있었습니다. 그래서 새롭게 진술서를 작성했습니다. 확인해주시겠습니까?"

서류를 받아보니 전에 서명한 진술서의 일부가 변경되어 있었다. 전에 인정한 살의에 관한 진술이 전부 사라지고 이렇게 바뀌어 있었다.

'환자의 고통을 덜어주려는 목적이었을 뿐 살의는 없었다.'

더욱이 '케타민의 대량 투여 외에 환자의 고통을 덜어줄 방법은 없었다. 다만 그것이 직접적인 사인이 되었는지는 분명치 않다'라고 쓰여 있었다. 사실이 그랬지만, 자신이 진술한 내용과 180도 바뀌어 있었다. 이런 내용이면 살인죄는 성립되지 않을 것이다.

갈피를 못 잡고 망설이는 시라카와에게 나가카타가 형식적인 말투로 질문했다.

"한 가지만 확인하겠습니다. 선생이 쇼타로 씨를 안락사시킨 것은 의사로서 내린 최선의 결정이었지요?"

"물론입니다. 그것은 단언할 수 있습니다."

"알겠습니다."

나가카타가 얼굴을 들자 그때까지 침묵하고 있던 부장 오사와가 감정이 전혀 섞이지 않은 목소리로 시라카와에게 말했다.

"일단 고소장이 접수되어 검찰로 송치되기는 했습니다만, 검찰의 판단은 불기소입니다. 그러니 걱정 마십시오."

이미 모든 것이 결정되었고 질문이나 수정도 전혀 필요 없다는 분위기였다. 진술서의 일자는 지난번 취조일인 4월 8일이었다. 시라카와는 곤혹스러워하면서도 시키는 대로 서명과 날인을 했다.

오사와가 인터폰을 누르자 조금 전 부장실까지 안내해주었던 사무관이 시라카와를 데리러 왔다. 출구까지 걸어가는 동안 사무관은 아무 말도 하지 않았지만 기분 나쁜 미소를 띠고 있었다.

여우에게 홀린 기분으로 법무합동청사를 나서니 밖에는 차가운 비가 내리고 있었다. 시라카와는 접은 우산을 펼쳐 들고 남쪽을 향해 신마치 거리를 걷기 시작했다. 조금 걸어가자 교토 부경찰본부 앞 사거리에 이르렀다. 거기에 키 작은 한 남자가 검은 우산을 쓰고 서 있었다.

"시라카와 선생."

히라노였다. 시라카와가 나오기를 기다린 듯했다. 그는 피로에 지친 얼굴로 물었다.

"검찰에서는 뭐라고 하던가요?"

작은 눈이 분노와 초조로 흔들리고 있었다. 이전의 가면이 아

152

니라 처음으로 보여주는 형사다운 눈빛이었다.

"새로운 진술서를 보여주더군요."

"날짜는?"

"이전 취조일인 4월 8일이었습니다."

순간 히라노는 살기를 번득이며 이를 악물었다. 그의 얼굴 근육이 경련을 일으켰다. 그리고 그런 표정을 보일 수 없다는 듯 우산을 기울였다. 바로 앞에서 우산에 부딪히는 빗소리가 들렸다. 빗줄기 너머로 우산 속을 들여다보며 시라카와가 물었다.

"히라노 씨, 검찰이 진술서를 다시 작성하다니, 대체 어찌 된 일입니까? 게다가 제 이야기도 듣지 않고. 주임 검사는 유도 질문으로 의심되는 부분이 있었다고 하는데, 정말 그런 겁니까? 저는 특별히 그렇게 생각하지 않았습니다만."

히라노는 다시 우산을 치켜들더니 험악한 시선을 보냈다.

"선생은 아무것도 모르십니까?"

"무엇을요?"

시치미를 떼는 것인지, 정말로 모르는 것인지 탐색하는 듯한 시선이었다. 그러더니 히라노가 갑자기 표정을 바꿔 화가 난 어투로 말했다.

"안락사가 위법 행위라는 것은 시라카와 선생도 잘 알고 계실 겁니다. 이미 증거도 충분히 확보한 마당에 불기소라니, 헛소리도 이만저만이 아니죠. 결국 검찰 윗선에서 압력이 있었던 겁니다. 선생, 대체 어떤 줄입니까?"

"어떤 줄이라니⋯⋯."

시라카와는 도대체 영문을 알 수 없었다. 압력이라니, 이건 또 무슨 소리인가? 히라노의 분노 어린 음성이 빗소리에 섞여 울려 퍼졌다.

"뭐, 어쨌든 좋습니다. 그러나 제가 이대로 순순히 물러설 거라고는 생각하지 마십시오. 어쨌거나 꽤 대단한 거물이 선생 뒤를 봐주고 있는 모양입니다그려."

마지막으로 히라노는 형사의 오기를 과시하려는 듯 날카로운 눈빛을 던지더니 빠른 걸음으로 빗속을 헤치고 나갔다. 그의 뒷모습에는 허탈함이 서려 있었다.

거물이 뒤를 봐준다고? 하지만 시라카와에게는 전혀 짐작 가는 사람이 없었다. 의료계 외에는 아는 사람이 거의 없는 시라카와에게 검찰청에 압력을 넣을 만한 인물이 있을 리 없었다.

빗속에 홀로 남은 시라카와는 새로운 혼란에 휩싸였다.

7. 신뢰하기 어려운 제보자

    히라마사 신문사는 2년 전 간다진보초에서 치요다 구 사루가쿠초로 이전했다. 이곳은 야마노우에 호텔 근처로, 예로부터 도쿄에서도 전망 좋은 곳으로 유명했다. 다만 지금은 그 시절의 자취는 온데간데없고 3층에 있는 편집국 창문으로 메이지 대학의 히말라야삼나무가 보일 뿐이었다.

    5월 11일 월요일, 사회부 일선 기자(본사 주재 기자)인 히가시고로는 면도와 세수를 마친 상쾌한 얼굴로 편집국에 내려왔다. 올해 서른일곱 살인 히가시는 베테랑 기자였지만 아직 일선에서 물러날 나이는 아니었다. 어젯밤에는 밤새워 조간 최종판을 마감했다. 그 후 타사 조간이 도착하기를 기다렸다가 빠진 기사가 없는지 확인하고 나니 새벽 3시 30분이 넘은 시각이었다. 그제야 히가시는 6층 숙직실로 올라가 이층 침대 속으로 파고들었다.

오전 8시 30분, 일선 기자석은 아직 비어 있고 담배와 알코올 냄새도 거의 가신 상태였다. 히가시는 4년 전에 처음으로 일선 기자가 되었다. 그전에는 지방 법원, 도쿄 도청, 후생노동성 등을 담당해왔다. 사건 사고에 관한 기사보다는 학술적인 취재에 뛰어난 히가시는 후생노동성에서 인맥을 넓혀 지금은 의료와 복지 관련 기사를 주로 담당하고 있었다.

히가시는 프린터에 쌓인 원고를 꺼내 자신이 맡을 만한 기사가 없는지 대충 훑어보기 시작했다.

"좋은 아침, 어젯밤에는 여기서 묵었나?"

출근한 후지타가 등 뒤에서 친근하게 말을 걸어왔다. 머리카락을 뒤로 깔끔히 빗어 넘기고 테 없는 안경을 쓴 후지타는 사회부에서 드물게 지적이고 고상한 타입이어서 비슷한 점이 많은 히가시와 마음이 잘 통했다.

히가시는 읽고 있던 원고 다발을 대충 훑어보고 후지타에게 넘겼다. 특별한 사건이 없는 한 일선 기자는 오전 동안 석간에 실을 원고를 확인하고 필요에 따라 내용을 수정하거나 추가 취재를 지시하기도 했다. 후지타는 원고를 대충 파악하고 업무 배정을 생각했다. 그동안 다른 기자들도 하나둘 출근해서 컴퓨터를 켜고 일정을 살펴보거나 팩스와 메일을 확인하기 시작했다.

원고에 의료 복지에 관한 기사가 없었기 때문에 히가시는 자기 자리에서 휴대전화로 메일 수신함을 열었다. 어젯밤 자정 직전에 들어온 메일이 한 건 있었다. '긴급 연락'이라는 제목에 내용은 세 줄뿐이었다.

'꼭 취재해주었으면

하는 기삿거리가 있어요.

자세한 건 나중에.'

보낸 이는 후루바야시 야스요. 이전에 취재한 적 있는 수필
가였다.

히가시는 야스요와 이래저래 벌써 10년을 알고 지낸 사이였
다. 입사 3년 차에 배속된 오사카 지국에서 맡은 취재 건으로 야
스요를 처음 만났다. 당시 야스요는 노인 간호 시설을 지원하는
NPO를 확대해 자원봉사 활동에 힘쓰는 한편 신문사의 수필가
상을 수상해, 그 활약상을 히가시가 석간에 소개했었다.

그 후 야스요는 방송에 패널로 자주 출연해, 어느새 그쪽이
본업이 되어버렸다. 한 달에 몇 번씩 방송 녹화를 위해 도쿄에
오기 때문인지 가끔 복지 관련 회합 등에서 마주치곤 했다. 히
가시는 야스요가 출연한 방송을 가능한 한 보려 했고, 간혹 자
신이 쓴 기사에 비평을 요청하기도 했다. 야스요의 의견은 날카
롭고 설득력도 있었다. 하지만 때로는 정보가 한쪽으로 치우치
거나 의도적인 조작이 섞이는 것이 흠이었다.

그 덕에 히가시도 곤란을 겪은 적이 있었다. 후생노동성을
담당한 지 얼마 안 되어 야스요로부터 기삿거리를 제공받았다.
에도가와 구에 있는 한 병원이 퇴원을 거부하는 환자를 휠체어
에 태운 채 공원에 버렸다는 내용이었다. 야스요는 그러한 병원

의 행태를 용서할 수 없으니 철저히 규명해달라며 흥분한 어조로 전화를 걸었다. 그게 사실이라면 분명 특종감이라는 생각에 곧바로 취재에 나섰다. 하지만 사실을 조사해보니 그 환자는 더 이상 치료가 필요 없는데도 불구하고 장기 입원을 하고 있었다. 퇴원을 거부하는 이유 또한 단지 집에 가기 싫어서라고 했다. 병원에서 퇴원을 권하자 폭언과 폭행을 하며 의사를 위협하고 병원 비품을 부수는 등 문제가 있는 환자였다. 게다가 개인 병실을 점령한 채 3년 동안 입원비를 한 푼도 내지 않았다고 했다. 분명 병원에만 책임을 물을 상황이 아니었다. 야스요는 그런 사실은 단 한 마디도 언급하지 않았다.

그래서 이번에도 기삿거리를 제공하겠다는 야스요의 말을 히가시는 액면 그대로 믿을 수 없었다.

석간 작업이 순조롭게 끝나고 동료와 늦은 점심을 먹으러 나가려던 오후 2시 10분경, 히가시의 휴대전화가 울렸다. 야스요에게서 걸려온 전화였다.

"여보세요, 지금 통화 괜찮아요?"

늘 그렇듯 야스요는 활달한 오사카 사투리로 이쪽 형편을 물어왔다. 하지만 곧바로 자신의 용건을 말하려는 기세였다. 히가시는 동료에게 먼저 가 있으라고 한 뒤 다시 자리로 돌아왔다. 휴대전화 너머로 야스요의 목소리가 흘러나왔다.

"히가시 씨, 의료 문제에 박식하죠?"

"글쎄요, 그런 편이죠."

"침착하게 잘 들어주셨으면 해요. 실은 작년 10월에 제 외아들이 의사의 독단으로 안락사를 당했어요."

전화기를 쥔 히가시의 손에 자기도 모르게 힘이 들어갔다.

"정말입니까? 어떤 상황에서요?"

"자세한 건 나중에 말할게요. 그보다 히가시 씨, 예전에 안락사법에 대해 부정적인 기사를 쓴 적 있지요? 후생노동성이 '연명 치료 중지' 가이드라인을 내놓았을 때요. 그래서 히가시 씨가 이 이야기를 기사화해주셨으면 해요. 의료 현장에서 도저히 용서할 수 없는 일이 일어났으니까요."

"도저히 용서할 수 없다니, 어떤 일이죠?"

"전화로는 얘기가 길어요. 혹시 지금 에비스로 나오실 수 있으세요? 제가 5시부터 도쿄 캐피털에서 방송 녹화가 있는데 녹화 전까지밖에 시간이 없어서요."

"알겠습니다. 도쿄 캐피털 방송이지요?"

"1층 로비에서 절 찾으세요. 대기실에서 기다릴 테니."

통화를 끝내고 히가시는 수면 부족으로 멍한 머리를 흔들었다. 진짜 특종거리라면 저절로 정신이 번쩍 들었을 것이다. 하지만 야스요의 과장스러운 말투 때문인지 아무래도 몸이 거부 반응을 일으키는 것 같았다.

아들이 안락사를 당했다고? 그러고 보니 반년 전쯤 야스요가 도와 텔레비전의 〈프론티어〉라는 프로그램에서 안락사 문제를 다루었던 일이 생각났다. 안락사를 격렬히 반대했던 것 같은데 제대로 보지 않아서 자세한 내용까지는 기억이 나지 않았다.

"에비스에서 볼일 좀 보고 오겠습니다."

히가시는 후지타에게 보고한 후 편집국을 나섰다.

에비스 남쪽에 있는 도쿄 캐피털 방송국은 역에서 내려 조금 걸어야 했다. 야스요가 바쁜 것 같아서 히가시는 메이지 거리로 나와 택시를 탔다.

길이 막히는 바람에 생각보다 늦게 도착한 히가시는 서둘러 로비의 안내 데스크로 향했다. 하지만 야스요는 아직 도착하지 않았다고 했다. 안내 데스크에서 확인해보니 야스요의 출연 시간은 3시 55분이었다. 아직 한 시간이나 남아 있었다. 전화를 해볼까 망설이고 있는데, 진한 남색 정장을 입은 야스요가 정면의 회전문으로 들어서는 모습이 보였다.

"어머나, 히가시 씨, 일찍 오셨네요."

야스요는 미안한 기색도 없이 밝은 목소리로 손을 흔들었다. 그녀는 기다리는 건 싫지만 기다리게 하는 건 아무렇지 않다는 제멋대로인 여자였다. 하지만 외모가 반반한 데다 어쩐지 미워할 수 없는 구석이 있었다.

두 사람은 출입증을 받아 엘리베이터를 타고 3층으로 올라갔다. 야스요는 쭉 늘어선 출연자 대기실 중 하나로 히가시를 안내했다. 5평 정도로 보이는 창문이 없는 방에 접는 탁자와 파이프 의자 다섯 개가 놓여 있었다. 히가시는 벽에 붙은 화장대만 없다면 지하 독방 같다고 생각했다.

히가시는 자리에 앉으며 말했다.

"야스요 씨, 작년에 〈프론티어〉에서 안락사 문제를 다룬 적 있지요?"

야스요는 화장대 거울 앞에 가방을 아무렇게나 던져놓으며 기쁜 표정으로 뒤돌아보았다.

"봤군요. 쇼타로의 안락사를 다룬 날 '특종' 코너는 시청률이 8퍼센트나 나왔어요."

"내가 본 건 아마 그날이 아닐 겁니다. 안락사 문제에 관한 논의를 하기는 했지만."

"그렇다면 그다음 회군요. 쇼타로의 안락사에 관한 경위는 첫 회에서 자세히 다루었으니까."

야스요는 히가시 앞에 다리를 꼬고 앉아 쇼타로의 안락사에 대해 설명했다.

"사실은 〈프론티어〉에서 철저하게 파헤칠 생각이었어요. 함께 나온 패널들도 한마음으로 저를 도와주겠다고 했고요. 하지만 어차피 그럴 거면 법의 힘을 빌리는 편이 낫잖아요? 그래서 교토 부경에 고소했어요. 그런데 본래대로라면 벌써 취조가 시작되었어야 마땅한데 어처구니없는 일이 벌어졌어요."

"어떻게 되었는데요?"

"주치의가 안락사를 인정하지 않아요. 쇼타로의 사인은 암이 급격히 진행됐기 때문이라는 둥 다발성 장기 부전 때문이라는 둥 하면서요. 아무리 쇼타로가 젊다고 해도 암이 그렇게 급격히 진행될 리가 없어요. 그런데도 주치의는 거짓 진술만 하면서 도망치고 있답니다."

"아드님은 몇 살이었나요?"

"스물한 살요."

"어쩌다 그렇게 젊은 나이에……."

너무나 가엾다는 듯 히가시가 눈살을 찌푸렸다. 그러자 야스요는 더욱 기세등등해져서 목소리를 높였다.

"환자의 생명을 구하는 것이 의사가 할 일 아닌가요? 그런데 그 의사는 쇼타로를 독단으로 안락사시켰다고요. 게다가 그것을 인정하려고도 하지 않아요. 양심이라고는 정말 털끝만큼도 없는 의사예요."

야스요는 방송에서도 본 적 있는 울분에 찬 표정이 되어 손가락으로 탁자를 세게 내리쳤다. 그러나 히가시는 야스요의 기세에 휘말리지 않고 정확한 정보인지부터 확인할 생각이었다.

"주치의의 진술 내용은 어떻게 알게 되었습니까?"

"교토 부경에 아는 사람이 있어서 정보를 얻었어요."

"안락사 사실을 알게 된 것은요?"

"언니가 무심코 내뱉은 말 때문이었죠. 쇼타로가 죽은 뒤에 언니가 저에게 이런저런 말을 하다가 선생님이 편안히 쉬게 해주지 않았다면 쇼타로가 어찌 되었을지 모르겠다고 했어요."

도대체 무슨 이야기인지 알아들을 수가 없었다. 히가시가 이해하기 어렵다는 표정을 짓자 야스요가 초조한 듯 덧붙였다.

"언니는 전부터 주치의와 한패가 되어 안락사에 찬성하는 낌새였어요. 물론 의사의 꾐에 넘어간 것이 틀림없지만요."

"야스요 씨는 어째서 안락사를 막지 못했습니까?"

"그건 그러니까, 음, 실은……."

갑자기 야스요의 말문이 막혔다. 슬픔에 겨워서라기보다는 뭔가 불리한 상황에 몰린 표정이었다.

"전 아들아이의 마지막을 지켜주지 못했어요. 그때 마침 도쿄에 있어서. 히가시 씨도 알죠? 작년에 있었던 약해 뇌염 소송요. 그 소송에 매달려 있느라 바빴거든요."

"그렇다면 아드님은 어머니인 야스요 씨가 없는 사이에 안락사를 당했다는 말씀입니까? 어떻게 그런 일이……."

"그러니까요. 그런 의사는 의료계에 아예 발을 붙이지 못하게 해야 돼요."

야스요는 다시 기세등등해져서 숨소리가 거칠어졌다.

"조금 전 야스요 씨는 주치의가 독단적으로 한 행위라고 했습니다. 그러면 본인 의사도 확인하지 않았다는 겁니까?"

"형식은 대충 갖추었나 봐요. 무슨 유도신문을 하는 것처럼요."

"대충이라니, 그게 무슨 뜻입니까?"

"아, 그때도 마침 저는 그 자리에 없었어요. 언니 말에 따르면 진정제를 맞고 겨우 잠든 아이를 깨워서 다그치듯 물어보았다고 해요. 쇼타로는 확실하게 대답하지 않았는데도 주치의가 멋대로 승낙했다고 결정해버린 거라고요."

그것이 사실이라면 엄청난 일이 아닐 수 없었다. 주치의는 상당히 독선적인 성격일 것이었다.

"대체 어떤 의사입니까?"

"교라쿠 병원의 시라카와라는 사람이에요, 이름까지는 모르겠어요. 외과 전문일 거예요."

이야기가 샛길로 빠졌다고 생각했는지 야스요는 얼른 하던 이야기로 돌아갔다.

"취조는 조사 1과의 특수 범죄 조사관이 담당했는데, 의료 사고 같은 걸 전문으로 취급하는 형사라고 해요. 그래서 경찰도 죄상을 밝혀낼 자신 있다고 했어요. 실제로 주치의도 안락사를 인정하는 진술을 한 적이 있고요."

"그런데 그것이 뒤집어졌단 말인가요?"

"그렇다니까요. 지금부터 하는 얘기가 진짜 기삿거리예요. 잘 들어봐요. 그렇게 해서 주치의는 안락사를 인정하고 경찰도 자백을 받아냈어요. 그런데 외압으로 검찰에서 진술서가 바뀌어 지난주 금요일에 결국 불기소 처분이 내려졌어요. 의사의 살인죄가 흐지부지 무마된 거죠. 기자로서 그런 사실을 알고도 모른 척하지는 않겠죠, 안 그래요?"

야스요는 눈을 크게 뜨고 열띤 목소리로 말했지만, 히가시는 썩 내키지 않았다. 검찰에 외압이라니. 요즘 세상에 그런 드라마 같은 일이 가능할까?

망설이는 히가시를 무시하고 야스요는 막무가내로 부탁
했다.

"아무튼 취조를 담당한 형사를 한번 만나봐요. 교토 부경의
히라노 히데오 경감이니까."

히가시는 에비스 역까지 걸어가서 야마노테 선과 주오 선을
갈아타고 회사로 돌아왔다. 히가시는 일단 야스요의 이야기를
컴퓨터에 입력해놓았지만 과연 기사화될 만한 내용인지는 확
신할 수 없었다.

히가시는 대략적인 내용을 정리하고 도와 텔레비전에 있는
지인에게 전화를 걸었다. 보도 정보 센터에서 책임자로 있으며
〈프론티어〉 제작에도 참여하는 사람이었다.

"잠깐 물어볼 것이 있어서요. 〈프론티어〉에 패널로 활동하는
야스요 씨의 아들이 안락사를 당했다고 들었는데, 어떻게 된 건
지 혹시 알고 있나 해서요. 지금 막 야스요 씨를 만나고 돌아오
는 길인데 취재를 부탁하더군요."

"하하하, 이제는 그쪽으로 갔군."

질렸다는 반응이었다. 무슨 일인지 묻자, 상대는 거의 지긋지
긋하다는 투로 설명했다.

"아니, 그 여자 말이야. 작년 10월에 의사가 독단적으로 아들
을 안락사시켰다고 하기에 '특종' 코너에서 특집을 내보냈지. 그

런데 자세히 조사해보니 이야기가 복잡하더라고."

"복잡하다니요?"

"야스요 씨의 외아들이 죽은 건 맞는데, 그 아들을 키운 건 그 여자의 언니인 모양이야. 더구나 야스요 씨랑은 함께 살지도 않았고 실질적인 모자 관계라고 보기도 어렵더라고. 아들이 입원한 후에도 간병을 언니에게만 맡겨놓고 문병도 두 번밖에 가지 않았다지. 오사카 지국에서 병원에 취재하러 나갔었는데 간호사들 사이에서 야스요 씨에 대한 평판이 별로 좋지 않더라고. 아들이 심각한 상태인데 문병도 오지 않더니 죽고 나자 불평만 잔뜩 늘어놓는다고 말이야. 병원 수간호사도 화가 잔뜩 나 있더군. 괜히 깊이 파고들다간 방송국 입장만 곤란해질 것 같다는 윗선의 지시가 있어서 특집도 두 번 만에 끝냈지. 그러자 펄펄 뛰고 난리를 치더니 결국 경찰에 고소해버렸지 뭐야."

"프로그램의 패널들도 한마음으로 자신을 돕겠다고 했다던데."

"저널리스트인 아오야기 씨나 변호사인 사우치 선생 얘기지? 하지만 아오야기 씨는 아마도 자기 이름을 알릴 기회라고 생각했을 뿐일걸."

"검찰에 외압이 있었다는 건 무슨 소립니까?"

"아, 그거? 그 사건에서 우리 프로그램이 손을 뗀 뒤에도 야스요 씨는 검찰의 취조가 어떻다느니 부정이 있었다느니 말이 많았지. 취재를 계속해야 한다고 따지고 들어서 우리도 꽤 곤란했다네."

그랬군. 야스요라면 그러고도 남을 법하다고 생각하며 히가시가 말했다.

"하지만 주치의가 안락사를 인정한 진술을 한 적도 있다고……."

"그거야 야스요 씨 입에서 나온 말이지 않나. 때때로 자기에게 굉장히 유리한 쪽으로 상황을 이야기하는 사람이니까."

역시 신빙성 없는 제보인가. 하지만 이야기를 듣고 나니 이상하게 오히려 흥미가 생겼다. 만일 어떤 형태로든 경찰에 외압이 있었다는 것이 명백하다면 특종이 될 가능성도 있었다. 히가시는 아직 포기하기는 이르다고 생각하며 수화기를 내려놓았다.

이번에는 히라마사 신문사 교토 지국에 있는 오카지마에게 전화를 걸었다. 오카지마는 히가시보다 4년 선배로, 그리 친한 사이는 아니지만 안면은 있었다. 히가시는 오랜만이라고 인사한 뒤 "아직 기사화될지 어떨지 모르지만"이라며 조심스럽게 이야기를 꺼냈다.

"혹시 교토 부경의 히라노라는 형사를 알고 계십니까? 특수범죄 담당이라고 하던데요."

"히라노? 들어본 적 없는데."

"그러면 반년 전쯤에 교라쿠 병원에서 안락사 사건이 있었다는 이야기는요? 그 히라노라는 형사가 담당했다고 합니다."

"아니, 그것도 모르는 이야기인데. 우리가 다른 신문사에 뒤

처진 건가?"

"그런 건 아닙니다. 제보가 들어와서……. 엉터리 제보일 수도 있습니다만, 어쩌면 뭔가 나올 것도 같아서요."

검찰에 외압이 있었다는 이야기는 하지 않았다. 느닷없이 그런 얘기를 꺼내봤자 웃음거리밖에 되지 않을 것이 뻔했다.

"시라카와라는 의사가 안락사를 시켰다고 하던데, 가능한 범위에서 조사를 부탁드려도 될까요? 가능하면 배후에 누군가 있는지도."

"알겠네."

오카지마는 흔쾌히 대답했다.

일주일 후 오카지마로부터 회답이 왔다. 먼저 교토 부경의 히라노가 특수 범죄 사건 전문가인 것은 맞지만, 그는 언론에 비협조적이고 지방 신문사에서 경찰 담당 기자들에게 물어봐도 입이 무겁기로 유명하다고 했다. 교라쿠 병원에 대한 취재에서는 작년 10월 안락사로 의심되는 사례는 있었지만 원내 조사위원회에서 사실무근이라는 결론이 났고, 경찰 조사도 있었지만 이미 종료되었고 얼마 전 불기소 처분이 내려졌다는 내용이었다.

경찰에서는 의사의 기소 사실이 결정된 시점에 공표하려고 했던 모양인데, 직전에 상황이 바뀌어 흐지부지 처리되었다고 했다.

"어디까지나 내 개인적인 느낌이지만, 경찰에서 뭔가 생각을 잘못한 것 아닌가 싶어."

"그 의사에게는 명백하게 잘못이 없는데 용의자 취급을 했단 말인가요?"

"아니, 그게 아니라 뭐랄까, 취재를 하는데 경찰의 대응이 묘하게 날 서 있는 느낌이었다고나 할까? 그 이야기를 꺼내는 게 싫다는 듯한……. 그러니까 뭔가 예상치 못한 일이 있었던 것 같다는 말이지."

역시 상부에서 압력이 있었던 걸까?

"시라카와 의사의 배후 관계에서는 뭔가 나오던가요?"

"그것도 여러모로 알아봤지만 특별한 게 없었어. 이 의사도 언론을 극도로 싫어해서 취재 갔다가 매몰차게 거절당했다네. 교안 대학 의학부 출신으로 소화기외과 전문이고, 교라쿠 병원에서는 평판이 자자한 외과 부장이라더군. 경찰 조사 후 한동안 병원을 쉬었지만 지금은 근무에 복귀했다고 하네."

"친척 중에 정치가나 고급 관료 등 특별히 도움을 줄 만한 사람은 없었습니까?"

"글쎄, 그런 얘기는 듣지 못했는데. 겉으로 드러나 있는 사람은 없지 않을까 싶어."

검찰에 외압이 있었다고 한다면 상당히 윗선에서 내려온 지시가 분명했다. 그러나 오카지마에게는 그런 상황을 밝히지 않고 조사를 부탁했기 때문에 그 이상 요구하는 것은 무리였다. 히가시는 정중히 감사 인사를 건네고 전화를 끊었다.

다음에는 무슨 수를 써야 할까? 직접 교토에 가고 싶어도 지금 단계에서 출장은 무리였다. 다음 휴가는 사흘 뒤인 목요일이었다. 교토라면 당일치기가 가능했다. 독신인 히가시는 자기 부담으로 교토에 다녀오기로 했다.

5월 21일 목요일, 히가시는 오전 8시 정각에 출발하는 신칸센을 타고 교토로 향했다. 역에 도착하자마자 교토 지도를 사서 시모교 구 니시나나조에 위치한 교라쿠 병원을 찾았다. 정면 현관에 들어서자 천장이 뚫린 로비에 접수 창구와 넓은 대기실이 있고, 외래 환자와 병원비를 계산하려는 사람들로 북적였다.

히가시는 무심한 표정으로 원내를 돌아다니다가 안내도를 보고 1층 외과 외래로 향했다. 게시판에 쓰여 있는 외래 담당표에서 시라카와의 이름을 확인했다. 미리 병원 홈페이지에서 조사한 대로 월요일과 목요일 오전이 그의 진료 시간이었다.

시라카와가 이미 한 차례 오카지마의 취재를 거절했기 때문에 미리 약속을 잡기는 어려울 것 같아, 히가시는 병원에서 직접 붙들고 검찰 압력에 대해 물어볼 작정이었다.

히가시는 도착해서 네 시간 정도 기다렸다. 어느 병원이든 유명한 의사일수록 외래 환자가 많은 법이었다. 하지만 아무리 그렇더라도 시라카와의 진료를 기다리는 외래 환자는 너무 많았다. 히가시는 혹시나 대기실에 오랫동안 죽치고 있으면 간호사가 수상하게 여길까 봐 원내를 돌아다니며 시간을 때웠다.

오후 3시 40분, 마침내 마지막 환자가 나오고 진료실 커튼 너머로 간호사가 분주히 정리하는 기척이 느껴졌다. 이제 시라카와가 나올 것이었다. 히가시는 긴 의자에 혼자 앉아 긴장한 채 시라카와를 기다렸다.

"수고하셨습니다."

인사하는 간호사의 목소리가 들리고 시라카와로 짐작되는 인물이 피곤에 지친 얼굴로 진료실을 나왔다. 히가시가 다가가자 시라카와는 순간 멈춰 섰다. 환자가 아니라는 것을 금방 알아챈 모양이었다.

"실례합니다. 저는 이런 사람입니다."

히가시는 가볍게 머리를 숙이고 나서 명함을 내밀었다. 명함으로 시선을 돌린 짧은 틈을 타서 히가시는 시라카와의 표정을 살펴보았다. 시라카와는 큰 키에 자세가 곧고 머리는 약간 벗겨지기 시작했지만 미남 형 얼굴이었다. 언뜻 보기에도 곧은 성격이라는 걸 알 수 있었다. 아마도 평생 바르게 살아온 인물일 것 같았다. 이지적인 눈매에서 무모함이나 독선이라고는 전혀 찾아볼 수 없었다.

"히라마사 신문사의 기자?"

경직된 이마가 꿈틀 움직였다. 오카지마의 취재 요청을 떠올렸는지도 모른다.

"갑자기 찾아오면 곤란합니다. 저는 지금부터 점심시간인지라."

"시간을 많이 빼앗지는 않겠습니다. 괜찮으시다면 함께 점심이라도 하시죠."

"불쾌하군요. 돌아가주십시오."

시라카와는 외과 의사다운 단호한 태도로 하얀 가운을 입은 등을 돌렸다. 물론 히가시는 물러서지 않았다.

히가시는 시라카와의 뒤를 쫓듯 다가가 귓가에 속삭였다.

"그 안락사 사건에 검찰의 외압이 있었다던데요."

시라카와는 순간 몸이 경직되더니 천천히 뒤돌아섰다.

"무슨 말입니까?"

분명 동요하고 있었다. 히가시는 모른 척하고 말을 계속했다.

"작년 10월 선생님의 환자가 사망했을 때 경찰이 안락사를 의심해 조사하지 않았습니까? 선생님도 한 번은 혐의를 인정했고 경찰도 거의 기소를 확신했습니다. 그런데 갑자기 방침이 바뀌어 불기소 처분되었다고 하더군요."

히가시는 야스요와 오카지마의 정보를 적당히 뒤섞어 또 다른 정보를 캐기 위해 물었다. 그러자 시라카와가 5초 정도 생각하더니 이윽고 불쾌한 듯 한숨을 쉬었다.

"무슨 이야기인지 잠깐 들어보도록 하지요. 제 방으로 오시겠습니까?"

두 사람은 엘리베이터를 타고 4층으로 올라갔다. 시라카와는 말없이 외과 부장실의 문을 열고 히가시를 무시한 채 안으로 들어갔다.

"실례하겠습니다."

히가시는 자신이 환영받지 못할 인물이라는 사실을 절감하면서 그의 뒤를 따라 들어갔다. 방은 의외로 작아서 소파도 겨우 두 사람이 앉을 정도로 좁았다. 시라카와는 히가시에게 앉으라는 손짓을 하며 자신은 집무 책상 맞은편에 앉았다. 책상 한쪽에는 랩에 싸인 샌드위치와 토마토 주스가 놓여 있었다.

긴장을 풀기 위해 히가시는 약간 비위를 맞추듯 말했다.

"늦게까지 외래 진료를 하시는군요."

"그래도 오늘은 일찍 끝난 편이지요."

시라카와는 무뚝뚝하게 대답했다. 그러더니 샌드위치는 쳐다보지도 않고 히가시에게 매서운 시선을 보냈다.

"애써 찾아오셨지만 취재에 응할 생각은 없습니다. 안락사나 경찰 조사에 관한 일도 노코멘트입니다. 이 방에 온 이유는 검찰의 외압 운운했기 때문입니다."

취재 경험이 많아 의사들의 거만함에 꽤 익숙해져 있는 히가시에게도 고압적으로 느껴지는 말투였다. 그러나 그것은 시라카와의 허세일지도 모른다. 미묘하게 흔들리는 눈에 무엇인가 묻고 싶어 하는 낌새가 불현듯 느껴졌다. 히가시가 조용히 입을 다물고 있자, 시라카와가 먼저 말을 꺼냈다.

"당신은 그 이야기를 어디서 들었습니까?"

"그 이야기라니요?"

"그러니까 검찰에 외압이 있었다는 이야기 말입니다. 대체 어디로부터 압력이 있었다는 말입니까?"

히가시는 하마터면 "뭐라고?"라고 외칠 뻔했다. 어디로부터 압력이 있었냐고? 그것은 바로 히가시가 묻고 싶은 말이었다. 하지만 시라카와의 얼굴에서는 거짓이나 속임수를 전혀 찾아볼 수 없었다. 히가시는 신중하게 말을 골라가며 물었다.

"검찰에 영향을 미쳤다면 상당한 유력자겠지요. 정부 고관이나 거물 정치가? 선생도 어디로부터 압력이 있었는지 모른단 말씀입니까?"

시라카와는 약간 자존심이 상한 듯했지만 무표정한 얼굴로 대답했다.

"나 자신도 그 조사 결과가 당혹스럽습니다. 물론 저는 제 치료가 잘못되지 않았다고 확신합니다. 가장 큰 문제는 안락사법이 확실히 정비되어 있지 않다는 것입니다. 그렇지만 나도 모르는 곳에서 조사가 왜곡되었다면 그것은 제 본의도 아닐뿐더러 오히려 불쾌한 일입니다."

그 말은 본심인 것 같았다. 그렇다면 시라카와도 모르는 곳에서 검찰에 대한 외압이 행해졌단 말인가?

히가시는 다시 시라카와에게 전후 사실 관계를 물어보았다. 시라카와는 경찰 조사가 끝난 뒤 검찰에 불려가 특별형사 부장에게서 수정된 진술서에 서명하도록 요청받은 사실과 그 후 조사를 담당했던 형사로부터 위에서 압력이 있었다는 말을 들었다고 이야기했다. 노코멘트라고 하면서 경계심을 풀고 술술 이야기하는 건 아마 의료계밖에 모르는 의사의 허점일 것이다. 그러나 그것만으로는 아무런 단서도 얻을 수 없었다.

어떻게 하면 좋을지 생각에 잠겨 있는데 시라카와가 물어왔다.

"그런데 히가시 기자는 이 이야기를 누구에게서 들었습니까?"

"아, 그건 그러니까······."

말을 흐리자 시라카와는 갑자기 원래의 고압적인 말투로 돌아갔다.

"나는 전부 이야기했는데 숨기다니 비겁하군요."

"죄송합니다. 보도 관계자는 정보원에 대한 비밀을 지킬 의무가 있어서요. 일단 업계 관계자에게서 들은 이야기라고만 해두죠. 대신 이 건에 대해 새로운 사실을 알게 되면 바로 연락드리겠습니다."

숨김없이 다 얘기해준 사람에게 미안한 일이기는 하지만, 그렇다고 여기서 시라카와와 적대 관계에 있는 야스요의 이름을 말할 수는 없었다.

"새로운 사실을 알게 되다니, 누가 외압을 가했는지 알 수 있단 말입니까? 어떻게 조사할 생각인가요?"

"그건 앞으로 일이 돌아가는 상황을 살펴봐야 알겠습니다."

"일이 돌아가는 상황?"

"네, 만약 외압이 있었다면 어떤 목적이 있지 않겠습니까?"

그렇게 말하자 시라카와는 미간에 깊은 주름을 새기며 침묵했다.

시라카와의 방을 나선 히가시가 다음으로 찾아간 곳은 가미쿄 구에 있는 교토 부경 본부였다. 시라카와를 취조한 히라노 형사에게 내밀 정보는 두 가지, 검찰에 외압이 있었다는 사실과 시라카와 본인도 그것에 대해 전혀 짐작하지 못하고 있다는 점이었다. 즉, 제삼자의 압력이 가해졌다는 의미였다.

히가시는 마루타마치 지하철역에서 내려 부경 본부까지 걸어갔다. 정면 현관에 있는 접수대에서 '조사 1과의 히라노 경감 면회'라고 신청했다. 그러나 공교롭게도 히라노는 부재중이었다. 어쩔 수 없이 명함 뒤에 '시라카와 의사와 검찰 건으로 방문했습니다'라고 써서 접수대에 맡기고 돌아섰다.

오후 5시 5분 전, 히가시는 일단 돌아가자고 생각하며 교토 고쇼의 하늘을 올려다보고 있는데 주머니에서 휴대전화가 울렸다. 발신자는 후루바야시 야스요였다. 통화 버튼을 누르자 평소보다 더욱 시원스러운 목소리가 튀어나왔다.

"히가시 씨, 드디어 누군지 알았어요. 검찰에 외압을 행사한 일당의 정체를."

8. 의료 붕괴의 구세주

야스요의 말에 히가시는 자기도 모르게 되물었다.

"일당이라니요? 그럼 검찰에 외압을 행사한 게 한 사람이 아니란 말입니까?"

"그래요, 안락사를 선호하는 의사들의 단체예요. 예상대로 역시 지독한 일당이 관련되어 있었어요."

"구체적인 이름을 알고 있습니까?"

"전원은 모르지만 중심인물은 알아요. 니미 데이이치라는 의사죠. 본업은 심장외과 의사지만 지금은 안락사법 추진 단체의 우두머리예요."

"그 의사가 검찰에 압력을 가했단 말입니까?"

"니미에게는 그만한 힘이 없어요. 그가 새롭게 '일본전의료협회'라는 단체를 조직했는데, 그야말로 터무니없는 단체예요.

배후에 정치가도 연결돼 있어요."

일본전의료협회라는 이름은 히가시도 들어본 적이 있었다. 의료 붕괴를 저지한다는 깃발 아래 최근 떠들썩하게 활동을 시작한 의료인들의 모임이었다.

"그 단체가 검찰에 압력을 행사했다는 건 어떻게 알았습니까?"

"전화로는 이야기할 수 없어요."

"또요?"

전에도 그런 말로 조바심치게 하더니. 히가시가 질렸다는 투로 말했다. 그러자 야스요가 발끈했다.

"그렇다면 말하죠. 니미는 한토 대학 출신인데, 의대 동문들 중에서도 별스러운 존재였던가 봐요. 졸업하고 곧바로 독일과 네덜란드로 유학을 떠나 수술 훈련을 받고 왔다고 하네요. 6년 전 일본으로 돌아와서 올해 3월까지 신주쿠 하트센터라는 병원에서 심장외과 부장으로 근무했어요. 유학 가서 배운 수술 실력만 발휘하면 좋았을 텐데, 네덜란드에서 안락사법이 성립되는 과정을 목격하고는 안락사에 완전히 빠져버린 거예요. 최근에는 수술은 제쳐두고 일본에서 안락사법을 제정하기 위한 활동에 열심이지요."

안락사법 제정? 히가시는 문득 시라카와가 내뱉었던 말이 떠올랐다.

'가장 큰 문제는 안락사법이 확실히 정비되어 있지 않다는

것입니다.'

즉, 시라카와는 안락사법만 있다면 자신의 행위도 정당화된 다고 말하고 싶었던 것이다.

생각에 잠긴 히가시는 아랑곳하지 않고, 야스요는 기관총처 럼 말을 쏟아냈다.

"니미는 말만 앞서는 돌팔이 의사고 엘리트 의식에 물든 차 별주의자예요. 더구나 제대로 된 치료도 하지 않고 간단히 환자 에게 죽음을 권하는 패배주의에 빠진 위선자고……."

니미가 얼마나 비겁한 의사인지 야스요는 지나칠 정도로 열 심히 역설했지만 정작 중요한 검찰의 압력에 대한 이야기로는 연결되지 않았다. 히가시는 손목시계를 흘깃 보고 나서 야스요 의 말을 잘랐다.

"야스요 씨, 니미라는 의사에 대해서는 알겠는데 일본전의 료협회와 검찰에 대한 압력 사이에는 어떤 관련성이 있는 겁 니까?"

"그건 니미 측 사람들이 내놓은 인터넷 정보 등을 보면 알겠 지만……."

이렇게 운을 뗀 야스요는 다시 청산유수로 거침없이 말을 이어갔다.

야스요의 말에 따르면 일본전의료협회는 영어명인 'Japan All Medical Association'의 머리글자를 따서 보통 'JAMA'라고 한다. "이름 그대로 정말 귀찮게 방해('JAMA'는 방해라는 뜻의 일

본어 '자마じゃま'와 발음이 같다 – 옮긴이)하는 단체예요"라고 가볍게 농담을 던진 야스요는 그다음부터 '자' 음에 특별히 힘을 주어 발음했다.

야스요는 JAMA의 이념을 문제 삼았다. 그 이념이 명백하게 안락사를 언급하고 있지는 않지만 의료 붕괴를 저지하기 위해 의료의 효율화와 합리화가 필요하다고 주장한다는 것이었다. 야스요는 '효율화'와 '합리화'야말로 안락사로 직결되는 길이며, 그것은 곧 의료에서 약자를 포기하는 것이나 마찬가지라고 했다.

히가시가 휴대전화에서 귀를 떼고 싶을 정도로 야스요는 열렬히 주장했다. 하지만 이야기는 여전히 본론과 동떨어진 내용이었다. 히가시는 참지 못하고 다시 야스요의 이야기를 가로막았다.

"아니, 그러니까 그 JAMA와 검찰에 대한 외압의 관계는……."

"그건 얘기가 길어지는데."

"아직도 말입니까?"

히가시는 휴대전화를 쥔 채 고개를 숙이며 졌다는 듯 말했다.

"미안합니다. 실은 제가 지금 교토에 있습니다. 도쿄로 돌아가야 할 시간이라서요. 돌아가면 다시 전화드리지요."

"어머, 그럴 줄 알았어요. 내가 전화로는 말할 수 없다고 했잖아요."

야스요는 수화기에 바짝 대고 콧김을 불더니 "그럼 나중에 자료를 보낼게요"라는 말을 남기고 전화를 끊었다. 히가시는 야스요와는 함께 일하기 정말 힘들다고 생각하며 깊게 한숨을 내쉰 뒤 휴대전화를 집어넣었다.

교토 역으로 간 히가시는 오후 6시 2분에 출발하는 신칸센의 입석 표를 겨우 구했다. 기차에 오른 히가시는 휴대전화로 JAMA를 검색해봤다. 검색 결과가 뜬 첫 화면에 'JAMA—의료 붕괴의 구세주'라는 타이틀이 걸려 있었다. 클릭해보니 제약 회사의 소식지에 게재되었던 짧은 글이었다. 여러 가지 타이틀 중에서도 '의료 붕괴의 구세주'라는 강렬한 타이틀을 메인에 걸어놓다니, JAMA라는 단체의 뛰어난 홍보 능력에 히가시는 감탄했다.

두 번째 타이틀은 홈페이지로 연결되어 있었는데, 열어보니 JAMA의 개요, 이념, 이벤트 정보 등이 실려 있었다. 야스요는 JAMA가 과격하게 안락사법을 추진하는 것처럼 말했지만 꼭 그렇다고 보기는 어려웠다. 그보다는 종합적인 모임으로, 의료 행정이나 의료 체제에 대한 제언 활동도 하고 있었다. 약 1년 전부터 창립준비위원회가 활동을 시작했고, 니미 데이이치가 대표를 맡고 있었다. 준비위원회의 메시지는 이러했다.

'현재 일본 의료 붕괴의 원인은 의료 제도의 미정비와 행정의 무대책, 이 두 가지입니다. 그것을 막으려면 새로운 중심축이 필요합니다. 이를 위해 우리는 대담한 제안을 하고자 합니다.'

그리고 오는 5월 30일 마루노우치에 있는 도쿄 국제 포럼에서 창립 기념 총회를 개최한다고 쓰여 있었다. 아마 메시지에 언급된 '대담한 제안'을 그곳에서 발표할 모양이었다.

히가시는 신칸센 안에서 JAMA와 관련된 페이지를 차례대로 열어보았다. 특히 눈에 띈 부분은 의료 관계자가 아닌 인물들과 관련된 기사가 많다는 점이었다. 정치 평론가인 미하라 도시유키는 자신의 홈페이지에서 JAMA에 대한 기대를 열정적으로 이야기했고, 텔런트인 시카마 에이지는 자신이 맡은 프로그램에서 JAMA를 대대적으로 소개하고 있었다. 그 밖에도 자공당(자유공화당)의 신세대 정치인으로 텔레비전에도 자주 얼굴을 내비치는 중의원 의원인 이무라 가즈오, 마찬가지로 민화당의 차세대 주자인 미카사 다카시, 〈보도 네트워크〉의 아나운서인 오미야 요시코 등도 활동 보고나 블로그를 통해 JAMA를 언급하고 있었다. 히가시는 의료 관계자 모임치고는 이상할 정도로 외부 인물들의 존재감이 강한 단체라는 사실에 감탄했다.

JAMA 홈페이지에 창립 기념 총회 참가에 대한 안내가 나와 있었다. 히가시는 바로 열차 출입구 쪽으로 가 JAMA 사무국에 전화를 걸었다. 오후 8시 조금 전이었지만 전화벨이 두 번 울리자 곧바로 누군가 전화를 받았다.

"전화 주셔서 감사합니다. 일본전의료협회, JAMA 사무국입니다."

밝고 상쾌한 여성의 목소리였다. 히가시는 히라마사 신문사 사회부 기자라고 소개한 뒤 창립 기념 총회에 참석하고 싶다고 말했다. 그러자 정중한 대답이 돌아왔다.

"알겠습니다. 주소를 알려주시면 보도 관계자용 참가증을 보내드리겠습니다."

전화 응대에도 빈틈이 없고 교육도 충분히 받은 것 같아서 일단 호감이 갔다. 굳이 참가증을 우송한다는 것을 보면 보안면에서도 허술하지 않은 듯했다.

주말이 지나고 다음 월요일, 야스요로부터 JAMA에 관한 자료가 도착했다. 대부분 인터넷에서 출력한 인쇄물이었고 히가시가 이미 확인한 것도 많았다. 그런데 야스요는 문장에 일일이 빨간 펜으로 밑줄을 긋고 '날림 의료!', '환자 버리기', '의료 엘리트주의!' 등 격렬한 비판을 써놓았다.

니미 데이이치의 사진에는 '죽음을 부르는 의사!!'라고 쓰여 있었다. 니미는 대담하게도 머리를 완전히 밀어버린 모습이었다. 눈동자는 까맣고 하얀 피부에 묘하게 붉은 입술이 도드라져 보였다. 언뜻 신흥 종교의 열혈 신자처럼 보이는 풍모였지만 어쩌면 야스요가 일부러 그런 사진을 골라서 보낸 것일지도 모를 일이었다. 그러나 히가시는 그 사진에 오히려 끌렸다. 흔히 이렇게 대외적으로 내보내는 사진은 좋은 인상을 심어주기 위해 만면에 웃음을 띠는 경우가 많은데, 니미는 정반대였기 때문이다. 경력에는 마흔두 살이라고 되어 있었지만 나이보다 젊어 보였다.

동봉된 자료에는 '안락사법제화저지연합', 통칭 '저지련'에 대한 안내 책자도 들어 있었다. 저지련은 네덜란드의 안락사법이 일본에 미칠 영향을 우려해 결성된 단체였다. 대표 이사인 오쓰카 아키히코는 히가시도 한 번 취재를 한 적이 있었다. 안내 책자에서 오쓰카는 JAMA의 '의료 합리화 방침'은 곧 안락사로 이어질 것이라며 격렬하게 비난했다.

히가시는 그것들을 읽으면서 JAMA가 시라카와의 조사와 관련해서 교토 지검에 압력을 행사했다는 근거를 찾아보았다. 하지만 확실한 것은 없었다. 다만 한 군데가 신경 쓰였다. 야스요가 JAMA의 발기인인 야마나 게이스케라는 의사의 이름에 밑줄을 긋고 '시라카와의 동급생, 같은 연구과 출신!'이라고 써놓은 부분이었다. 이건 대체 무슨 뜻인가? 히가시는 야스요에게 직접 전화를 걸어보기로 했다.

전화를 걸자 야스요는 "아, 히가시 씨" 하고 기다렸다는 듯 자료에 대한 감상을 물어왔다.

"발기인인 야마나라는 의사가 검찰에 압력을 행사했다는 겁니까?"

"아니요, 그는 그저 JAMA와 시라카와를 연결하는 존재일 뿐이에요. 하지만 두목인 니미가 안락사법 추진론자이고, 야마나는 니미의 최측근이니까 압력을 행사한 게 틀림없어요."

"하지만 그것만으로 압력을 행사했다고 말할 수는 없지요."

"그것만이 아니에요."

야스요가 신경질적으로 말했다.

"3월에 야마나의 부하인 의국장이 시라카와를 찾아갔대요. 그곳에서 뭔가 이야기가 오간 것 같아요. 교라쿠 병원에 나를 도와주는 비밀 협력자가 있어요. 시라카와를 계속 감시하고 있었으니까 확실해요."

"비밀 협력자?"

"우연히 알게 된 사이인데 적극적으로 도와주고 있어요."

야스요는 그 이상은 말하지 않고 히가시의 반론도 받아들이지 않은 채 전화를 끊었다.

며칠 후 히가시는 JAMA로부터 창립 기념 총회 참가증을 받았다. JAMA는 애초부터 각 신문사에 보도 자료를 보내고 적극적으로 취재를 요청할 방침이었던 듯했다. 히라마사 신문사에는 히가시 개인이 신청한 참가증을 포함해서 총 네 장이 도착했다.

5월 30일 토요일, 히가시는 일단 신문사에 출근한 뒤 점심시간이 조금 지나 JR 유라쿠초 역으로 향했다. 마치 금방이라도 파란 물이 뚝뚝 떨어질 것처럼 구름 한 점 없이 맑은 하늘이었다. 그 군청색을 배경으로 도쿄 국제 포럼 건물이 미래 도시와 같은 위용을 자랑하고 있었다.

히가시는 거대한 유리 빌딩 사이를 지나 회의장인 D7 홀로 향했다. 개장까지는 아직 30분 정도 여유가 있었다. 전용 로비가 있는 6층에서 수속을 마치자 두꺼운 안내 책자를 건네주었다. 전체가 컬러로 인쇄된 호화로운 안내 책자였다. 표지를 열자 놀랍게도 자공당의 전 총재 사도하라 잇쇼의 축사가 첫 페이

지에 실려 있었다. 사도하라는 여든여덟 살의 고령이지만, 지금
도 정계에서 숨은 실력자로 불리는 거물 정치인이었다. 그런 인
물이 대체 의료 단체와 무슨 관련이 있을까 의심스러워하며 히
가시는 축사를 읽어 내려갔다.

'일본 의료계에 신선한 바람을 일으킬 새로운 의료인 그룹
이 위풍당당하게 항해를 시작한 것을 진심으로 기쁘게 생각합
니다.'

이어지는 내용은 현재의 의료 붕괴를 우려하며 JAMA의 활약
을 기대한다는 진부한 이야기였다. 그런데 '자신과 같은 고령자
가 편안히 쉴 수 있는 배려심 있는 의료를 바란다'는 문장이 히
가시를 사로잡았다. '배려심 있는 의료'란 무슨 뜻일까? 야스요
라면 곧바로 '안락사지 뭐야!'라고 단정 지을 게 틀림없었다. 그
것은 섣부른 판단일까? 뭔가 부자연스러운 느낌이 들었다.

"여어, 히가시 씨, 일찍 오셨네요."

뒤돌아보니 신초 신문의 베테랑 사회부 기자가 서 있었다. 그
옆에는 도쿠니치 신문과 도토 일보의 기자도 있었다. 히가시는
읽고 있던 사도하라의 축사를 세 사람에게 펼쳐 보였다.

"어떻습니까? 사도하라를 전면에 내세우다니, 굉장하지 않
습니까?"

"그러니까요. 니미라는 대표가 상당한 수완가인가 봅니다."

"2년 전에 사도하라파인 다카니 전 총무 장관이 니미에게 심
장 수술을 받았다고 하던데, 아마 그게 인연이 된 듯합니다."

히가시는 그 정보에 납득한 듯 고개를 끄덕였다.

오후 1시 30분이 되자 회의장 문이 열렸다. 로비에 무리 지어 있던 사람들이 빨려들듯 회의장으로 들어갔다. 히가시와 함께 있던 기자들은 맨 앞 오른쪽의 기자석으로 나아갔다. 등받이를 하얀 천으로 싼 의자가 마련되어 있었다. 참가자는 30대에서 40대가 많아 보였고, 모두 의사 특유의 전문적인 분위기를 풍겼다. 사람들은 영화관처럼 배열된 좌석에 자유롭게 앉았는데, 보조 의자까지 합해 300명 정도가 앉을 수 있는 좌석이 꽉 들어찼다.

"과연 엘리트 의사 집단 분위기가 나는데."

히가시가 중얼거리자 도쿠니치 신문의 기자가 말했다.

"고도의 의료 기술로 인정받은 의사나 전문성이 높은 젊은 의사들이 많다더군."

JAMA 측의 운영 요원들은 개회 직전의 준비와 확인 작업으로 무척 분주했다. 그들은 의사가 아니라 JAMA의 일반 직원이거나 의사들의 모임에 빠지지 않는 제약 회사 영업 사원인 것 같았다.

오후 2시, 회의장의 불이 꺼지고 무대 왼쪽에서 조명을 받으며 새빨간 정장을 입은 여성이 등장했다. 〈보도 네트워크〉의 미녀 아나운서 오미야 요시코였다. 오미야는 조용해진 회의장을 향해 허리를 깊이 숙여 인사하고는 텔레비전에서 자주 들어 익숙한 목소리로 이야기를 시작했다.

"여러분, 바쁘신 가운데에도 일본전의료협회, JAMA의 창립 기념 총회에 참석해주셔서 진심으로 감사드립니다. 저는 오늘 사회를 맡은 오미야 요시코입니다. 잘 부탁드립니다."

박수와 함께 막이 오르자 무대 오른쪽의 이사석과 왼쪽의 내빈석에 이미 저명인사들이 앉아 있는 모습이 보였다. 내빈석에는 자공당 사도하라파의 거물 의원과 민화당의 연예인 출신 의원, 텔레비전에서 활약하고 있는 유명 저널리스트, 최근 베스트셀러를 출판하고 승승장구하는 대학교수 등 쟁쟁한 인물들이 앉아 있었다. 뒷줄에는 후생노동성의 의정국장과 의료 계획을 담당하는 참사관의 얼굴도 보였다.

가장 먼저 눈에 띈 인물은 이사석 앞줄 중앙에 앉아 있는 니미 데이이치였다. 깔끔한 민머리에 매끈한 체격이지만 어딘지 모르게 야릇한 기운이 감돌아 일종의 강렬한 존재감을 느끼게 했다. 그는 거무스름한 줄무늬 정장에 화려한 금색 넥타이 차림이었는데, 조명 탓인지 쌍꺼풀진 뚜렷한 눈이 마치 소년 같은 빛을 발했다.

이사석에는 여성을 포함해 열다섯 명 정도가 앉아 있었다. 히가시는 한 사람 한 사람 얼굴을 확인하다가 앞줄 오른쪽에 앉아 있는 야마나 게이스케를 발견했다. 시라카와와 JAMA를 연결하는 인물이라는 야스요의 말을 듣고, 히가시는 인터넷으로 검색해 강연회나 신문 기사에 실린 야마나의 사진을 미리 확인해두었다. 한눈에도 빈틈없어 보이는 외모에 자신감과 자만심이 뒤섞인 개성 있는 눈매가 돋보였다. 히가시는 속으로 나중에

이 남자의 이야기를 들어야겠다고 다짐했다. 그래서 참가증이 도착하자마자 JAMA 사무국에 연락해 총회가 끝난 뒤 야마나와 인터뷰를 하고 싶다고 요청해두었다.

"그러면 지금부터 내빈 여러분의 축사가 있겠습니다. 먼저 자유공화당의 전 간사장이신 중의원 의원 고다 요시마사 선생님께 부탁드립니다."

오미야의 낭랑한 음성에 호응하듯이 회의장에 성대한 박수가 울려 퍼졌다. 내빈석 중앙에 앉아 있던 고다는 다른 내빈들에게 가볍게 목례한 뒤 풍채 좋은 몸을 으스대듯 연단으로 걸어갔다.

"좀 전에 소개받은 자유공화당의 고다 요시마사입니다. 오늘 일본전의료협회의 창립 기념 총회를 개최하게 된 것을 진심으로 축하드립니다."

고다는 익숙한 어조로 현재의 의료 상황을 걱정하고 일본의 의료를 구해줄 것은 JAMA밖에 없으며 자기 그룹의 리더인 사도하라 잇쇼도 JAMA의 활동에 큰 기대를 걸고 있다고 역설했다.

이어서 소개받은 저널리스트, 평론가, 대학교수들도 하나같이 JAMA에 대한 기대와 격려를 전했다. 축사를 한 다섯 명 모두 언론에 자주 오르내리는 유명인이었다. 이 정도 인물들을 모을 수 있다는 것은 JAMA가 정·재계를 비롯해 언론 쪽에도 결코 무시할 수 없는 힘을 가지고 있다는 의미였다.

축사가 끝나자 오미야는 회의장의 분위기를 더욱 고조시키려는 듯 흥분한 어조로 말했다.

"여러 선생님의 따뜻한 격려 말씀에 진심으로 감사드립니다. 그럼 이제 JAMA의 대표이신 니미 데이이치 선생님의 인사말이 있겠습니다. 니미 선생님, 부탁드립니다."

스포트라이트가 니미를 비추고 그 빛을 받으며 그가 천천히 연단으로 향했다. 양손으로 연설대를 잡고 깊게 머리를 숙였다가 드는 니미의 하얀 얼굴에 정면으로 조명이 비치자 그가 마치 미래에서 온 예언자처럼 보였다.

"여러분, 오늘 이렇게 JAMA 창립 기념 총회에 참석해주셔서 진심으로 감사합니다."

그의 목소리는 잘 정제한 꿀처럼 투명하고 맑았다. 히가시는 뜬금없이 니미가 테너 가수를 해도 손색없겠다는 생각이 들었다.

니미는 축사에 답례를 하고 JAMA의 성립 과정을 간단히 설명했다. 그리고 잠시 뜸을 들이며 회의장을 둘러보았다.

"자, 그럼 홈페이지에서도 예고한 바와 같이 일본의 의료 붕괴를 막기 위한 JAMA의 새로운 제안을 발표하겠습니다."

회의장이 호기심과 기대에 찬 열기로 달아오르며 조용해졌다.

"여러분, 일본의 의료 붕괴는 어느 날 갑자기 시작된 것이 아닙니다. 전조가 있었습니다. 2002년경부터 시작된 의국 제도 붕괴와 2004년부터 도입된 새로운 임상 연수 제도가 그것입니다."

니미는 한 마디씩 매끄럽게 이야기를 이어갔다. 다양한 의료 문제를 다뤄온 히가시는 니미가 이야기하려는 바를 금방 이해할 수 있었다. 간단히 말하자면 이런 이야기였다.

이전에는 교수 명령으로 지방 병원에 의사를 파견할 수 있었는데 의국 제도가 붕괴되면서 교수의 권한이 약해져 지방 병원에 부임하는 의사가 점점 줄어들었다. 이것이 지방 의료 붕괴의 한 원인이다. 그리고 임상 연수 제도에서 수련의가 자유롭게 병원을 선택하면서 대학 병원은 인력 부족난을 겪게 되었다. 결국 대학 병원이 일반 병원에서 의사들을 끌어모아 일반 병원의 업무가 과중해졌고 격무에 시달리던 의사들이 퇴직해 병원 업무는 더욱 과중해지는 악순환이 되풀이되었다는 것이다.

"그러나 지금의 의료 붕괴에는 이 두 가지보다 더욱 근본적인 문제가 있습니다. 그것은 의료 진보입니다."

의료 진보? 이 말에는 의료통인 히가시도 고개를 갸웃거렸다. 니미는 수수께끼를 풀어내듯 설명했다.

"예를 들어, 예전에는 위암이라고 하면 바륨 검사와 위 내시경 정도면 수술이 가능했습니다. 그러나 요즘은 심전도에 CT, MRI, 종양 표지자(종양 세포에 의해 특이하게 생성되어 암의 진단이나 병세의 경과 관찰에 지표가 되는 물질 – 옮긴이), 암 유전자 검사까지 해야 합니다. 그 밖에도 복잡한 검사나 치료가 훨씬 많아졌지요. 환자에게 설명하는 일도 옛날에는 수술 전에만 하면 되었는데 지금은 검사할 때마다 설명하고 동의서에 사인을 받아야 합니다. 이른바 사전 동의가 필요한 것입니다. 물론 환자의 권리가 향상된 것은 바람직한 일입니다만, 이를 포함한 의료 진보가 현장의 부담을 극단적으로 증대시켰습니다."

그래서 상대적으로 의사가 부족해졌다는 뜻인가? 확실히 일리 있는 말이었다. 갑자기 의사가 줄어들거나 환자가 늘어난 것도 아닌데 의사가 부족한 지금의 상황에는 그런 배경이 있기 때문이라는 말이었다.

"지금까지의 의료는 말하자면 소박하고 단순했습니다. 그래서 자연의 흐름에 맡겨두어도 어느 정도 질서가 유지되었지요. 그러나 이제 상황이 크게 바뀌어 자연스러운 흐름으로는 이 급격한 변화에 대응할 수 없게 되었습니다."

니미는 잠시 말을 멈추고 도전적인 눈빛으로 청중을 둘러보았다.

"그래서 저는 감히 말씀드리고 싶습니다. 의료 붕괴의 원흉, 그 키워드는 바로 '자유'입니다."

당황해하는 웅성거림이 회의장을 채웠다. 니미는 청중에게 대담한 시선을 던졌다.

"자유는 본래 반드시 필요한 것입니다. 그러나 현재 의료계에서 '자유'는 곧 '혼란'과 같은 뜻이 되었습니다. 예를 들어, 의사가 자유롭게 전공 과를 선택하기 때문에 산부인과나 소아과 의사가 부족해도 그 자리를 보완할 대책이 없습니다. 자유롭게 근무지를 선택할 수 있기 때문에 의사가 도시에 집중해 지방 의료가 파탄을 맞는 상황이 발생해도 개의치 않습니다. 또한 자유롭게 병원을 개설할 수 있기 때문에 대도시에서는 고액 의료 기기를 갖춘 병원이 난립하고 수익을 올리기 위한 쓸데없는 검사들이 판을 칩니다. 심장외과처럼 고도의 의료를 실시하는 병원도 도시에 집중해 있어 서로 환자를 데려오려고 경쟁하는 상황입니다. 그래서 병원별 증례症例 수는 늘지 않고 의사의 기술도 좀처럼 향상되지 않고 있습니다."

히가시는 니미의 말에 열심히 귀 기울였다. 분명 오늘날에는 억지로 산부인과나 소아과 의사를 시킬 수 없었다. 지방 병원에서는 좋은 대우를 제시하며 의사가 와주기를 기다릴 뿐이었다. 만약 이런 상황을 강제로 조정할 수 있다면 의료도 균형을 이룰 것이다. 하지만 과연 그런 일이 가능할까?

니미는 이야기의 방향을 바꾸듯 시선을 움직이며 큰 몸짓으로 청중에게 호소했다.

"개원의 자유도 의료 붕괴에 박차를 가하고 있습니다. 병원을 떠난 의사들은 막대한 초기 자본을 투자하고 무리하게 개원합니다. 때문에 그것을 회수하려면 불필요한 검사와 치료를 할 수밖에 없습니다. 또한 진료 과목도 자유롭게 선택할 수 있어서 내과의가 변변한 경험도 없이 소아과나 피부과 간판을 내걸고 진료를 합니다. 그런가 하면 사람들은 가벼운 증상인데도 외래 진료를 받으러 종합 병원에 몰려들어 의사를 지치게 하며 꼭 필요한 중증 환자의 치료를 지연시킵니다. 자기 자신만 생각해 조금이라도 뛰어난 의사에게 진료를 받으려는 환자의 이기심 때문에 베테랑 의사가 농락당하고 있습니다. 이는 모두 멋대로 날 뛰는 '자유'가 불러일으킨 불합리입니다!"

니미는 주먹을 들어 연설대를 내리쳤다. 니미는 일단 얼굴을 숙이고 흥분을 가라앉히려는 듯 깊게 심호흡을 했다. 그리고 천천히 양손을 펼치고 가슴을 내밀었다.

"이러한 상황을 개선하기 위해 우리 JAMA는 다섯 가지 새로운 제도를 제안하고자 합니다."

마침내 본론인가. 마른침을 삼키게 하는 긴장감이 회의장을 가득 채웠다. 니미는 재킷 안주머니에서 선언서를 꺼내 낭랑한 목소리로 읽기 시작했다.

"우리 JAMA는 더욱 합리적이고 효율적인 의료를 실현하기 위해 다음과 같은 새로운 제도를 제안합니다.

1. 진료 과목 선택 통제

지금까지 의사는 국가시험에만 합격하면 어떤 진료 과목이든 자유롭게 선택할 수 있었다. 이것을 앞으로는 선발제로 하여 연수를 마친 단계에서 각 과의 적성검사를 실시한다. 이를 통해 의사의 편재를 없애고 어느 과에서나 인원을 확보할 수 있도록 한다. 물론 개원할 때도 의사는 트레이닝을 받은 과목만 진료할 수 있다.

2. 의사의 근무지 등록 제도

모든 의사는 지자체에 등록해야만 보험의로서 진료할 수 있도록 한다. 이는 변호사가 변호사회에 소속하는 것과 같다. 등록한 의사는 의국에 소속됐을 때처럼 지자체의 지시에 따라야 한다. 각 지자체는 과거에 의국이 했듯이 의사의 희망과 능력을 감안해 근무처를 결정하거나 적절히 이동하도록 한다. 개업에 관해서도 지자체가 지도하고 환자 쟁탈전이 일어나지 않도록 조정한다. 각 지자체에 등록 정원을 정해 도시 집중 현상을 막는다.

3. 병원 개설 제한과 배치 통제

현재는 병원을 자유롭게 개설할 수 있어 난립과 과소의 불균형이 일어나고 있다. 이를 시정하기 위해 지자체는 주민 분포에 따라 계획적으로 병원을 통합하고 배치한다. 또한 병원별로 전문성을 높이고 의사와 검사 기기를 집약하여 효율적인 의료를 제공한다. 금세기의 의료를 종합 병원에서 전문 병원 시대로 전환한다.

4. 의사 평가 기구 창설

현재의 진료 보수 제도에서는 의사의 능력 차가 산정되지 않아 능력이 뛰어난 의사와 그렇지 못한 의사가 같은 취급을 받는다. 그러한 불합리를 해결하기 위해 평가 기구를 창설하여 의사의 순위를 매긴다. 전문성이 높은 우수한 의사에게는 높은 수입과 시간적인 여유를 보장하고 대우한다. 그렇게 하면 젊은 의사들도 우수한 의사를 성공 모델로 삼아 스스로 수련에 힘쓸 것이다.'

회의장에는 기침 소리 하나 들리지 않고 침묵이 흘렀다.

니미가 읽은 과격한 제안에 모두 아연실색한 모습이었다. 이

제 남은 제안은 하나. 마지막에는 과연 어떤 제안을 할 것인지 회의장 안에는 긴장감이 고조되었다.

니미는 심호흡을 한 번 하고 나서 천천히 마지막 제안을 읽었다.

"5. 환자의 수진 통제

오늘날 환자는 의료 보험증만 있으면 어느 의료 기관에서나 자유롭게 진료를 받을 수 있다. 이 때문에 증상이 가벼워도 전문 병원에서 진료받을 수 있을 뿐 아니라 개인 병원들 간에 환자 쟁탈전이 벌어지고 있다. 애초에 전문 지식이 없는 환자가 진료받을 병원을 결정한다는 것 자체가 불합리하다. 그러므로 응급 상황을 제외하고는 지자체의 의료 통합 센터가 적절한 병원과 주치의를 결정하도록 해야 한다. 그러면 경미한 증상으로 큰 병원에 가는 일이 없어지고 자기만 우수한 의사에게 진료를 받아야 한다는 이기주의도 사라질 것이다. 또한 의료 쇼핑이나 다중 진료에 의한 낭비도 방지할 수 있다."

다섯 번째 제안은 놀랍게도 환자의 자유를 제한하는 내용이었다. 이런 과격한 의료 제도가 과연 일부라도 실현 가능할까? 히가시는 믿을 수 없다는 얼굴로 니미를 바라보았다.

제안 발표는 모두 끝났지만 니미는 선언서를 집어넣으려 하지 않았다. 아직 무언가 중요한 말이 남아 있는 듯했다. 니미는 크게 숨을 들이마시고 나서 입을 마이크에 가까이 댔다.

"여러분, 들으신 대로 우리 제안은 의료인과 환자의 자유를 크게 제한하는 내용입니다. 그 점에 불만을 느끼는 분들도 계실 겁니다. 그러나 지금 우리의 현실은 매우 절박합니다. 허울 좋은 말만으로는 사태가 해결되지 않습니다. 느긋하게 여유를 부릴 상황이 아닙니다!"

니미는 연설대를 치면서 청중을 끌어당기듯 몸을 앞으로 내밀었다.

"지금과 같은 상황에서 우리가 제안한 다섯 가지는 실현되기 어렵습니다. 그렇기 때문에 현실적인 제도를 마련하고 운영할 조직이 필요합니다. 그래서 우리 JAMA는 새롭게 의료청의 창설을 제안합니다!"

니미가 목청을 높여 선언하자 회의장 안은 순간 묘한 흥분으로 술렁였다. 의료청 창설, 이것이 JAMA가 홈페이지에서 예고한 '대담한 제안'의 본체였던 것이다. 자리에 있던 의사들은 바로 그 필요성을 이해하는 분위기였다. 히가시는 암묵적인 찬성이 회의장을 가득 채우는 것을 느꼈다.

어쩌면 의료청은 시대의 요구일지도 모른다. 지금까지 의료는 후생노동성 관할이었다. 하지만 후생노동성은 의료 외에도 복지, 연금, 개호, 노동, 식품, 육아 등 너무 많은 분야를 담당했다. 의료는 환경이나 방위 등과 마찬가지로 독립된 관청에서 취급하기에 충분한 가치가 있는 분야였다. 나아가 대학 병원을 문부성이 관할하는 피라미드식 행정도 문제가 많았다. 이를 의료청이 관할해 후생노동성에서 독립하고 JAMA의 다섯 가지 제안을 실현한다면 분명 의료 붕괴를 저지할 수 있을지도 모른다.

니미는 더욱 강한 어조로 의료청 창설에 대해 역설했다. 그의 어조는 서서히 사람을 도취시키는 열기를 띠면서 신비한 힘으로 청중을 매료시켰다.

그러나 히가시는 내심 의문이 들었다. 니미의 제안은 의료인의 자유를 크게 제한하는 내용인데, 어째서 반발이 없을까? 그 이유는 필시 이곳에 모인 의사들이 자유를 제한해야 오히려 혜택을 입는 층이기 때문일 것이었다. 지금과 같은 '자유'에서는 선견지명이 있는 의사나 돈벌이에 뛰어난 의사들만 이득을 본다. 그것을 제한하고 의사로서 우수한 자가 대우를 받는 시스템, 이것이 니미가 발표한 다섯 가지 제안의 본질이었다. 이곳에는 그런 정당한 상황을 바라는 의사가 생각보다 많을지도 모른다.

회의장에는 집단 히스테리 같은 흥분이 퍼졌다. 니미의 카리스마는 강렬했다. 그러나 히가시는 휩쓸리지 않으려고 버텼다. 야스요가 말한 검찰의 외압 의혹이 사실이라면 니미도 JAMA도 믿을 수 없었다.

니미가 연설을 마치자 열광적인 박수 소리가 회의장을 채우며 많은 의사가 자리에서 일어섰다. 박수갈채는 5분 동안이나 이어졌다.

이어서 향후 예정된 JAMA의 활동이 발표되었다. 그리고 마지막으로 니미 옆에 앉아 있던 체구가 작은 여성이 총회 종료를 선언했다. 사회를 맡은 오미야 요시코는 흥분이 채 가라앉지 않은 모습으로 참가자들에게 감사 인사를 했다. 회의장의 열기는 의료 종사자들의 총회라기보다는 흡사 정권 쟁취를 눈앞에 둔 정당의 집회 같았다.

히가시는 다른 신문사 기자들과 인사를 나누고 곧바로 야마나를 인터뷰하기 위해 대기실로 향했다. 관계자용 통로로 들어서자 운영 책임자로 보이는 남자가 가로막았다.

"어디에 가십니까?"

JAMA의 직원인가 생각했는데, 가슴에 '진무리전드제약 무라오 시로'라고 쓴 커다란 명찰을 달고 있었다. 제약 회사의 영업 사원인 것 같았다.

"히라마사 신문의 히가시라고 합니다. 총회가 끝나고 야마나 선생과 인터뷰 약속이 되어 있습니다."

"실례했습니다. 바로 안내해드리지요."

무라오는 친절하게 응대하면서 잰걸음으로 무대 뒤로 걸어가 상담실처럼 보이는 작은방으로 히가시를 안내했다. 잠시 후 야마나가 들어왔다. 신경질적으로 보이는 마른 몸과 번들거리는 이마에 빈틈없는 눈매였다. 히가시는 야마나가 뱀 같다고 생각했다.

"야마나 선생님, 피곤하실 텐데 시간을 내주셔서 감사합니다."

"아뇨, 아뇨. 저희야말로 창립 기념 총회에 와주셔서 감사드립니다."

이렇게 말하며 야마나는 명함을 내밀었다. 거기엔 '라이토 소화기의료센터 부센터장'이라고 쓰여 있었다. 야스요는 야마나가 교안 대학 소화기외과 부교수라고 했었다.

"대학은 그만두셨습니까?"

히가시가 묻자 "4월에 전근했습니다"라는 명쾌한 답이 돌아왔다.

"그보다 히가시 씨가 제게 인터뷰를 요청한 이유는 JAMA에 관한 일이 아니라 시라카와 사건에 흥미가 있기 때문 아닌가요?"

야마나가 선수를 치는 바람에 히가시는 말문이 막혔다. 야마나는 마른 몸을 내밀면서 가볍게 웃었다.

"그 정도는 저도 충분히 알아볼 수 있습니다. 이사들 중에 왜 유독 제게만 취재 신청을 했는지 생각해보면 답은 금방 나오지요. 시라카와는 기자님에게 별로 좋은 인상을 받지 못한 것 같더군요. 자기는 숨김없이 다 털어놓았는데 당신은 그렇지 않았다지요?"

거기까지 알고 있다면 오히려 본론을 꺼내기 쉽겠다는 생각에 히가시는 태도를 바꿔 단도직입적으로 물었다.

"그렇다면 곧바로 질문을 드리죠. 후루바야시 쇼타로라는 환자를 잘 아실 거라고 생각합니다. 그럼 시라카와 선생의 치료에 대해 어떻게 생각하십니까?"

"저는 그 친구가 잘못된 치료를 했다고는 생각하지 않습니다."

"안락사가 옳은 선택이었다는 말입니까?"

곧바로 튀어나온 히가시의 질문에 야마나는 얼버무리듯 몸을 옆으로 돌려 쿡쿡 웃었다.

"뭐, 그렇게 서둘러 결론을 내리지는 마십시오. 일단은 일반론부터 이야기하지요. 안락사라고 하면 나이 든 환자들의 문제라고 생각하기 쉽지만 사실은 그렇지 않습니다. 오히려 시라카와 사건의 예처럼 젊은 환자일수록 필요하지요."

안락사는 젊은 환자에게 필요하다? 무슨 뜻인지 이해하지 못한 히가시가 눈빛으로 물었다. 야마나는 온화한 목소리로 말을 이었다.

"대놓고 말하긴 뭐하지만 심각한 상황에서 나이가 많은 환자는 그냥 두면 체력이 떨어져서 머지않아 사망에 이릅니다. 하지만 젊은 환자는 그렇지 않아요. 체력이 좋기 때문에 암 말기이거나 난치병에 걸려도 좀처럼 죽지 않습니다. 가혹한 고통이 생명을 갉아먹기까지 오랜 시간이 걸립니다. 그래서 빨리 끝낼 수 있도록 돕는 것, 즉 안락사가 필요하지요."

아, 그렇구나. 히가시는 듣고 보니 그럴지도 모르겠다는 생각이 들었다. 젊은 환자의 안락사는 생각해본 적도 없어서, 히가시는 마치 눈앞에 자욱하게 끼었던 안개가 갑자기 걷힌 것처럼 뭔가 깨달음을 얻은 느낌이었다.

야마나는 표정을 바꾸지 않고 계속했다.

"안락사법이 성립된 네덜란드에서는 열두 살부터 안락사를 인정하고 있습니다."

"네? 열두 살부터요?"

히가시는 놀라서 자기도 모르게 되물었다.

"그래요. 다만 열다섯 살까지는 친권자의 동의가 필요하고, 열일곱 살까지는 친권자와의 상담이 조건이지요. 그래도 열여섯 살 이상의 환자가 어떤 이유로 의사 표시를 할 수 없게 되었을 때 사전에 안락사를 희망한다는 내용을 서면으로 남겨두면 의사는 그것에 따르도록 되어 있습니다. 양친이 아무리 반대해도 말입니다."

하가시도 네덜란드에 안락사법이 제정되어 있다는 사실은 이미 알고 있었다. 하지만 10대 초반부터 안락사가 인정된다는 것까지는 몰랐다. 일본에서는 도저히 상상할 수도 없는 일이었다.

"일본과 달리 네덜란드가 본인의 의사를 얼마나 중시하는 나라인지 잘 알겠지요?"

야마나는 자조와 야유가 뒤섞인 시선으로 히가시를 응시했다. 히가시가 아무 말도 하지 못하는 동안 야마나는 혐오감을 드러내며 이야기를 계속했다.

"일본은 본인의 의사가 중요하다고 말하면서 결국에는 본인보다 주변 사람들의 의사를 우선시합니다. 본인보다는 가족, 가족보다는 세상의 시선에 더 신경 씁니다. 시라카와는 독단으로 안락사를 시행했다고 일부에서 비난받고 있습니다. 하지만 납득을 못하는 건 오히려 주변 사람들입니다. 환자의 의사 표시를 서면으로 요구하는 것도 그래요. 정말로 본인의 의사를 존중한다면 당사자와 의사가 서로 납득한 것만으로도 되지 않습니까?"

그렇다. 일본에서는 주변 사람들의 납득이 중요하다. 열여섯 살 이상이면 본인의 의사를 중시해서 부모가 반대하더라도 아이를 안락사시키는 네덜란드와는 다르다.

"히가시 씨, 당신 생각에는 네덜란드가 이상한 나라 같습니까?"

"아니요, 그렇지는……."

야마나가 히가시의 생각을 꿰뚫어보듯이 물었다.

"네덜란드 사람들이 건강한 아이를 안락사시키는 것이 아니잖습니까? 가혹한 통증에 시달리는 아이의 고통을 덜어줄 다른 방법이 없기 때문에 본인의 의사를 존중해서 안락사를 시행하는 겁니다. 진정 아이를 생각한다면 부모도 반대하지 않을 겁니다. 그런데 일본은 고통에 신음하는 아이를 보는 건 싫다, 죽는 건 더욱 싫다, 이 두 가지 생각 속에서 전전긍긍하며 앞으로 나아가질 못해요. 그래서 결국은 부모의 이기심을 우선하게 됩니다."

부모의 이기심? 부모의 사랑 때문 아닐까? 자기가 대신 죽어도 좋다고 생각할 정도로 끔찍하게 자식을 위하는 부모의 마음을 그렇게 간단히 이기심으로 치부해도 좋을까? 히가시는 야마나의 말에 승복하기 어려운 불쾌감을 느꼈다.

야마나는 히가시의 굳은 표정을 보고 달래듯 말했다.

"가족의 죽음은 누구에게나 슬픈 일입니다. 하지만 그것을 조금이라도 미루려고 환자의 고통을 방치하는 것이야말로 자신만 생각하는 이기심 아닐까요? '죽지 마'라는 말이 때로는 '죽어'라는 말보다 더 가혹할 수도 있습니다."

히가시는 한 대 얻어맞은 기분이었다. 베테랑 의사인 야마나의 말에는 설득력이 있었다. 히가시는 가늘게 떨리는 목소리로 물었다.

"그렇다면 야마나 선생님은 안락사에 찬성하십니까?"

"물론입니다."

"어떻게 그리 확신하십니까?"

"의료 현장에서 실제로 고통에 신음하는 많은 환자를 지켜봤기 때문입니다. 살아날 희망도 없이 그저 고통의 시간을 견디는 것만이 전부인 환자를 보면 누구라도 그렇게 생각할 겁니다."

히가시는 야마나의 시선을 견디지 못하고 얼굴을 숙였다. 자신은 안락사가 필요할 정도로 고통받는 환자를 본 적이 없었다. 그런 사람을 실제로 본다면 확실한 답을 찾게 될까?

"히가시 씨, 일본에는 아직 안락사법이 없습니다. 이것이 어떤 상황인지 이해하시겠습니까?"

야마나의 질문에 히가시는 말없이 고개를 들었다.

"지금 일본에서는 안락사 금지법이 시행되고 있는 거나 마찬가지입니다. 안락사를 시행하면 살인죄가 되니까요."

살인죄. 히가시는 퍼뜩 인터뷰의 본래 목적이 떠올랐다.

"시라카와 선생님도 살인 용의로 취조를 받았는데 취조가 끝나고 갑자기 검찰은 불기소 처분을 내렸습니다. 이에 대해 뭔가 알고 계신 것 없습니까?"

"없습니다."

야마나의 표정이 굳어졌다.

"선생님과 시라카와 선생님은 같은 의국에 속해 있었다고 들었습니다만, 의국이 뒤에서 도움을 주거나 하지는 않았는지?"

"의국에서는 도움을 주려고 했습니다. 그런데 시라카와 쪽에서 먼저 불기소 처분될 것 같다는 연락이 와서 저희가 나설 일은 없었습니다."

"그렇다면 JAMA가 움직였다는 말은?"

야마나는 어처구니없다는 표정으로 박장대소했다.

"시라카와 선생과 JAMA는 아무런 관련이 없습니다."

그렇게 말하면서 반짝이는 야마나의 눈동자는 단단한 돌처럼 동요하는 기색이 전혀 없었다.

9. 불륜

아무것도 칠하지 않은 원목 테이블에 오반자이라고 불리는 교토의 요리들이 진열되어 있었다. 삶은 문어, 연근 조림, 어묵 꼬치, 이슬이 송골송골 맺힌 청동 항아리에 담긴 차가운 술, 시라카와는 그것을 아름답게 채색된 유리잔에 부어 단숨에 들이켰다.

"먼저 건배 한 번 하세. 축하하네."

"아니, 자네야말로 라이토 소화기의료센터 부센터장이 된 것 축하하네."

불기소 처분이 결정되고 정확히 한 달이 지난 6월 8일, 시라카와는 야마나 게이스케로부터 연락을 받았다. '불기소 처분 결정'을 축하하자는 것이었다.

"늦었지만 축하하네."

야마나가 반농담조로 말했다.

"아니, 내가 먼저 승진 축하 인사를 해줬어야 하는데 늦어서 미안하네."

야마나가 예약해놓은 가게는 두 사람이 졸업한 교안 대학에서도 가까운 데마치야나기의 작은 요릿집 '후지키쿠'였다. 둘 다 바빠 약속 시간은 밤 8시로 정했다. 다행히 가게는 붐비지 않아, 두 사람은 한적하게 이야기를 나눌 수 있었다.

"안 그래도 자네가 대학을 그만두었다는 소식을 듣고 깜짝 놀랐네. 그대로 교수가 될 줄 알았거든."

"대학은 구태의연하지 않나. 여러 가지 지켜야 할 관례도 많고 보수적인 노교수들이 설치니 말일세. 그에 비해 라이토 소화기의료센터는 국가에서 설립했어도 민간에서 운영하기 때문에 시설은 충실하면서 발상은 참신하다네. 진료뿐 아니라 연구 부문도 충실하지."

야마나는 학창 시절로 돌아간 듯 편안한 오사카 사투리로 대답했다. 하지만 시라카와는 중학교 때까지 요코하마에서 자랐기 때문에 오사카 사투리를 쓰지 않았다.

문화 신도시 '라이토'에 관한 이야기가 한참 오간 뒤 시라카와가 야마나에게 물었다.

"지난달에 나를 찾아왔던 히라마사 신문사의 히가시라는 기자에게서 그 후에도 연락이 왔었는데, 자네한테도 취재를 갔던 모양이지?"

"아아, 왔었지."

야마나는 닭튀김을 집으면서 무뚝뚝하게 대답했다.

"검찰에서 나를 불기소 처분한 것에 대해 히가시는 자네가 뒤에서 움직였을지도 모른다고 하던데, 그런가?"

"의국에서 자넬 도우려고 준비하고 있었어. 하지만 그전에 자네가 불기소 처분될 것 같다는 연락이 와서 결국 아무것도 하지 않았지."

"히가시는 검찰에 외압이 있었다고 하더군."

"그게 말이 되는가?"

야마나는 관심 없다는 태도로 말하며 술을 마셨다.

"하지만 조사를 담당했던 형사도 그런 말을 했어. 상당한 거물이 내 뒤를 봐주는 모양이라고."

"어, 자네 그런 방패막이 있었나? 누군가?"

"그걸 모르니까 기분 나쁘단 말일세."

굳이 떠올린다면 먼 친척 중에 후생노동성 차관의 딸과 결혼한 사람이 있기는 했다. 하지만 일면식도 없는 사이인 데다 수년 전에 뇌경색으로 쓰러졌다고 하니 그도 아닐 것이다. 시라카와는 야마나를 슬쩍 곁눈질해봤지만 그의 표정에서는 아무것도 읽어낼 수 없었다.

"글쎄, 무슨 일이 있었는지 모르지만 어쨌거나 불기소 결정이 내려졌으니 다행 아닌가. 지금과 같은 법으로는 아무리 정당하다고 해도 안락사는 살인죄니까 말이야."

"후우."

시라카와는 집요했던 히라노의 취조가 떠올라 기분이 무겁게 가라앉았다.

"일본에도 빨리 안락사법이 제정돼야 하는데. 요즘 들어 더 그런 생각이 드는군."

시라카와는 혼잣말처럼 중얼거리는 아마나에게 묘한 느낌을 받았다. 대학 병원이나 라이토 소화기의료센터 같은 시설에서는 안락사가 필요한 환자가 적을 것이다. 그런 곳은 이른바 회복기에 들어선 환자들을 위한 시설이기 때문에 안락사의 대상이 되는 말기 암이나 난치병 환자를 마지막까지 치료할 일이 거의 없다.

"자네도 안락사에 찬성하는가?"

"물론이지."

"자네가 근무하는 병원에서는 그런 환자를 볼 일이 적지 않은가?"

"그건 그렇지만 필요성은 느낀다네. 한 의사를 통해 안락사의 중요성을 확신하게 되었지. 니미 데이이치라고 하는데, 얼마 전까지 신주쿠 하트센터에서 심장외과 부장을 지냈던 사람이야."

시라카와는 들어본 적이 없는 이름이었다. 아마나는 테이블에 팔꿈치를 대고 몸짓까지 섞어가며 이야기하기 시작했다.

"니미는 6년 전까지 네덜란드에 있었는데, 안락사가 얼마나 많은 환자에게 도움이 되는지 그 실태를 직접 목격하고 돌아왔지. 1년에 무려 3천 명 정도가 안락사를 하는 나라니까."

술기운이 돌기 시작한 야마나는 더욱 열정적으로 말을 이어갔다.

"니미는 우리보다 8기 정도 아래지만 발상이 아주 특이한 사람이야. 일종의 카리스마라고 할까. 일본의 의료 붕괴에 대해서도 독특한 견해를 갖고 있어서 지난달 JAMA라는 단체를 설립했다네. 실은 나도 관계되어 있지. 정식 명칭은 일본전의료협회라고 하네."

야마나는 창립 기념 총회에서 니미가 발표했다는 '의료청 구상'을 열심히 설명했다. 시라카와에게는 너무 거창한 이야기라 도중에 따라가기 힘들었지만 야마나는 JAMA를 치켜세우며 그 안에서 자신도 한 역할 하고 싶다고 했다. 학창 시절부터 최고가 아니면 안 되었던 야마나가 이 정도로 빠져 있는 걸 보면 분명 니미는 상당한 인물일 것이라고 시라카와는 생각했다.

한바탕 열정적으로 이야기하던 야마나는 종업원에게 물을 한 잔 달라고 하더니 갑자기 얼굴색을 바꾸며 말했다.

"다시 자네 얘기로 돌아가서, 만약 일본에 안락사법만 있었다면 자네도 경찰 취조를 받는 일은 없었을 테지."

또 그 이야기인가. 시라카와는 약간 지겨워졌다.

"자네가 말한 그 니미란 의사는 안락사법 제정에 관심이 있다는 건가?"

"관심이 없는 것도 아니지."

"지금 일본에서는 무리일 텐데."

"아니, 그렇지도 않아. 확실히 여론은 아직 안락사에 부정적이지만 언젠가는 바뀔 거야. 지금 움직이면 반대파가 소란을 피울게 뻔해. 그래서 니미는 신중을 기하고 있다네. 여론의 지지 없이는 아무리 깃발을 흔들어도 법률이 통과하지 못할 테니까."

"그럼 때가 오기를 기다리고 있단 말인가?"

"그저 기다리기만 하는 건 아니야. 여러 가지 준비가 진행되고 있어. 어느 날 때가 돼서 서둘러 법안을 만들려고 하면 너무 늦을 테니까."

"여론이 그리 쉽게 바뀌진 않을 텐데."

주위 상황을 고려하면 시라카와는 부정적인 생각을 쉽게 물리칠 수 없었다. 쇼타로 사건 때도 안락사를 정면에서 지지하는 자는 거의 없었다. 조사위원회에서 시라카와에게 유리한 결정을 내려준 내과 부장 시마즈조차 안락사에 관한 일을 보고서에 쓰지 말라고 할 정도였다.

두 사람 사이에 묘한 침묵이 흘렀다. 야마나가 물수건으로 손을 닦고 헛기침을 했다.

"몇 가지 계획이 있지. 시라카와, 자네에게도 조만간 협력을 구하게 될지 몰라. 안락사를 경험한 사람으로서 말일세."

술에 취한 줄 알았던 야마나가 진지한 눈빛으로 응시하자 시라카와는 정체 모를 압박감을 느꼈다.

다음 날 아침, 시라카와는 평소처럼 오전 7시에 사쿄 구 시모

가모에 위치한 자택을 나섰다. 아내 마사미가 단정하게 화장한 모습으로 현관까지 배웅해주었다.

아침 식사는 밥과 삼치구이, 그리고 술에 취해 들어온 다음 날 아침이면 어김없이 등장하는 바지락 국이었다. 집 안 구석구석 청소는 이미 다 되어 있었다. 늘 그렇듯 집안일은 완벽했다. 그런 면에서 보면 마사미는 이상적인 아내라고 할 수 있었다. 그러나 팔짱을 끼고 현관에 서 있는 마사미의 눈에는 남편에 대한 만성적인 경멸이 서려 있었다. 마사미는 공립 병원에서 일하는 시라카와의 보잘것없는 수입을 늘 불만스러워했다.

마사미는 변호사 집안에서 태어나 초등학교부터 대학까지 교토의 명문 리욘 여학원을 다녔고, 스물두 살에 맞선을 봐 시라카와와 결혼했다. 나이 차이가 아홉 살이나 났지만 남편은 교안 대학 의학부의 우수한 외과 인재였기 때문에 당시 마사미에게는 자신을 부족함 없이 살게 해줄 사람으로 보였다.

하지만 마사미가 전혀 예상치 못한 것이 있었다. 바로 시라카와의 적은 수입이었다. 당시 대학 조교였던 시라카와의 급여는 약 25만 엔(약 300만 원). 그리고 지금처럼 아르바이트나 환자로부터 사례금을 받는 데 엄격하지 않은 시절이었기 때문에 부수입이 월 10만 엔 정도 되었다. 하지만 그 돈으로는 마사미가 바라는 생활을 겨우 유지할 정도밖에 되지 않았다.

"의사라고 해서 결혼했는데, 이런 생활일 줄은 꿈에도 몰랐다니까."

마사미는 친구들과 전화 통화를 하면서 일부러 큰 소리로 말했지만 시라카와는 전혀 신경 쓰지 않았다. 그는 자신의 생활 수준에 만족하고 있었기 때문이다.

시라카와는 연구보다 진료를 더 좋아해서 결혼 3년 차에 박사 학위를 받았다. 그리고 곧바로 대학을 떠나 관련 병원에 취직했다. 의학박사 학위도 있으니 좋은 대우를 받을 거라 기대했던 마사미는 연봉을 듣고 실망했다. 근무처가 국립 병원이어서 대학과 연봉이 비슷한 수준이었다.

8년 전 현재의 교라쿠 병원에 외과 부장으로 부임했을 때도 시립 병원이라 관리직 수당이 붙어봐야 연봉은 1200만 엔 정도밖에 안 됐다.

"당신은 왜 이렇게 급료가 낮은 데만 골라서 가는 거예요?"

이번에는 좋은 대우를 받을 거라 기대했던 마사미는 급여 명세를 보고 시라카와에게 불평을 터뜨렸다.

"내가 능력을 발휘할 만큼 큰 수술을 할 수 있는 곳은 공립 병원뿐이어서 그래."

"당신은 수술과 생활 어느 쪽이 더 중요해요? 우리 생각도 좀 하라고요!"

마사미가 신경질적으로 소리쳤다. '우리'란 마사미와 외아들 루이를 가리켰다. 루이의 독특한 이름도 물론 마사미가 지었다. 루이는 현재 사립 메이세이 고등학교 2학년이었다.

마사미는 시라카와의 수입에 실망이 컸다. 그래서 루이를 의사로 키울 생각은 전혀 없고 친정아버지처럼 변호사로 키울 생각이었다.

"아버지와 할아버지를 보렴. 의사보다는 변호사가 훨씬 훌륭하단다."

마사미는 입버릇처럼 말하곤 했다. 루이는 어릴 적부터 장래 변호사가 되기로 정해져 있었다. 다행히 루이는 온순하고 공부도 잘해서 지금까지 엄마의 기대를 거스른 적이 없었다. 그러나 마사미의 욕심은 끝이 없었다. 이번에는 루이에게 도테이 대학 법학부에 한 번에 합격하고 사법 시험도 한 번에 통과하라는 목표를 설정했다.

그래서 루이는 유치원 때부터 과외와 입시 학원을 끊임없이 다녔다. 엄청난 교육비 때문에 마사미는 벌써 여러 번 친정에 도움을 청했고, 그때마다 시라카와의 벌이가 시원찮다는 넋두리를 늘어놓았다. 시라카와는 불쾌했지만 못 들은 척했다. 왜냐하면 마사미가 루이의 교육에 열심인 덕분에 시라카와는 일에 몰두할 수 있었기 때문이다.

가끔은 마사미의 지나친 교육열이 걱정되기도 했다. 하지만 병원 근무를 마치고 피곤에 지쳐 돌아오면 아들의 교육에 대해 논의할 기력도 없었다. 마사미는 말싸움을 잘하는 데다 곧잘 감정적으로 변했고, 자신의 잘못을 절대로 인정하지 않기 때문에 이야기를 꺼내면 오히려 피곤해질 뿐이었다.

아들에게는 안된 일이지만 마사미도 아들을 생각해서 하는 일이기에 시라카와는 문제가 많다고 느끼면서도 모르는 척했다.

시라카와는 솔직히 어릴 때부터 뚱뚱하고 운동도 못하는 아들에게 강한 애정을 느끼지는 않았다. 그렇다고 자신의 뒤를 이어 의사가 되기를 바라지도 않았다. 아들은 아들대로 자신의 행복을 찾아가면 된다고 생각했다. 그런 담백한 부모 자식 관계가 서로에 대한 존중이라고 생각했지만 마사미는 무정한 아버지라며 시라카와를 나무랐다.

그 말은 혹시 시라카와가 아내에게 무정하다는 뜻일까?

사실 그럴지도 모른다. 비록 표면적인 부부라도 평온이 유지된다면 일단은 그 관계를 이어가는 것이 최선책 아닐까?

이런 상황이다 보니 시라카와는 가정에서 편안함을 느끼지 못했다. 시라카와에게 가정이란 단순히 의식주를 제공하는 장소에 지나지 않았다.

마음의 안식 혹은 남자로서의 욕구는 어디에서 채울 수 있을까? 시라카와는 지금까지 다른 여자를 만나거나 윤락가에 발을 들인 적이 없었다. 바쁜 공립 병원 외과 의사에게 그런 시간적 여유나 경제력이 있을 리 없었다. 게다가 시라카와는 원래 여성에게 무덤덤한지라 여간해서는 마음이 흔들리지도 않았다.

그런데 1년 전 변화가 일어났다. 생각지도 못한 관계가 시작된 것이다.

시라카와는 아침부터 언짢은 얼굴이었다. 하지만 속으로는 소풍을 가는 아이처럼 설레었다.

"오늘도 늦어요?"

마사미가 묻는 말에 퉁명스럽게 "어어" 하고 대답하는 순간 시라카와는 양심에 가책을 느꼈다. 하지만 '나중에 보상해주면 되지'라고 생각하니 죄의식도 순식간에 사라졌다.

이날 시라카와는 오전에 후배 의사들의 수술 지도를 하고 오후에는 병동에서 진찰과 회의에 집중했다. 해가 지려면 아직 여유가 있는 오후 6시 10분, 시라카와는 사람들의 눈을 피해 부장실을 나왔다. 그리고 병원 앞 시치조 거리를 일부러 건너가서 택시를 잡았다.

"욘조 대교까지 가주세요."

시간 여유는 있지만 일찍 도착해도 어차피 상대는 먼저 기다리고 있을 것이다. 시라카와는 가모 강에 놓인 다리 앞에서 내려 기야마치 거리를 오른쪽으로 돌아 아직도 푹푹 찌는 더위 속을 천천히 걸었다. 고풍스럽고 아담한 입구에 '일본 요리 유키노이'라는 간판이 걸려 있었다.

장지와 대나무 격자로 장식된 통로를 지나 방으로 들어가니 짐작대로 모토무라 유키에가 기다리고 있었다. 유키에는 고개를 약간 숙인 자세로 무릎을 꿇고 앉아 있었다.

"아, 오늘도 일찍 와 있네."

시라카와가 시원해 보이는 돗자리 방석에 앉으며 말하자 유키에는 얼굴을 들어 온화하게 미소 지었다. 시라카와의 뺨도 부드럽게 풀렸다. 오늘 유키에는 프랑스풍의 푸른색 블라우스에 하얀 스커트 차림이었다. 풍성한 검은 생머리가 하얀 얼굴을 감싸고 있었다.

"오늘은 일본 요릿집이라니, 너무 호화로운 곳이네요."

"아아, 기념일이니까."

시라카와의 말에 유키에의 뺨이 희미하게 붉어졌다.

두 사람은 작년 1월에 처음 만났다. 같은 계열인 사가 기념병원에서 대학 의국으로 수술 지원 요청이 들어와 시라카와가 출장을 나갔는데, 그곳에서 유키에를 처음 보았다. 유키에는 사가 기념병원의 수술부 주임 간호사로 시라카와가 집도하는 수술에 참여했었다.

출장 수술은 한 달에 한 번꼴로 있었는데, 대부분 유키에가 수술실에 들어왔다. 수술 담당 간호사 중에서 유키에가 가장 일을 잘했기 때문이다.

수술 중에는 모자와 마스크를 착용하고 있어서 서로 얼굴을 볼 수 없었다. 더구나 수술을 집도하는 시라카와는 수술에 집중하느라 옆에 있는 간호사의 얼굴을 눈여겨볼 틈도 없었다. 그렇지만 유키에의 경우는 달랐다. 수술 중 문득 눈이 마주친 유키에에게서 시라카와는 그때까지 느껴보지 못한 강한 인상을 받았다. 동양적인 가늘고 긴 눈매, 오닉스처럼 짙고 깊은 눈동자, 오기가 있어 보이지만 말수는 적은 그런 인상이었다.

수술실 간호사는 항상 수술의 흐름을 앞서 읽고 집도의에게 도구를 전달해야 한다. 유키에는 시라카와의 수술 흐름을 빨리 읽었고 도구 정리도 능숙했다. 머리가 좋다는 뜻이었다. 두 번째 수술에서 그런 생각이 들었다. 그것이 객관적인 평가인지 그녀에 대한 호의 때문인지 시라카와 자신도 알 수 없었다.

수술이 끝나고 환자가 옮겨지면 마스크를 벗고 "수고하셨습니다", "고맙습니다" 정도의 인사를 나누는데, 유키에의 목소리는 비음이 약간 섞인 저음으로 듣는 사람의 마음을 편안하게 했다. 마스크 속에서 드러난 입술은 야무져 보였고 턱은 갸름했다.

"자네는 수술 보조를 잘하는군."

시라카와의 칭찬에도 유키에는 "고맙습니다"라고만 짧게 대답한 뒤 부끄러운 듯 눈을 내리뜨고 익숙한 손놀림으로 도구 정리에만 전념했다.

탈의실로 걸어가면서 시라카와는 눈썹 밑까지 깊게 눌러쓴 모자 아래 감춰진 유키에의 머리카락이 어떤 느낌일지 궁금했다. 시라카와는 그런 자신에게 적잖이 당황했다. 지금까지 한 번도 느껴보지 못한 기분이었기 때문이다.

그 후로 시라카와는 사가 기념병원에 출장 갈 일이 없는지 은근히 기다렸다. 그러나 연애 경험이 전혀 없던 시라카와는 3개월이 지나도록 말 한 번 제대로 붙여보지 못했다. 출장을 가면 수술실에서 늘 함께하니 수고했다며 언제 식사라도 한번 하자고 말해볼 수도 있었지만, 다른 직원이 있는 곳에서는 말을 꺼내기 어려웠다. 그렇다고 유키에와 단둘이 있을 우연도 쉽게 찾아오지 않았다.

그런데 예기치 않은 곳에서 유키에를 만났다. 작년 4월, 나가오카쿄 시에서 주최한 문화 세미나에서 암 치료에 대한 강연을 했을 때 유키에가 대기실로 찾아왔던 것이다.

유키에는 시에서 발행하는 홍보지를 보고 강연 소식을 알았다고 했다. 유키에의 집은 나가오카텐진 부근이었다.

시라카와는 생각지 못한 유키에의 방문에 기뻐하며 강연 감상도 들을 겸 식사에 초대했다.

"수술실에서 늘 도움을 받고 있어 꼭 답례를 하고 싶었다네."

그렇게 말하면서 강연장을 나섰다. 그러나 시라카와는 너무 갑작스러운 상황이라 함께 갈 마땅한 장소가 바로 떠오르지 않았다. 유키에 집이 나가오카텐진 부근이라면 굳이 교토까지 가기도 번거로워 근방에서 갈 만한 곳을 생각하다가 문득 예전에 지인과 함께 갔던 초밥집이 떠올랐다. 대나무 숲에 수은등이 은은하게 비쳐 환상적인 분위기를 자아내는 곳이었다.

택시를 타고 '가쓰라리 궁 대나무 숲 근처에 있는 초밥집'이라고 하자 다행히도 기사가 그 가게를 알고 있었다.

6시가 조금 넘어 '오우키'라는 초밥집에 도착했다. 그때까지도 창밖은 아직 밝았다.

"모토무라 씨가 수술실에 들어오면 수술을 하기가 편해요."

시라카와가 칭찬하자 "그래요? 정말 다행이네요" 하고 유키에는 기뻐했다.

"저도 선생님이 집도하시는 수술에 들어가는 게 즐거워요. 수술이 빠르게 진행되어 도구 전달이 늦을까 봐 긴장은 되지만요."

"하지만 늦다고 화를 낸 적은 없잖소."

시라카와는 간호사가 실수하면 화를 내지 않고 오히려 입을 닫아버렸다. 교라쿠 병원 간호사들 사이에서는 그게 더 무섭다는 소문이 나 있었다. 유키에도 자신을 무서워하는 것일까? 그런 이야기를 들려주고 "모토무라 씨도 내가 무서운가?"라고 묻자 유키에는 시라카와를 조용히 바라보더니 고개를 흔들었다.

"저는 선생님이 친절한 분이라고 생각해요."

초밥을 주문하고 둘이서 술을 작은 병으로 세 병쯤 마셨다. 유리창 너머 대나무 숲은 아련한 은빛으로 물들어 있었다.

분위기가 무르익으면서 시라카와는 유키에도 자신에게 호감이 있다는 것을 느꼈다. 하지만 그것이 어느 정도인지 몰랐기 때문에 앞으로 어떻게 해야 할지 판단이 서지 않았다.

"이제 그만 일어설까?"

음식점 종업원에게 택시를 부탁하려고 하자 유키에는 택시를 타기에는 아직 이른 시간이라며 역까지 걸어가자고 고집을 부렸다.

계산을 마치고 나오자 밤하늘에 4월의 으스름달이 떠 있었다. 시라카와는 기왕 걷는 것 가쓰라 강 쪽으로 가보자고 했다.

오른쪽으로 가쓰라리 궁 돌담이 이어지고 높이 뻗은 나무들의 그림자가 길게 늘어져 있었다. 달빛이 비치는 거리는 의외로 밝았다. 유키에는 걸으면서 어머니 이야기를 했다.

"어머니도 간호사였어요. 굉장히 정열적인 분이셨나 봐요. 아버지와 열렬한 연애 끝에 저를 낳았대요. 하지만 그때 아버지에게는 이미 가정이 있었지요. 결국 어머니는 아버지와 헤어지고 다른 사람과 결혼했대요. 하지만 도저히 아버지를 잊지 못해서 남편과 헤어진 뒤 아버지에게도 부인과 헤어지라고 했다고 해요. 그렇게 두 분 모두 서로의 가정을 버리고 결혼했지요. 지금 두 분은 사이좋게 기노사키에서 살고 계세요."

유키에는 어이없다고 하면서도 한편으로는 자랑 섞인 말투로 이야기했다.

"그래서인지 저도 정열적인 피가 흐르고 있는 것 같아요."

시라카와는 유키에가 무슨 뜻으로 하는 말인지 골똘히 생각해보았지만 별다른 뜻은 없어 보였다. 이야기 도중 그녀가 서른세 살이라는 걸 알게 되어, 시라카와는 속으로 몰래 자신과의 나이 차를 계산해보기도 했다.

그날 밤 집으로 돌아간 시라카와에게 이상한 변화가 일어났다. 문득 정신이 들면 어느새 유키에를 생각하고 있었던 것이다. 상상 속에서 그녀의 허리에 팔을 감고 강가를 거닐며 이야기하고 있었다.

'정신 차려.'

시라카와는 자신의 망상을 지우려 했다. 상대는 자신보다 열여섯 살이나 어리지 않은가. 그런데 다음 날 아침 눈을 뜨자 또다시 유키에 생각으로 머릿속이 가득 찼다. 시라카와는 이런 마음 상태를 뭐라 하면 좋을지 알 수가 없었다. 일부러 생각하지 않으려고 했다. 단순히 익숙하지 않은 감각에 과민 반응을 일으키는 것뿐이라고 생각했다.

그런 일이 있은 뒤부터 사가 기념병원으로 출장 수술을 갈 때는 그런 상황을 즐기면 그만이라고 가볍게 생각했다. 하지만 수술실에 들어서면 그런 여유가 사라져버렸다. 유키에가 수술실에 들어오지 않았기 때문이다. 어쩌면 스스로 수술실 근무에서 빠졌는지도 모른다. 밖에서 일하는 유키에도 결코 평온해 보이지는 않았다.

시라카와는 스스로에게 당황하며 유키에와 거리를 두기로 마음먹었다. 한순간의 흔들림으로 진료에 차질이 있어서는 안되기 때문이었다. 만약 실수로 수술을 망치기라도 하면 환자에게 이만저만한 폐가 아니었다.

유키에의 전화번호도 알고 있었지만 시라카와는 연락하지 않았다. 그 대신 자신이 왜 그렇게 유키에에게 끌리는지 곰곰이 생각했다. 유키에보다 훨씬 예쁘고 성격 좋은 여성은 지금까지 몇 명 있었다. 그중에서 시라카와에게 호의를 보인 사람도 없지 않았다. 하지만 그의 마음은 한 번도 동요한 적이 없었다. 그런데 왜 유키에에게는 마음이 흔들리는 걸까?

이유는 확실하지 않았다. 다만 유키에를 만나고 싶고 함께 있고 싶다는 마음만 절실할 뿐이었다. 아무래도 스스로 이해할 수 없는 변화가 일어나는 것 같았다. 오랫동안 잠들어 있던 애정의 불씨가 어쩌다가 되살아난 것일까? 예순 살 먹은 어느 선배 의사가 필리핀 술집 여성에게 푹 빠졌을 때, 젊은 동료가 "인생 최후의 발정기네요"라고 야유를 보낸 일이 있었다. 시라카와는 자신에게도 비슷한 생리적 변화가 일어난 것일지 모른다는 생각에 곤혹스러웠다.

이런 쓸데없는 분석을 하는 사이에 다시 출장 수술 날이 돌아왔다. 유키에는 쓸쓸해 보였지만 병원에서는 평소와 다름없이 지내는 듯했다. 그날은 유키에가 수술실에 들어왔다. 시라카와는 냉정하게 수술을 집도했다. 그렇다고 그녀에 대한 마음이 식은 것은 아니었다. 일시적인 감정이 아니라는 사실을 확신하고 있었기 때문이다.

병원을 나선 시라카와는 유키에의 휴대전화로 문자를 보냈다. 수술실에서 고마웠다고 말한 뒤 함께 저녁식사를 하자고 초대했다. 2분 후 '기뻐요. 선생님의 수술에 들어간 것도, 식사에 초대해주신 것도, 문자를 보내신 것도*' 하고 그림 문자가 하나 붙은 회신이 왔다.

시라카와는 유키에와 둘이서 호리카와 오이케 골목 안쪽에 있는 작은 이탈리안 레스토랑에 갔다. 그날이 바로 1년 전 오늘이었다.

유키에와 함께한 식사는 너무나 즐거워서 무슨 이야기를 해도 분위기가 고조됐다. 시라카와에게 이런 경험은 처음이었다. 그는 더 이상 자기 마음을 분석할 필요성을 느끼지 못했다.

식사를 마치고 시라카와는 전망 좋은 곳이 있다며 가까운 데이토 호텔의 꼭대기 층으로 유키에를 데리고 갔다. 눈앞에 조명을 받아 빛나는 니조 성의 히가시오테몬을 바라보면서 둘은 이런저런 이야기를 나눴다. 그리고 시라카와는 조심스레 호텔에 방을 잡아놓았다고 말했다.

그러자 밝게 미소 짓던 유키에의 얼굴에 그림자가 드리워졌다. 시라카와는 엄청난 잘못을 저질렀다는 생각에 당황했다. 그러나 이미 엎질러진 물이었다. 그는 몸을 앞으로 기울이며 진심을 담아 속삭였다.

"자네만 생각하면 나는 어찌할 바를 모르겠네. 가슴이 아파서 견딜 수가 없어. 대체 왜 이러는지 모르겠네. 자넬 잊으려고 필사적으로 노력해도 그게 안 돼. 이 아픈 마음을 어루만져줄 사람은 자네밖에 없어. 이대로는 미쳐버릴지도 몰라. 너무 고통스러워서 살 수 없을 것 같아."

유키에는 촛불을 응시한 채 입술을 깨물었다. 이제 결정은 그녀의 몫이었다. 시라카와는 컵 받침을 뒤집어 '1208'이라고 썼다.

"이 방에서 기다리고 있겠네. 자네 마음이 정해질 때까지 여기서 충분히 생각하게. 하지만 나는 자네가 꼭 와줄 거라 믿어."

말을 마친 시라카와는 계산서를 들고 뒤돌아보지 않은 채 출구로 향했다.

그는 엘리베이터를 타고 12층으로 향했다. 방은 디럭스 더블룸으로, 창문에 장지를 발라 교토 특유의 예스러운 멋이 풍겼다. 시라카와는 침대에 앉아 주먹 쥔 손을 무릎에 올려놓고 유키에를 기다렸다. 와줄까, 오지 않을까? 문 쪽을 바라보다 시선을 돌리고 다시 바라보다 고개를 떨어뜨렸다.

'미안합니다'라고 쓴 쪽지가 방 앞에 살짝 놓여 있지는 않을까? 아마도 발소리는 복도에 깔린 두툼한 카펫에 묻혀 들리지 않을 것이었다.

참을 수 없이 긴 15분이 흘렀다. 시라카와는 한 시간이라도, 두 시간이라도 기다릴 생각이었다. 그러나 사막에서 길을 잃은 사람처럼 목이 타들어갔다. 욕실에서 입안을 헹구고 내친김에 얼굴도 씻었다.

그때 꺼질 듯 희미한 노크 소리가 들렸다. 문을 열자 유키에가 서 있었다.

시라카와는 자기도 모르게 안도의 한숨을 쉬었다. 그리고 문을 닫자마자 유키에를 힘껏 끌어안았다. 키가 큰 줄 알았는데 고개를 숙인 유키에의 머리가 시라카와의 눈 바로 아래에 닿았다. 이렇게 작았던가. 시라카와는 새삼 놀랐다.

"선생님……."

유키에는 고개를 숙인 채 잠긴 목소리로 말했다.

"선생님 말씀에 저는 어쩌면 좋을지."

시라카와의 팔 안에서 유키에는 몸을 가늘게 떨었다. 시라카와는 유키에의 턱을 살짝 들어 입술을 포갰다. 살며시 벌어진 틈으로 달콤한 무엇인가가 흘러나와 시라카와의 점막을 자극했다.

유키에는 간신히 서 있었다. 시라카와는 그녀를 껴안고 침대에 쓰러졌다. 얼굴을 마주하고 다시 입을 맞췄다. 유키에의 이는 작고 단단했다. 턱의 긴장이 풀리며 머뭇머뭇 혀를 내밀었다. 부드럽고 축축한 의지가 답답한 듯 서로를 찾아 뒤얽혔다.

유키에는 저항하지 않았다. 모든 것이 드러나는 순간 유키에는 두 손으로 얼굴을 감싸고 부끄럽다며 꺼져들어가는 목소리로 외쳤다.

시라카와는 침대 옆에 있는 등을 끄려다 멈추었다. 어둠 속에 묻히기에는 너무나 아름다운 나신이었다. 하얗게 빛을 발하는 여체, 달콤한 향기. 시라카와는 유키에의 가슴으로 입술을 미끄러뜨렸다. 건강하고 청초하게 부푼 가슴에 사랑을 가득 담아 보냈다.

"선생님……."

유키에의 신음 소리에 시라카와는 소름이 돋았다. 시라카와는 손가락과 손바닥으로 유키에의 온몸을 어루만졌다. 자신의 손이 이렇게 달콤한 감각을 맛볼 수 있다는 사실을 시라카와는 믿을 수 없었다.

"아아, 유키에."

자기도 모르게 감탄이 흘러나왔다. 그 소리가 유키에의 귀를 자극하면서 온몸이 가늘게 떨렸다.

두 사람은 격류에 휩쓸리듯 그렇게 환희를 나누었다. 그것은 시간이 사라지고, 빛이 사라지고, 세계가 사라지는 감각이었다.

그렇게 시라카와와 유키에의 관계는 시작되었다.

작년 9월, 대학에서 사가 기념병원으로 새로운 외과 부장을 파견하면서 시라카와의 출장 수술도 끝났다. 그러나 두 사람의 만남은 계속되었다. 만남은 한 달에 한두 번 정도였다. 시라카와가 바빠서 그 이상은 시간을 내기 어려웠다. 그 점을 사과하자 유키에는 "무리하지 마세요"라며 시라카와를 배려했다.

쇼타로의 안락사 문제가 불거졌을 때 시라카와에게는 유키에가 이야기를 할 수 있는 유일한 상대였다. 시라카와는 텔레비전에 나오는 특종 보도나 와다 원장과의 갈등, 조사위원회의 보고서 등 모든 것을 그녀에게 털어놓았다. 유키에는 열심히 귀 기울여 듣고 격려해주었다.

"선생님에게는 잘못이 없어요. 저는 선생님을 믿어요."

그러나 1월부터 호리카와 경찰서에서 취조가 시작되자 시라카와는 유키에를 만나도 마음이 편치 않고 정신이 다른 곳에 가 있었다. 그럴 때는 식사만 한 뒤 바로 헤어졌다. 미안했지만 어쩔 도리가 없었다. 취조가 집중된 3월부터 4월 사이에는 한 번도 만나지 못했다. 시라카와는 너무 미안한 마음에 유키에와 헤어질 생각까지 했다.

4월 말경 교토 지검으로 불려간 시라카와는 불기소 처분이 결정되었다. 그리고 이틀 후 시라카와는 기쁨과 불안이 뒤섞인 마음으로 오랜만에 유키에에게 연락했다. 유키에는 시라카와의 불기소 결정에 마치 자기 일처럼 기뻐하며 주위의 시선도 아랑곳없이 눈물을 흘렸다. 시라카와의 마음도 평정을 되찾아 두 사람은 4개월 반 만에 이전 관계로 돌아갔다.

그리고 오늘, 시라카와는 '유키노이'에서 고급 정식을 즐긴 뒤 1년 전처럼 데이토 호텔 12층으로 올라갔다. 꼭대기 층의 바에 들르지 않은 것은 시간이 아까웠기 때문이다. 방은 잡아놓았지만 외박은 곤란했기 때문에 당일에 체크아웃하고 돌아갈 생각이었다.

두 사람은 1년 전을 떠올리며 그날처럼 달콤한 시간을 보냈다. 시라카와는 가끔 유키에의 얼굴에 스치는 두려움을 발견했지만 이유는 묻지 않았다.

체크아웃을 마치고 택시를 타러 가려는데, 유키에가 갑자기 로비로 뛰어들어가 몸을 감추었다. 시라카와가 당황해서 쫓아가보니 유키에는 하얗게 질린 얼굴로 떨고 있었다.

"왜 그래? 아는 사람이라도 봤어?"

주변을 둘러보았지만 아무도 없었다. 유키에는 양손으로 귀를 막고 시라카와의 가슴에 얼굴을 묻으며 말했다.

"아니에요. 제가 예민해져 있어서 그래요…… 실은 저번 주부터 계속 누군가에게 감시당하고 있다는 느낌이 들어서요."

10. 밀담

자유공화당의 전 총재, 사도하라 잇쇼가 나스 고원에 소유한 별장 '가류소'는 나스의 왕족 별장과도 가까운 자우스다케 기슭에 있었다. 묵직한 기와지붕이 얹혀 있는 일본식 가옥으로, 부지만 해도 300평에 이르는 호화 별장이었다.

모임은 오후 2시로 예정되어 있었다. 약속 시간 20분 전에 리무진 두 대에 나눠 타고 도착한 JAMA의 간부들은 모두 그 장대함에 압도당했다. 다만 전에도 방문한 적 있는 니미 데이이치만은 거침없이 화강암으로 된 돌문을 빠져나갔다.

"니미입니다. 사도하라 선생님께 왔다고 전해주십시오."

열려 있는 현관에서 크게 외치자 기모노를 입은 여자가 나타나 손님들을 안으로 은밀히 안내했다.

JAMA 집행부에 들어간 지 얼마 안 된 야마나 게이스케는 긴장한 표정으로 일행 여섯 명의 뒤를 따라갔다. 중정을 따라 이어진 복도에 대기실 세 개가 나란히 있었다. 여자는 일행을 가운데 방으로 안내하고는 조용히 장지문을 닫고 사라졌다. 방 안 소파에 남자 두 명이 앉아 있었다.

"이런, 먼저 와 계셨군요!"

니미가 붙임성 있게 말을 걸자 두 사람은 일어서서 인사했다. 머리숱이 적고 안색이 창백한 남자는 후생노동성에서 의료 계획 담당 참사관으로 있는 사와다였다. 그리고 곱슬머리를 단정하게 빗어 넘긴 남자는 마키였다. 그는 테 없는 안경을 쓴 덕분인지 머리가 좋아 보였는데 재무성 주기획관이라고 했다. 두 사람 모두 2주 전 JAMA의 창립 기념 총회에 내빈으로 참석했기 때문에 야마나도 얼굴을 기억하고 있었다.

니미는 총회에 참석해준 두 사람에게 감사하다는 인사를 한 뒤 맞은편 소파에 앉은 재무 관료 마키에게 말했다.

"이번에 새롭게 개설된 고령자 의료 제도는 의료비 분담 면에서 재무성에만 득이 된다고 들었습니다."

마키는 희미하게 쓴웃음을 지었다.

"아뇨, 니미 선생. 생각이 너무 앞서가는 사람들이 많아서 여간 곤란한 게 아닙니다. 우리는 가급적 눈에 띄지 않으려고 하는데 말입니다."

"예전에 공익당이 제안했던 의료비 재정 조정 방식에 민화당이 편승하려는 모양이지요?"

"그따위를 도입하면 운영 효율이 더욱 나빠집니다. 격차를 시정한다는 건 결국 다 함께 가난해지자는 발상이니까요."

니미는 가볍게 어깨를 으쓱였다. 후생노동성의 사와다는 니미가 말을 걸어주기만을 기다리는 눈치였다. 야마나는 연장자인 고급 관료와도 대등하게, 아니 그 이상의 위치에서 말하는 니미에게 경외의 눈빛을 보냈다. 니미가 얼마나 대단한 권력을 쥐고 있는지 놀라지 않을 수 없었다.

야마나와 니미는 2년 전, 삿포로에서 열린 일본소화기외과학회 연회에서 처음 만났다. 당시 학회 이사를 맡고 있던 야마나에게 많은 의사들과 학회 관계자가 인사를 하러 왔다.

그 인파가 끊길 무렵 머리를 빡빡 민 젊은 의사가 말을 걸어왔다. 옆에는 체구가 작은 여의사가 함께 있었다. 말을 건 젊은 의사가 바로 니미였다. 그는 심장외과 의사지만 소화기외과에 대한 지식도 필요해서 공부하러 왔다고 했다. 당시 야마나는 자신보다 훨씬 젊은 니미에게 좋은 인상을 받지 못했다.

이런저런 이야기를 주고받다가 니미는 "교호쿠 신문에 실린 야마나 선생님의 기사를 읽었습니다"라고 말했다. 그 기사는 작년 오사카 부의 한 병원에서 일어난 연명 치료 중지 사건에 관한 견해를 밝힌 글이었다. 당시 야마나는 말기 암 치료 현장에서는 연명 치료의 중지뿐 아니라 적극적인 안락사도 고려해야 할 경우가 있다고 말했다.

니미는 심장외과도 마찬가지라며 어두운 표정으로 말했다.

"고령의 심부전 환자는 숨을 쉬기조차 괴로워합니다. 낫지 않을 바에야 차라리 죽게 해달라고 애원하는 환자도 적지 않습니다."

그리고 지나가는 말처럼 질문했다.

"야마나 선생은 안락사에 찬성하십니까?"

"선택할 수 있는 방법 중 하나로 인정해야 되겠지요."

곧바로 대답하자 니미는 옆에 있던 여의사를 쳐다보더니 이어서 의료 붕괴에 관한 질문을 해왔다. 야마나는 의국 운영의 어려움과 대학이 관련 병원에서 의사를 철수시킬 수밖에 없는 사정을 설명하며 사태의 심각성을 역설했다. 니미는 열심히 듣더니 혼잣말처럼 중얼거렸다.

"의료 내용도 환자의 의식도 바뀌었는데 의사들만 구태의연하군요."

"현 상황을 바꾸기란 쉽지 않은 일이지요."

야마나가 연장자의 여유로 반론하자, 니미는 눈동자를 묘하게 빛내며 말했다.

"의사들이 뿔뿔이 흩어져 있으면 분명히 현 상황은 바뀌지 않겠지요. 그렇다고 너무 많은 인원이 모이면 각자 자기주장만 내세워서 정리되지 않을 겁니다. 우선 선택된 뛰어난 의사가 연대해야 합니다. 그리고 필요한 희생을 용인하면서 어느 정도 강압적인 시스템을 구축한다면 의료인이나 환자, 나아가서는 이 나라에 최대의 이익을 가져오지 않겠습니까?"

허풍을 떠는 것 같은 객기는 보이지 않았다. 그 대신 총명한 이상가가 열정적으로 꿈을 이야기하는 일종의 범접할 수 없는 품격이 느껴졌다.

니미는 연회장에서는 더 이상 말하지 않은 채 "나중에 또 만날 기회가 오면 그때 계속하지요"라며 자리를 떠났다.

그로부터 한 달 뒤, 니미는 꼭 하고 싶은 이야기가 있다며 일부러 교토까지 찾아왔다. 그는 이틀 동안 교토에 머물면서 야마나의 안내를 받으며 대학 연구실, 의국, 병동 등을 돌아보았다.

함께 저녁 식사를 하는 자리에서 니미가 단도직입적으로 말했다.

"야마나 선생, 앞으로 대학에 계속 있어봤자 고생만 하시지 않겠습니까?"

그것은 야마나 자신도 어렴풋이 느끼고 있었다. 이대로 교수가 된다 해도 고생길이 훤히 보였다. 교수가 되어도 연구비 획득과 의국 멤버를 모집하는 일부터 시작해 유학처 확보와 학회 기득권 유지, 각종 위원회나 간담회 출석 등 의료와 관계없는 잡일에 시달릴 것이 뻔했다. 그런 일을 하려고 지금까지 노력해온 것은 아니었다.

몇 년 전, 의국 제도가 붕괴되면서 상황이 꼬이기 시작했다. 홋카이도에 있는 한 대학에서 의국이 의사 명의를 도용한 일이 발각되었고, 도호쿠와 나라에 있는 대학에서는 각각 지자체로부터 출처가 불분명한 기부금을 받은 사실이 드러났다. 이러한 일들로 의국은 언론의 집중적인 공격을 받았다. 그러자 평소 불만이 많던 의사들이 일제히 의국 제도를 비판하고 나섰다. 이를 계기로 전국 모든 대학에서 의국 제도가 붕괴되기 시작했다.

그러나 야마나의 견해에 따르면, 불만을 제기했던 의사들은 결국 실력 없는 무리였다. 의국에서는 의사의 실력에 따라 그에 맞는 대우를 해주기 때문이었다. 실력 없는 의사들은 불만이 쌓여갔고, 결국 자신들의 무능함은 뒤로한 채 의국 제도의 폐해만 언론에 부각시켰던 것이다. 언론 또한 의도적으로 대중의 호기심을 자극하기 위해 마구잡이로 의국 제도를 비판했다. 그런 편향된 보도가 의국 제도를 무너뜨렸다. 그 결과 얼마 전 JAMA 창립 기념 총회에서 니미가 지적했듯이 지역 의료가 붕괴되고 말았다.

의국 제도가 붕괴되면서 교수의 권위는 땅에 떨어졌다. 게다가 수련의 제도가 개정되면서 의국에 사람이 모이지 않아 교수가 수련의를 접대하는 상황에까지 이르렀다. 이런 상황에서는 교수가 되어봤자 좋은 점이 하나도 없었다. 니미는 그런 위기감을 안고 있는 야마나에게 '라이토 소화기의료센터의 부센터장' 자리를 제안했다.

그때 니미는 의외의 이름을 꺼냈다.

"자공당의 사도하라 잇쇼 선생을 알고 계신지요? 선생은 일본의 의료 상황을 크게 걱정하고 계십니다."

"니미 선생은 사도하라 씨를 아십니까?"

"네, 조금······."

니미는 말을 흐리며 엄숙한 표정으로 계속했다.

"라이토 소화기의료센터는 국가에서 설립하고 민간이 운영하는 새로운 시설입니다. 원래 첫 인사 결정은 후생노동성에서 합니다. 하지만 사도하라 선생은 관료가 선택한 인재는 신뢰하기 어렵다고 생각하십니다. 그래서 제게 적임자를 추천해보라고 지시하셨지요. 야마나 선생이라면 분명 사도하라 선생도 만족하실 겁니다."

야마나는 느닷없는 제안에 당황했지만 제시한 자리에 매력을 느꼈다. 당시 건설 중이던 라이토 소화기의료센터는 소화기 질환 관련 의료 기관 중 일본 관서 지방에서 규모가 가장 컸다. 학회에서도 누가 간부 자리에 임명될지 화제가 되고 있었다.

"후생노동성이 저 같은 사람에게 만족할까요?"

일단 저자세를 취하자 니미는 자신 있게 고개를 끄덕였다.

"후생노동성에는 '의료행정개혁회의' 위원인 이무라 가즈오 의원을 통해 얘기해놓겠습니다. 이무라 의원은 사도하라파의 신예로, 최근 텔레비전에도 자주 출연하는 유능한 사람입니다."

이무라의 얼굴이 금방 떠올랐다. 딱딱한 정통 보도 방송에서 오락 프로그램에 가까운 정치 토크쇼에 이르기까지 최근 텔레비전에 자주 등장하는 인물이었다. 귀여운 외모와 달리 허스키한 목소리에 언변이 뛰어나고 두뇌 회전도 빠른 사람이었다. 그런 이무라 가즈오가 니미의 지시에 따라 움직인단 말인가?

니미는 그 밖에도 학회에서의 사전 교섭과 직원 인선에 관한 이야기를 나누고 도쿄로 돌아갔다.

이날 가류소의 회담에 모인 JAMA의 집행 이사는 모두 비슷한 위치에 있는 인물들이었다. 그들의 면면을 보면 쓰쿠바 시 구급의료중추기구의 부원장, 지노 시에 있는 네오 의료센터 관계자, 그리고 구루메 시 소아정신종합클리닉의 CEO였다.

그리고 니미 옆자리에는 JAMA 집행부의 2인자인 시바키 가오리가 앉아 있었다. 야마나가 처음 삿포로에서 니미를 만났을 때 옆에 서 있던 여의사였다. 날카롭게 치켜올라간 시바키의 눈은 늘 니미에 대한 신뢰로 가득했다. 아직 서른여섯이라는 젊은 나이지만 JAMA 창립 기념 총회에서 폐회사를 하기도 했다.

시바키는 니미와 같은 한토 대학 출신으로, 삿포로에서 만났을 때는 무소속 마취과 의사였지만 지금은 JAMA가 설립한 시로가네 메디컬센터에서 집중 치료 부장을 맡고 있었다. 야마나는 언젠가 한 번 시바키가 진료하는 것을 본 적이 있었다. 구토가 심한 환자에게 능숙한 솜씨로 기관 내에 관을 삽입하는 모습에서는 생명을 구하기 위해서라면 환자의 고통쯤 아무렇지 않다는 비정한 결단력이 느껴졌다.

약속 시간인 오후 2시에서 10분 정도 지났을 때, 사도하라의 비서가 와서 먼저 온 손님과 면회가 길어지고 있으니 조금만 더 기다려달라고 했다. 그리고 15분 정도 더 기다리자 복도에서 먼저 온 손님이 돌아가는 기척이 느껴졌다. 장지문 너머로 들리는 품위 있는 목소리는 민화당 고문인 사토야마 미키오가 틀림없었다. 먼저 온 손님이 전 총리라는 사실에 야마나는 감탄과 동시에 긴장감이 몰려왔다.

잠시 후 조금 전에 말을 전하러 왔던 비서가 다시 나타나 일행을 사도하라가 있는 방으로 안내했다. 쪽문과 화로가 있는 거실을 지나 더욱 안쪽으로 들어가자 다다미에 카펫이 깔린 여섯 평 정도 되는 방이 나타났다. 보라색 비단 기모노를 입은 사도하라가 정원을 등지고 등의자에 느긋하게 앉아 있었다.

"오래 기다리게 해서 미안하네."

사도하라는 팽팽한 뺨을 부드럽게 누그러뜨리며 소탈한 미소를 지어 보였다. 여든여덟 살이라고는 도저히 믿어지지 않았다. 낮은 탁자 주변에는 흰 덮개를 씌운 의자가 사람 수만큼 놓여 있었다. 사도하라의 오른쪽에는 '의료행정개혁회의'의 이무라 가즈오, 그 옆에는 민화당의 유망주 미카사 다카시가 앉아 있었다.

사도하라의 권유에 따라 니미가 왼쪽에 앉고 일행이 순서대로 자리를 잡았다. 사도하라는 예전에 국회 답변에서 자주 듣던 낮고 힘 있는 어조로 말하기 시작했다.

"이무라 군에게서도 들었지만 얼마 전 창립 기념 총회가 성대하게 끝났다니 기쁘구먼. 의료청 구상도 언론에서 크게 화제가 되고 있고, 니미 군의 다섯 가지 제안도 여러 곳에서 논란을 일으키고 있다지. 요즘 의료인들 사이에서는 장래를 비관적으로 바라보는 경향이 강한 것 같은데 의료계 전체가 바닥으로 치닫는 상황에서 뜻있는 전문가들이 힘을 합해 의료 붕괴를 저지해야만 하네. 그러려면 환자의 입장이나 환자 중심 등과 같은 답답한 이야기는 통용되지 않는다는 것을 인식해야 해."

야마나는 사도하라의 대담하고 정확한 발언에 눈을 크게 떴다. 이것이 바로 그가 장기 집권할 수 있었던 저력일까?

"의료청 구상을 궤도에 올리려면 지방의 협력이 반드시 필요하네. 얼마 전 오사카에서 '희망과 안심의 의료 구상'이라는 심포지엄이 열렸는데, 그곳에서 강연한 여성이 큰 호평을 받았다더군."

"여기 있는 시바키 가오리입니다."

니미가 소개하자 시바키는 인사를 하고 당당하게 사도하라를 마주 바라보았다.

"호오, 이 여성인가? 아직 젊은 것 같은데 심지가 강해 보이는군. 심포지엄에서는 어떤 이야기를 했는가?"

시바키는 기죽지 않고 대답했다.

"네, '의료인이 주체가 된 국민 본위 의료 전환'이라는 주제였습니다. 환자의 신뢰만 충분히 얻을 수 있다면 의료는 의사 주도하에 이루어지는 것이 가장 합리적이라는 이야기입니다. 문제는 지금까지 신뢰를 해치는 의사를 배제하는 시스템이 없었다는 것입니다."

"즉, 우수하고 양심적인 의사만 남기고 환자들이 그 의사들에게 최고의 치료를 받을 수 있도록 하자는 말이군."

사도하라가 눈을 가늘게 뜨고 확인하더니 질문을 계속했다.

"국민 본위란 무슨 뜻인가?"

"우수하고 양심적인 의사는 무의미한 진료를 하지 않기 때문에 국민의 보험료 부담을 줄일 수 있습니다. 지금처럼 의료비가 늘어난 원인은 의사가 진료로 생활비를 벌어야 하는 성과급 제도에 있습니다. 이 제도를 고쳐서 의사가 의학적인 판단에 따라 진료할 수 있도록 해야 합니다. 그래야 국민에게 불필요한 부담을 강요하지 않게 됩니다."

"그런 거라면 의료비 망국론을 주장하는 후생노동성이나 사회 보장비 삭감을 꾀하는 재무성도 환영하겠군."

사도하라의 말에 후생노동성의 사와다와 재무성의 마키는 모두 공손하게 고개를 숙였다. 사도하라는 니미에게 얼굴을 돌리더니 길게 휘날리는 눈썹 한쪽을 치켜세웠다.

"환자의 신뢰를 해치는 의사를 배제한다. 그 말은, 즉 의료청이 가장 먼저 할 일은 '의사 사냥'이라는 뜻이군."

"네."

"의사가 부족하다고 주장하는 이들도 있던데, 거기에 대해선 어떻게 생각하는가?"

"현재 나타나는 의사 부족은 절대적인 현상이 아니라 상대적인 현상입니다. 문제는 의사가 아니라도 할 수 있는 잡다한 일들을 의사가 하기 때문에 일손이 부족한 거지요. 그러니까 의료 비서나 진료 간호사를 두어 의사를 보좌해야 합니다. 의사가 고도의 의료 업무만 담당한다면 지금 상태로도 충분히 대응할 수 있습니다."

"의사 사냥의 대상은?"

"무능한 의사, 공부가 부족한 의사, 불친절한 의사, 돈벌이에만 집중하는 의사 등 의사로서 사명감이 부족한 자들입니다. 그런 의사들을 도태시키면 자연히 환자의 신뢰는 회복되고 의료 불신도 해결돼 국민도 안심하고 의사에게 의료를 맡길 수 있을 겁니다."

사도하라는 만족스럽다는 듯 고개를 끄덕였다.

"2년 전부터 이무라 군에게 전문인 회의를 통해 일을 진행하도록 했네. 머지않아 최종 보고가 나오겠지."

아마도 '의료행정개혁회의'를 말하는 것이라고 야마나는 생각했다. 이무라는 즉석에서 "네"라고 대답했다. 그는 충성심을 나타내듯 양손을 무릎 위에 공손히 올려놓고 있었다.

"사도하라 선생님께서 지시하신 대로 의료청 구상은 최종 보고의 중심 과제가 되었습니다. 보고서가 제출되는 대로 나가미네 총리가 '의료행정일원화준비실'을 설치할 예정입니다."

"국회에 제출할 법안은?"

"세 가지 법안 작성에 착수했습니다. 먼저 의료청 조직 계통을 정하는 '의료청 설치 법안', 의료 사고를 줄이고 구급 의료 등 붕괴 분야를 재건하는 '의료 안전 법안', 의사법 등 의료 관련법을 일괄해 의료청 소관으로 이관시키기 위한 '정리 법안'입니다."

"니미 군이 제안한 다섯 가지 의견은 '정리 법안'에 포함되겠군."

"네, 꽤 대담한 제안이어서 사전 준비가 필요할 것 같습니다."

"반대파의 우두머리는 역시 전일본의사회인가? 그쪽은 후생노동성 관할로 알고 있는데, 사와다 군은 그쪽의 움직임을 파악하고 있는가?"

사와다는 긴장한 탓인지 더듬거리며 대답했다.

"전일본의사회는 의견이 나뉘어 있는 것 같습니다. 주류파는 철저히 대항하겠다는 태세지만 일부에서는 JAMA에 협조하자는 움직임도 있습니다. 특히 의사 등록 제도에 관해서는 지자체가 아닌 의사회에서 기꺼이 등록을 담당하겠다고 후생노동성에 요청해왔습니다."

"그 요청은 JAMA에도 전달되었습니다." 니미가 끼어들었다. "하지만 저희는 어디까지나 의사회와는 별도 노선을 취할 생각입니다. 전일본의사회는 이미 조직이 노후했고 대외적인 이미지도 너무 나쁩니다. 그런 곳과 손을 잡으면 이쪽도 의사회와 같은 이권 단체로 인식될 수 있습니다. 그래서 사도하라 선생님의 결재를 받아야겠지만, 전일본의사회는 앞으로 해체 쪽으로 진행될 것 같습니다. 그 후의 집표와 헌금은 저희 JAMA에서 대행할 예정인데, 어떻게 생각하십니까?"

니미가 결정을 요구하자 사도하라는 잠시 생각하더니 이윽고 보일 듯 말 듯 고개를 끄덕여 허락한다는 뜻을 나타냈다.

"그렇게 하게."

야마나는 그 무게감에 기가 죽었다. 이 자리에서 이렇게 쉽게 결정되고 마는가? 60년 넘게 이어온 전일본의사회의 해체가 간단한 끄덕임 하나로 결정되었다. 그것을 눈앞에서 목격한 야마나는 자기도 모르게 침을 삼켰다.

복도에서 인기척이 나더니 사도하라의 비서가 간호사를 데리고 들어왔다.

"사도하라 선생님, 주사 맞으실 시간입니다."

사도하라가 고개를 끄덕이자 비서와 간호사는 손님들 뒤를 돌아서 주인 옆으로 다가갔다. 사도하라는 옆으로 몸을 돌려 소매를 걷고 살이 축 늘어진 팔을 내밀었다. 왼손이 가늘게 떨리고 왼쪽 얼굴 반이 가면처럼 굳어졌다. 분홍색 유니폼을 입은 간호사가 "실례합니다"라고 목례를 하더니 투베르쿨린(결핵 진단 및 치료용 주사액—옮긴이)용 가느다란 주사기로 사도하라의 어깨에 근육 주사를 놓았다.

"약효가 다하면 통증이 심해져서 말이야, 후후후."

사도하라는 누구에게랄 것도 없이 변명하듯 말했다. 야마나는 어디가 아픈지는 모르지만 저 정도 양으로 통증을 억제한다면 마약류의 진통제가 분명하다고 생각했다.

간호사와 비서가 나가자 사도하라는 의자 등받이에 몸을 기댄 채 다시 니미와 두 의원을 향해 말했다.

"의료청 건은 이것으로 대략적인 방향이 정해졌군. 그러면 나머지 현안은 어떤가?"

드디어 본론에 돌입했다. 야마나는 오는 길에 차 안에서 들은 이야기를 떠올렸다. 니미는 일본에서 안락사법을 제정하기 위한 운동과 그것을 위해 야마나가 해야 할 역할이 있다고 말해 야마나는 흥분해서 자신도 모르게 몸이 떨렸다.

민화당의 미카사가 이무라에게 눈짓을 하더니 사도하라의 손을 바라보며 말하기 시작했다.

"그건 저희 쪽에서 설명드리겠습니다. 알고 계신 바와 같이 일본 최초의 안락사법 관련 움직임은 1976년 '도쿄 선언'입니다. 이 선언은 모든 사람에게 품격 있는 죽음을 선택할 권리가 있다고 인정했습니다. 그러나 적극적인 안락사에 대해서는 여론의 합의가 이루어지지 않았고, 같은 해 발족한 '일본안락사협회'도 1983년에는 '일본존엄사협회'로 명칭을 변경하지 않을 수 없었습니다. 최근 2006년에는 중의원 법제국에서 '존엄사 법제화에 관한 골자안'이 당을 초월해 의원연맹에 제시되기도 했습니다. 그래서 이를 토대로 국회에 법안을 제출할 계획이었습니다. 하지만 의원연맹 회장인 다카야마 지로 선생이 일부 의원의 기대를 저버린 채 '지속적으로 논의한다'고 공표하는 데에 그쳤습니다."

"겁쟁이군, 다카야마는."

사도하라는 실망한 표정으로 내뱉었다.

"의사회 눈치를 보는 거겠지. 안 그런가, 사와다 군?"

"아니요, 그뿐만 아니라 아직 여론이 충분히 형성되지 않았다고 생각되어…… ."

사와다가 처량한 표정으로 엷은 눈썹을 여덟팔 자로 찡그리며 말하자 재무성의 마키가 가차 없이 사와다를 비판했다.

"여론이 아직 충분히 형성되지 않아서 후생노동성에서는 안락사와 관련해 적극적으로 움직일 수 없다는 말입니까? 그건 변명에 지나지 않습니다. 의료비 낭비를 줄일 수 있는 안락사법에는 후생노동성도 찬성할 텐데요. 솔직히 말하면 이 문제에서는 정면에 나서고 싶지 않다는 생각 아닙니까?"

"아니, 결코 그런 뜻은…… ."

"그렇다면 선전 활동으로 여론을 형성해보는 건 어떻습니까?"

"하지만 그런 의도적인 홍보는 자칫 일을 그르칠 수 있어서…… ."

"아무튼 재무성으로서는 살아날 희망이 없는 환자에게 무제한으로 실시되는 고액 치료는 어떻게든 막고 싶습니다. 매정한 말이지만 죽어가는 환자를 치료하는 건 수챗구멍에 돈을 버리는 것과 마찬가지니까요."

"그건 저희 후생노동성도 같은 생각입니다."

대체 이 무슨 듣기 거북한 말인가. 야마나는 내심 기가 막혔다. 관료는 저런 생각으로 안락사법을 제정하려는 것인가. 자신이 안락사법의 필요성을 느끼는 이유는 어디까지나 고통받는 환자를 돕기 위해서였다. 야마나는 의사와 관료의 발상이 얼마나 다른지 여실히 느꼈다. 그와 동시에 후생노동성과 재무성 간의 알력을 목격한 기분도 들었다. 실질적으로 의료비 삭감을 요구하는 쪽은 역시 재무성이었다.

재무성은 의료비라는 사회성 높은 명목으로 예산이 청구되는 게 불쾌한 것이었다. 그렇다고 의료비를 삭감하면 국민의 건강을 소홀히 한다는 비판을 면치 못하기 때문에 후생노동성은 내심 의료비 예산 항목을 남겨두고 싶어 했다. 하지만 한편으로는 그렇게 획득한 의료비 대부분이 의사들의 주머니로 들어가는 것도 재미없었다. 그래서 후생노동성은 의료비 삭감 문제를 둘러싸고 헛돌기만 했다. 국민의 건강과 의료라는 핑계로 정부 조직과 의사들의 추한 이전투구가 자행되고 있는 것이다.

관료들의 대화에 짜증이 났는지 사도하라가 가래 섞인 헛기침을 했다.

"어쨌거나 아직 안락사에 대한 여론이 충분히 형성되지 않았다는 거군. 여기에 대해 미카사 군은 어떻게 생각하는가?"

미카사는 니미를 흘깃 보더니 공손히 대답했다.

"대책은 강구하고 있습니다. 앞서 사도하라 선생님께서 도와주신 건입니다만, 그에 대한 설명은 발안자인 니미 선생님이 하시는 편이 나을 것 같습니다."

미카사로부터 말을 이어받은 니미는 등을 쭉 펴고 사도하라에게 가볍게 목례했다.

"안락사에 긍정적인 여론을 형성하려면 평범한 홍보나 선전으로는 효과가 없습니다. 세상의 이목을 집중시키는 강렬한 임팩트가 필요합니다. 그것은 제가 네덜란드에서 경험한 안락사법 성립 과정을 봐도 알 수 있습니다. 일단 참고로 그 경위부터 소개하겠습니다."

사도하라가 천천히 고개를 끄덕이자 니미는 유창한 어조로 이야기를 계속했다.

"네덜란드에서는 1971년 '포스트마 사건'으로 처음 안락사에 대한 긍정적인 여론이 형성되었습니다. 이것은 포스트마라는 여의사가 뇌출혈로 고통받는 일흔여덟 살의 어머니에게 치사량의 모르핀을 주사해 안락사시킨 사건입니다. 포스트마 의사는 죽여달라는 어머니의 애원을 여러 번 거부했습니다. 하지만 어머니가 침대에서 굴러떨어져 자살을 시도하거나 식사를 거부하는 등 죽음을 바라는 모습을 더 이상 볼 수 없어서 마침내 안락사를 결심했습니다. 포스트마는 살인죄로 기소되었지만 안락사에 찬성하는 의사들과 안락사 허용을 호소하는 법률가, 그리고 포스트마에게 진료를 받던 지역 주민이 포스트마 구명 활동을 활발히 전개했습니다. 그 결과 집행 유예 일주일을 선고받았지요. 사실상 무죄 판결을 받은 것입니다. 이 사건을 계기로 1973년 네덜란드에 '자발적안락사협회'가 발족했습니다. 연립 정권의 안락사 반대파는 정부의 결정을 저지하기 위해 견해가 다른 의원으로 구성된 '국가안락사위원회'를 설치했습니다. 그러나 예기치 않은 사건이 발생하면서 거꾸로 이 위원회가 안락사의 합법화를 가속시키는 결과를 낳았습니다. 그것이 바로 1982년의 '스혼헤임 판결'입니다."

니미는 일단 말을 끊고 사도하라의 반응을 살폈다. 사도하라는 눈을 반쯤 감은 채 말없이 다음 이야기를 기다리고 있었다.

"이 사건은 개인 병원 의사 스혼헤임이 아흔다섯 살의 여성을 안락사시킨 사건입니다. 이 의사 역시 기소되었지만 지방 법원, 고등 법원, 대법원에서 여러 번 판결이 뒤집혔습니다. 그리고 전 국민이 주시하는 가운데 최종적으로 무죄 판결이 내려졌습니다. 이 사건 이후 안락사에 대한 여론은 더욱 긍정적으로 기울었고, '국가안락사위원회'는 1985년 안락사 법제화를 요구하는 보고서를 정부에 제출하지 않을 수 없었습니다. 같은 해 사법성은 '요건을 만족하는 안락사는 불기소한다'는 방침을 발표했습니다. 그리고 1990년에 네덜란드 정부는 왕립의사회와 협력해 안락사 신고 제도를 개시했습니다. 이 같은 흐름에 따라 안락사는 네덜란드 사회에 정착했습니다."

니미는 다시 한 번 말을 끊고 헛기침을 하더니 그 후의 경과를 단숨에 설명했다.

"1994년 더욱 새로운 사건이 발생했습니다. 그때까지 육체적인 고통만 인정했던 안락사를 정신적인 고통도 인정하게 된

'차보트 사건'입니다. 이것은 두 아들을 먼저 떠나보내고 심한 우울증을 겪는 쉰 살의 여성을 차보트라는 정신과 의사가 안락사시킨 사건입니다. 이때 대법원에서는 차보트 의사에게 유죄를 선고했지만 실형을 내리지는 않았지요. 이로써 안락사는 질병의 유무에 상관없이 본인의 자발적인 의사만으로 인정되는 분위기가 고조되었습니다. 1998년 안락사의 합법화를 내세우는 여당이 선거에서 압승하고, 이듬해 정부는 안락사 법안을 국회에 제출했습니다. 그리고 2001년 4월 마침내 세계 최초로 안락사법이 네덜란드 국회에서 통과했습니다."

니미의 설명에 모두 표정이 복잡해졌다. 네덜란드에 안락사법이 성립되기까지의 상황이 일본의 현황과 너무 동떨어져 있었기 때문이다. 그러나 니미는 동요하지 않고 냉정하게 이야기를 계속했다.

"느끼셨겠지만 네덜란드에서 안락사법이 성립되기까지 고비마다 커다란 사건이 발생했습니다. 그 사건 때문에 여론이 환기되고 정치권이 움직여서 법제화의 길을 밟게 되었지요. 네덜란드는 선구적이었기 때문에 법제화까지 시간이 걸렸지만, 일본은 그 같은 과정을 거칠 필요가 없습니다. 네덜란드라는 성공 모델이 있으니 방법에 따라서는 순식간에 법 제정까지 끌고 갈 수도 있다고 생각합니다."

"뭔가 좋은 방법이라도 있는가?"

사도하라가 니미에게 물었을 때 비서와 간호사가 또 들어왔다.

"실례하겠습니다. 사도하라 선생님, 약 드실 시간입니다."

사도하라는 손목시계를 흘끗 보더니 간호사에게 물었다.

"약을 먹은 지 아직 2시간 15분밖에 안 됐는데, 괜찮은가?"

간호사가 끄덕이자 사도하라는 앞에 놓인 쟁반에서 컵과 알약 두 종류를 집었다. 그리고 약을 먹은 다음 니미를 비롯한 손님들에게 머리를 숙였다.

"거참, 자꾸 방해해서 미안하네. '선생'의 지시가 있으셔서 말이야."

'선생', 그는 JAMA 집행부에서 '사도하라 선생의 선생'으로 불리는 비밀스러운 존재였다. 총리조차 '군'이라 부르는 사도하라가 유일하게 '선생'이라고 부르는 사람. 그가 전폭적으로 신뢰하는 존재에 대해 야마나는 아무것도 모르고 있었다.

"이야기 도중에 끊어서 미안하네."

사도하라가 니미에게 이야기를 계속하라고 재촉했다. 니미는 작전을 보고하는 참모처럼 얼굴을 숙이고 굳은 표정으로 계속했다.

"네덜란드에서 여론이 긍정적으로 환기되는 데 중요한 역할을 한 것이 '포스트마 사건'입니다. 안락사나 그와 비슷한 일은 이전부터 비밀스럽게 시행되고 있었지만 표면적인 논의는 이루어지지 않았지요. 바로 지금의 일본과 같은 상황입니다. 그때 포스트마 사건이 일어나 여론의 공감을 얻은 덕분에 안락사 문제가 순식간에 표면화된 것입니다. 그러니까 지금 우리에게 필요한 것은 '일본판 포스트마 사건'입니다. 그런 사건을 교묘하게 연출하면 일본에서도 안락사법 제정을 향한 여론을 유도할수 있습니다."

"그것이 일전에 이무라 군이 부탁한 교토 사건이란 말인가?"

"네."

니미는 등을 쭉 편 채 머리를 숙였다.

"하지만 그 일은 재판까지 가지 않았지 않나. 그게 사건이 되려나?"

"일본에서는 체포나 기소가 되면 세간의 인상이 굉장히 나빠집니다. 게다가 재판은 시간이 걸리고 무죄 판결을 받아도 반대파가 불만을 제기하거나 검찰이 항소하면 임팩트가 약해지지요. 그러나 거꾸로 불기소 처분이 되면 그것으로 의사의 정당성이 증명됩니다. 교토의 그 의사는 여기 있는 야마나 이사의 동급생으로 협력을 받기 쉬운 인물입니다."

야마나는 갑작스럽게 자신의 이름이 거론되자 긴장하면서 목례를 했다. 시라카와에게 아직 협력을 약속받지는 못했지만 움직이기 시작한 수레바퀴를 멈출 수는 없었다.

"흠."

사도하라가 납득한 듯 고개를 끄덕이더니 앉아 있는 사람들을 둘러보았다.

"그렇다면 곧바로 계획을 진행하게. '선생'도 슬슬 시기가 되었다고 하니 말일세."

새로 집행부에 들어온 네오 의료센터의 관계자가 작은 목소리로 아마나에게 물었다.

"'선생'이란 누구를 말하는가?"

그 말을 들은 사도하라가 섬뜩한 시선으로 모두를 돌아보며 말했다.

"여러분은 '선생'을 모르는구면. '신의 손'을 가진 훌륭한 분이지."

11. 일본판 포스트마 사건

JAMA의 임원진은 가류소에 올 때와 마찬가지로 리무진 두 대에 나눠 타고 돌아갔다. 야마나는 니미, 시바키가 탄 차의 조수석에 올라탔다.

차가 출발하자 야마나는 몸을 돌려 뒤에 앉은 니미에게 물었다.

"사도하라 선생이 말씀하신 '선생'이란 외과 의사입니까?"

"왜 그렇게 생각합니까?"

"'신의 손'이라고 말씀하셔서요."

"그렇게 단순한 의미는 아닐 겁니다. 외과 의사에게 '신의 손' 어쩌고 하는 것은 모두 언론이 멋대로 만들어낸 환상에 지나지 않습니다."

심장외과의로서 자신도 한때 그렇게 불린 적이 있는 니미는 자못 하찮다는 듯 내뱉었다. 야마나는 조심스럽게 말을 이었다.

"니미 선생은 '선생'을 잘 알고 계십니까?"

"만나본 적은 없고, 메일로만 연락을 받고 있습니다."

"사도하라 선생은 그분을 상당히 신뢰하고 계신가 봅니다. 환자의 신뢰란 종종 혼자만의 지나친 믿음에 지나지 않는 경우도 있습니다만."

야마나가 가볍게 비꼬자 니미는 차갑게 응수했다.

"저를 사도하라 선생님께 소개하신 분도 '선생'입니다."

"니미 선생이 사도하라파의 다카니 전 총무 장관의 수술을 담당한 일로 인연이 된 것 아니셨습니까?"

"그깟 일 정도로 이렇게 가까워지지는 않지요."

니미는 창밖으로 향한 얼굴을 돌리지 않은 채 대답했다.

시바키가 옆에 앉은 니미에게 물었다.

"시라카와 의사 건은 어떤 식으로 끌고 갈 생각이십니까?"

"우선 언론을 이용해야겠지요. 사건이 일어난 지 시간이 좀 흘렀으니 이제 와서 갑작스레 신문에 내기도 어려울 거고. 처음에는 아무래도 주간지, 종합 잡지, 텔레비전 순으로……."

"인터넷은 어떻습니까?"

"그건 시바키 선생이 알아서 하세요. 특기 분야 아닙니까?"

"알겠습니다."

"저는 어떻게 할까요?"

야마나의 물음에 니미는 잠시 생각하고 나서 대답했다.

"나중에 지시하지요."

7월 4일 토요일, 야마나는 니시신주쿠의 펄스테이트 빌딩 19층에 있는 JAMA 본부에서 니미로부터 주간지 교정 원고를 건네받았다. 타이틀은 '교토 지검의 현명한 판단! 안락사 의사 불기소 처분의 이유'였다. 그 위에 '긴급 기고!'라는 표제가 붙어 있었다.

책상에 앉아 있던 니미가 유쾌하게 말했다.

"이건 모레 발매될 『주간 춘추』에 실릴 다치하라 나오키의 원고요."

다치하라 나오키라면 국토교통성의 부정 입찰, 여당 의원의 변호사법 위반 사건 등 특종 기사로 유명한 거물 르포 기자였다.

니미의 책상에 기대서 있던 시바키가 비위를 맞추며 말했다.

"니미 선생이 주문한 내용 그대로입니다."

"그래, 다치하라라는 사람, 의외로 머리가 좋은가 보군, 후후후."

야마나는 니미의 웃음에 동조하면서 교정 원고를 훑어보았다. '의사 S', 즉 시라카와가 작년 10월 시행한 안락사에 대해 치료 과정부터 취조에 이르기까지 간결하게 설명되어 있었다. 아울러 올해 5월 교토 지검에서 내린 불기소 처분 결정을 '보기 드 문 현명한 판단'이었다고 격찬했다.

그 이유로 두 가지의 새로운 개념이 적용되었다는 점을 들었 다. 하나는 의사에 의한 '긴급 피난의 법률적 원리', 또 하나는 환자의 '자기 결정권'이었다. 지금까지 안락사 사건에서는 의 사의 처치와 환자의 죽음에 직접적인 인과 관계가 있는지에 대 해서만 초점이 맞춰져 있었다. 그러나 이번 교토 지검의 판단에 서는 이 두 가지 논리가 불기소 처분 이유로 새롭게 적용되었 다는 것이다.

"······이건 무슨 뜻입니까?"

야마나가 고개를 들자 니미는 "천천히 읽어보면 알겠지만" 이라고 말하며 명쾌하게 설명했다.

"그러니까 시라카와 의사가 케타민을 사용한 건 환자의 극심 한 통증을 가라앉히기 위한 '긴급 피난'이었다는 겁니다. 이는 법률을 초월한 행위로서, 정당방위처럼 처벌 대상이 아닙니다. 그리고 그 처치에 환자가 동의했기 때문에 케타민을 투여한 행 위는 환자의 '자기 결정'에 따른 선택이었다는 말이지요. 이 두 가지는 네덜란드 검찰청이 안락사를 시행한 의사에게 무죄를 선고했을 때 적용한 것과 같은 논리입니다."

"그렇군요."

야마나가 수긍하자 니미는 장난기마저 보이며 말을 이어 갔다.

"긴급 피난의 법률적 원리와 자기 결정권이 인정되면 의사는 환자 본인의 동의하에 안락사를 시행해도 기소되지 않습니다. 그런 전례가 만들어지면 안락사 자체는 위법이라 해도 처벌을 받지 않는 상황이 되겠지요. 이는 네덜란드에서 안락사법이 국회에 제출되기 직전의 상황과 같습니다. 그렇게 되면 다음 단계로 넘어갈 수 있습니다. 즉, 신속히 법제화하지 않으면 비합법적인 안락사가 만연할 우려가 있다고 떠들어대겠지요."

니미는 아무래도 네덜란드의 안락사법 성립 과정을 그대로 따라갈 속셈인 듯했다. 그것도 그 과정을 대폭 축소해서. 니미는 눈동자를 빛내며 말했다.

"다치하라의 글에도 쓰여 있지만 안락사 문제의 본질은 결국 '생명 존중'과 '고통으로부터의 도피' 사이에서 벌어지는 다툼입니다. 물론 생명은 다른 무엇보다 중요하지요. 그러나 그것은 일반적인 경우고, 불치병 등으로 스스로 목숨을 끊는 방법 외에 고통에서 벗어날 길이 없는 비정상적인 경우에는 어떨까요?"

니미의 목소리가 열기를 띠기 시작했다.

"법의 최고 원리인 '인간의 존엄'이라는 면에서 해석하면 생명에는 객관적으로 절대적 가치가 있다고 규정되어 있습니다. 즉, 당사자가 주관적으로 자신의 생명을 부정해도 객관적으로는 다른 사람의 생명과 같은 가치를 갖고 있다는 거지요. 그러니까 당사자가 자기 혼자만의 판단에 따라 생명을 포기할 수 없다는 말입니다. 그러나 여기에는 고통을 겪고 있는 환자의 시점이 빠져 있습니다. 생명은 모두 귀하기 때문에 아무리 고통스러워도 본인 마음대로 죽음을 선택할 수 없다는 것, 그것은 일종의 강권, 아니 탄압이 아닐까요? 안락사를 반대하는 이들은 자신이 참을 수 없는 고통을 겪게 되더라도 과연 똑같은 주장을 할 수 있을까요?"

어느새 니미의 말투는 연설조가 되었다. 시바키가 그런 니미를 열렬한 눈빛으로 바라보았다.

"생명 존중론자들은 자기 결정권에도 한계가 있다고 말합니다. 아무리 자기 결정권을 행사하더라도 타인에게 부도덕한 행위나 위법 행위를 요구할 수는 없다는 뜻이지요. 그러나 안락사가 필요할 정도로 고통받는 사람에게 죽음을 허용하는 것이 정말 부도덕한 행위일까요? 오히려 그런 사람에게 '살라'고 명령하는 쪽이 훨씬 잔혹하지 않을까요? 안락사법을 반대하는 이들은 법 제정의 폐해가 크다고 주장합니다. 규정을 아무리 엄격하게 해도 악용될 수 있다고 걱정합니다. 나아가 법 제정은 난치병 환자나 고령자에게 말없이 죽기를 강요할 수도 있다고까지 비약합니다. 그러나 안락사법이 없기 때문에 견뎌야 할 고통, 비참함, 가혹함이 어느 정도인지 그들은 생각해본 적도 없을 겁니다. 그들이 말하는 생명 존중이란 건강한 인간의 독선적인 교만에 지나지 않습니다!"

니미는 흥분해서 주먹을 휘둘렀다. 그리고 순간 방심한 듯 턱을 가늘게 떨었다. 자제심을 잃고 흥분한 니미에게 시바키가 재빨리 찬물을 떠다 주었다.

"니미 선생님, 여기요."

니미는 겨우 물 한 모금을 들이커더니 길게 숨을 토해내며 소파에 쓰러지듯 주저앉았다. 왼손이 미미하게 떨렸다. 히스테리성 발작이었다. 야마나는 전에도 비슷한 발작을 본 적이 있었다. 안락사 문제에 대해 니미는 어째서 이렇게까지 감정적이 되는 걸까? 마치 안락사 반대파에 원한이라도 맺힌 사람 같았다.

시바키는 니미를 살핀 후 그를 대신해서 야마나에게 말했다.

"야마나 선생은 교토에 돌아가시면 시라카와 의사를 도와주십시오. 머지않아 언론이 움직이기 시작할 테니까요."

이틀 후 발매된 『주간 춘추』에 다치하라 나오키가 쓴 기사는 커다란 반향을 불러일으켰다. 텔레비전 정보 프로그램에도 소개되고, 신문의 '논평'에도 게재되었다. 물론 니미가 인맥을 통해 각 방면에 손쓴 덕분이었다.

다치하라의 기사는 단기 집중 기획 형태로 3주에 걸쳐 연재될 예정이었다. 그와 동시에 인터넷에서는 시바키의 계획에 따라 의사들의 소셜 네트워크인 Me닷컴에서 열띤 논쟁이 벌어졌다. 3주 연속으로 '의사가 가장 주목한 테마' 1위에 올랐고, 일반 블로그와 홈페이지에서도 연일 화제가 되었다. 애초에 이니셜로만 표시되던 시라카와와 교라쿠 병원 이름은 순식간에 공공연한 비밀이 되었다.

야마나는 다치하라의 기사가 나간 뒤 데마치야나기에 있는 요릿집 '후지키쿠'로 시라카와를 불러 반응을 살폈다.

"이런 기사를 발견했네."

우연을 가장해 잡지를 보여주었더니 시라카와도 이미 알고 있었다.

"나로서는 과거의 사건으로 묻어두고 싶은데 말일세."

시라카와는 우울한 표정으로 고개를 숙였다.

"아니, 그런데 다치하라 나오키는 어디서 이런 자세한 정보를 입수했을까?"

"그 정도로 유능한 기자라면 다양한 정보통이 있겠지."

야마나는 시치미를 떼고 얼버무렸다.

"특별히 자네를 비판하는 내용도 아니고, 어쩌면 이것으로 안락사 문제가 새로운 국면을 맞을 수도 있겠네."

야마나가 긍정적으로 말하자 시라카와는 "글쎄"라며 자조적으로 대답했다.

더운 여름철에 어울리는 장어구이와 명물인 가지 요리가 나왔지만 야마나는 변변히 입에 대지도 못했다. 시라카와를 잘 구슬려 협력을 얻어야 했기 때문이다.

"실은 자네에게 좀 부탁할 게 있는데."

기회를 보아 야마나가 슬쩍 이야기를 꺼냈다.

"『문예공론』 편집부에 아는 사람이 있는데 말이야, 다치하라의 기사가 사회성이 높으니까 자네와 다치하라가 대담을 하면 어떨까 하는 제안이 있었다는 거야."

"대담? 내가 다치하라 나오키와?"

"그래. 성가시겠지만 검찰이 불기소 처분을 내렸으니 거리낄 것도 없지 않은가. 안락사 문제로 고민하는 현장 동료들을 위해서 안락사에 대한 자네의 솔직한 의견을 들려주면 고맙겠는데."

시라카와는 한동안 고민했지만 '현장 동료들을 위해서'라는 말에 마음이 움직였다. 시라카와가 승낙하자 야마나는 그 자리에서 휴대전화로 편집자에게 연락했다.

7월 11일 토요일, 야마나는 시라카와와 함께 신칸센을 타고 도쿄로 향했다. 대담 장소는 오차노미즈에 있는 야마노우에 호텔 본관 2층의 '우메노마'였다.

검붉은색 카펫이 깔린 작은 방에 『문예공론』편집자와 작가, 카메라맨, 그리고 마로 된 상의를 입은 다치하라 나오키가 기다리고 있었다. 명함을 주고받은 후 다치하라의 주도로 대담이 시작되었다. 시라카와는 그리 긴장하지도 않고 안락사에 대한 자신의 생각과 판단 기준, 문제점 등을 피력했다.

다치하라는 거의 듣기만 했다. 가끔 능숙한 말솜씨로 시라카와의 사생활에 대해서도 질문했지만 안락사와 관련해서는 진부한 발언밖에 하지 않았다. 다치하라는 사실 안락사에 대해 자세히 알지도 못했다. 그의 유명세를 이용하려고 니미가 발탁한 사람일 뿐이었으니 당연한 일이었다. 야마나는 혹여 시라카와가 그런 배경을 눈치채지 않을까 조마조마했다.

3주 후 발매된 『문예공론』에는 시라카와가 열의를 담아 이야기한 부분은 거의 삭제되고 대신 시라카와의 인간성과 생활상이 호의적으로 소개되었다.

시라카와는 석연치 않아 야마나에게 전화를 걸었다.

"전에 원고를 확인할 때도 느꼈지만 중요한 부분이 거의 삭제되었군."

"미안하네. 편집부의 지인도 말했지만 아무리 『문예공론』의 독자라도 너무 전문적인 이야기는 익숙하지 않은 모양일세."

시라카와는 불만스러워했지만 니미의 의도대로 시라카와에 대한 대중의 관심은 높아졌다.

『문예공론』에 이어 뉴스 주간지 『AREA』의 '시리즈— 우리가 가야 할 길'에도 시라카와가 소개되었다. 총 4페이지에 걸친 기사는 시라카와를 '용기 있는 의사'로 칭찬하며 쇼타로의 수술에서 안락사까지 사건의 경과를 자세히 보도했다.

이 취재 또한 야마나의 권유로 이루어졌다. 더 이상 화제에 오르고 싶지 않아 시라카와가 내키지 않아 하자 야마나가 자못 곤란하다는 듯이 설득했다.

"실은 『문예공론』의 대담 이후 다치하라 나오키가 어디에서 들었는지 자네가 병원에 제출한 보고서에서 허위 기재한 사실을 문제 삼고 있다네. 자네, 보고서에는 안락사 사실을 쓰지 않았나 보지? 다치하라는 그 점을 비판하고 있는 것 같아."

"내 보고서 이야기는 도대체 어디에서 알게 된 거지?"

"글쎄……."

흥분으로 목소리가 거칠어진 시라카와에게 야마나는 묘한 표정으로 말을 이었다.

"그뿐이 아닐세. 병원 조사위원회가 허위 보고서를 수용한 것은 병원이 합세해 사건을 은폐하려는 의도가 있지 않았나 의심하는 눈치였어."

시라카와의 얼굴색이 변하는 것을 보고 야마나는 뭔가 속사정이 있다는 걸 직감했다.

"다치하라는 경우에 따라서 『주간 춘추』에 그 사실을 폭로하겠다고까지 했어. 그래서 내가 자네 입으로 직접 해명하도록 할 테니 기다려달라고 부탁했네. 『AREA』는 보수적인 잡지이니 해명하기에 좋은 기회 아닌가."

시라카와는 묵묵히 생각에 잠겼다. 야마나는 동정하는 말투로 캐물었다.

"그런데 어째서 보고서에는 안락사가 아니었다는 식으로 쓴 건가? 학창 시절부터 거짓을 끔찍이 싫어했던 자네가 사실과 다른 내용을 썼다니 난 믿기지가 않는군."

"나야말로 진실만을 쓰고 싶었네."

시라카와가 신음하듯 대답했다.

"여러 사정이 있어서 거짓말을 할 수밖에 없었어. 내 편이 되어준 내과 부장이 원장의 진료 정지 명령을 풀려면 안락사를 언급하지 말아야 한다고 해서 그 말에 따른 거라네. 그래서 그 사람에게 피해가 가는 일만은 하고 싶지 않네."

그런 사정이 있었던가. 야마나는 그제야 이해할 수 있었다.

"그렇다면 『AREA』에 보고서에 사실을 쓸 수 없었던 상황을 정확히 설명하면 어떤가? 그런 일은 타인에게 지적받기보다 스스로 고백하는 편이 쓸데없는 오해를 막을 수 있으니까."

그렇게 설득당한 시라카와는 취재를 허락하고 말았다. 역시나 『AREA』는 시라카와의 고뇌를 과장해서 실었다. 마치 비극적인 정의의 사도처럼 묘사되어 당사자인 시라카와가 얼굴을 붉힐 정도였다.

『AREA』의 뒤를 이어서 여성 주간지 『여성 에이스』에도 기사가 실렸다. 그 주간지에는 '일본에서 가장 진료를 받고 싶은 의사' 1위로 시라카와가 선정되었다고 적었다.

시라카와는 발매 일주일 전쯤 도쿄에서 기자가 찾아오긴 했지만 아주 간단한 취재였기 때문에 기사도 짧을 줄 알았다. 그런데 도착한 잡지를 보니 특집 기사로 첫 페이지 전면을 장식하고 있었다. 사진도 크게 실리고 '이상적인 의사의 표본!' '자애로움으로 가득한 진료' 등 호의적인 글들이 이어져 있었다. 게다가 언제 취재했는지 시라카와가 담당한 환자들이 그의 성실성, 의사로서

의 수준 높은 진료 등에 대해 극찬하는 글이 실려 있었다.

『여성 에이스』의 기사에는 "안락사를 필요로 하는 환자가 또 있다면 어떻게 하겠는가?"라는 질문에 시라카와가 "이전 환자와 마찬가지로 최선을 다하겠다"고 대답했다는 내용이 있었다. 이것이 예상외로 반향을 일으켜 교라쿠 병원에는 시라카와에게 안락사를 바라는 문의와 입원 신청이 전국에서 쇄도했다. 시라카와는 이 때문에 병원 입원과에서 몹시 곤란해한다고 야마나에게 전했다. 그 소식을 접한 야마나는 교에이 통신의 기자에게 그런 사실을 알려주고 취재를 보냈다. 기사는 교에이 통신을 통해 전국 각 지역 신문에 게재되었다.

니미는 그 기사를 읽고 야마나에게 전화를 걸어 노고를 치하했다.

"야마나 선생, 대성공입니다."

"감사합니다."

"이 기사를 통해 일본 전역에 안락사를 바라는 사람이 얼마나 많은지 알았습니다. 일단 시작은 순조롭게 진행되고 있습니다. 하지만 시라카와 선생을 '일본의 포스트마 의사'로 만들려면 더 적절한 조치를 취할 필요가 있습니다."

니미의 목소리는 비밀스럽고도 오싹하게 울렸다.

9월 4일 발매된 『주간 신보』에 한 의사의 수기가 게재되었다.

기사 제목은 '안락사를 선택하지 못한 의사, 한스러운 고백'이었다. 수기를 쓴 사람은 히로시마 시에 사는 내과 의사로, 척수 소뇌 변성증 환자의 치료에 대한 경험을 고백했다.

척수 소뇌 변성증은 원인 불명의 신경 근육 장애로, 운동 실조나 언어장애 등을 일으키는 난치병이다. 아내와 단둘이 사는 K씨는 모든 것을 아내의 간호에 의지한 상태로 10년 넘게 생활해오고 있었다. 기저귀나 좌변기로는 배뇨를 할 수 없어 화장실에 갈 때마다 아내의 힘을 빌려야 했고 식사도 누가 몸을 받쳐주지 않으면 불가능했다.

K씨는 "살아도 사는 것이 아니다"라고 호소하며 매일 죽여달라고 애원했다. 그러나 주치의는 K씨를 안락사시키지 않았다.

그러던 어느 날 아침, 집에서 열심히 남편을 간호하던 K씨의 아내가 갑자기 뇌출혈로 쓰러져 그대로 세상을 떠나고 말았다. K씨의 아내는 K씨의 배뇨를 돕기 위해 매일 밤 열 번 이상 일어나야 했다. 그 때문에 수면 부족과 만성피로에 시달리다가 뇌혈관이 파열되었던 것이다.

아내를 잃은 K씨의 슬픔은 옆에서 볼 수 없을 정도였다고 한다. K씨는 주치의에게 매달리며 안락사를 부탁했지만 그 바람은 이루어지지 않았다. 그로부터 넉 달 동안 K씨는 몸과 마음 모두 고통에 시달리며 병원 침대에서 괴로워하다가 세상을 떠났다.

수기를 쓴 의사는 그 고뇌를 돌아보며 자신이 K씨를 안락사시키지 않은 이유는 자신을 보호하기 위해서였다고 고백했다.

그에 반해 체포될지도 모르는 위험을 무릅쓰고 안락사를 실행한 시라카와의 용기를 크게 칭찬했다. 그리고 K씨에게 자신의 비겁함을 진심으로 사죄하고 싶다며 글을 마쳤다.

이 수기는 여기저기에서 반향을 일으켰고 신문이나 잡지에서는 앞다투어 안락사를 특집으로 다루었다. 당연히 시라카와에 대한 평가도 높아졌다. 그 밖에도 의사들이 언론에 비슷한 고백을 했고 환자 쪽에서도 안락사를 원한다는 의견들을 내놓았다. 시라카와는 안락사 문제에서 상징적인 존재가 되었고, 그의 의도와 다르게 단숨에 유명인이 되었다.

야마나는 JAMA 본부에서 니미를 만났을 때 전략대로 착착 진행되는 것을 축하했다. 니미는 기분이 좋은 듯 여유를 보이면서 겸손하게 말했다.

"저는 별로 한 일이 없어요. 아주 미미한 파문을 일으켰을 뿐입니다. 그것이 이 정도로 확대된 데에는 역시 시라카와 선생의 사례가 일본판 포스트마 사건으로 전개될 잠재성을 지니고 있었던 겁니다."

계속해서 9월 9일에는 도쿄 캐피털 방송이 가을 특집으로 '안락사 문제를 조명한다'라는 제목으로 두 시간짜리 특집 프로그램을 방영했다.

제1부에서는 수두와 파킨슨병을 함께 앓고 있는 일흔여섯 살의 여성이 소개되었다. 독립심과 자존심이 강한 이 여성은 타인에게 의존하지 않고서는 식사나 배설이 불가능한 생활을 못 견

려 했다. 그리고 급기야 '안락사가 안 된다면 굶어 죽겠다'고 선언하고 식사를 거부했다. 이 여성이 남긴 일기와 양녀가 촬영한 비디오가 소개되었고, 쇠약한 상태에서도 죽음에 대한 강렬한 의지를 보인 그녀의 모습은 시청자들을 눈물짓게 했다.

더 충격적이었던 것은 이 여성이 사망한 뒤 찍은 얼굴 사진이었다. 커다란 액자에 걸린 사진은 죽기 전 고통을 참아내느라 피폐했던 표정에서는 상상도 할 수 없는 평온함이 가득했다. '죽음은 모든 고통과 슬픔을 씻어주는 장엄한 은혜다.' 사진은 그렇게 호소하는 것만 같았다.

이 여성의 마지막을 지킨 의사가 침통한 표정으로 말했다.

"이렇게 깊이 절망하고 스스로의 존엄을 지키기 위해 죽음을 원하는 사람에게 '죽지 말라'는 건 솔직히 차마 못 할 일이었습니다."

이 의사는 JAMA의 회원이었지만 그런 사실은 알려지지 않았다.

그 밖에도 말기 암으로 극심한 통증을 참지 못해 의사에게 안락사를 애원하는 환자나 노쇠한 반신불수 환자가 가냘픈 목소리로 "빨리 안락사시켜주세요"라고 호소하는 모습 등이 소개되었다.

그 프로그램에는 많은 초대 손님이 출연했는데, 처음 도화선에 불을 댕긴 것은 방송에 자주 나오지만 그리 유명하지 않은 대학교수였다.

"안락사를 원하는 사람은 목숨을 너무 가볍게 여기는 것 아닙니까? 죽고 싶어 하는 것은 자기만 생각하는 이기적인 처사입니다."

이 발언에 다른 출연자들이 일제히 반발하고 나섰다.

"당신은 죽은 여성의 원통한 마음을 전혀 모르는군요."

"그들은 죽고 싶어서 죽으려는 게 아니에요."

"이렇게 가슴 아픈 상황에 공감하지 못한단 말입니까?"

유명 평론가나 저널리스트, 연예인들이 한목소리로 반론했고, 그중에는 대학교수에게 달려들 기세를 보이는 칼럼니스트도 있었다.

2부에서는 민화당의 미카사 다카시 의원과 일본존엄사협회의 대표, 의학 잡지 『임상 안락사』의 편집장 등이 출연해 안락사법의 필요성에 대해 열띤 논쟁을 벌였다. 포동포동한 얼굴에 동안으로 호감도가 높은 미카사는 자애로운 표정으로 역설했다.

"이렇게까지 고통받는 사람들에게 우리가 도움이 되어야 하지 않겠습니까? 막다른 상황에 처한 사람에게 도망칠 길을 만들어주는 것도 정치인이 해야 할 일입니다."

프로그램은 명백히 여론을 유도할 목적으로 만들어진 것이었다. 대학 교수가 안락사에 대해 던진 부정적인 발언, 그에 대한 맹렬한 반발, 정치가를 포함한 지식인들의 안락사법 희망론까지 모두 니미의 의도에 따라 연출된 것이었다.

그러나 다만 한 가지 니미의 의도대로 이루어지지 않은 일이 있었다. 그건 바로 시라카와의 출연 거부였다. 니미는 시라카와를 프로그램 처음부터 끝까지 출연시켜 더 큰 반향을 불러일으킬 생각이었다. 그러나 시라카와는 자기는 연예인도 아니고 텔레비전에 출연하면 쓸데없이 쇼타로의 어머니인 후루바야시 야스요를 자극할 거라며 출연을 완강히 거절했다. 야마나가 열심히 설득했지만 너무 집요하게 굴면 오히려 역효과가 난다는 니미의 지시에 따라 단념하고 말았다.

방송이 끝나고 야마나는 니미에게 전화를 걸어 프로그램의 성공을 축하한다는 인사말을 건넸다. 그리고 시라카와를 출연시키지 못한 것에 대해 다시 한 번 사죄했다.

"어쩔 수 없는 일이지요. 괜찮습니다."

니미는 차갑게 말했다. 야마나가 구차한 변명을 계속하자, 니미는 야마나의 말을 막고 불쾌함을 억누르며 말했다.

"시라카와 선생은 우리에게 중요한 존재입니다. 하지만 한편으로 양날의 검이기도 합니다. 시라카와 선생이 만약 안락사법 반대파에 합류한다면 그의 존재 의의는 180도 바뀔 겁니다. 절대 그런 일이 없도록 해야겠지만, 만일의 경우에는 과감하게 손을 쓸 필요가 있습니다."

니미는 대체 무슨 생각을 하는 걸까? 휴대전화를 쥔 야마나의 손에 식은땀이 고였다.

도쿄 캐피털 방송에서 특집이 방영되고 일주일 뒤, 진작부터 철저히 준비가 진행되던 '안락사법을 생각하는 간담회'가 10월 1일 발족한다는 발표가 있었다. 이날은 안락사 보도의 계기가 되었던 후루바야시 쇼타로의 기일이기도 했다. 발기인은 르포 기자인 다치하라 나오키, 민화당 의원인 미카사 다카시, 자공당 의원으로 '의료행정개혁회의' 위원인 이무라 가즈오, 그 밖에 지방 분권을 주장하는 지사와 탈관료 정치 전문가로 알려진 대학 교수 등이었다. 니미의 지시로 야마노도 참가했지만 니미 자신은 참가하지 않았다. 그렇게 해서 이 '간담회'와 JAMA는 아무런 관련이 없음을 강조했다.

그 같은 움직임과 별도로 '의료행정개혁회의'로부터 최종 보고를 받은 나가미네 총리는 내각 회의를 통해 '의료행정일원화준비실'을 설치하기로 결정했다. 후생노동성에서 의료 행정을 분리하는 형태로 설립되는 의료청은 언론 대다수로부터 '의료 붕괴를 억제하는 과감한 특효약'이라는 호의적인 평가를 받았다.

'준비실'은 곧바로 관련 법안 세 개를 임시 국회에 제출하기 위해 구체적인 심의에 착수했고, 다음 연도에 설치를 목표로 예산 요구안을 공표했다. 지금까지 후생노동성에서 담당하던 의료 보험에 대한 국고 부담은 8조 9천억 엔에서 6조 8천억 엔으로 대폭 감소했다. 반대로 의료 확보와 병원 집약화에 대한 예산은 1020억 엔에서 5200억 엔, 암을 포함한 난치병 대책 예산은 2500억 엔에서 4600억 엔으로 증액되었다(1억 엔은 약 13억 원 – 옮긴이).

그러나 의료 붕괴는 계속되었다. 의료 시설이 부족한 도호쿠, 산인(동해에 면한 일본 지역 – 옮긴이), 홋카이도 등에서는 뇌 외과 수술을 할 만한 시설이 전혀 갖춰지지 않은 곳이 30여 곳을 넘었다. 그뿐만 아니라 전국적으로 위암 수술 대기 기간이 평균 3개월에 이르고, 임신부의 약 18퍼센트가 충분한 진료를 받지 못한 채 출산해야 하는 상태였다.

공립 병원의 외래 폐쇄, 입원 일시 정지, 특수 구급대의 진료 중지 등도 잇따랐다. 또한 도시에서도 갈 곳을 잃은 환자가 '의료 난민'이 되어 발병 후 치료 시기를 놓치거나 자택에서 사망하는 사람도 있었다.

한편 부유층을 대상으로 자유 진료를 하는 의료 기관이 출현해 호화로운 호텔 수준의 입원 시설을 자랑하는 병원도 영업을 시작했다. 이와 반대로 일반 시민에 대한 의료 서비스의 질은 떨어지고 의사의 열악한 근무 환경 탓에 날림 치료가 횡행했다. 의료비 낭비를 줄인다는 명목으로 환자를 포기해버리거나 강제 퇴원, 치료 중지 등이 빈발해 이른바 소수의 '의료 승자 그룹'과 그 외 대다수의 '의료 패자 그룹'으로 나뉘는 구도가 뚜렷하게 나타났다.

이렇게까지 사태가 악화된 원인 중 하나는 정권 교체로 실권을 잡은 민화당의 정책 실행력 부족에서 찾을 수 있었다. 뒷받침할 예산도 없이 입바른 정책을 남발하다가 결국 정책 대부분이 제대로 시행되지 못하면서 민화당은 국민의 지지를 잃었다. 한편 자공당도 지지를 회복하지 못하고 각 당에서 탈당한 의원들이 모여 신당을 결성하거나 다른 당에 합류하면서 정권 재편을 도모했다. 하지만 이 또한 국민의 지지를 얻지 못하자 오히려 그 틈새를 메우듯 약해진 자공당과 민화당의 연립 내각이 성립되었다. 총리가 된 자공당의 나가미네 도이치로는 의료 붕괴 저지를 시급한 과제로 다루면서 의료청 설치를 서둘렀다. 그 배후에 사도하라 잇쇼의 입김이 작용했다.

이런 상황에서 시라카와는 JAMA의 활동에 적극적으로 참여는 야마나에게 의논하고 싶은 일이 있다며 연락했다.

라이토 소화기의료센터로 찾아간 시라카와는 넓은 부센터장실에서 기다리던 야마나에게 무거운 어조로 말을 꺼냈다.

"바쁠 텐데 미안하네. 다름이 아니라 자네 혹시 '안락사자유연합'이라는 곳을 아는가?"

"아니, 모르는데. 무슨 일 있나?"

"실은 그 단체의 협박을 받고 있네."

야마나는 경악하는 표정으로 되물었다.

"협박이라니, 대체 어떻게?"

"음……."

시라카와는 말을 꺼내기 좀 거북한 듯 이야기했다.

"지난주에 '안락사자유연합'의 사무국장이라는 남자가 찾아

와서 『문예공론』과 『AREA』에 실린 기사를 읽었다고 하더군. 처음에는 정중한 태도였는데, 갑자기 도쿄 캐피털에서 방송한 특집 프로그램에는 왜 나가지 않았느냐고 추궁하는 게 아닌가. 그건 개인적인 이유라 말할 필요를 못 느낀다고 대답했더니, 그런 태도가 문제라며 갑자기 말이 거칠어지는 거야. 자기들은 하루라도 빨리 안락사가 합법화되기를 바라는데, 내가 소극적인 태도를 보이면 반드시 안락사 반대파의 공격을 받을 거라면서. 그런 놈들에게 이용당해도 좋으냐며 화를 내더군. 내가 당신들과는 아무 상관없으니 마음대로 하라고 했더니, 그 남자가 내 약점을 잡고 늘어지더란 말일세."

"약점?"

"이야기하기 조금 거북한 일이네만, 여자 문제라네."

야마나는 놀라 반쯤 얼이 나간 표정으로 시라카와를 쳐다봤다.

"학생 시절부터 품행이 단정했던 자네가 여자 문제라니? 아무튼 그 단체에 대해서는 알아보았나?"

"인터넷으로 검색해봤지만 나오지 않더군."

"그렇다면 더욱 의심스럽군. 안락사의 합법화라면 나도 그쪽에 아는 사람들이 있으니까 알아보겠네. 잘 무마될 거야."

"그럴까? 미안하네."

"하지만 시라카와, 자네는 안락사법에 대해 어떻게 생각하나? 찬성인가, 반대인가?"

야마나가 지나가는 말처럼 슬쩍 물어봤지만 시라카와는 곧바로 대답하지 않았다. 역시 흔들리고 있는 것일까?

야마나의 의구심을 알아채지 못한 채 시라카와는 고지식하게 대답했다.

"선택의 하나로서 안락사는 필요하다고 생각하네만, 안락사법을 성립시키려면 아직 곤란한 상황들이 있지 않을까?"

"하지만 합법화되지 않으면 안락사의 길은 계속 막힌 채로 남을 걸세. 나는 10월에 발족하는 '안락사법을 생각하는 간담회'에 멤버로 참가하네. 가능하면 자네도 협력해주었으면 좋겠는데."

"그렇군. 알았네. 이번 일로 자네에게 신세를 지게 되었으니 말이야."

받은 만큼 돌려주는 형태로 순조롭게 시라카와의 협력을 약속받은 야마나는 내심 쾌재를 불렀다.

그리고 그다음 주 월요일부터 도쿠니치 신문은 '의료 시대'라는 코너에서 5일 연속 대대적으로 시라카와에 대해 다뤘다. 제목은 바로 '일본판 포스트마 사건'이었다.

우선 쇼타로의 안락사 과정에서 시작해 그 후의 언론 보도 등이 소개되었다. 그리고 시라카와의 사례가 네덜란드에서 안락사법이 제정되는 계기가 된 '포스트마 사건'과 흡사하다며 보도했다.

그것은 마치 다가올 '안락사법을 생각하는 간담회'의 발족을 향해 쏘아 올린 불꽃처럼 화려했다. 이 연재에 시라카와가 적극 협력한 건 말할 필요도 없었다.

12. 반격

"뭐야, 이 기사? 정말이지 더 이상은 못 참겠어!"

후루바야시 야스요는 탁자에 펼쳐진 도쿠니치 신문을 집어 들고 소리쳤다.

"대체 뭐가 '일본판 포스트마 사건'이라는 거야. 시라카와가 용기 있는 의사라고? 웃기고 있네."

시부야 구 하타가야에 있는 아오야기 사무소에는 시라카와의 안락사를 규탄하고 야스요를 지원하기 위해 나선 이들이 모여 있었다.

사무소의 주인이며 장발에 청바지 차림이 트레이드마크인 자칭 '시민파' 저널리스트 아오야기 고스케는 아랫입술에 침을 바르며 야스요를 위로했다.

"야스요 씨, 화가 나는 건 이해하지만 기분을 조금 가라앉히세요. 이 기사의 문제점은 시라카와를 미화하는 부분만이 아닙니다."

"그렇습니다. 이 기사에는 확실히 정치적인 의도가 있어요."

세타가야 의료센터의 집중치료 부장이며 안락사법제화저지연합, 통칭 '저지련'의 대표 이사를 맡은 오쓰카 아키히코가 차분한 목소리로 말했다.

"시라카와 의사의 안락사를 네덜란드의 '포스트마 사건'에 빗대어 은연중 일본도 안락사법을 논의할 시기라고 여론을 유도하고 있습니다. 그런 기운이 강해지면 일이 걷잡을 수 없게 됩니다."

"그렇습니다. 우리나라에서 안락사법 문제를 논의하기에는 아직 시기상조라고 계속 주장해왔으니까요."

오쓰카와 같은 세타가야 의료센터에 근무하는 내과 의사 나카무로 신지가 입을 열었다. 나카무로는 오쓰카와 함께 '저지련'의 이사를 맡고 있었다.

또 한 사람, 냉정하게 이야기에 귀를 기울이던 남성이 부드러운 저음으로 말했다.

"아무리 그렇더라도 시라카와 의사에 관한 보도에서는 단순한 연쇄 반응 이상의 작위적인 느낌이 듭니다."

그렇게 말한 이는 갸름한 호남형 얼굴에 테 없는 안경이 자못 지적인 분위기를 풍기는 인권 변호사, 사우치 고이치였다. 그는 방송에 자주 출연하면서 팬들이 조금씩 늘더니, 지금은 인기 패널로서 여론에 커다란 영향력을 미치는 스타가 되었다.

다섯 사람은 비좁은 사무실 소파에 앉아 있었다. 그 무리에서 조금 떨어진 벽 쪽에 있는 파이프 의자에 히라마사 신문 사회부 기자 히가시 고로가 앉아 있었다. 그는 다가올 '10·1 절대 불가! 안락사 심포지엄'의 예비 취재를 위해 야스요에게 불려와 있었다.

히가시가 아오야기 사무소에 불려온 것은 이번이 처음은 아니었다. 7월에 다치하라 나오키가 『주간 춘추』에 시라카와의 불기소 관련 기사를 썼을 때도 야스요는 동행을 요구했었다. 변호사인 사우치를 불러 기사의 법률적인 정당성을 들어보기 위해서였다. 야스요와 사우치, 아오야기, 이 세 사람은 함께 도와 텔레비전의 보도 프로그램 〈프론티어〉에 패널로 출연한 적이 있었다. 작년 10월, 쇼타로의 안락사가 방송에 소개되었을 때 그들은 특별 출연한 오쓰카를 처음 만났고, 그 인연으로 일제히 '저지런'에 가입했다.

그 모임에서 사우치는 다치하라의 기사를 이렇게 비판했다.

"다치하라 씨는 시라카와 의사가 불기소 처분된 이유를 먼저 '긴급 피난의 법률적 원리'라고 쓰고 있지만, 그건 말이 되지 않습니다. 네덜란드에서는 통하겠지만 일본 법률이 수용하기에는 무리입니다."

"무슨 뜻입니까?"

이전부터 다치하라에게 일방적인 라이벌 의식을 불태우던

아오야기가 몸을 앞으로 내밀며 물었다.

"네덜란드의 긴급 피난에 관한 법률에서는 '불가항력으로 부득이하게 범죄를 저지른 자는 처벌을 받지 않는다'라고 규정되어 있을 뿐입니다. 하지만 일본의 형법에서는 '죄가 없는 제3자의 권리를 침해하여 자기 또는 타인의 더 큰 이익을 지킬 수 있을 것'이 요구되고 있습니다. 즉, 목숨을 희생하려는 환자의 이익이 보호되지 않는 안락사는 '긴급 피난'이라고 할 수 없습니다."

너무 전문적인 사우치의 설명에 아오야기가 짜증을 내며 말했다.

"다시 말해 다치하라는 억지 이론으로 시라카와의 불기소 처분을 정당화했다는 말이군요. 그 녀석이라면 충분히 가능합니다."

"하지만 다치하라 나오키는 지금까지 안락사 문제에 별로 관심이 없지 않았습니까? 그런데 왜 갑자기 이런 기사를 썼을까요?"

히가시가 이상하다는 듯 고개를 갸웃거리자 아오야기가 경멸하는 투로 내뱉었다.

"그 녀석은 기삿거리가 된다 싶으면 어디든지 머리를 들이밀 겁니다."

그건 당신이겠지. 히가시는 속으로 그렇게 생각했지만 입 밖에 내지는 않았다.

사우치는 계속해서 다치하라의 기사를 비판했다.

"또 한 가지, 다치하라 씨는 '자기 결정권'의 관점에서 안락사를 정당화하려고 하지만, 그것도 말이 안 됩니다. 법률 세계에서 '자기 결정권'이란 본래 재산의 처분에 관한 것입니다. 다치하라 씨의 논리에 따르면 목숨을 개인의 소유물로 간주하고 처분 가능한 것으로 보고 있습니다. 이는 목숨을 물건 취급하는 발상으로, 자기 목숨뿐 아니라 타인의 목숨까지도 경시하는 위험한 생각으로 이어질 수 있습니다."

"생명의 '자기 결정권'이 인정되면 모든 종류의 자살이 허용될 수도 있겠군요. 그런 말도 안 되는 논리를 결코 인정해서는 안 됩니다."

아오야기가 화를 내며 말하자 야스요도 신경질적으로 외쳤다.

"다치하라는 치료 경과에 대해서도 엉터리로 썼어요. 쇼타로는 결코 안락사에 동의하지 않았고, 시라카와도 그 아이의 의사를 확인하지 않았어요. 그저 무성의하게 확인하는 척했을 뿐이라고요. 그런데도 마치 시라카와가 안락사를 심각하게 고민한 것처럼 쓰다니, 다치하라가 현장을 보기라도 했단 말인가요? 완전히 날조된 기사예요."

'현장을 보지 않은 건 야스요도 마찬가지 아닌가?' 그런 생각을 하며 히가시는 흘려들었다. 사우치가 혼잣말처럼 중얼거렸다.

"그렇기는 하지만, 다치하라 씨의 주장은 꽤 진부하군. 마치 하룻밤 사이에 익힌 어설픈 지식으로 기사를 쓴 것 같잖아."

아오야기와 야스요도 덩달아 다치하라를 매도했다.

"정말이지 쓰레기 같은 기사야. 설득력도 전혀 없고."

"환자의 기분을 완전히 무시하고 있어요."

오히려 그렇게 욕하는 본인들에게 더 어울리는 말이라고 생각했지만, 히가시는 속으로만 탄식했다. 세 사람 중에서 사우치만이 냉정하게 사태를 판단하고 있는 듯 보였다. 다치하라의 기사가 하룻밤 사이에 익힌 어설픈 지식으로 쓴 것 같다는 지적은 히가시가 조금 전 다치하라는 안락사 문제에 별로 관심이 없었는데 왜 이런 기사를 썼는지 모르겠다는 의문과도 일치했다.

히가시는 다른 두 사람이 눈치채지 못하도록 몰래 사우치를 주목했다. 매력적인 저음에, 품위 있는 옆얼굴, 사우치가 텔레비전에 출연해서 왜 인기를 끄는지 이해되었다. 흰 와이셔츠에 넥타이는 매지 않고 왼손목에 얇은 손목시계를 차고 있었다. 히가시는 의외로 세련되다고 생각하면서도 묘한 위화감을 느꼈다. 단춧구멍 사이로 속옷을 입지 않은 맨살이 보였기 때문이다.

두 번째 모임이 있던 날, 사우치는 코듀로이 재킷에 편안한 셔츠 차림이어서 특별한 인상을 받지 못했다.

사우치가 뉴스 주간지를 손에 들고 말했다.

"확실히 이 『AREA』에 실린 특집 기사를 보면 시라카와 의사는 보고서에 안락사 얘기를 쓰지 않았다고 고백하고 있습니다. 병원의 조사위원회에서도 밝혀내지 못한 거짓을 경찰은 어떻게 간파했을까요?"

"그건 말이죠, 제가 일을 좀 꾸몄지요."

야스요가 교활하게 웃었다.

"교라쿠 병원에 제 협력자가 있답니다. 니시다 세쓰코라는 간호사인데, 쇼타로가 죽은 뒤 사후 처치를 해준 사람이에요. 여러 가지를 조사하는 과정에서 친해졌지요."

히가시는 이전에 야스요가 교라쿠 병원에 비밀 협력자가 있다고 했던 말이 생각났다. 야스요는 빠른 어투로 설명을 계속했다.

"니시다라는 간호사가 안락사의 증거를 알려줬어요. 링거의 잔량을 보고 케타민을 단시간에 대량 투여한 것을 알게 된 모양이에요. 니시다는 조합계 간호사여서 시라카와에게 여러 가지 안 좋은 일을 당했다더군요. 얼마든지 협력해주겠다고 하기에 증언 시기를 늦춰달라고 부탁했지요. 병원 조사위원회에서 무죄가 되고 경찰 조사에서 유죄가 되면 병원이 한통속으로 은폐하려 한 것이 되니까 시라카와는 더 큰 해를 입겠죠."

야스요가 그런 일을 꾸몄단 말인가? 히가시는 어처구니가 없었다. 야스요의 지시대로 증언했다는 니시다라는 간호사도 이상해 보였다.

"경찰은 시라카와를 끝까지 밀어붙여서 안락사를 인정하도록 했는데, 마지막 순간 검찰에 외압이 있어서 조사가 중단되었어요. 그렇죠, 히가시 군?"

갑자기 이름이 불려 히가시는 할 말이 없었다. 검찰에 외압이 있었다는 증거는 아직 없었다. 게다가 아무래도 상관없지만 야스요는 지금까지 '히가시 씨'라고 부르더니 어느새 '히가시 군'이라고 바꿔 부르고 있었다.

"그 니미라는 작자가 뒤에서 힘을 쓴 것 아닌가 싶어요."

"니미라니, JAMA 대표? 그놈이라면 그러고도 남지."

아오야기가 곧바로 동조했다.

"JAMA라면 저도 관심 있게 지켜보고 있습니다. 그들은 언론을 꽤 능숙하게 이용하더군요."

사우치가 JAMA를 냉정하게 분석했다.

"그들의 주장은 말하자면 의료를 통제하는 대신 우수한 의사를 우대하자는 겁니다. 전일본의사회 등은 반발하고 있지만, JAMA는 교묘하게 우수한 의사라면 이 주장에 찬성할 거라는 분위기를 만들었어요. 그렇게 되니까 삼단 논법으로 JAMA에 동의하지 않는 의사는 자동으로 우수하지 않다는 결론이 나지요. 일단 그런 분위기가 형성되면 일본 사회는 한쪽으로 몰리는 특성이 있습니다. 그렇게 해서 JAMA는 찬성자 수를 늘려 세간에 인지도를 높이고 있습니다."

"잠깐만요. 사우치 선생은 대체 어느 편이에요? 좀 전에 선생이 말했던 시라카와 보도의 연쇄 반응은 모두 니미가 뒤에서 조종한 것이 틀림없어요. JAMA의 야마나라는 인물이 시라카와와 대학 동창이라고요."

야스요의 말에 사우치는 바로 그렇다는 듯이 고개를 끄덕였다.

"일본판 포스트마 사건의 보도에는 JAMA가 관련되었을 가능성이 높다고 생각합니다. 그러나 우리에게 대책이 전혀 없는 것은 아닙니다. 야스요 씨, 시라카와 선생을 우리 쪽으로 끌어들일 수는 없나요?"

생각지도 못한 제안에 야스요는 벌어진 입을 다물지 못했다. 사우치는 태연히 말을 이어갔다.

"시라카와 선생은 지금 안락사 문제의 상징적인 존재입니다. 그런데 그의 발언이나 태도를 보면 딱히 안락사에 적극적이라는 생각이 안 들어요. 오히려 망설이고 있는 느낌마저 듭니다. 혹시 시라카와의 마음속에 쇼타로 군을 안락사시킨 데 대한 의문이 남아 있는 것 아닐까요? 만약 그렇다면 접촉해볼 여지가 있지요. 잘 설득해서 안락사에는 여러 가지 문제가 있다는 점을 시라카와 자신의 입으로 말하게 하면 엄청난 파장을 일으킬 겁니다."

"그거 괜찮겠네요."

아오야기가 반사적으로 찬성하고 나섰다.

"안락사를 시행한 본인이 의문을 표명한다면 상당히 설득력 있겠죠. 다시 말해 JAMA가 안락사의 상징으로 만들어놓은 시라카와를 반대로 우리가 이용하는 방법이군요."

"잠깐만요, 저 오만한 시라카와가 그리 쉽게 우리 편에 붙을까요?"

야스요가 못마땅하다는 듯이 반론을 펼쳤다.

"물론 쉽지는 않을 겁니다. 자기 부정을 요구하는 거니까요. 야스요 씨도 마음을 정리할 필요가 있을 테고요."

사우치가 배려하는 듯 말하자, 야스요는 여러모로 머리를 굴리는 것 같았지만, 결국 까다로운 문제는 일단 넘어가자고 생각했는지 내뱉듯이 말했다.

"아무튼 적은 비겁한 수단을 사용하는 상대니까 우리도 그에 맞춰 대응해야 하겠지요. 아직 비공식적이기는 하지만 이번에 생기는 무슨 간담회라는 것도 JAMA의 의사가 다수 참여한다고 합니다."

"그렇습니다. 오늘은 그 대응책을 강구하기 위해 모인 거니까, 우리의 '10·1 절대 불가! 안락사 심포지엄' 활동을 활발히 전개하기 위한 대책을 세워야지요."

오쓰카가 마침내 이야기를 본론으로 되돌리며 끼어들었다. 동료인 나카무로도 거들었다.

"'안락사법을 생각하는 간담회'에는 의사들이 상당수 동원되는 것 같던데, 우리 심포지엄은 어떤 내용으로 구성할 예정입니까?"

"처음에는 쇼타로의 추모 집회를 하기로 했지만 '간담회'가 같은 날 발족 집회를 한다고 하니 추모만으로는 부족할 것 같아요. 시라카와를 철저히 규탄해서 안락사법을 단연코 저지하는 집회를 열어야 합니다."

"맞습니다. 우리도 성대하게 개최합시다. '간담회' 따위는 아무엇도 아니라는 걸 보여주자고요."

야스요와 아오야기는 의기투합해서 말했지만 히가시는 오히려 김이 새고 말았다. 어째서 이 두 사람은 항상 이렇게 감정적일까? 상대방의 말이 틀려서 부정하는 것이 아니라 상대방이 마음에 들지 않으니까 그 말도 부정하는 식으로 본말이 전도된 행동을 했다. 게다가 콤플렉스와 질투심을 여실히 드러내는 경박함이라니.

히가시가 그런 생각을 하는지도 모른 채 아오야기가 말을 이었다.

"필요하다면 내가 연예인이나 모델을 불러오지요. 그러면 사람들이 많이 모일 겁니다."

"그것도 좋겠지만, 우선 심포지엄의 내용이 중요합니다."

오쓰카가 완곡하게 말했지만 아오야기는 노골적으로 기분이 상한 표정을 지었다. 야스요가 개의치 않고 걱정스럽게 중얼거렸다.

"그렇지만 '간담회'에 대항하려면 도쿄에서 개최하는 편이 좋지 않은가요? 교토에서 하면 사람들이 많이 모이지 않을 겁니다."

맞는 말이었다. 교토와 도쿄는 사람을 동원할 수 있는 규모가 달랐다. 그러나 사우치가 조용하지만 설득력 있는 저음으로 반론했다.

"아니, 이 심포지엄은 교토에서 하지 않으면 의미가 없어요.

도쿄에서 개최하면 지역성이 희미해져버립니다. 교토에서 제 목소리를 냈을 때 비로소 지역에 뿌리를 내린 운동이 되니까요."

"그렇습니다."

오쓰카도 냉정한 태도로 찬성했다. 그리고 아직 납득하지 못하겠다는 표정을 짓는 야스요에게 힘주어 말했다.

"괜찮습니다, 야스요 씨. '저지련'의 간사이 지부에 총동원 지시를 내릴 테니까요. 알겠죠?"

오쓰카의 말에 나카무로도 자신 있다는 듯 고개를 끄덕였다.

10월 1일 목요일 오후 6시, 교토 시 어번티 대강당에서 '10·1 절대 불가! 안락사 심포지엄'이 개최되었다. 오쓰카가 보증한 대로 350여 좌석이 거의 꽉 찰 정도로 성황이었다.

제1부에서는 '저지련'을 대표해 오쓰카가 기조연설을 했다. 그는 무대에 준비된 연단에 올라 둥근 얼굴에 미소를 지으며 인사했다.

"여러분, 안녕하십니까? 오늘 저희 심포지엄에 오신 걸 환영합니다. 최근 우리 일본은 실로 기묘한 공기에 휩싸여 말도 안되는 방향으로 흘러가고 있습니다. 오늘 오후 도쿄에서는 '안락사법을 생각하는 간담회' 발족 집회가 열렸습니다."

오쓰카의 목소리에는 활기가 없었다. 저녁 뉴스에서 '간담회'에 1200명이나 모였다는 보도가 있었기 때문이다.

"이 '간담회'는 그 평온한 명칭과는 전혀 다르게 일본에 안락사법을 급진적으로 들여오려고 획책하는 과격파 집단입니다. 의료의 합리화와·효율화를 내세워 아직 살 수 있는 목숨을 무참히 짓밟으려 하고 있습니다. 이 위험한 상황을 이대로 방치해도 좋을까요?"

히라마사 신문사의 히가시는 교토 지국의 오카지마와 함께 객석 왼쪽 맨 앞줄에서 강연을 들었다. 눈앞에는 수화 통역사가 서 있었다.

"우리 '안락사법제화저지연합'은 발족 이래 안락사를 선동하는 움직임에 대항해 '살아갈 가치가 없는 생명이란 없다'는 방침에 따라 활동을 계속해왔습니다. 그래도 일부 무정한 의사가 저지르는 비도덕적인 안락사는 끊이지 않고 있습니다. 상징적인 예가 바로 1년 전 오늘, 이곳 교토의 한 병원에서 S 의사가 자행한 안락사입니다."

청중의 관심이 연단에 집중되었다. 수화 통역사의 움직임도 빨라졌다.

"S 의사에 관해서는 매스컴의 보도를 통해 이미 많은 분이 알고 계실 겁니다. 그러나 그 보도 내용은 결코 공정하지 않습니다. 선동자에 의해 왜곡되고 본질과 전혀 다른 이미지로 전달된 것입니다. 우리는 S 의사에게 죽음을 당한 환자의 어머니이며 심포지엄의 제2부에 등장하는 수필가 후루바야시 야스요 씨와 협력해 세밀한 조사를 했습니다. 그 결과 놀라운 사실을 알게 되었습니다."

오쓰카는 연단에 놓인 컴퓨터를 켜고 모니터의 내용을 스크린에 띄웠다. 회의장의 조명이 어두워지고 쇼타로의 입원에서 안락사에 이르기까지 사건의 전 과정이 파워포인트로 정리되어 나타났다. 오쓰카는 대략적인 내용을 설명하고 빨간색으로 강조해서 쓴 'S 의사의 안락사에 대한 네 가지 의문점'이라는 페이지를 열었다.

"여러분, S 의사의 안락사는 도카이 대학의 안락사 사건에서 제시된 네 가지 요건을 모두 위반했습니다."

히가시는 자기도 모르게 몸을 앞으로 내밀었다. 지금까지 나온 보도에서, 시라카와의 안락사는 일단 네 가지 요건을 만족했다는 견해가 많았다. 그런데 모든 요건을 위반했다는 건 무슨 말인가?

오쓰카는 하나씩 자세하게 설명했다.

"먼저 첫 번째 요건은 환자가 견디기 어려운 육체적 고통을 겪고 있어야 한다는 점입니다. 그러나 쇼타로 씨가 그런 고통을 겪고 있었다는 증거는 어디에도 없습니다. 물론 어느 정도 고통스러웠을 겁니다. 그러나 그것이 정말 참을 수 없는 고통이었는지 충분히 검토된 기록이 없습니다. 환자가 참을 수 없는 고통을 겪고 있다고 의사가 독단적으로 판단하는 것이 허용된다면 이보다 무서운 일은 없을 겁니다. 경미한 고통에도 안락사의 요건을 만족한다고 말해버릴지 모르는 일입니다."

그런 위험성이 확실히 있다고 히가시는 생각했다.

"두 번째 요건인 죽음을 피할 수 없으며 죽음이 멀지 않아야 한다는 점도 위반하고 있습니다. 쇼타로 씨는 적어도 죽음이 눈앞에 닥친 상태가 아니었습니다. 후루바야시 야스요 씨가 공개를 요구한 진료 기록에 따르면 마지막까지 혈액 검사에 커다란 이상이나 심부전 등의 기록도 없었습니다. 또한 죽음을 피할 수 없었다는 요건도 전혀 충족되지 않습니다. S 의사는 호흡 억제 작용이 있는 약물을 대량 투여하면서 인공호흡기나 보조 호흡기를 사용하지 않았습니다. 만약 합당한 치료를 했다면 당분간 사망하지 않았을 가능성이 높습니다."

인공호흡기를 부착하지 않은 이유로 시라카와는 쇼타로가 비참한 상태를 맞이할 것이 뻔했기 때문이라고 주장하지만, '죽음을 피할 수 있는가?' 하는 점에만 초점을 맞추면 시라카와의 변명은 통하지 않는다. 비참한 상태가 될지 어떨지 제쳐둔다면 당분간 죽음을 피할 수 있었을 것이다.

"세 번째 요건은 육체적 고통을 제거, 완화하는 모든 방법을 동원하고 그 밖에 대체 수단이 없어야 한다는 점입니다. 그러나 S 의사는 이것도 크게 위반했습니다. 그는 케타민이라는 마취약으로 환자를 잠들게 했습니다. 하지만 조금 전에 말씀드린 대로 이 약은 대량 투여하면 호흡 곤란을 일으킵니다. 그러므로 인공호흡기만 달면 잠든 상태에서 살 수가 있습니다. S 의사는 왜 그 길을 선택하지 않았을까요? 그것은 처음부터 환자를 살릴 생각이 없었기 때문입니다."

잠든 채로 살아남을 수 있다면 그것은 고통의 제거에도 해당한다. 그렇게 하지 않은 건 처음부터 안락사를 염두에 두고 치료했기 때문이라는 해석이었다.

"그리고 마지막으로 네 번째 요건, 이것이 가장 중요합니다. 바로 생명의 단축을 승낙하는 환자의 명시적 의사 표시입니다. S 의사는 이 요건도 확실히 확인하지 않았습니다. 마취약으로 몽롱해져 있는 환자에게 충분한 설명도 하지 않은 채 마치 유도하듯이 질문을 던지고는 환자가 고통에 겨워 고개를 끄덕이는 것을 안락사에 대한 승낙이라고 단정해버린 것입니다. 이런 말도 안 되는 의사 확인이 또 있을까요? 이게 어디 환자의 의사라고 할 수 있습니까? 아니, 오히려 억지로 죽으라고 떠미는 것과 뭐가 다르단 말입니까."

회의장에 놀람과 분노의 물결이 퍼졌다. 옆에 앉은 오카지마가 히가시에게 속삭였다.

"시라카와라는 의사, 이제 보니 형편없군."

오쓰카의 설명만 들으면 당연히 그렇게 생각할 수 있었다. 만약 시라카와가 기소되어 검찰 측이 이와 똑같이 공격한다면 틀림없이 유죄 판결이 내려질 것이다.

그러나 히가시는 다른 의미에서 석연치 않은 느낌을 받았다. 안락사의 네 가지 요건에 대한 시라카와의 주장에 애매한 부분이 있는 건 사실이지만, 오쓰카의 추궁도 자의적이라는 느낌이

들었다. 예를 들어, '참을 수 없는 고통'이라도 그 고통이 참을 수 없는 것인지 아직 참을 만한 것인지 어떻게 증명한단 말인가? '육체적 고통을 제거, 완화하는 모든 방법을 동원한다'고 말하지만 모든 방법이란 구체적으로 어디까지를 말하는가? 게다가 본인의 의사 표시도 쇼타로의 경우에는 안정된 상태에서 의사를 확인하기 어려운 상황이었음이 틀림없다. 이 네 가지 요건을 의사가 모두 준수했다고 해도 해석 방법에 따라서는 나중에 얼마든지 불충분하다고 할 수 있지 않을까?

히가시는 복잡한 심경이었지만 오쓰카는 회의장의 반응에 만족하며 말을 이어갔다.

"그러면 S 의사는 왜 안락사를 선택했을까요? S 의사는 연명 치료를 계속하면 비참한 상태를 맞이하기 때문이라고 주장합니다. 그러나 실제로 치료도 하지 않은 상태에서 어떻게 그런 단언을 할 수 있을까요? 저도 의사이기 때문에 압니다. 말기 암 환자의 치료는 매우 어렵습니다. S 의사는 그것이 귀찮아서 빨리 끝내버리고 싶다는 생각이 들었던 것 아닐까요? 안락사를 시행하는 의사에게는 항상 그런 심리가 작용합니다."

다시 한 번 회의장 안이 떠들썩해졌다. 너무하다, 믿을 수 없다, 그래 놓고도 의사라 할 수 있는가. 그런 신음 섞인 한탄이 회의장 여기저기에서 터져 나왔다. 오쓰카는 청중의 반응에 기운을 얻어 더욱 강한 어조로 말했다.

"만일 안락사법이 성립되면 S 의사처럼 환자를 포기하는 의사가 급속히 늘어나겠지요. 우리는 그런 상황을 막아야만 합니다. 약한 생명, 고통받는 생명, 곤란에 처한 생명, 그 생명을 지켜야 합니다. 모든 생명은 살아갈 가치가 있습니다. 생명은 모두 마지막까지 살 권리가 있습니다."

우레와 같은 박수가 터져 나왔다. 눈물을 흘리는 청중도 있고, 일어나서 휘파람을 부는 사람도 있었다. 흥분으로 가득한 회의장 안에서 히가시는 표현하기 어려운 위화감에 사로잡혔다. 이 집단 히스테리 같은 반응은 무엇일까? 흡사 신흥 종교의 집회 같았다.

심포지엄의 제2부는 패널 토론으로 진행되었다. 사회는 아오야기 사무소에서 본 적 있는 '저지련'의 이사 나카무로 신지가 맡았다. 패널로는 평소 멤버인 오쓰카, 후루바야시 야스요, 사우치 고이치, 아오야기 고스케 외에 릿시 대학 사회복지학부 교수인 이와카미 가즈야가 가세했다. 이와카미는 젊은 나이에 교수가 된 안락사 문제 전문가로, 생명 윤리 분야에서 유명한 인물이었다.

논의는 제1부의 흥분을 이어받아 처음부터 열기를 띠었다. 먼저 오쓰카가 의사의 독단에 의한 안락사의 위험에 대해 문제를 제기하자 아오야기가 이렇게 단언했다.

"극단적으로 말하면 모든 안락사는 의사의 독단에 의한 것입니다. 전문 지식이 없는 환자가 어떤 결단을 내릴지는 의사가 유도하기 나름이니까요."

이 말에 야스요가 빠르게 반응했다.

"그래요. 우리 쇼타로가 좋은 예입니다. 충분히 치료도 하지 않고, '보세요, 이렇게 괴로워하지 않습니까? 그러니 안락사시켜줍시다'라며 의사가 다그치면 어떤 가족이라도 굴복할 겁니다. 게다가 S 의사는 저도 없는 사이에 마음 약한 제 언니를 구슬렸습니다."

회의장에 다시 분노의 물결이 일었다.

"그것이 환자의 치료를 빨리 끝내기 위해서였다면 용서할 수 없습니다."

사우치가 부드럽지만 명료하게 말했다.

회의장은 시라카와에 대한 분노와 비난 일색으로 물들었다. 시라카와의 입장을 헤아리는 기색은 전혀 없었다. 그런 경직된 분위기에 히가시는 다시 한 번 위화감을 느꼈다. 시라카와가 정말로 그렇게 악독한 의사인가? 교라쿠 병원에서 취재했던 때를 생각하면 납득하기 어려웠다. 무뚝뚝하지만 착실하고 품행이 바른 시라카와가 과연 그토록 악마 같은 감정으로 환자를 죽게 했을까?

히가시의 의문과는 전혀 상관없이 논의는 존엄에 관한 이야기로 옮겨갔다. 릿시 대학의 이와카미 교수가 천천히 입을 열었다.

"생명의 존엄성을 공리론이나 의미론을 척도로 결론지을 수는 없습니다. 생명의 존엄성은 이해득실을 따져서는 안 된다는 점에 그 본질이 있습니다."

온후하고 품위 있는 이와카미의 말투가 사람들을 매료시켰다. 그러나 히가시는 이와카미의 말이 구체적으로 무슨 뜻인지 도무지 알 수 없었다.

이와카미는 청중의 반응에 만족하며 말을 이어갔다.

"우리는 죽음을 주위와 함께 나누는 것으로 생각하고 있습니다. 개인 한 사람에게만 해당하는 닫힌 죽음이 아니라 함께 공명하고 모두에게 열린 죽음이라고 생각한다면 생명을 개인의 의사에 따라 자유롭게 어쩌지는 못할 것입니다."

패널들은 맞는 말이라는 표정으로 고개를 끄덕였고 회의장에도 동조하는 분위기가 감돌았지만 어딘가 신통치 않은 구석이 있었다. 사회를 맡은 나카무로가 조심스럽게 이와카미에게 물었다.

"지금 하신 말씀에 대해 좀 더 구체적으로 알기 쉽게 설명해주시겠습니까?"

이와카미는 순간 기분이 상했지만 마음을 가다듬고 응했다.

"그러니까 죽음은 개인의 것이 아니라 간병하는 사람, 남겨진 사람에게도 공명한다는 말입니다. 제 이야기가 조금 어려운가요? 통역이 필요하다는 말을 자주 듣곤 합니다만, 하하하."

회의장에 웃음이 퍼지면서 분위기가 일시적으로 누그러졌다.

그 뒤로도 열띤 논의가 이어졌고 시라카와의 안락사에 대한 더욱 강도 높은 규탄과 안락사법의 성립에 결단코 반대한다는 두 가지를 결의하고 논의는 끝났다.

폐회 후 히가시는 오카지마와 헤어진 뒤 야스요 일행이 있는 대기실로 갔다. 좁은 방에는 심포지엄의 여운이 가득했고, 멤버들은 흥분한 모습으로 담소를 나누고 있었다.

"수고하셨습니다."

"감사합니다, 대성공이에요. 내일 신문이 기대되는군요."

야스요가 다가와 히가시의 어깨를 두드렸다. 기사는 쓰겠지만 도쿄에서 어떻게 취급할지 히가시는 불안했다. 자기들끼리는 열광하고 있지만 세간에 큰 뉴스거리가 될 만한 심포지엄은 아니었다.

히가시가 다른 참가자에게 말을 걸려고 하는데 오쓰카가 양복을 입은 키 큰 남자를 데리고 씩씩하게 걸어 들어왔다. 검은 테 안경에 잘나가는 증권 회사 직원처럼 보이는 헤어스타일, 작지만 강해 보이는 눈매가 어디선가 본 기억이 있었다.

오쓰카는 남자를 한가운데 세우더니 소개했다.

"여러분, 참의원 의원인 아사이 에이시로 선생입니다."

그렇다. 분명히 전 자공당 의원이었으나 올봄 무소속이 된 아사이였다. '그 아사이가 왜?' 히가시가 이상하다는 생각을 하고 있는데 오쓰카가 설명했다.

"아사이 선생은 요즘 세상을 떠들썩하게 하는 의료청 구상과 안락사 문제에 반대해 올 4월에 결연히 자공당을 탈당하셨습니다. 이번에 저는 지인을 통해 선생님을 소개받고 부디 우리 활동에 협력해주시길 바라는 마음에 오늘 교토까지 방문해주시기를 청했습니다."

"아사이 에이시로입니다. 여러분, 잘 부탁드립니다."

히가시는 오쓰카의 의도를 곧바로 이해했다. JAMA나 '간담회'에는 자공당의 이무라 가즈오나 민화당의 미카사 다카시 등 텔레비전에도 자주 등장하는 의원들이 지지를 표명하고 있으니 '저지련'에도 그들에 필적하는 정치가의 뒷받침이 필요했을 것이다. 아사이는 지명도가 그리 높지는 않지만 아직 40대 중반에 명석해 보이고 풍채도 좋아서 '저지련'을 지지하는 정치가로 내세우기에 적합했다.

아사이는 대기실에 자리한 멤버들을 둘러보더니 국회의원답게 중후한 어조로 말했다.

"오늘 오쓰카 선생의 강연에 크게 감동했습니다. 게다가 제2부의 패널로 등장하신 여러분의 열정적인 자세에도 머리가 숙여졌습니다. 우연히 시작된 만남이지만 오늘 이 심포지엄에 참가한 것을 진심으로 기쁘게 생각합니다."

아사이는 깊이 허리를 숙여 인사하고 온화한 표정으로 계속 이야기했다.

"제가 안락사나 존엄사에 의문을 품게 된 것은 7년 전 아버지가 위암으로 돌아가신 다음부터입니다. 아버지는 연명 치료를 중단하고 임종을 맞았습니다. 하지만 저는 그것이 아버지에게 최선의 죽음이었다고 생각지 않습니다. 분명 살 기회가 있었을 것입니다. 그런데 존엄사라는 이름으로 억지로 삶을 마감했습니다. 얼마나 원통한 일인지 모릅니다."

아사이는 목이 메는 듯 말을 끊으며 안경 너머로 눈가를 닦았다. 그는 감정적이 되기 쉬운 타입인 듯했다. 야스요 일행은 열심히 아사이의 이야기에 귀를 기울였다.

"제가 자공당을 탈당한 이유도 결국 안락사 문제 때문입니다. 자공당에도 안락사 반대파나 자유로운 생각을 가진 사람이 있습니다. 하지만 나가미네 총리가 의료청 구상을 발표하자 당내는 보수 일변도로 바뀌었습니다. 아마도 연내에 의료청을 둘러싼 치열한 공방전이 펼쳐질 겁니다. 지금의 아즈마 후생노동성 장관은 총리 편으로 기울어 불만을 품은 세력을 억누르고 있습니다. 그러나 후생노동성에서 파벌이 다른 의원들이나 반나가미네파 의원들도 가만히 두고 보지만은 않을 겁니다. 그들은 당을 떠나서라도 의료청 설치를 저지할 생각입니다. 만약 중의원에서 의료청 설치 법안이 부결되면 총리가 중의원 해산에 나설 가능성도 있습니다. 국민을 등진 그런 사태만은 어떻게든 피해야 합니다. 의료청이 설치되면 의료는 환자의 손에서 완전히 떠나버리게 됩니다."

"지당하신 말씀이세요."

야스요가 흥분된 목소리로 외쳤다. "의료청은 의사와 관료의 음모예요."

"그렇습니다. 의료청은 절대 저지해야 합니다. 어쨌거나 아주 든든한 후원자가 생겼습니다."

아오야기가 아사이에게 악수를 청했다. 아사이는 두 사람의
환영에 기쁜 얼굴로 끄덕이더니 헛기침을 한 번 했다.

"이곳에는 훌륭하신 분들이 많이 모이셨습니다. 그러나 오늘
도쿄에서 '안락사법을 생각하는 간담회'가 성대하게 개최된 것
을 여러분도 알고 계시지요? 이대로 가면 '저지련'은 '간담회'의
기세에 눌려버릴 겁니다. 더욱 세간에 어필하는 활동을 해서 적
극적으로 흐름을 바꿀 필요가 있습니다."

"세간에 어필하는 활동이라고 하시면?"

오쓰카의 물음에 아사이는 허공을 노려보더니 대답했다.

"예를 들면 '간담회'와 '저지련'에 각각 관련된 인물들을 직
접 대결할 수 있는 자리로 끌어내는 겁니다."

13. 저지련 대 간담회

아사이 의원의 제안은 '안락사법을 생각하는 간담회'와 '안락사법제화저지연합' 쌍방이 대표를 내세워 공개 장소에서 토론을 벌이면 어떻겠느냐는 뜻이었다.

"오늘 밤 '저지련'의 토론을 들어보니 '간담회'에서 누가 나오든 그들의 논리를 완벽하게 깨뜨릴 수 있을 것 같습니다."

자신 있게 말하는 아사이에게 오쓰카가 물었다.

"공개 장소라면 이 심포지엄 같은 것 말입니까?"

"아니, 언론을 이용해야지요. 텔레비전에서 하는 겁니다."

"승낙할 방송국이 있을까요?"

"걱정 마십시오. 요즘 안락사가 한창 화제니까 방송국에서도 하고 싶어 할 겁니다. 물론 방송 시간은 〈생방송 아침〉과 같은 시간대가 되겠지만요. 민간 방송 쪽에 아는 사람이 있으니 부탁해보겠습니다."

옆에서 듣고 있던 아오야기와 야스요가 갑자기 의욕적으로
나서며 말했다.

"텔레비전이라면 자신 있어요. 어떤 사람이 나오든 철저하
게 상대해줄 테니."

"그래요. '간담회'의 위선을 가차 없이 폭로합시다."

히가시도 재미있는 기획이라고 생각했다.

"그럼, 저는 그 논쟁을 취재해서 저희 신문사에 시리즈 기사
로 싣겠습니다."

"하지만 '간담회'에서 응할까?"

사우치가 중얼거리듯 의문을 표시하자 아사이는 여유 있는
표정으로 대답했다.

"만약 응하지 않으면 그 사실을 대대적으로 공표하면 됩니
다. 논쟁을 회피했다고 하면 '간담회'의 평판도 땅에 떨어질 겁
니다."

히가시가 문득 돌아보니 대기실 입구에 어떤 마른 여성이 서
있었다. 야스요가 알아보고 환영하며 팔짱을 끼었다.

"아, 심포지엄에 와주었군요. 고마워요. 그렇게 서 있지 말고
어서 이쪽으로 와요. 모두에게 소개하죠. 고라쿠 병원의 니시다
세쓰코 씨입니다. 쇼타로의 사후 처치를 해준 간호사예요."

머뭇머뭇 머리 숙여 인사하는 니시다를 보고 히가시는 이 여
자가 야스요의 감춰둔 협력자라는 걸 알 수 있었다. 야스요가 니

시다에게 얼굴을 가까이 대고 교활하게 속삭였다.

"니시다 씨, 앞으로 '저지련'의 대활약이 시작될 거예요. 그래서 당신에게 꼭 부탁하고 싶은 게 있어요. 뭐든 좋으니까 시라카와의 스캔들을 파헤쳐줄 수 없을까요? 같은 병원에 있으니까 여러 가지 보고 듣는 게 있겠죠?"

니시다는 당황스러운 표정으로 야스요를 보았다. 히가시와 사우치 일행이 무슨 말인가 싶어 바라보자 야스요는 의미심장하게 내뱉었다.

"얼마 전 사우치 선생이 말했던 시라카와를 우리 편으로 만드는 작전 말이에요. 역시 정면으로 설득해서는 통하지 않을 거예요. 그러니까 무슨 수를 써야지요."

비열한 미소를 짓는 야스요에게 히가시는 수상한 느낌을 받았다. 설마 스캔들을 미끼로 시라카와를 협박할 생각인가? 야스요라면 그러고도 남을 것이다.

심포지엄이 열린 다음 날, 히가시가 편집국에서 석간 원고를 수정하고 있는데 야스요로부터 전화가 걸려왔다.

"히가시 군, 오늘 아침 신문 봤어요? 용서할 수 없어요."

말의 내용과 달리 목소리에는 힘이 없었다. 대부분의 일간지가 '간담회'의 발족 집회를 대대적으로 보도한 데 반해 '저지련'의 심포지엄은 하찮은 지역 소식으로 취급했기 때문이다. 히라마사 신문에서만 히가시의 기사를 2단으로 실었을 뿐이다.

"어쩔 수 없는 일입니다. '저지련'은 회의장이 교토였으니까요. 간사이판은 더 크게 싣겠지요."

히가시는 일 때문에 어젯밤 함께 도쿄로 돌아온 야스요를 위로했다.

'간담회' 관련 기사가 더욱 크게 보도된 것은 시라카와의 일본판 포스트마 사건 이후 여론이 완전히 안락사를 허용하는 쪽으로 기울었기 때문이라고 말해봤자 야스요는 인정하지 않을 것이다.

한참 동안 야스요의 불평을 들어주고 나서 히가시가 석간 원고를 살펴보고 있는데 야스요로부터 또다시 전화가 걸려왔다. 이번에는 조금 전과 달리 활기찬 목소리였다.

"'간담회'와의 직접 대결, 프로그램이 결정되었어요. 히가시 군, 어떻게 생각해요?"

야스요는 시원하게 다 말하지 않고 상대방을 초조하게 만드는 나쁜 버릇이 있었다.

"〈생방송 아침〉입니까?"

"아니, 그런 작은 프로그램이 아니에요. 놀라지 말아요. 〈선데이 프라임〉이에요, 흥."

야스요가 콧방귀를 뀌었다. 〈선데이 프라임〉은 도쿄 캐피털 방송이 일요일 오전 황금 시간대에 방영하는 프로그램이었다. 저널리스트인 시게키, 다도코로 신야가 사회를 맡고 매주 다양한 주제로 생생한 토론을 펼쳤다.

야스요는 들떠서 말을 이었다.

"아사이 선생이 힘써준 덕분에 도쿄 캐피털의 편성국장을 설득할 수 있었어요. 요즘 안락사가 세간의 화제인 데다 '저지련'과 '간담회'가 직접 부딪친다면 큰 관심이 쏠릴 거라고 생각했겠죠."

"방송은 언제 합니까?"

"다다음주 18일. 방송 일정을 변경해서 집어넣기로 했어요."

히가시는 뭔가 석연치 않은 느낌을 받았다. 방송국이 그렇게까지 협력하는 이유가 뭘까? 도쿄 캐피털은 지난달 '왜 지금 안락사인가'라는 제목으로 안락사를 옹호하는 프로그램을 내보냈다. 그런데 손바닥 뒤집듯이 '저지련'의 요청을 받아들이다니. 히가시는 불길한 예감을 떨칠 수 없었다.

그런 일이 있은 다음 주 금요일, 히가시는 야스요로부터 아오야기의 사무소로 오라는 연락을 받았다. 오쓰카가 프로그램 출연자들을 발표할 예정이니 참관인으로 동석해달라는 것이었다.

이틀 전에 방송국으로부터 오쓰카에게 '간담회' 측 출연자 명단이 전달되었다고 한다. '저지련' 측의 출연자는 대표인 오쓰카에게 일임되었다. 명단에 따르면 '간담회' 쪽 멤버는 르포기자인 다치하라 나오키, 민화당 의원인 미카사 다카시, 정치프로그램 등에 자주 등장하는 인기 예능인으로 '간담회' 멤버이기도 한 앤디 오타, 그리고 라이토 소화기의료센터의 야마나 게이스케였다.

오쓰카가 '저지련' 쪽 참가자를 막 발표하려는데 명단에서 야마나의 이름을 발견한 야스요가 덤벼들 기세로 말했다.

"이 야마나라는 자는 전에도 말했지만 시라카와 대학 동창이에요. JAMA의 이사인데, 지금은 집행부 위원이기도 합니다. 병원 일은 내팽개치고 JAMA에 푹 빠져 있다는 소문이 자자해요."

오쓰카가 헛기침을 한 번 하더니 본래의 화제로 돌아갔다.

"우리 쪽 참가자에 대해 말씀드리겠습니다. 방송국에서 프로그램 진행상 출연자를 네 명으로 제한해달라는 요청이 있었습니다."

야스요와 아오야기가 불만스러운 표정을 지었지만 오쓰카는 모른 척 계속했다.

"저는 '저지련'의 대표 이사로서 이미 출연이 확정되었습니다. 그리고 미카사 의원에 대항하는 의미에서 아사이 선생에게도 출연을 부탁할 예정입니다."

"아사이 선생이 승낙할까요?"

아오야기가 중얼거리자 오쓰카가 말했다.

"이미 양해를 받았습니다. 아사이 선생은 기꺼이 출연하겠답니다."

"그리고 시라카와 의사에 관한 이야기도 나올 테니 야스요 씨도 출연해주십시오."

야스요는 당연하다는 얼굴로 고개를 끄덕였다.

"또 한 사람은 앤디 오타에 대적할 인물로 우리 쪽은 변호사인 사우치 선생에게 부탁할 생각입니다."

"잠깐, 그럼 나는?"

아오야기가 당황하며 입을 내밀었다.

"아오야기 씨에게는 죄송합니다만, 이번에는 뒤에서 도와주십시오."

아오야기의 표정이 점점 불만과 분노로 일그러졌다. 그럴 만도 했다. 그는 생방송 토론 이야기가 나왔을 때부터 의욕적이었으니까. 출연이 무산되자 아오야기는 원망스러운 눈으로 오쓰카를 바라보았다.

10월 18일 일요일, 〈선데이 프라임〉의 생방송은 에비스 남쪽에 있는 도쿄 캐피털 방송 D스튜디오에서 진행되었다. 프로그램은 오전 9시에 시작하는데 토론은 9시 30분경부터 진행될 예정이었다.

"오늘은 '저지련'의 실력을 확실히 보여줍시다."

국회의원답게 방송용 빨간 넥타이를 맨 아사이가 씩씩하게 말했다. 대기실에는 출연자 네 명 외에 히가시와 아오야기가 함께 자리했다. 아오야기는 출연자가 결정된 날부터 줄곧 여러모로 출연을 꾀했지만 결국 뜻을 이루지 못했다. 이날도 스튜디오에 얼굴을 내밀기는 했지만 언짢은 표정이 역력했다.

벽에 걸린 모니터에서는 이미 방송이 시작되고 있었다. 출연자들은 벌써 메이크업을 마친 상태였는데 토론 내용 등은 일체

의논하지 않았다. 생방송인데 아무런 준비도 없이 괜찮을지 히가시가 걱정하자, 텔레비전에 익숙한 야스요가 탁자에 놓인 샌드위치를 집어 먹으며 말했다.

"바로 그게 〈선데이 프라임〉이 과격한 토론을 벌일 수 있는 비결이에요."

"토론 제목인 '안락사! 과연 법제화해야 하는가', 이건 굳이 말하자면 우리에게 유리한 제목이군요. 일본인은 애매한 상황을 좋아하니까 법제화라는 말을 들으면 막연히 안락사에 호의적인 사람도 뒷걸음칠 겁니다."

"그러네요."

야스요가 미소를 짓자 아오야기는 씁쓸한 표정을 지었다.

모니터에서는 프로그램의 전반 주제인 '의료청 구상'에 관한 보도가 결말을 맞고 있었다. 9시 25분, 연출자의 안내에 따라 야스요 일행은 스튜디오로 향했다.

"오쓰카 선생, 괜찮으려나? 방송을 너무 쉽게 보는 건 아닌지."

출연자들이 나가자마자 아오야기는 오쓰카를 비난하기 시작했다. 출연 명단에서 제외된 뒤부터 아오야기는 틈만 나면 오쓰카의 험담을 늘어놓았다.

광고가 끝나고 마침내 토론 코너가 시작되었다. 진행을 맡은 다도코로 신야를 사이에 두고 '저지련'과 '간담회'의 대표가 책상 앞에 마주 앉았다.

─그럼 다음은 '안락사! 과연 법제화해야 하는가'를 시작하겠습니다. 어쩌다 보니 오늘 아침은 전부 의료에 관한 주제군요. 뭐, 어쩔 수 없죠.

다도코로는 평소처럼 쉰 목소리로 털털하게 진행을 시작했다. 히가시는 아오야기와 함께 대기실 모니터에 집중했다. 다도코로가 자료를 보면서 격식을 차려 말했다.

─이번 달 1일, 도쿄 빅사이트에서 '안락사법을 생각하는 간담회' 발족 집회가 개최되었습니다. 이 간담회는 의사와 변호사, 대학교수 등이 모여 안락사법을 긍정적으로 검토하는 단체입니다. 집회에는 1200명이나 참가했다고 하니 대단한 규모입니다. 아시는 대로, 교토에서 일어난 안락사 사건이 보도된 이후 최근 안락사에 관한 관심이 높아지고 있습니다. 반면 이에 반대하는 움직임도 있습니다. 같은 날 교토에서 '안락사법제화저지연합', 이른바 '저지련'이 심포지엄을 개최했습니다. 여기에는 350명이 참가했습니다만, 이것도 상당한 숫자입니다.

모니터를 뚫어지게 바라보던 아오야기가 갑자기 큰 소리로 혀를 찼다.

"참가 인원 따위를 굳이 밝힐 필요가 있나? 처음부터 편파적이잖아."

히가시는 "그러네요"라며 조심스럽게 수긍했지만 아오야기는 거들떠보지도 않았다

─오늘은 '간담회'와 '저지련' 쪽 대표 각각 네 분을 모시고 토

론을 벌이겠습니다. 먼저 '저지런' 측 네 분을 소개하겠습니다.

소개가 시작되자 아오야기는 더욱 불쾌한 표정이 되었다. 본래는 자기가 저 자리에 앉아 있어야 한다는 생각이 그를 화나게 하는 것 같았다.

— 그러면 바로 이번 안락사 문제에 대한 화제를 불러일으킨 장본인 다치하라 씨로부터 교토 사건에 대한 설명을 듣겠습니다.

다치하라가 시라카와의 안락사에 대해 간결하게 설명하자 다도코로는 야마나를 향해 말했다.

— 야마나 씨, 같은 소화기외과 의사로서 어떻습니까? 안락사는 역시 필요한가요?

— 그렇다고 할 수 있지요. 말기 암 환자가 겪는 통증은 상상을 초월할 정도입니다. 그러므로 안락사라는 선택도 고려하는 편이 현실적입니다.

— 시라카와 의사가 행한 안락사도 정당하다는 말씀이군요.

— 물론입니다. 시라카와 의사의 용기 있는 결단으로 환자가 구원을 받았다는 건 분명합니다.

— 현장 의사의 말은 그렇지만, 환자 쪽 당사자로서 야스요 씨의 생각은 어떻습니까?

야스요는 기다렸다는 듯 쇼타로의 안락사에 대한 비판을 쏟아 냈다. 쉬지 않고 떠들어대는 야스요를 다도코로가 가로막았다.

— 네, 여러 가지 문제가 있다는 건 알겠습니다. 여기서 정리

를 해봅시다. 그러니까 가장 큰 문제는 아드님의 의사가 충분히 확인되지 않았다는 말씀이시지요? 그렇다면 다시 묻겠습니다. 만약 의사 확인이 충분했다면 안락사도 고려할 수 있다는 뜻입니까?

다도코로의 질문에 야스요는 순간 당황했지만 곧바로 격렬하게 반론했다.

— 말도 안 되는 소리예요. 아무리 아들아이의 뜻이 그렇다고 하더라도 안락사는 인정할 수 없습니다. 안 되는 건 절대로 안 됩니다.

— 어째서요?

다도코로가 일부러 시치미를 떼고 물었다. 다도코로의 도발에 역시나 야스요의 목소리가 높아졌다.

— 안락사는 생명을 포기하는 행위입니다. 저희 쇼타로도 시라카와 의사가 처음부터 안락사를 염두에 두고 있었던 거예요. 더는 가망이 없다고 생각해서 치료에 최선을 다하지 않은 겁니다. 그런 행동을 용서할 수 있나요?

이 발언에 연예인인 앤디 오타가 치고 들어왔다.

— 과연 최선을 다하지 않았다고 단언할 수 있을까요? 결과가 나쁘면 당신들은 금방 그렇게 의사를 비난하지 않습니까?

— 아니요. 요즘은 통증 억제 치료도 많이 발전해서 의사가 최선을 다한다면 통증은 대부분 억제할 수 있습니다. 죽음이 아니면 고통에서 해방될 수 없는 상황은 일단 없다고 생각하는 편

이 좋습니다.

오쓰카가 반론하자 다도코로가 한 손을 앞으로 내밀며 질문했다.

— 일단 없다고 생각하는 편이 좋다는 것은, 다시 말하면 100퍼센트 없다는 말은 아니군요. 만약 그렇다면 안락사가 필요한 환자도 몇 명은 있지 않겠습니까?

모니터를 보고 있던 아오야기가 팔짱을 끼며 분개했다.

"또 안락사파 편을 드는군. 다도코로는 너무 편파적이야."

화면에서는 민화당의 미카사가 다도코로 쪽으로 몸을 기울이며 약간 혀 짧은 소리로 발언했다.

— 그렇습니다, 다도코로 씨. 저희가 바라는 건 선택의 하나로서 인정되는 안락사입니다. 안락사법이 제정된다고 해서 어떤 경우에나 안락사를 시행하자는 말이 아닙니다. 안락사 외에 고통에서 벗어날 길이 없는 환자에게 하나의 방법으로 안락사도 선택할 수 있는 상황을 만들어주자는 겁니다. 지금처럼 안락사법이 없는 일본에서는 안락사 금지법이 시행되고 있는 것이나 마찬가지니까요.

이 말은 야마나의 의견과 일맥상통한다고 히가시는 생각했다. 안락사법 추진파는 '안락사 금지법 상태'라는 현실 인식에 의견이 일치하고 있었다.

그때까지 묵묵히 듣고만 있던 아사이 의원이 경멸 어린 표정으로 미카사를 바라보며 자신만만하게 말했다.

— 안락사 금지법, 괜찮지 않습니까? 모든 안락사는 금지해
야 합니다. 저는 아예 금지법을 만드는 것도 괜찮다고 생각합
니다.

약간 주제에서 벗어나면서도 과격한 아사이 의원의 발언을
변호사인 사우치가 보충했다.

— 안락사는 살인이기 때문에 새삼 금지하지 않아도 지금의
형법으로 충분합니다. 그러나 만약 거꾸로 안락사법이 제정된
다면 그거야말로 큰 문제입니다. 많은 환자들이 합법적으로 죽
음에 내몰릴지도 모르는 위험에 노출되니까요.

그러자 다치하라가 노골적으로 적의를 드러내며 아사이에게
지지 않는 위압적인 목소리로 반론했다.

— 그 말은 안락사가 악용되는 경우입니다. 유산 상속을 받
으려고 안락사시킨다거나 며느리가 미운 시어머니를 안락사
시키는 경우를 걱정하는 거지요. 하지만 그럴 때에 대비해서 적
용 조건을 엄격히 하면 되지 않습니까? 지금처럼 안락사가 금
지된 상황에서는 극심한 고통을 겪는 환자가 구원을 받지 못한
채 방치될 뿐입니다. 그러므로 안락사도 선택할 수 있도록 하는
편이 좋습니다. 의사에게 엄격한 진단 의무를 부과하면 충분히
안심할 수 있습니다.

다치하라는 『주간 춘추』나 『문예 공론』 때에 비해 꽤 공부한
모양이었다. 벼락치기로 익힌 지식을 10년 전부터 알고 있던 양
과시하는 것이 다치하라의 장기였다. 야스요는 그런 다치하라

에게 맹렬하게 대들었다.

— 적용 조건을 아무리 엄격히 해도 자질이 부족한 인간이 대량으로 의사 면허를 취득하는 이런 상황에서는 도저히 안심할 수 없어요. '저지련'에 참가하고 계신 분들이야 신뢰할 수 있지만, 아직도 많은 의사들이 환자를 무시하는 경향이 강하고 설명 의무도 충분히 다하지 않습니다. 그런 의사들에게 안락사를 허용한다면 치료가 까다롭거나 살아날 가망이 적은 환자, 진료비를 내지 못하는 환자들은 차례로 안락사를 강요당할 위험이 있다고요.

야스요의 말을 듣고 있던 다도코로가 쓴웃음을 지으며 말했다.

— 과격한 의견이시네요. 하지만 야스요 씨는 실제로 아드님이 안락사를 당했으니 그런 생각을 하실 수도 있겠지요.

그때 발언 순서를 기다리다 지친 오쓰카가 재빨리 끼어들었다.

— 어쨌거나 안락사는 불필요합니다. 조금 전 100퍼센트는 아니라고 했지만 기본적으로는 통증을 억제할 수 있으니까요. 말기 암 환자의 통증에 대해서는 WHO의 통증 완화 프로그램이 있습니다.

— 아니, 그 프로그램은 현장에서는 아무런 도움이 되지 않습니다. 아파 죽겠다는 환자에게 의사가 참을 수 있다고 다독이는 것뿐이니까요.

야마나가 반론하자 다도코로는 "그건 참 어처구니없는 일이군요"라며 어이없어했다.

"오쓰카 선생이 또 틈을 보였군."

모니터를 보고 있던 아오야기가 인상을 찌푸렸다.

히가시가 보기에 토론은 지금까지 거의 막상막하였다. 그런데 다도코로가 네덜란드의 안락사법 이야기를 꺼내고 나서부터 흐름이 바뀌었다. '간담회'에 유리한 화제라고 생각했는데 '저지련'으로부터 비판이 쏟아져나왔던 것이다.

— 네덜란드와 일본의 의료 상황은 전혀 다르기 때문에 동일한 법률을 도입할 수는 없습니다.

가장 먼저 포문을 연 사람은 아사이 의원이었다.

— 네덜란드에서는 안락사의 85퍼센트가 담당 의사에 의해 시행되고 있지만, 일본에는 그런 담당 의사가 뿌리내리지 못한 상태입니다. 더구나 일본은 죽음에 대한 교육도 불충분하고 자기 결정 의식도 미숙합니다. 자신의 죽음에 대해 의사와 대등한 입장에서 결정할 수 있는 사람이 얼마나 있겠습니까? 지금과 같은 상태에서 일본에 안락사법이 도입되면 의사의 자의적인 판단에 따라 '안락사가 유도'될 가능성이 높습니다. 이는 매우 위험한 일입니다.

"그렇고말고."

아오야기가 모니터를 향해 외쳤다.

화면에서는 아사이의 비판을 야스요가 이어받았다.

— 네덜란드처럼 안락사법을 도입하면 부모가 중증 장애를 지니고 태어난 갓난아기를 안락사시키는 일이 발생할 수도 있습니다. 실제로 네덜란드에서는 유전병이나 척추가 파열된 갓난아기를 부모의 요청에 따라 안락사시킨 의사가 무죄 판결을 받은 예가 있습니다. 비록 장애아는 줄어들지 몰라도 그런 끔찍한 법률은 용납할 수 없습니다.

"옳거니."

아오야기가 무릎을 쳤다. 오쓰카도 지지 않겠다는 듯 강한 어조로 계속했다.

— 네덜란드의 안락사법에 다른 나라가 어떻게 반응했는지 아십니까? 프랑스는 '행복한 인생이 아니면 의미가 없다고 인정하는 것인가'라며 우려를 표명했습니다. 독일 의사회에서는 '의사의 일은 환자를 살리는 것'이라고 반발했습니다. 또한 바티칸에서는 '그런 무시무시한 선택이 인도적이라고 생각한다는 것 자체가 이해할 수 없다'고 노골적으로 비판하고 있습니다.

속사포처럼 쏟아지는 비난에 '간담회' 쪽의 출연자들은 곤혹스러워했다.

다도코로가 "이런 문제에는 역시 현장의 의사가 가장 해박하겠지요"라며 야마나에게 질문을 던졌다.

— 네덜란드의 안락사법에는 명확한 의사 표현을 하면 열두 살부터 안락사가 가능하다고 하더군요. 하지만 실제는 어떻습니까? 그렇게 어린아이까지 안락사를 시키는 건 일본에서는 좀

받아들이기 어려울 것 같은데요.

히가시는 '저지련' 쪽으로 기운 발언이라고 생각했지만, 아오야기는 "다도코로도 이제야 겨우 중립적인 입장이 되었군"이라며 기뻐했다.

갑작스레 질문을 받은 야마나는 횡설수설했다.

—어린아이의 안락사는 확실히 충격적일 수 있습니다. 그러나 건강한 아이를 죽게 하는 것이 아닙니다. 참기 어려운 고통에 시달리는데 안락사 외에는 다른 방법이 없기 때문에 안락사를 시키는 겁니다.

JAMA 창립 기념 총회가 끝난 뒤의 인터뷰와 달리 눈에 띄게 동요하는 모습이었다. 히가시는 텔레비전에 익숙하지 않은 야마나에게 동정심을 느꼈지만 '저지련' 측은 가차 없이 그를 공격했다.

—야마나 선생은 조금 전 WHO의 통증 완화 프로그램이 충분하지 않다고 말씀하셨는데, 강력한 진정제와 병행해 진행하면 적어도 의식을 잃게 할 수는 있습니다. 죽게 할 필요 따위는 없단 말입니다.

오쓰카가 조금 전의 복수라도 하듯 반격하자 뒤를 이어 야스요가 강하게 추궁했다.

—최선을 다했지만 통증을 없애지 못했다고 말하는 의사가 있다면, 그건 의사로서 능력이 부족한 것 아닙니까?

—그건 좀 어불성설이군요. 치료하기 어려운 통증도 있지

않습니까? 통증에는 육체적인 고통뿐 아니라 정신적인 고통도 있으니까요.

앤디 오타가 반박하자 아사이 의원이 잘라 말했다.

— 전인적인 의료에 애쓰는 의사라면 정신적인 부분까지 돌볼 수 있어야 합니다. 다만 그런 수준 높은 의사가 적다는 것이 문제지요.

뒤이어 오쓰카가 침착하게 말했다.

— 의사의 능력, 기량, 윤리관에는 의사마다 아직 커다란 차이가 있습니다. 그것은 전문가에게 허용될 수 없는 일이지요. 의사는 환자에게 최선의 의료를 제공할 의무가 있습니다. 그러므로 모든 의사는 마땅히 능력을 최고로 끌어 올리기 위해 스스로 노력해야 합니다.

"그렇고말고. 오쓰카 선생도 가끔은 바른말을 하는군."

토론이 '저지련'에 유리하게 전개되자 아오야기의 기분도 나아졌다.

저지련의 계속되는 공격에 간담회 측이 수세에 몰리자 초조한 표정으로 다치하라가 반박에 나섰다.

— 진정제를 사용한다는 건 결국 환자를 잠재우는 것입니다. 인공호흡기를 장착하고 의식도 없이 살아가는 삶에 인간으로서 존엄성이 존재할까요? 저라면 그렇게 살고 싶지 않을 겁니다.

— 그래서 죽여달라고 할 겁니까? 안락사는 의사가 어차피 살아날 가망이 없는 환자를 포기하는 시점에서 시작됩니다. 의

사라면 마지막 순간까지 환자의 생명을 살리기 위해 노력해야 하는 것 아닙니까?

힘이 넘치는 야스요의 기세에 언변 좋은 다치하라도 불쾌한 표정으로 얼굴을 찌푸리는 수밖에 없었다.

다치하라가 역부족이라면 자기 차례라는 듯 민화당의 미카사 의원이 몸을 앞으로 내밀며 발언했다.

— 그래도 죽음이 임박했을 때 너무 비인간적인 치료로 존엄성을 해치는 것보다 아름다운 모습으로 떠나고 싶어 하는 사람도 있지 않을까요? 편안하게 마지막을 맞고 싶어 하는 사람을 위해서도…….

미카사의 말이 끝나기도 전에 야스요가 다시 반론했다.

— 그 '죽음이 임박했다'는 말이 문제입니다. 의사의 높은 오진율을 생각하면 도무지 신뢰할 수가 없어요. 말기 암 환자의 상태가 일단 나빠져도 치료를 계속하면 기적적으로 회복하는 예가 얼마든지 있으니까요.

히가시는 '기적적'이라면서 '얼마든지 있다'라는 말은 모순이라고 생각했지만 '저지런'의 기세는 꺾일 줄 몰랐다.

— 같은 의사로서 유감스럽게 생각합니다만, 안락사를 시행하는 의사에게는 '까다로운 치료를 빨리 끝내고 싶다'는 잠재의식이 있습니다. 시라카와 의사 자신도 깨닫지 못했지만 마음 한 구석에 그런 생각이 있지 않았을까요? 그런 의사가 내리는 '죽음이 임박했다'는 진단을 어떻게 신뢰할 수 있겠습니까?

오쓰카가 침통한 표정으로 말하자 야마나가 항변했다.

— 그러나 현장에서는 환자 자신이 안락사를 희망하는 경우도 있습니다.

진행을 맡은 다도코로가 끼어들 틈도 없이 야스요가 다시 되받아쳤다.

— 환자가 비록 안락사를 희망한다고 해도 의사라면 최대한 생명을 존중하는 게 당연하지 않습니까? 환자의 희망 어쩌고 하는 건 의사가 스스로 자부심을 버리고 환자에게 책임을 전가하는 비겁한 자기 방어입니다.

"야스요 씨의 활약이 대단하네요."

히가시가 감탄하며 중얼거렸다. 아오야기는 응원이라도 하듯 두 주먹을 불끈 쥐고 화면에 몰두했다. 앤디 오타가 눈썹을 찌푸리며 불만스럽게 말했다.

— 치료 가능성이 전혀 없고 고통스럽기만 할 뿐이라면 저는 의사에게 안락사를 부탁하겠습니다. 책임은 내가 질 테니 안락사시켜달라고요. 그런 상태에서 생명을 존중해야 한다고 말해봤자 아무런 도움도 되지 않을 겁니다.

— 아니요. 통증이나 고통은 억제할 수 있습니다. 의사가 환자를 죽게 하는 건 있을 수 없는 일입니다.

오쓰카가 결론을 내리듯 말하자 진행을 맡은 다도코로가 겨우 그 틈새를 끼어들었다.

— 양측의 대립이 팽팽하군요. 지금까지 여러 가지 의견을

들어보았습니다. 그러면 사우치 씨, 마지막으로 한 말씀 부탁합니다.

한동안 침묵을 지키고 있던 변호사 사우치가 무겁게 입을 열었다.

— 안락사의 근본은 '살 가치가 없는 생명'이라는 발상에서 시작됩니다. 그러나 세상에 그런 생명이 있겠습니까? 환자보다 의사나 관료, 정치가 쪽에 안락사를 요구하는 의견이 더욱 많다는 점이 저는 가장 걱정스럽습니다. 권력이 뒤에서 조종하는 느낌이 드는 이유는 안락사를 인정해서 의료비 억제를 꾀하는 세력이 있기 때문입니다. 이는 말기 환자나 장애인에 대한 국가의 부담을 줄이려는 발상으로, 나치의 전체주의나 다름없습니다. 안락사를 법률로 인정하면 의사는 점차 귀찮은 통증 치료에서 손을 떼려 할 것이고, 쉽게 안락사 쪽으로 생각이 기울어지겠지요. 안락사법은 의사가 양심의 가책을 받지 않고 환자를 버릴 수 있도록 하는 시스템입니다. 이와 동시에 환자에게는 가족이나 사회에 부담을 주지 말라고 강요하는 압력 장치입니다. 겉보기에는 본인의 의사인 양 가장하면서 어느새 주변 사람들의 형편에 맞춰 '자기 결정'이 유도됩니다. 이는 실로 무서운 일이라고 아니 할 수 없습니다.

사우치의 낮고 부드러운 음성이 조금 전까지 소란스럽던 토론회의 분위기를 잠재웠고, 화면 속은 어느새 장엄함으로 가득 찼다. 평소 말이 길어지는 걸 싫어하는 다도코로도 조용히 듣고 있었다.

— 그래서 저는 안락사법을 '미끄러지기 쉬운 널빤지'라 부르며 경계하고 있습니다. 안락사가 일단 법제화되면 적용 대상이 점점 확대될 위험성이 있습니다. 죽지 않아도 될 생명이 주변 사람들의 이득 때문에 죽음으로 유도될 수 있습니다. 만약 정말 도저히 참을 수 없는 고통이라면 안락사보다 먼저 고통을 없애는 치료를 개발해야 하지 않습니까? 질 높은 호스피스, 완화 의료의 발전에 더욱 신경 써야 합니다. '종말기'나 '임사 상태'라는 용어를 의사가 정확한 정의도 없이 애매하게 사용하는 현 상황에서 치료를 포기하는 행위는 결코 허용할 수 없습니다. 어차피 죽을 목숨이라도 마지막까지 정당한 치료를 받을 권리가 있습니다. 얼마 남지 않은 시간에 무엇을 할 수 있을까요? 산소를 공급하고 가래를 뽑아내고 얼굴을 닦아줄 수도 있습니다. 그것이 환자를 포기하지 않는 마음입니다. 그런 마음이 있다면 인공호흡기를 벗겨내겠다는 생각 따위는 하지 않을 것입니다.

— 아니요, 환자의 얼굴을 닦아주거나 하는 일은 결국 간병하는 사람의 자기만족일 뿐입니다. 그렇게 해주었다고 해서 고통이 사라지는 것은 아닙니다.

다치하라가 초조한 어조로 반론했다. 어쩌면 그 말이 옳을지도 모른다. 그러나 사우치가 만들어낸 엄숙한 분위기 속에서 다치하라의 말은 냉담하게 느껴질 뿐이었다.

다도코로가 연출자 쪽을 흘깃 보더니 말했다.

— 네, 벌써 시간이 다 되었네요. 안락사 문제는 생각보다 상당히 뿌리가 깊다는 걸 알 수 있었습니다. 지속적인 논의가 필요하다고 생각합니다. 시청자 여러분도 한번 환자의 입장에서 깊이 생각해보십시오.

코너가 끝났음을 알리는 음악이 흐르고 화면은 광고로 바뀌었다.

잠시 후 출연자들이 대기실로 돌아왔다. 네 사람의 얼굴에는 만족감과 흥분의 여운이 가시지 않았다.

"수고했습니다."

히가시의 말에 아오야기가 승리를 기뻐하는 축구팀 코치처럼 네 사람을 맞이했다.

"아아, 완벽한 승리였습니다. 특히 마지막 사우치 선생의 발언은 정말 감동적이었습니다. 다치하라는 얕은 지식으로 제 무덤을 팠고 야마나라는 의사도 횡설수설하더군요."

"그따위 의사, 더 망신을 줄걸 그랬어요."

야스요는 한껏 기세등등해 있었다.

오쓰카가 아오야기를 미안한 듯 바라보며 말했다.

"다음에는 아오야기 씨도 꼭 출연해주세요. 그때는 잘 부탁드립니다."

머리까지 숙이는 오쓰카를 보며 아오야기는 순간 표정이 일그러졌지만 "물론, 맡겨만 주세요"라며 가슴을 폈다. 오쓰카는 능숙하게 아오야기와의 응어리를 풀었다. 보기보다 사람 다루는 재주가 뛰어나다고 히가시는 내심 감탄했다.

대기실은 마치 개선 축하 파티처럼 시끌벅적했다. 그러나 히가시는 역시 심포지엄 때처럼 위화감을 느꼈다. '저지련'은 적을 무너뜨리는 것만이 목적인 사람들의 모임 같았다. 그것은 '간담회' 쪽도 마찬가지였다. 서로 으르렁거리고 오기를 부리며 노골적으로 적의를 드러냈다. 안락사에는 필요성과 위험성 양면이 존재할 텐데, 상대방의 의견은 전부 무시하고 논파하기에만 열중했다. 결국 양측 모두 당사자인 환자는 무시하고 있지 않은가.

히가시가 그런 생각에 빠져 있는데 야스요의 휴대전화에서 착신음이 울렸다.

"여보세요? 아, 니시다 씨. 방송 봤어요? 고마워요. ……그렇죠? 네에……, 뭐요, 정말? 큰일을 해냈네요. 대단해요. 정말 잘했어요."

통화를 끝낸 야스요가 아오야기에게 눈짓을 하며 음흉한 미소를 지었다.

"니시다가 마침내 시라카와의 스캔들을 캐낸 모양이에요."

14. 탄로

"정말 지독한 의사로군."

거실 소파에서 텔레비전을 보고 있던 시라카와 다이세이는 너무 화가 나서 한숨이 나왔다. 오늘 〈선데이 프라임〉에서 안락사를 둘러싼 토론이 벌어질 것이라는 말은 이미 지난주에 야마나로부터 들어서 알고 있었다. 후루바야시 야스요도 출연한다는 말에 어떤 이야기가 나올지 신경을 곤두세우고 들었다. 그런데 정작 그를 화나게 한 건 야스요가 아닌 '저지련'의 대표 오쓰카였다.

안락사를 시행하는 의사에게는 '까다로운 치료를 빨리 끝내고 싶다'는 잠재의식이 있다고? 비열한 놈 같으니라고. 현장에서 온갖 고생을 하며 열심히 치료에 임하는 의사를 중상모략해도 유분수지. 그렇게 말하면 세상 사람들은 더욱 의사를 믿지 못할 것이다. 오쓰카라는 의사는 말만 번지르르할 뿐 의료 붕괴를 선동하는 극좌파 테러리스트에, 모든 의사의 적이었다.

시라카와는 장면이 바뀌어 광고가 시작된 텔레비전을 향해 온갖 욕설을 퍼부었다. 그의 머릿속은 온통 오쓰카에 대한 분노와 증오로 터질 것만 같았다.

"여보, 나갈 준비하셔야죠."

부엌에서 아내 마사미의 목소리가 들렸다. 벽에 걸린 시계를 보니 벌써 10시를 넘어서고 있었다.

서둘러 침실로 향한 시라카와는 세탁소에서 막 찾아다 놓은 와이셔츠를 옷장에서 꺼냈다. 바지를 입고 페이즐리 무늬의 실크 넥타이를 맸다. 옅은 올리브색 가죽 단추가 달린 재킷을 입고 있는데 마사미가 다가와 물었다.

"오늘은 양복 안 입으세요?"

"아, 의사회에서 주최하는 강연회니까. 편안한 복장으로 참가하는 개업의들이 많아서."

목소리가 들뜨지 않도록 주의하면서 시라카와는 퉁명스럽게 대답했다.

"차를 갖고 나갈 거면 술은 마시지 마세요."

"알았어. 강연회 끝나고 나서 간담회가 길어질지도 몰라. 하지만 간단하게 한 잔만 하고 오지."

"그럼, 다녀오세요. 선물 잊지 말고요."

"……알았어."

시라카와는 일부러 무뚝뚝한 표정으로 현관을 나섰다. 선물, 즉 강연료를 기대하는 마사미에 대한 가벼운 견제였다. 시라카와는 스스로도 완벽한 연기라고 생각했다. 회의장은 오사카의 한 호텔. 오사카에 가는 것만은 사실이었다. 하지만 강연회라는 말은 거짓이었다.

사쿄 구 시모가모에 있는 시라카와의 아파트에서 오사카에 가려면 보통 교토 남인터체인지에서 메이신 고속도로를 타야 했다. 하지만 시라카와는 시내를 서쪽으로 우회해서 9번 국도를 타고 가쓰라 강을 건넜다. 그곳에서 나가오카텐진에 있는 모토무라 유키에의 아파트까지는 대략 15분이 걸렸다.

시라카와는 약속 시간인 11시 정각에 유키에의 아파트에서 한 블록 떨어진 덴만 궁 뒷골목에 은회색 닛산 푸가를 세웠다. 공원 의자에 앉아 있던 유키에가 작은 손을 흔들며 일어섰다.

"많이 기다렸나?"

"아니요, 저도 지금 막 왔어요."

말은 그렇게 해도 분명 10분 넘게 기다렸을 것이 틀림없다. 유키에가 조수석에 올라타자 희미하게 프리지어 향이 났다. 시라카와는 갑자기 꿈만 같다는 생각이 들었다. 자신이 정말 이렇듯 아름다운 여성을 독차지해도 되는 것일까? 그런 생각도 무리가 아니다. 지금까지 불륜은커녕 개인적으로 여자와 사귀어 본 적도 없었던 시라카와가 나이를 잊을 정도로 열정적인 사랑에 빠져 있으니.

오늘 유키에는 남색 원피스에 같은 색 코르사주를 단 세련된 차림새였다. 윤기 있는 검고 긴 생머리가 아름다웠다.

"오늘 예쁜데."

"선생님께서 예쁘게 하고 나오라고 해놓고서."

핸들을 잡은 시라카와가 흘깃 시선을 보내자 유키에는 수줍은 듯 얼굴을 숙였다.

시라카와는 교토 남인터체인지에서 메이신 고속도로를 타고 도요나카에서 한신 고속도로를 달려 오사카 시내로 들어갔다. 우메다 출구에서 고속도로를 빠져나와 JR 고가도로를 지나자 고층 빌딩숲 속에 유럽풍의 중후한 호텔이 보였다. 리츠칼튼 오사카. 시라카와는 지하 주차장에 차를 세운 뒤 전용 엘리베이터를 타고 1층으로 올라가 품위 있게 장식된 복도를 지나로비로 향했다.

"여기서 잠깐 기다려."

유키에를 빅토리아풍 소파에 앉혀두고 시라카와는 프런트에서 체크인을 했다. 12시부터 오후 6시까지 디럭스 더블 룸. 하지만 바로 호텔방으로 들어갈 생각은 아니었다. 5층에 있는 프랑스 레스토랑 '라 베'에 미리 점심을 예약해놓았기 때문이다.

한 손에 열쇠를 들고 엘리베이터에 타자 시라카와는 새삼스럽게 유키에를 응시했다. 두 사람뿐이라는 생각에 맥박이 빨라졌다. 하지만 서두를 필요는 없었다. 가볍게 유키에의 허리를 감싸 안자 유키에도 기쁜 듯 시라카와를 마주 보았다. 텔레비전에서 본 오쓰카에 대한 분노는 시라카와의 뇌리에서 흔적도 없이 사라졌다.

레스토랑 입구에서 이름을 대자 턱시도 차림의 소믈리에가 맞아주었다. 머뭇거리는 유키에를 앞세우고 시라카와는 천천히 안으로 들어갔다. 세련된 샹들리에, 풍성한 실내 장식용 꽃, 유화가 걸려 있는 벽, 레스토랑 실내는 클래식한 분위기를 풍겼다. 두 사람은 조용히 대화를 나누며 식사하는 사람들 사이를 가로질러 난로 앞에 놓인 둥근 테이블로 안내되었다. 젊은 직원이 상냥한 표정으로 의자를 빼주자 유키에가 수줍게 자리에 앉았다.

"가끔은 사치를 부리는 것도 좋지."

"네, 하지만 전 조금 긴장되네요."

유키에는 누군가 보는 사람이라도 있을까 봐 불안한 듯 주위를 돌아보았다.

"괜찮아. 우메다에서도 변두리인 데다 사람들도 많이 오지 않는 곳이니까."

타인의 시선을 신경 쓰지 않아도 되는 것이 이런 호텔의 장점이라고 할 수 있었다. 시라카와는 편안한 모습으로 메뉴판을 펴고 모처럼 최고급 코스를 먹자고 제안했다. 그러나 유키에는 도저히 느긋하게 식사를 즐길 여유가 없는지 "가장 가벼운 코스로 할래요"라며 메뉴판을 덮어버렸다. 하긴 점심부터 너무 거하게 배를 채우는 것도 좋지는 않았다. 메인으로 가벼운 생선 요리를 선택하고 대신 고급 와인을 주문했다.

우선 샴페인으로 건배를 하고 전채 요리로 나온 푸아그라를 입에 넣자 시라카와는 오랜만에 우아한 기분에 젖어들었다. 유키에는 타르타르소스를 곁들인 오징어와 캐비아를 맛보더니 예쁜 눈썹을 올리며 "맛있다"고 작은 탄성을 질렀다. 서서히 긴장이 풀리는 모양이었다. 그녀와 함께 있는 시간이 시라카와에게는 그 무엇과도 바꿀 수 없는 소중한 순간처럼 생각되었다.

차례로 나온 요리와 와인을 즐기는 동안에도 시라카와는 아까 차 안에서처럼 꿈만 같다는 느낌에 사로잡혀 있었다. 고풍스러운 고급 전등, 아름다운 식기에 담긴 최고급 요리, 와인, 조용한 음악, 그리고 유키에. 이것이 정말 현실일까? 수프를 먹다 갑자기 멈춘 시라카와에게 유키에가 고개를 갸웃거리며 물었다.

"왜 그러세요?"

"아, 아무것도 아니야. 이 수프, 여러 가지 맛이 뒤섞여서 오묘하군."

시라카와는 콩과 송로버섯이 뒤섞인 수프를 입에 넣고 얼버무렸다. 그런데 달콤한 생각도 잠시 유키에의 별 뜻 없는 질문이 시라카와를 다시 씁쓸한 현실로 돌아오게 했다.

"선생님, 그 뒤로 병원 일은 어떠세요?"

쇼타로의 안락사가 일본판 포스트마 사건이라고 보도된 후 병원 내에서 시라카와의 입장은 크게 달라졌다. 당초 시라카와와 대립하던 와다 원장은 노골적으로 불쾌감을 드러내며 "언론에 얼굴을 내미느라 진료를 소홀히 하는 일이 없도록" 하라고 시라카와를 비난했다. 원장에게 찰싹 달라붙어 있던 야스하라 부원장도 "시라카와 선생은 유명인"이라며 질투 섞인 비아냥을 멈추지 않았다. 젊은 의사나 간호사들도 묘하게 거리를 두면서 환자가 시라카와의 기사를 읽었다고 하면 의미심장한 시선을 주고받았다. 게다가 병원 내에 조사위원회가 구성되었을 때는 그렇게 호의적이던 내과 부장 시마즈조차 서먹서먹한 태도를 보였다. 병원 내에서 시라카와는 점점 고립되는 느낌이었다.

9월 초 유키에와 함께 오야마자키 산장 미술관으로 '루오전'을 보러 갔을 때 시라카와는 무심코 불평을 내뱉었다.

"주변 사람들 모두 나를 차가운 시선으로 바라봐. 나는 변함없이 환자를 생각하고 진료에 최선을 다하고 있는데 말이야."

유키에는 말없이 시라카와를 응시하더니 단호하게 말했다.

"선생님은 아무런 잘못이 없으세요. 언젠가는 모두 알게 될 거예요."

처음에는 유키에도 시라카와에 관한 기사를 스크랩하며 좋아했지만 시라카와의 고민을 듣고 나서는 폭풍우가 지나가기를 기다리자며 태도를 바꿨다. 그래서 시라카와도 병원 일은 입에 담지 않도록 주의했다. 하지만 오늘 유키에의 질문에는 그럴 만한 이유가 있는 것 같았다.

"그냥 그래."

그렇게 대답하자 유키에는 시라카와의 기분을 살피듯 말했다.

"오늘 아침 〈선데이 프라임〉을 봤어요."

유키에에게는 알리지 않았는데 우연히 본 모양이었다.

"나도 봤어……."

마지못해 답하자 유키에는 시라카와의 기분을 살피면서 그래도 할 말은 해야겠다는 듯 단호하게 말했다.

"안락사 찬성파나 반대파 모두 시라카와 선생님이 하신 일을 자기들에게 유리한 쪽으로 이용하려는 것 같아요. 양쪽 모두 교활하고 이기적이어서 선생님만 안됐어요."

"고마워."

시라카와가 고개를 끄덕이는데 때마침 메인 요리가 나왔다. 시라카와가 주문한 요리는 해초를 넣고 찐 도미와 삶은 야채였고 유키에는 가리비 그라탱과 버섯 요리였다. 고급스러운 나이프와 포크로 요리를 맛보자 '라 베(La Baie. 프랑스어로 만灣이라는 뜻)'라는 이름에 걸맞은 깊은 맛이 입안에 퍼졌다.

시라카와는 이전 학회에 참가하느라 방문했던 마르세유의 생선 요릿집에 대해 이야기하며 다시 고통스러운 현실을 잊었다. 흥겹게 대화를 나누는 두 사람에게 웨이터가 부드러운 몸짓으로 와인을 따라주었다. 시라카와는 이미 석 잔째, 유키에는 두 잔째가 아직 남아 있었다. 유키에의 눈망울은 촉촉했고 입술도 부드럽게 부풀어 있었다.

디저트로는 부드러운 초콜릿 케이크와 아이스크림이 나왔다. 포크로 케이크를 자르자 초콜릿이 부드럽게 흘러나왔다. 그

농후한 달콤함을 즐기는데 유키에가 주위 손님들을 조심스럽게 돌아보더니 곤혹스러운 표정을 지었다.

"왜 그래?"

시라카와가 조용히 묻자 유키에도 목소리를 낮추고 중요한 비밀을 물어보듯이 속삭였다.

"선생님, 이제 와 물어봤자 소용없지만 이 레스토랑 상당히 비싸지 않아요?"

물론 싼 곳은 아니었다. 그러나 시라카와에게는 유키에와 즐기기 위한 비밀 자금이 있었다. 가끔씩 부탁받는 학회지의 원고나 강연 사례금을 최근 수년 동안 아내 모르게 모아놓았던 것이다. 늘 수입에 불평을 일삼는 아내 마사미에 대한 사소한 복수로 시작했지만 달리 사용할 곳도 없어 그저 모아둔 금액이 200만 엔을 넘었다.

"괜찮으니 걱정 마."

시라카와가 여유 있는 표정으로 윙크했다.

와인은 아직 조금 남아 있었지만 많이 마실 필요는 없었다. 시라카와는 냅킨을 테이블에 놓고 "슬슬 가볼까?"라며 일어섰다.

시계를 보니 2시 15분이었다. 시라카와는 태연하게 행동했지만 레스토랑을 나서는 그의 걸음걸이가 어딘지 불안했다.

엘리베이터 문이 닫히려는데 한 남자가 급하게 뛰어들었다. 그는 시라카와와 유키에를 흘깃 보더니 이내 휴대전화로 문자 보내기에 집중했다.

28층에 이르자 유키에가 다가와 살짝 시라카와의 팔짱을 꼈다. 인기척이 없는 복도를 지나 중후한 호텔 방문을 열자 유키에는 탄성을 질렀다. 넓고 전망 좋은 창에 남색과 금색의 커튼, 고풍스러운 안락의자에, 가죽 의자가 딸린 책상, 그리고 성인 세 사람은 너끈히 누울 수 있는 킹사이즈 더블베드가 조용히 두 사람을 맞이했다.

"세상에, 너무 멋져요. 이렇게 호화로운 방은 처음이에요."

유키에는 일부러 침대에서 시선을 떼며 창가로 다가갔다. 시라카와는 등 뒤로 문을 닫고 조용히 잠갔다.

"전망도 최고예요."

유키에는 레이스 커튼을 걷고 천진난만하게 말했다. 눈 아래에는 맑고 투명한 가을 하늘 아래 빌딩들과 은색으로 빛나는 요도가와가 보였다.

시라카와는 재킷을 벗고 넥타이를 풀어 옷걸이에 걸었다. 와인의 취기가 은근히 올라왔다.

"먼저 샤워할게."

욕실도 고급스러웠다. 바닥은 전부 대리석에 세면대가 둘로 나뉘어 있고 화장실과 샤워 부스가 독립된 구조였다. 먼저 따뜻한 물로 샤워를 한 뒤 욕조에 몸을 담그고 나서 마지막에 냉수 샤워로 온몸의 열기를 식혔다.

욕실 가운으로 갈아입고 나가자 유키에는 책상에 기대어 방에 놓여 있던 카탈로그를 보고 있었다.

"그럼, 유키에도."

유키에가 욕실로 사라지자 시라카와는 침대에 누워 양손을 머리 뒤로 돌려 깍지를 꼈다. 침대 옆의 스위치를 눌러 커튼을 닫자 시간도, 장소도, 날짜도 모두 의식에서 사라졌다. 그저 '지금'만 있을 뿐이었다.

은근한 조명 속에서 시라카와는 천장을 올려다보며 상상했다. 유키에의 몸은 처음 관계를 가진 1년 반 전에 비해 많이 달라져 있었다. 피부의 접촉과 호르몬 분비의 영향일 것이었다. 잠자고 있던 세포가 일제히 깨어난 듯한 느낌이라고나 할까. 피부가 한결 부드러워지고 탄력이 더 생겼으며 향기가 감돌았다.

시라카와는 자신의 몸에도 같은 변화가 나타나지 않을까 걱정스러웠지만 시라카와에게 무관심한 마사미는 전혀 눈치채지 못한 것 같았다.

이윽고 욕실 문이 열리더니 가운을 걸친 유키에가 나왔다. 눈동자가 평소보다 훨씬 반짝였다. 그 반짝임에 이끌리듯 시라카와는 유키에에게 키스했다. 양팔로 유키에를 끌어안고 그대로 침대에 누웠다.

"유키에."

베개에 뺨을 대고 누워 서로를 마주 보았다. 물방울이 남아 있는 앞머리 아래에서 자신을 바라보는 눈동자가 희미하게 흔들리고 있었다.

지금까지 여러 번 유키에를 안으면서 시라카와는 유키에의 몸이 어떻게 반응하는지 민감하게 알아챘다. 그녀의 체온, 고동, 피부, 점막의 충혈……. 자신도 도취한 상태에서 시라카와는 상대의 변화를 냉정하게 관찰했다. 의사라는 직업 때문인지도 모른다. 시라카와는 그런 자신을 혐오하며 유키에의 몸에 몰두했다. 키스는 뜨거운 정열의 시작을 알리고 입술과 혀는 서로를 격렬하게 탐했다. 마주 안은 가슴, 손가락, 손톱이 서로를 요구하며 자극했다. 피부와 피부의 마찰, 시트에 부딪히는 몸짓, 상대를 기쁘게 하려는 헌신, 해일처럼 밀려드는 봉사에 시라카와는 깊숙이 빠져들었다.

완전히 빠져들기 직전, 시라카와의 후각은 유키에의 비밀스러운 반응을 포착했다. 설익은 살구처럼 새콤한 향기, 녹아들 것만 같은 뜨거운 촉촉함.

"좀 더 강하게 하는 편이 좋아?"

귓가에 속삭이자 유키에는 눈을 감은 채 고개를 끄덕였다. 시라카와는 자신의 팔 안에 있는 그녀가 미칠 듯 사랑스러웠다.

이윽고 두 사람의 몸이 겹쳐지자 끝없이 서로를 탐하고 요구했다. 유키에의 몸이 더욱 변화했다. 가슴이 파도치고 턱이 들렸다.

"아아, 다이세이……."

유키에의 입에서 거의 불리지 않는 시라카와의 이름이 새어나왔다.

영원히 깨지지 않을 듯한 정적이 흘렀다.

시라카와의 눈꺼풀 안쪽에서 언제부터인지 검은 점 같은 것이 보였다. 그 점은 오렌지색 어둠 속에 희미하게 떠오르며 서서히 커졌다. 점은 이윽고 검은 손이 되어 시라카와를 압박했다. 무엇인가가 의식의 표면으로 나오려고 몸부림치며 위협했다. 그것은 자신을 책망하고, 부정하고, 추궁했다. 생각하기도 싫었다.

"왜 그러세요?"

유키에가 시라카와의 어깨를 흔들었다.

"가위에 눌렸어."

"네? 아……."

정신을 차린 시라카와는 자신의 가슴에 손을 대보았다.

서늘한 압박감. 협심증일까? 아니다. 이 불쾌감은 무엇 때문일까? 병보다도 기분 나쁘다. 더 우울하고 어두웠다…….

문득 떠오르는 것이 있었다. 열흘 정도 전에 도착한 익명의 비방 편지. 언론에 얼굴을 내민 폐해 중 하나라고 생각하며 읽고 나서 아무렇게나 던져놓은 그 편지가 혹시 지금 느끼는 불쾌감의 원인일까?

연필로 휘갈겨 쓴 편지는 시라카와를 이렇게 비난했다.

'언론에서 떠받들어주니까 기분이 좋은 모양이지. 뭐가 일본 최고의 의사냐, 웃기고 있네. 생각 없이 떠들어댄 당신 말에 얼마나 많은 환자들이 상처를 받았을지 상상해본 적 있나?'

보낸 이가 누군지는 알 수 없었다. 시라카와가 집도한 수술을 받고 나서 사망한 환자의 유족일 것이라고 짐작할 뿐이었다. 편지에 이런 말이 있었기 때문이다.

'당신은 내 아내의 암이 재발했을 때 어쩔 수 없다고 단언했었지. 형편없는 수술로 재발하게 한 주제에. 그 말을 듣고 내 아내의 마음이 어땠을지 한 번이라도 생각해본 적 있나?'

어떤 환자에게도 '어쩔 수 없다'고 말한 기억은 없었다. 그러나 마음속으로는 그렇게 생각했었다. 그것이 사실이니까. 어쩌면 무심코 입 밖에 내었는지도 모른다. 무서운 일이었다. 자신도 기억하지 못하는 말로 환자에게 상처를 주었다면 자신은 대체 얼마나 많은 환자에게 원망을 듣고 있을까?

"선생님, 괜찮으세요?"

유키에가 살며시 시라카와의 팔꿈치를 잡고 걱정 가득한 얼굴로 바라보았다. 시라카와는 크게 한숨을 쉬고 편지에 대해 이야기했다. 암이 재발한 환자의 가족이 보낸 편지. 보낸 사람은 시라카와가 언론에 오르내리며 유명해진 것에 화를 내고 그렇게까지 해서 유명해지고 싶으냐는 둥 위선자, 거짓말쟁이, 에고이스트라는 둥 저주를 퍼부었다. 그리고 시라카와가 수술을 잘못해서 암이 재발했고 기억에도 없는 말을 했다며 시라카와를 무정한 의사라고 비난했다.

"그런 편지는 무시하세요."

유키에는 시라카와를 마주 보며 단호하게 말했다.

"익명으로 사람을 비방하다니, 아무리 환자의 유족이라도 용서할 수 없어요. 더구나 선생님에게 신세를 진 사람이잖아요. 불만이 있으면 정정당당하게 앞에 나서서 말해야지요."

그렇지만 시라카와는 무시해버릴 수가 없었다.

"환자에게 '어쩔 수 없다'라는 말은 하지 않았을 거야. 하지만 그런 태도를 보였는지도 모르지. 수술했는데도 암이 재발하는 건 어쩔 도리가 없는 일이야. 그러나 어쩌면 내가 절제해야 할 부위를 미묘하게 틀렸는지도 모르지. 림프샘에 미미하게 전이된 걸 못 보고 지나쳤을 수도 있어. 그건 부정할 수 없어. 그런 사실을 모른 척하고 있어도 될까?"

"선생님은 늘 최선을 다하고 계시잖아요. 수술할 때도 세심하게 주의를 기울이고 최고의 기술을 발휘하고 계세요. 저는 간호사로서 선생님의 수술에 함께한 적이 있기 때문에 알 수 있어요. 최고의 수술을 하고 있는데 그 이상 더 뭘 어쩌겠어요?"

"……고마워."

유키에의 말은 고마웠지만, 그래도 시라카와의 기분은 나아지지 않았다.

"환자에게 친절하게 대해야 한다. 환자의 기분을 배려하고 불안하지 않도록 해야 한다. 늘 그렇게 생각해왔어. 그런데 이런 식으로 비난을 받다니. 아무리 노력해도 결국 환자의 기분은 알 수 없겠지. 나도 내 가족도 건강하고 병이 없으니까."

"그렇지 않아요. 선생님은 충분히 최선을 다하고 계세요. 너무 자책하지 마세요."

유키에의 시선을 받으며 시라카와는 괴로운 표정 뒤로 꿀처럼 달콤한 위안을 얻었다. 자신은 유키에에게 어리광을 부리고 있었다. 그러자 더 많이 위로받고 싶다는 생각이 들었다. 시라카와는 더욱 심각한 표정을 지었다.

오후 6시가 되기 조금 전 시라카와와 유키에는 호텔에서 나와 차를 타고 교토로 향했다. 일요일의 고속도로에는 헤드라이트 행렬이 이어졌다. 정체될 정도는 아니었지만 차들은 꽤 많았다.

차 안은 어스레했다. 시라카와의 얼굴에서 조금 전의 심각함은 찾아볼 수 없었다. 표정은 산뜻해지고 마음은 안정을 찾았다. 익명의 편지와 진료에 대한 생각을 유키에에게 이야기하는 동안 시라카와는 위로와 편안함을 얻었다.

"오늘은 여러모로 고맙군. 유키에 덕분에 아주 즐거웠어."

"그러세요?"

유키에는 자신 없는 눈빛으로 시라카와를 바라보았다.

이윽고 교토 남인터체인지를 빠져나가 오늘 유키에를 태운 공원 옆에 차를 세웠다. 시라카와는 유키에의 무릎에 놓인 가냘픈 손등을 자신의 손으로 덮었다. 유키에가 손을 뒤집어 마주 잡았다.

"그럼 잘 가."

"고맙습니다."

유키에는 창문으로 밖에 사람이 없는지 확인하고 나서 차에서 내렸다. 시라카와는 양쪽 창문을 활짝 열고 바람을 쐬면서 차가 적은 니시오지 거리를 지나 집으로 돌아갔다.

오후 7시 5분에 집에 도착한 시라카와는 주차장에서 매무새를 가다듬고 엘리베이터에 올랐다. 그는 현관에 들어가기 전에 다시 한 번 복장을 점검하고 문을 열었다.

"나 왔어."

마사미가 슬리퍼 소리를 내며 거실에서 나왔다.

"어서 와요. 늦었네요."

"아, 간담회가 늦어져서……. 그리고 이거."

시라카와는 재킷 안주머니에서 '교통비'라고 적힌 봉투를 내밀었다. 미리 준비해둔 강연료였다. 물론 자신의 통장에서 찾은 돈이었다. 마사미는 금세 표정이 환해지면서 양손으로 봉투를 받았다. 손가락으로 두께를 확인하더니 잘 다듬은 손톱으로 거칠게 봉투를 찢었다.

"뭐야, 5만 엔? 오사카의 의사회라고 해서 기대했는데. 이 돈으로 퀸즈 피부 관리실에 가도 돼요? 좀 더 가꿔야 할 것 같아요."

"상관없지만, 나는 지금 그대로도 괜찮은데."

"나를 위해서지 당신을 위해서가 아니에요."

마사미는 봉투를 서랍장에 넣더니 부엌으로 갔다. 남편의 행적을 의심하는 낌새는 조금도 보이지 않았다.

나흘 뒤 목요일, 오후 6시가 넘어 회의를 마치고 부장실로 돌아가려는데 마사미로부터 문자가 왔다.

'지금 당장 집으로 와요!'

무슨 일이지? 마사미는 오늘 저녁 피부 관리실에 간다고 했는데.

'무슨 일 있어?'

답글을 보내자 곧바로 '아무튼 지금 빨리 와요!'라는 회답이 왔다.

그날은 일찍 귀가해도 특별한 지장이 없었다. 시라카와는 컴퓨터를 끄고 가운을 벗은 뒤 집에 갈 채비를 했다.

버스와 지하철을 갈아타고 40분 만에 집에 도착해 보니 현관도 복도도 깜깜했다. 늘 켜져 있던 텔레비전도 꺼져 있었다. 안쪽 거실에만 희미한 조명이 켜져 있고 테이블 맞은편에 마사미가 망연자실한 표정으로 앉아 있었다.

"무슨 일이야?"

시라카와는 불안감에 가슴이 뛰었다. 마사미는 희미하게 입술을 떨면서 뜯어진 갈색 봉투를 시라카와에게 내밀었다.

"대체 이게 뭐죠?"

봉투 안에서는 사진이 삐죽 나와 있었다. 꺼내보니 선명한 컬러 사진이 수십 장 들어 있었다. 리츠칼튼 오사카의 프런트에서 체크인하는 시라카와의 옆모습, 레스토랑에서 식사하는 시라카와와 유키에, 엘리베이터 안에 붙어 서 있는 두 사람, 28층 표시가 보이는 엘리베이터에서 팔짱을 끼고 걸어가는 두 사람의 뒷모습, 편안한 얼굴로 체크아웃하는 시라카와……. 모든 사진에 날짜와 시간이 찍혀 있었다.

믿을 수 없었다. 시라카와는 말문이 막힌 채 갈색 봉투에 적힌 수신인 이름을 확인해보았다. '시라카와 마사미 님.' 보낸 이는 '오사카 시 북구 우메다 가족조사정보'였다.

"당신, 흥신소에 내 뒷조사를 의뢰한 거야?"

"그런 일 없어요."

"이건 흥신소에서 찍은 미행 사진이잖아."

"몰라요. 어쨌거나 그게 무슨 상관이에요. 당신 지난 일요일에 분명히 이 재킷 입고 나갔죠? 강연회에 간다더니, 이 사진은 대체 뭐예요? 설명 좀 해보세요."

시라카와는 다시 한 번 사진을 확인해보았다. 변명의 여지가 없었다. 어떻게 해야 할까? 무릎 꿇고 빌기라도 할까? 아들에게 그런 모습을 보이기는 싫었다. 시라카와는 아들 루이의 방을 흘깃 바라보았다.

"어딜 보는 거예요!"

분노에 찬 마사미의 목소리가 옆얼굴을 때렸다. 시라카와는 자기도 모르게 몸을 움츠렸다.

"아니, 루이가 벌써 집에 왔나 싶어서."

"이 시간에 집에 왔을 리가 없잖아요. 아직 학원에 있어요. 당신, 루이에게는 관심도 없는 주제에 이런 짓을 하다니. 더러워요."

마사미는 손가락으로 사진을 가리켰다. 그리고 도저히 못 참
겠다는 듯 날카로운 손톱으로 테이블을 두드렸다.

"이 여자는 대체 누구예요?"

"이 여자는, 그러니까 예전에 출장 수술을 갔던 병원의 간호
사인데……."

"이름은?"

"모토무라 유키에……."

"나이는!"

"서른넷인가."

"언제부터 이런 관계였죠?"

"1년 반 정도 됐어."

"그렇게 오래전부터요? 세상에, 기가 막혀."

마사미는 뛰어오르듯 자리에서 벌떡 일어나더니 머리를 쥐
어뜯었다. 흐트러진 머리가 얼굴을 덮으며 눈물이 흘러내렸다.
마스카라와 아이섀도가 한데 엉켜 얼굴이 엉망이 되었다. 시라
카와는 일단 마사미의 분노를 가라앉히려고 앞뒤 생각하지 않
고 설명했다.

"잠깐, 진정하고 내 얘기 좀 들어봐. 당신이 생각하는 것과는
달라. 이 사람과는 그렇게 깊은 관계가 아니야. 그냥 식사만 했
다고……."

"시끄러워요! 이렇게 증거 사진이 있는데 발뺌을 하려는 거

예요? 내가 바보로 보여요? 이런 여자에게 빠져서 딴짓을 하다니, 당신 정말 형편없는 사람이군요. 이혼해요, 우리. 위자료는 20억이고 30억이고 받아내겠어요. 이 집도 내가 가질 거고요. 당신 같은 사람은 맨몸으로 쫓겨나봐야 정신을 차릴 거예요."

"이혼이라니? 그렇게 쉽게 말하지 말고 냉정을 찾으라고."

"내가 지금 어떻게 냉정할 수 있겠어요, 나쁜 놈!"

마사미는 테이블 위에 놓인 찻잔을 집더니 시라카와를 향해 힘껏 던졌다. 재빨리 일어나 몸을 피한 덕분에 찻잔은 벽에 부딪혀 깨졌다. 그 소리에 이성을 잃은 마사미는 가위와 테이블 위에 놓인 사과를 닥치는 대로 집어 시라카와에게 던졌다.

"나가버려요! 나가! 나가! 나가! 당신 얼굴도 보기 싫어. 내 눈앞에서 썩 꺼져요!"

던질 것이 없자 마사미는 시라카와에게 달려들었다.

"알았어, 나가지. 당분간 들어오지 않을게."

시라카와는 마사미로부터 몸을 피하며 구두를 신고 아파트를 빠져나왔다.

집에 온 지 한 시간도 지나지 않았을 텐데, 밖은 기온이 떨어져 10월치고는 꽤 쌀쌀했다. 시라카와는 도망치듯 기타오지 역까지 걸어가 교토 역에서 JR로 갈아타고 오사카로 향했다. 한잔하지 않고는 견딜 수 없는 기분이었지만, 교토에는 아는 얼굴이 많아 흐트러진 모습을 보일 수 없었기 때문이다.

오사카에 도착하는 동안 시라카와는 아내가 왜 흥신소 같은 곳에 뒷조사를 부탁했는지 생각해보았다. 아니, 분명히 마사미는 그러지 않았다고 말했다. 지금까지 자신을 의심하는 듯한 눈치는 없었다. 인색한 마사미가 돈을 들여 뒷조사를 했을 것 같지는 않았다. 그렇다면 누군가 흥신소인 척 사진을 보냈단 말인가. 익명의 편지와 질투 등 안 좋은 일들이 연달아 일어나자 시라카와는 누가 이런 비겁한 짓을 했을지 곰곰이 생각해보았다.

오사카 역에 도착하자 그는 유흥가로 향했다. 회사원과 젊은 이들로 북적이는 잡다한 가게가 늘어서 있었다. 연기 자욱한 꼬치구이 집으로 들어가 생맥주와 꼬치구이를 주문했다. 생맥주를 반 잔 정도 단숨에 들이켜고 꼬치를 하나 입에 넣자 겨우 마음이 진정되었다.

마사미는 이혼하자고 소리쳤지만 어디까지가 진심일까? 마사미는 생활력이 없어서 자립하기 어려울 것이다. 그렇다면 평생 놀고먹으며 살 수 있을 정도의 위자료라도 청구할 셈인가? 마사미라면 그런 생각을 하고도 남을 것이다.

재판을 하면 분명 시라카와가 불리했다. 그러나 그가 그렇게 행동한 데는 마사미에게도 원인이 있었다. 마사미는 의사라는 직업을 이해하지 못하고 수입에 늘 불만이었다. 그는 그런 가정에 마음을 붙이지 못했다. 그 점을 공격하면 조금은 자신을 이해해줄지도 모른다고 시라카와는 생각했다.

어쨌거나 생각은 다시 같은 곳을 맴돌았다. 대체 누가 사진을 보냈을까? 자신을 위협했던 '안락사자유연합'인가? 그러나 아무런 요구도 없이 갑자기 그런 사진을 보낼 리는 없었다. 그렇다면 그 밖에 자신의 가정을 망치고 기뻐할 사람이 누가 있을까? 시라카와는 취기와 분노와 피곤함 속에서 골똘히 생각했다.

어느새 전철이 끊길 시간이었다. 시라카와는 가게를 나와 교토 역 앞 비즈니스호텔에서 하룻밤을 보냈다.

다음 날 아침, 시라카와는 평소대로 병원에 출근했다. 숙취가 남아 있었지만 오전에 예정된 외래 수술을 무사히 마치고 오후에는 젊은 의사의 수술을 지도했다. 저녁이 되어 외과 부장실로 돌아가자 접수 창구에서 전화가 걸려왔다.

"후루바야시 야스요라는 분에게서 전화가 왔습니다."

이 여자인가? 문득 그런 생각이 뇌리를 스치고 지나갔다. 수화기를 쥔 시라카와의 손에 힘이 들어갔다.

15. 봉인된 과거

"시라카와 선생님, 일전에는 신세가 많았습니다."

수화기 너머에서 들려오는 후루바야시 야스요의 목소리는 변함없이 강압적이었고, 말미에는 희미한 우월감과 음흉함이 뒤섞여 있었다. 틀림없었다. 시라카와는 분노에 차 고함을 질렀다.

"야스요 씨, 아내에게 그런 사진을 보내다니 대체 무슨 속셈입니까?"

순간 당황하는 침묵이 흐르더니 더욱 우월감을 담은 웃음이 되돌아왔다.

"부인에게 사진을 보내다니요? 무슨 말씀이세요?"

"또 잡아떼는군. 사람을 몰래 미행하다니 너무 비겁하지 않습니까?"

"어머나, 그 말씀은 결국 선생님이 미행당하면 곤란한 곳에라도 다닌다는 말씀이네요. 선생님도 어쩔 수 없는 분이네요."

"뭐라고?"

"사람 잡지 마세요. 저는 그런 상스러운 곳까지 선생님을 따라다니거나 하지 않으니까요."

시라카와는 야스요의 반응이 미묘하게 어긋난다는 것을 알아챘다. 야스요는 시라카와가 사창가에라도 다닌다고 생각하는 모양이었다. 당황하는 시라카와와 상관없이 야스요는 더욱 밝은 목소리로 음험하게 말했다.

"시라카와 선생님, 두 번째네요, 제게 누명을 씌운 게."

이상하다. 사진을 보낸 사람이 야스요 아닌가? 시라카와가 혼란스러워하며 냉정함을 되찾자 야스요가 정색을 했다.

"어떤 사진인지는 모르겠습니다만, 저도 선생님에 관한 정보를 입수했거든요. 그래서 한 번 뵈었으면 하고 전화드렸어요. 부탁도 있고요."

"어떤 정본데요?"

"그건 뵙고 말씀드리지요."

야스요의 의미심장한 말투에 짜증이 난 시라카와가 거칠게 말했다.

"쇼타로 군에 대해 아직도 할 말이 남았습니까?"

수화기 너머로 긴장감이 감돌더니 음흉함에 증오가 더해졌다.

"유감스럽지만 그건 아니에요. 경찰이 완벽하게 유죄라는 증거를 찾았는데도 검찰이 불기소 처리를 했으니까요. 부당한 외압 탓에."

"그런 것 같더군요. 저도 그런 얘기를 듣기는 했는데, 대체 압력을 가한 게 누구랍니까?"

이번에는 수화기 저편에서 당황하는 기색이 전해졌다.

"선생님이 그걸 모른단 말씀인가요? 그렇다면 그것도 뵙고 말씀드리지요. 그러니까 가까운 시일 내에 시간을 좀 내주세요."

시라카와는 조금 생각해보더니 마지못해 야스요의 요청에 응하기로 했다.

야스요가 지정한 약속 장소는 교토교엔이었다. 그곳은 사람들이 많이 모이기는 하지만 은근슬쩍 내밀한 이야기를 하기에 좋은 장소일지도 모른다. 시간은 사흘 후인 월요일 오후 4시 반으로 잡았다. 그 시간이면 시라카와도 병원에서 빠져나갈 수 있었다.

야스요가 왜 만나자고 하는지 시라카와는 짐작도 할 수 없었지만, 지금은 그런 것까지 신경 쓸 경황이 없었다. 마사미에게 유키에의 일이 탄로 났으니, 앞으로 어떻게 해야 할지 막막했다.

시라카와는 오후 7시 조금 지나 병원에서 나와 교토 역의 이세탄 백화점에 가서 와이셔츠와 넥타이, 속옷 등을 카드로 구입했다. 세면도구도 함께 사서 집 밖에 머물며 근무를 계속할 수 있도록 준비했다. 숙박은 퇴근 전에 인터넷을 검색해 고조가라스마에 있는 값싼 비즈니스호텔을 일주일 동안 예약했다.

오늘 밤도 한잔하고 싶었지만 더 이상 흐트러진 생활을 해서는 안 되겠다는 생각에 교토 역 근처에서 저녁을 먹었다.

다음 날인 토요일에는 병원에 출근해 학회지를 읽거나 진료 기록을 정리하면서 보냈다.

일요일에는 일도 없는데 병원에 가기도 뭐해서 오전 중에는 호텔에 머물렀다. 하지만 오후가 되니 답답함을 견디기 힘들어 마루타마치에서 메밀국수를 먹고 가모가와강가를 천천히 산책하며 가모 대교까지 걸어갔다. 일주일 전 지금 이 시간에 시라카와는 유키에와 함께 호텔 창밖으로 오사카 거리를 내려다보았다. 하늘은 지난주와 마찬가지로 맑지만 상황은 얼마나 다른가!

마사미의 분노는 쉽게 가라앉을 것 같지 않았다. 시라카와는 이 상황을 어떻게 풀어가야 할지 생각하면서 두 갈래로 갈라진 강을 다리 위에서 멍하니 바라보았다. 오른쪽으로 올라가면 다카노가와 강이고 왼쪽으로 올라가면 가모가와 강이었다. 두 줄기 강이 마치 그의 미래처럼 좌우로 크게 나뉘어 있었다. 강변 산책로는 젊은 커플과 가족들로 북적였다. 시라카와는 젊었을 때 일요일도 거의 매주 병원에 출근했기 때문에 가족과 휴일을 즐긴 적이 몇 번 없었다. 그것이 환자를 위하는 길이고, 또 의사로서 당연한 의무라고 믿었는데……

아무튼 마사미를 만나보자는 생각에 시라카와는 집으로 발걸음을 옮겼다. 하지만 아내가 과연 만나줄까? 불안과 권태가 뒤섞인 마음으로 아파트 앞에 도착해서 벨을 눌렀지만 응답이 없었다. 마사미와 루이 모두 집에 없는 것 같았다.

시라카와는 자신의 열쇠를 이용해서 아파트 현관 홀로 들어가 엘리베이터를 타고 7층으로 올라갔다. 문을 열고 보이지 않는 쇠사슬을 끊어내듯 안으로 들어섰다. 사흘 전 마사미가 집어던진 찻잔과 사과는 흔적도 없이 치워져 있었다. 서재로 들어가자 시라카와의 베개와 이불이 아무렇게나 내팽개쳐져 있었다. 이곳에서 지내라는 건가?

침실을 들여다보니 시라카와의 침대는 매트리스가 벗겨진 채로 벽에 세워져 있었다. 두 사람의 관계는 이미 끝났다는 표시인가? 그런 생각이 들었지만 이상하게도 서글픔이나 후회는 없었다.

마사미가 집에 없다면 어떤 의미에서는 잘된 일이었다. 시라카와는 수납장에서 여행 가방을 꺼내 갈아입을 옷과 노트북, 책 등을 재빨리 챙겼다. 통장을 찾으니 평소 보관하던 장소에서 사라지고 없었다. 돈에 철저한 마사미라면 그러고도 남을 일이었다. 시라카와는 쓴웃음을 지으며 한숨을 쉬었다.

가방을 싼 뒤 시라카와는 문득 아들 생각이 나서 루이의 방문을 열어보았다. 남자 냄새가 물씬 풍겼다. 고등학교 2학년이니 당연했다. 어느새 이런 남자 냄새를 풍기는 나이가 되었다니. 방은 엉망이었다. 바닥에는 게임기, CD, 옷과 만화책 등이 흐트러져 있었다. 아들의 얼굴이 흐릿하게 윤곽만 떠올라 시라카와는 당황했다. 1년 전 안락사한 후루바야시 쇼타로의 얼굴이 훨씬 선명하게 기억되었다. 시라카와는 스스로 아버지로서 실격이라며 자조했다.

　지금까지 자신은 늘 환자를 최우선으로 생각해왔다. 그러나 가족을 소홀히 하는 자가 과연 환자를 배려할 수 있을까? 환자를 위해서라고 말하면서 마음속 깊은 곳에서는 자신의 능력을 향상시키고 싶었던 것 아닐까? 자신이 명의가 되면 그것이 환자의 이익으로 이어진다고 스스로를 속이고 있었던 것 아닐까?

　시라카와는 여행 가방을 끌면서 안타까운 마음으로 아파트를 나섰다. 가을 해가 져서 하늘은 이미 주홍색으로 물들어 있었다. 목덜미에 닿는 바람이 쌀쌀했다.

　다음 날인 10월 26일, 시라카와는 조퇴를 하고 평소보다 한 시간 이른 오후 4시에 병원을 나섰다. 교토교엔은 지하철 마루타마치 역에서 도보로 몇 분 거리에 있었다. 4시 25분에 사카이마치고몬 입구에 도착하니 왼쪽 접수처 앞에 검은 바지에 가죽 재킷을 걸친 야스요가 팔짱을 끼고 벽에 기대서 있었다. 야스요는 시라카와를 보고도 팔짱을 풀지 않은 채 그가 다가갈 때까지 고압적인 자세를 바꾸지 않았다.

　"오랜만입니다."

　시라카와가 인사하자 야스요는 그제야 벽에서 몸을 떼더니 "바쁘신데 죄송합니다"라며 여유 있는 웃음을 지었다.

　"안으로 들어갈까요?"

대답도 듣지 않고 앞장서서 웅장한 기와지붕이 얹힌 문을 지나쳤다. 항상 시민에게 개방되어 있는 교토교엔은 평일 저녁이 되면 오히려 방문객이 적어 한산했다. 다카쓰카사 저택 터 앞으로 난 넓은 길을 따라 왼쪽으로 가면 겐레몬마에오도오리가 나왔다. 폭 40미터, 길이 500미터가 넘는 광대한 거리의 바닥 전면에 흰 자갈이 깔려 있고, 양쪽에 늘어선 소나무 사이사이로 보이는 붉게 물든 단풍이 아름다웠다.

야스요는 고쇼를 향해 한동안 걷더니 잔디밭 가장자리에 놓인 의자에 앉았다. 시라카와도 옆에 앉았다. 주위에는 아무도 없었다.

"시라카와 선생님, 이달 1일 도쿄에서 '안락사법을 생각하는 간담회'라는 단체가 발족한 것을 알고 계세요?"

"네, 신문에서 읽었습니다."

"그 '간담회'라는 단체에는 배후 세력이 있는데, 지금 후생노동성과 짜고 어처구니없는 활동을 벌이고 있습니다."

야스요는 화가 나서 미치겠다는 표정으로 언성을 높였다.

"후생노동성의 의정국 총무과 과장에게 들었는데, 후생노동성은 다음 달에 안락사를 법제화하기 위해 대대적인 캠페인을 벌일 거랍니다. 우리 '저지련'에서 그 일에 관해 후생노동성에 서면으로 질의했더니 캠페인은 법제화가 목적이 아니라 국민에게 안락사에 대해 알리고 반응을 확인하기 위한 것이라고 하더군요. 받아들일 수 없는 답신이었습니다."

야스요의 분노가 자신이 아닌 후생노동성을 향해 있다는 사실에 시라카와는 의아한 생각이 들었다. 그러고 보니 야스요는 전화로 '부탁하고 싶은 일도 있다'고 했었다. 대체 무슨 부탁일까? 생각에 잠긴 시라카와는 아랑곳없이 야스요는 증오 어린 목소리로 계속했다.

"그 캠페인은 배후에 거물 정치인이 움직이고 있을 가능성이 높아요. 의원들의 움직임을 보면 석연치 않은 점이 너무 많아요. 의원뿐 아니라 관료도 의료계도 어떤 수상한 세력에게 조종당하고 있는 것 같아요. 단숨에 안락사를 법제화하려는 시도라고요. 시라카와 선생님, 당신도 그 위험한 세력에게 이용당하고 있어요."

"위험한 세력이라니요?"

대체 이게 무슨 말인가? 시라카와가 미간을 찌푸리자 야스요는 연극조로 말했다.

"그래요, JAMA라는 단체입니다."

"아, 니미라는 의사가 대표를 맡고 있는 모임 말이군요. 저도 JAMA의 집행 이사인 야마나의 권유로 대담과 취재에 응한 적이 있습니다. 하지만 그건 야마나가 내 친구이기 때문이지 이용당했다는 건 좀 그렇군요. 게다가 내가 불기소 처분을 받은 건에 대해서도 야마나는 전혀 모르는 일이라고 했습니다."

"선생님, 너무 순진하시군요. 야마나 씨가 그런 중대한 비밀을 밝힐 리 있나요. 니미 일파는 정계 거물 실력자의 거처에도 자주 드나들고 있어요. 게다가 올해 7월부터 시작된 선생님에 관한 일련의 언론 보도, 쇼타로 사건을 일본판 포스트마 사건에 빗대어 선생님을 안락사 허용의 상징적인 존재로 만든 것 모두 니미 일파가 꾸민 일입니다."

확실히 짐작이 가는 바가 있었다. 야마나는 이상할 정도로 니미에게 심취해 있었고, 언론에 지인이 있다는 말을 들은 적도 없는데 여름이 시작되기 전부터 갑자기 야마나를 통한 취재 의뢰가 많았다. 야마나의 말을 잘 들어보면 시라카와의 편을 드는 듯하면서도 속으로는 안락사를 세간에 인정받으려는 목적이 있는 것 같았다.

"그럼, 니미 일파가 나를 이용하기 위해서 검찰에 압력을 행사했단 말입니까? 하지만 설마 야마나가?"

시라카와가 팔짱을 끼자 야스요는 자신의 중립성을 강조하며 말했다.

"결정적인 증거는 없지만 돌아가는 상황을 보면 그렇게밖에 설명이 안 돼요. 시라카와 선생님, 후생노동성은 '종말기 의료에 관한 검토회'라는 보고에서 안락사에 대해 논의할 시기가 왔다고 주장하고 있습니다. 하지만 이런 모든 일이 시민의 자발적인 움직임이 아니라 분명 인위적으로 유도되고 있어요. 의료비 삭감을 도모하는 정부에 유리한 쪽으로 합의를 이끌어내려는 겁니다. 이대로 자공당과 민화당이 합의한다면 충분한 논의도 없이 안락사법이 제정될 거예요. 그것만은 어떻게든 막아야 합니다."

야스요는 더욱 열띤 어조로 호소했다.

"만약 안락사법이 제정되면 죽지 않아도 될 생명까지 잃기 쉽습니다. JAMA의 니미는 고통을 제거하기 위해서라고 말하면서 환자를 죽음으로 인도하는 저승사자 같은 의사예요. JAMA가 의료 붕괴를 막기 위해 발표한 다섯 가지 제안을 아시나요? 환자와 의사의 자유를 빼앗고 국가가 의료를 통제하는 내용이에요. 니미는 JAMA에서 의료청을 좌지우지해 일본의 의료를 지배하려는 속셈입니다."

야스요의 말투에는 격렬한 증오가 담겨 있었다. 니미라는 자가 정말 그런 당치 않은 음모를 꾸미고 있을까? 시라카와는 그런 의문이 들었지만 야스요는 개의치 않고 결론을 내렸다.

"말기 암으로 고통받는 환자에게 안락사를 선택할 수 있는 환경을 만들어주어야 한다는 주장은 이해해요. 하지만 일단 안락사를 인정하면 범위가 점차 확대되지 않을까요? 난치병으로 괴로워하는 사람, 간호가 필요한 고령자나 장애자, 그런 사람들에게 본인을 위해서라는 등 자기 결정이라는 등 그럴듯한 말로 유도해서 사실은 주변 사람들의 이익을 위해 죽음을 강요할 수도 있어요. 사회나 주위에 부담이 되는 생명이 합법적으로 말살될 위험이 있다고요."

"하지만 실제로 안락사가 최선의 방책인 환자도 있습니다."

"물론 그럴지도 모르죠. 하지만 선생님, 생각해보세요."

야스요는 뜻밖에도 호소하는 표정으로 시라카와를 바라보았다.

"만약 안락사가 허용되는 상황과 허용되지 않는 상황이 있다면 의사는 어느 쪽일 때 환자의 고통을 없애기 위해 더 열심히 치료할까요? 안락사가 없다면 의사는 고통을 제거하기 위한 노력을 아끼지 않을 거예요. 그러는 동안 지금 당장은 아니더라도 언젠가는 효과적인 치료법이 개발될지도 모르지 않습니까?"

"그때까지 지금 고통받고 있는 사람들을 모른 척하란 말입니까?"

"그렇게 될 수도 있어요. 하지만 일단 안락사가 법제화되면 다시는 금지하기 어려워질 거예요. 지금 한창 고통을 겪는 사람들이 안락사를 선택하지 말고 기다려주면 좋겠어요. 그것이 일본에 안락사라는 악습이 들어오지 못하도록 막는 보루가 될 테니까요."

"그렇다면 쇼타로 군도 말할 수 없는 그 고통을 계속 참아야 했다는 말입니까?"

야스요는 시라카와를 똑바로 마주 보며 망설임 없이 말했다.

"물론입니다."

"그런 말도 안 되는." 시라카와는 고개를 절레절레 흔들었다. "당신은 쇼타로 군의 고통을 직접 눈으로 보지 않았기 때문에 그렇게 말하는 겁니다."

"아니요, 쇼타로의 고통은 언니한테 자세히 들어서 알고 있습니다. 언니도 굉장히 힘들었겠지요. 쇼타로도 물론 고통스러웠을 거예요. 그러나 저는 살아주기를 바랐어요. 참기 어려울 정도로 괴로웠다면 의식을 잃게 하고 인공호흡기를 달아서라도 마지막 순간까지 살기를 바랐어요. 비록 그렇게 해서 쇼타로의 몸이 산 채로 썩어가는 비참한 상황이 된다고 해도 말이에요. 그래도 목숨이 붙어 있는 한 살려는 의지는 존엄하지 않은가요? 그래서 쇼타로도 마지막까지 살기를 바랐고, 우리도 도와야 했다고 생각합니다. 하지만······."

야스요는 문득 눈을 내리뜨더니 고개를 숙였다.

"저는 쇼타로의 마지막을 지켜주지 못했기 때문에 당당하게 말할 입장은 아니지요."

야스요의 입에서 뜻밖에도 반성하는 말이 나와 시라카와는 놀랐다. 야스요가 처음으로 보여준 어머니다운 태도였다. 아무리 오랫동안 떨어져 살았다고 해도 역시 친아들을 앞세운 어머니의 슬픔은 깊었을 것이다.

야스요는 시라카와의 동정심을 자극하듯 슬픈 목소리로 계속했다.

"쇼타로의 임종을 지키지 못한 것이 얼마나 후회스러운지 모릅니다. 선생님께서 그 아이를 열심히 치료해주신 데에는 진심으로 감사하고 있어요. 그 아이는 그렇게 갈 운명이었겠지요. 그 일을 이제 와서 이러쿵저러쿵 말할 생각은 없어요. 다만 저는 그 아이의 죽음을 헛되게 하고 싶지 않습니다."

"헛되게 하고 싶지 않다니, 그게 무슨 뜻입니까?"

"시라카와 선생님, 부디 오해하지 말고 들어주세요. 저는 결코 선생님을 원망하지 않습니다. 검찰에 외압이 있었던 것도, 선생님이 언론의 주목을 받게 된 것도 모두 선생님의 책임이 아니에요. 잘못은 선생님을 이용한 세력에게 있어요. 이대로 두면 쇼타로의 죽음이 일본에 안락사법을 도입하는 도구로 전락하고 말거예요. 그래서 이렇게 부탁드립니다. 쇼타로의 안락사는 잘못된 결정이었다고 인정하는 성명을 내주실 수 없을까요?"

시라카와는 야스요의 갑작스러운 부탁에 당황했다. 자신에게 안락사를 부정하라는 말인가? 이전까지 야스요가 퍼부었던 격렬한 비난과 지금 그녀의 입에서 나온 안쓰러운 말이 시라카와의 머릿속에서 교차했다. 대체 어느 쪽이 본심일까?

야스요는 이상하리만큼 진심 어린 표정으로 부탁했다.

"시라카와 선생님, 부디 다시 한 번 쇼타로의 죽음을 생각해주세요. 저도 선생님이 쇼타로를 위해 얼마나 노력해주셨는지 생각해봤습니다. 당시에는 마음의 여유가 전혀 없었지만 시간이 지나니 다른 면도 눈에 들어오더군요. 그래서 이제는 쇼타로의 죽음을 받아들일 수 있습니다."

시라카와는 큰 충격을 받았다. 어머니로서 아들의 죽음을 받아들이기란 결코 쉬운 일이 아니었을 것이다. 그런데 쇼타로를 안락사시킨 자신에게 이런 고백을 하다니. 야스요는 서글픈 목소리로 말을 이었다.

"시라카와 선생님, 지금까지 여러 환자의 죽음을 보셨고 안락사에 대해 생각해보셨겠죠. 현장에서 고생하시는 선생님께 의사도 아닌 제가 선생님의 생각에 반하는 일을 강요할 수는 없습니다. 하지만 개인의 체험은 때로 보편성이 부족할 때가 있지 않나요? 저는 정보의 세계에 몸담고 있어서 다양한 사례를 접할 기회가 많습니다. 얕은 지식일지 모르지만 넓게 볼 수는 있지요."

"무슨 말씀을 하고 싶으신 겁니까?"

"부디 기분 나빠하지 말고 들어주세요. '저지런' 오쓰카 선생님의 분석에 따르면 안락사를 시행하는 의사에게는 '까다로운 치료를 빨리 끝내고 싶다'는 잠재의식이 있다고 하더군요. 이 의견에 대해 선생님은 어떻게 생각하세요?"

그렇군. 시라카와는 미간을 찌푸렸다. 고양이 같은 목소리로 인정하게 하려고 했던 게 바로 이거였군. 쇼타로의 치료를 빨리 끝내고 싶어서 안락사시켰다고 인정하도록 해서 안락사는 위험하다고 말할 작정인가. 어림없는 소리. 시라카와는 굳은 표정으로 단호하게 대답했다.

"제게는 그런 잠재의식 따위 전혀 없었습니다. 쇼타로의 안락사에 대해서는 후회도 반성도 전혀 없습니다."

시라카와는 야스요가 다시 적대감을 드러낼 것이라고 생각했지만 웬일인지 분노도 불만도 보이지 않았다. 오히려 섬뜩할 정도로 온화하게 시라카와를 응시했다.

"물론 그러시겠지요. 하지만 다시 한 번 냉정하게 생각해주실 수 없으신가요?"

"몇 번을 다시 생각해도 마찬가지입니다. 저는 쇼타로 군의 치료에 최선을 다했으니까요. 그리고 안락사를 부정하는 성명도 거절하겠습니다. 야스요 씨의 말씀은 충분히 알겠습니다만, 제 입장도 있으니까요. 저는 앞으로도 안락사가 필요한 환자를 치료하게 될 겁니다. 저 때문에 안락사법이 제정되지 않는다면 그거야말로 제가 바라는 일이 아니니까요."

시라카와의 결연한 태도에 야스요는 조용히 한숨을 쉬었다.

"선생님은 왜 그렇게 안락사에 집착하십니까?"

"집착이 아니라 필요한 것을 필요하다고 말할 뿐입니다."

자기도 모르게 거칠어진 말투에 시라카와는 민망해져서 시선을 피했다. 반대로 야스요는 시라카와를 집요하게 응시했다. 야스요는 먹이를 노리는 뱀처럼 천천히 다가와 낮은 목소리로 말했다.

"정말로 그렇습니까? 그렇게 감정적이 되는 데는 다른 이유가 있지 않을까요? 오쓰카 선생의 지적이 정곡을 찌르진 않았더라도 어느 정도 진실을 담고 있기 때문 아닌가요?"

말도 안 된다며 반론을 펼치려던 시라카와는 야스요의 차가운 시선에 눌려 말문이 막히고 말았다. 야스요는 가차 없는 말투로 추궁했다.

"다시 한 번 쇼타로의 일을 떠올려보세요. 저에게 전화를 걸어 병원에 오라고 했을 때, 선생님의 목소리는 왜 그렇게 감정적이었는지."

"그거야 당신이 병원에 오려고 하지 않아서지요."

시라카와는 당시 상황을 떠올리면서 괴로운 목소리로 대답했다. 정말로 그것뿐이었을까? 그때 자신은 왜 그리 초조하고 화가 났을까?

해가 떨어지고 쌀쌀한 어둠이 조용히 주변을 감쌌다. 엉덩이가 시릴 정도로 의자가 차가웠다. 야스요는 눈을 가늘게 뜨고 기묘하게 확신에 찬 표정으로 고개를 끄덕였다.

"물론 제가 병원에 가지 않았기 때문이기도 하겠지요. 하지만 그때 선생님의 마음속에서는 분노가 끓어오르고 있었습니다. 예를 들면, 의료의 한계에 직면해서 화가 난 것처럼."

쇼타로의 치료는 확실히 어려웠다. 아무리 노력해도 통증이 가라앉지 않아서 시라카와는 자신의 무력함을 뼈저리게 느꼈다. 쇼타로에게 미안하면서도 효과 없는 치료에 분개했다.

"선생님이 쇼타로의 치료에 최선을 다했다는 건 인정합니다. 하지만 사람의 마음은 그렇게 평면적이지 않아요. 여러 가지 면이 있고 입체적이어서 앞에서는 보이지 않는 면도 있지 않을까요?"

야스요의 목소리가 암시를 걸듯 시라카와의 귀로 흘러들어왔다. 시라카와는 그 목소리에 이끌려 스스로에게 물었다. 자신도 쇼타로의 치료를 빨리 끝내고 싶었던 것 아닐까? 아무리 손을 써도 효과 없는 치료에 화가 나서 모든 것을 끝내버리고 싶지는 않았나? 쇼타로를 편안하게 해준다는 대의명분을 내세워서…….

시라카와는 지금까지 치료가 어려웠던 예를 떠올렸다. 암으로 고통 속에서 죽음을 맞이한 환자들. 열심히 치료해도 통증이 가시지 않아 초조와 무력감에 시달린 적도 있었다. 하지만 어쨌든 환자를 위해 애쓰고 괴로워하며 몸이 부서져라 치료에 전념했다. 모든 것을 내팽개친 채 도망치고 싶었던 순간도 한두 번이 아니었다. 그러나 눈앞에 환자가 있는 한 치료를 계속할 수밖에 없었다. 하지만 그렇게 고군분투했는데도 환자가 죽으면 일종의 해방감이 느껴졌다. 혹시 환자의 죽음으로 힘든 치료에서 해방되기를 무의식 속에서 바라지는 않았을까?

시라카와는 마음이 흔들리면서 깊은 혼돈 속으로 끌려들어갔다. 야스요에게 굴복해 쇼타로의 죽음을 바라는 마음이 있었다고 인정해야 하나? 치료에 최선을 다한 것은 사실이지만 힘든 치료에서 도망치고 싶은 마음이 전혀 없었다고 단언할 수는 없었다.

그러나 역시 무엇인가가 그를 가로막았다. 지금 당장 참을 수 없는 통증에 고통받는 많은 환자들, 앞으로 안락사가 필요할지도 모르는 환자들에 대한 생각이었다. 자기 한 사람의 감상으로 이제 겨우 움직이기 시작한 안락사 허용 여론이 뒤바뀌면 그 환자들에게는 더없이 안타까운 일이 아닐 수 없었다.

"시라카와 선생님."

야스요가 낮은 목소리로 속삭였다. 시라카와는 자기도 모르게 방어 태세를 취했다. 그녀는 전화로 시라카와에 관한 정보를 손에 넣었다고 말했었다. 과연 무엇일까?

"물론 잘못을 인정한다는 건 괴로운 일이고 여러 가지 곤란한 점도 있지요. 그러나 의사라면 더욱 엄격한 눈으로 자신을 바라보고 현실을 극복해야 하지 않을까요? 그렇지 못하면 자기도 모르는 사이에 점점 스스로에게 해이해질 거예요. 그럼 이번처럼 다시 환자의 생명을 가볍게 여길 수도 있습니다."

"다시라니, 그게 무슨 뜻입니까?"

시라카와는 안색을 바꾸며 한마디도 놓치지 않겠다는 태도로 말했다.

"내가 언제 환자의 생명을 가벼이 여겼다는 겁니까?"

야스요도 기죽지 않고 비장의 카드를 꺼내듯 말했다.

"과거에 그런 일이 없었나요?"

무슨 말이지? 쇼타로 외에 안락사를 실행한 적은 한 번도 없었다. 그런데 왜 이렇게 불안할까?

야스요는 이것이 최후의 수단이라는 듯 말을 꺼냈다.

"잊으셨나요? 10년 전, 후시미 산재병원에서 일할 때 선생님이 맡았던 간암 환자의 수술……."

시라카와는 벼락에 맞은 사람처럼 온몸이 굳었다. 후시미 산재병원은 시라카와가 의대를 졸업하고 처음으로 근무한 곳이었다. 야스요가 말한 간암 환자의 수술은 이미 봉인된 과거인데 어떻게 알아냈을까?

지금으로부터 10년 전, 시라카와는 뛰어난 수술 실력 덕분에 젊은 외과 부장 후보로 주목받고 있었다. 그런 시라카와에게 한 의료기기업체가 간 절제에 사용하는 신식 레이저 메스의 시험을 부탁했다. 미세한 혈관이 수없이 많은 간의 절제는 통상적인 전기 메스나 결찰법(끈이나 고무줄 등으로 묶어서 지혈하는 법 – 옮긴이)으로는 출혈을 충분히 제어하기 어려웠다. 그래서 특수한 초음파 메스나 레이저 메스가 경쟁적으로 개발되고 있었다.

시라카와는 간경화증이 있는 간암 수술에서 그 메스를 사용해보기로 했다. 간경화증이 있으면 보통 때보다 출혈이 심했다. 새로운 레이저 메스를 사용해 수술이 성공하면 업체는 좋은 평가를 받고 간 외과 수술은 한 걸음 크게 전진하리라 예견했다.

"시라카와 선생님이라면 충분히 잘하실 수 있을 겁니다."

업자의 입에 발린 칭찬에 시라카와는 의욕적으로 수술에 임했다. 그러나 딱딱하게 섬유질화된 간 수술은 생각 외로 힘들고 출혈이 엄청났다. 수술 중간에 기존 방법으로 바꿨더라면 출혈이 그렇게 심하지 않았을 수도 있지만 시라카와는 신식 레이저 메스에 집착했다. 자신의 실력을 과신했고 새로운 기구를 처음 사용하는 수술이기 때문에 중간에서 바꾸면 후퇴한다는 생각이 들었다. 게다가 나중에 '겁쟁이'라는 소리를 들을까 걱정도 되었다. 결국 그 환자는 출혈 과다에 의한 다발성 장기 부전으로 수술 한 지 2주 만에 사망했다. 오만과 집착이 용기 있는 후퇴를 막았던 것이다. 이를 두고 환자의 생명을 가벼이 여겼다고 하지 않는다면 뭐라 하겠는가?

그러나 그 일은 의료 과실로 취급되지 않았다. 은폐하려는 병원 측과 환자에게 연고가 없다는 점, 미묘한 인간관계, 업체의 영향력 등이 작용해 시라카와의 잘못은 묻히고 사건은 불문에 부쳐졌다.

그렇지만 시라카와는 당연히 극심한 자책감에 빠졌다. 자신의 행동을 깊이 반성하고, 이후 무슨 일이 있어도 환자를 가장 우선하겠다고 스스로에게 맹세했다. 그런 자세로 진료에 임하자 환자들 사이에서 좋은 평가를 얻었고, 아이러니하게도 시라카와의 인망은 두터워졌다. 의료계란 그런 곳이었다.

2년 후 고라쿠 병원에 부임했을 때 그 건은 완전히 잊혔다. 그러나 시라카와는 환자로부터 감사 인사를 받을 때마다 마음속으로 괴로웠다. 자신이 환자를 소중히 여기는 마음 뒤에는 본의 아니게 목숨을 잃게 한 한 환자가 있었기 때문이다.

"어디서 그런 옛날 일을 알아냈습니까?"

시라카와가 신음 섞인 목소리로 묻자 야스요는 희미하게 미소를 지으며 대답했다.

"조금 전에 말하지 않았나요? 저는 정보의 세계에 몸담고 있다고."

야스요는 대체 무슨 생각을 하는 걸까?

"이 문제는 세상에 알려지지 않았더군요. 저도 이제 와서 그

일을 문제 삼을 생각은 없습니다. 다만⋯⋯."

"다만, 뭡니까?"

반사적으로 고개를 번쩍 든 시라카와에게 야스요는 거미줄을 치는 한 마리 거미처럼 비밀스럽게 속삭였다.

"7월 이후 나온 일련의 보도에서 선생님은 안락사를 시행한 용기 있는 의사처럼 미화되었지요. 뜨는 사람이 있으면 그를 질투하는 사람도 있기 마련입니다. 그런 사람들이 선생님의 과거를 알게 된다면 어떨까요? 언론에 정보를 흘려 실제 이상으로 선생님의 과실이 부풀려질 수도 있지 않을까요?"

이는 명백한 협박이었다. 과거의 과실을 덮어주는 대신 안락사를 부정하는 성명을 발표하란 말인가? 시라카와는 다시 고개를 숙이고 괴로운 한숨을 토해냈다.

야스요는 여유로운 표정으로 추궁을 멈추지 않았다.

"의료 현장의 어려움은 저도 이해해요. 단순 명료하게 판단하기 어려운 애매한 요소도 많겠지요. 자신도 깨닫지 못하는 동안 마음이 움직이는 일도 있지 않겠어요? 그러니까 잠재의식이라고 부르겠지요. 자신도 모르는 사이에 자신을 조종하는 무의식. 어쩌면 그것이 인간의 행동에 가장 큰 영향을 미치는지도 모르죠. 하지만 그 무의식과 정면으로 맞서 의식 밖으로 끌어낸다면 더 이상 무의식에 조종당하는 일은 없을 겁니다. 다만 무의식과 정면으로 대항할 용기가 있느냐가 문제겠죠."

피할 길은 없는가? 시라카와는 야스요의 추궁에 입술을 깨물었다. 야스요가 시라카와의 표정을 살폈다.

"쇼타로의 안락사는 잘못 판단한 것이라고 인정하는 성명, 선생님 본인이 작성하기 어렵다면 저희 쪽에서 준비할 수도 있어요. 선생님은 그걸 읽고 서명만 해주시면 됩니다. 발표할 언론도 저희 쪽에서 알아보겠습니다."

낮고 강한 목소리로 말한 뒤 야스요는 의자에서 일어섰다.

"그럼, 오늘은 이만 실례하겠습니다."

홀로 남은 시라카와는 머리를 감싸 안았다. 어떻게 하면 좋을까? 교토교엔은 어둠에 감싸인 채 희미한 수은등만이 주변을 차갑게 비추었다.

16. 공개 연명 치료

"……이상과 같이 만약 안락사가 허용된다면 사람들은 쉽게 그 길을 선택할 겁니다. 그렇게 되면 죽지 않아도 될 환자들까지 생명을 잃을 위험성이 높아집니다. 마지막까지 치료에 최선을 다해 안락사만은 인정하지 않는다, 그런 굳은 신념이야말로 치료 가능성을 높이는 최선의 선택이라고 생각합니다."

후루바야시 야스요는 자신이 대필한 시라카와의 성명서를 읽고 난 뒤 자신만만한 표정으로 '저지련' 멤버들을 둘러보았다.

성명서 발표 장소는 '저지련' 사무소가 있는 세타가야 구 교세이 회관이었다. 이 회관을 소유한 '교세이회'는 세타가야 구에서 30여 년 동안 의료와 복지에 종사해온 사회 복지 법인으로, 원래는 이 지역에 차량 제조 회사를 세워 거대한 부를 축적한 사업가, 히라사와 교이치가 만든 자선 단체였다.

사무국에는 늘 그렇듯 야스요 외에 변호사인 사우치 고이치, 저널리스트인 아오야기 고스케, 무소속 참의원 의원인 아사이 에이시로와 히라마사 신문 사회부 기자인 히가시 고로가 모여 있었다.

"시라카와가 성명서 발표에 동의했나요?"

아오야기가 묻자 야스요가 가볍게 어깨를 움츠렸다.

"아직은 아니지만, 동의할 수밖에 없을걸요."

히가시는 야스요의 태도에 불쾌감을 느꼈다.

야스요는 교라쿠 병원 간호사인 니시다 세쓰코에게서 잘못된 수술로 간암 환자를 사망케 했다는 정보를 입수해, 그것을 빌미로 안락사 부정 성명을 발표하도록 시라카와를 압박했던 것이다. 그런 방법으로 시라카와를 끌어들여 과연 앞으로 일이 잘 풀릴까?

게다가 야스요에 따르면, 시라카와는 상당히 동요했다고 하는데, 히가시는 그 점도 마음에 걸렸다. 과거의 잘못으로 환자가 죽었다는 사실이 탄로 나서 당황하는 것은 당연하겠지만, 시라카와는 파랗게 질릴 정도로 심각했다고 한다.

예전에 히가시는 실력이 뛰어난 한 외과 의사를 취재한 적이 있었다. 그는, 의사는 환자의 죽음을 극복하면서 성장한다고 말했다. 치료가 실패했을 때 환자의 죽음에 언제까지나 연연하면 견뎌내지 못한다고도 했다. 그러나 태연하게 말하는 그 외과 의사에게도 히가시는 강한 위화감을 느꼈다.

만약 시라카와가 그 외과 의사 같은 의사였다면 과거의 잘못이 탄로 났다고 해도 얼마든지 자신의 정당성을 주장할 것이다. 그런데 동요했다는 것은 시라카와가 아직 그 환자의 죽음을 극복하지 못했다는 뜻이다. 그것은 시라카와가 그만큼 책임감 있는 의사라는 의미이기도 했다.

히가시는 5개월 전 처음 교라쿠 병원에서 시라카와를 취재했을 때를 떠올렸다. 무뚝뚝하기는 했지만 세속적인 교활함이 보이지 않는 순수한 인상이었다. 그 성실해 보이는 의사가 아무리 무의식적이라고 해도 까다로운 치료를 빨리 끝내려고 환자를 안락사시켰다고는 도저히 믿기지 않았다.

"이 성명서가 발표되면 여론도 바뀔 거예요. 대체 뭐가 일본판 포스트마 사건이란 건지. 일본과 네덜란드는 다르잖아요. 안락사는 일본에 맞지 않는다는 사실을 세상에 대대적으로 알리자고요."

"아니, 잠깐만 기다리세요."

의기양양한 야스요에게 아사이가 찬물을 끼얹듯 말했다.

"그 성명서만으로는 충분하지 않습니다. 더욱 강력한 조치가 필요합니다."

야스요는 허를 찔린 표정으로 기분 나쁜 듯 입을 꼭 다물었다. 아사이는 개의치 않고 발아래 놓인 가방에서 투명 파일을 꺼냈다.

"이것 좀 봐주십시오. 이것은 두 달 동안 제가 모은 안락사에

관한 앙케트입니다. 국회 도서관 조사부, 일본 메디컬사, 도호
신문, 젊은이들이 많이 보는 잡지 『컬처 내비』, 모두 안락사에
찬성하는 의견이 압도적입니다. 높은 곳은 최고 72퍼센트, 낮은
곳도 57퍼센트가 넘어요. 주목해야 할 것은 후생노동성의 의정
국 총무과가 실시한 안락사 법제화에 관한 앙케트입니다. 찬성
은 '당장 실행'과 '앞으로 천천히 실행' 의견을 합해 68.7퍼센트
나 됩니다. 분명 유도된 결과지만 후생노동성은 이 수치를 토대
로 안락사 법제화에 나설지도 모릅니다."

아사이는 검은 테 안경 너머에서 날카로운 시선으로 모인 사
람들을 둘러보았다.

"그리고 이것."

아사이는 다시 가방에 손을 집어넣더니 얇은 책 한 권을 꺼
냈다.

"여러분도 알고 계시지요. 베스트셀러 『이곳에만 존재하는
영원』은 안락사를 미화한 소설로, 나오자마자 순식간에 30만
부가 팔렸고 지난달 크리스털 문고상을 수상했습니다. 이 책은
정리 해고된 아버지와 은둔형 외톨이 아들이 말기 암인 어머니
를 안락사시킴으로써 가족 간의 정을 더욱 돈독히 한다는 진부
하고 유치한 내용이지만 폭발적인 인기를 끌고 있습니다. 언젠
가는 드라마나 영화로도 만들어지겠지요. 그렇게 되면 여론은
더욱 안락사를 허용하는 방향으로 기울 겁니다. 저자가 간호사
여서 중간중간 실린 사진도 생생하고 연명 치료를 마치 고문처

럼 표현했습니다. 게다가 치료를 계속하려는 의사를 사디스트라고까지 몰아붙이고 있어요. 이런 엉터리 소설이 널리 퍼지면 열심히 치료하는 의사가 오해를 받을 수도 있습니다. 그렇게 되기 전에 연명 치료에 관한 올바른 인식을 널리 알리고 안락사를 쉽게 생각하지 않는 풍조를 조성해야 합니다."

의기양양하던 야스요도 아사이의 말에 불안하고 곤혹스러워하는 모습이었다.

"그러니 대체 어떻게 하자는 말씀입니까?"

오쓰카가 미간을 찌푸리자 아사이가 엄숙하게 제안했다.

"공개 연명 치료를 하는 겁니다. 안락사를 시키지 않아도 적절한 연명 치료를 하면 환자가 살 수 있다는 실례를 세상에 알리는 거죠."

"공개 연명 치료요?"

오쓰카는 앵무새처럼 되물으며 의견을 구한다는 듯이 옆에 앉아 있는 동료 나카무로의 얼굴을 쳐다보았다.

아사이는 확신에 찬 표정으로 설명했다.

"그렇습니다. 안락사시켜도 할 말이 없을 정도로 극한 상황에 있는 환자의 치료를 방송에 공개하는 겁니다. 그리고 연명 치료가 결코 헛되지 않다는 것, 포기하지 않는 지속적인 치료가 얼마나 중요한지 호소하는 겁니다. 그렇게 하면 안락사도 존엄사도 필요 없음을 입증할 수 있습니다."

"그거 좋은 방법이군요."

아오야기가 재빨리 동조했다.

"텔레비전으로 공개하면 연명 치료가 어느 정도 안전하고 고도의 기술을 사용하는지 시청자들도 알 수 있을 테니까요. 여기에 환자의 생명까지 구하면 안락사가 얼마나 섣부른 판단인지도 증명할 수 있습니다."

"확실히 괜찮은 방법이군요. 그때 시라카와의 성명서를 함께 발표하면 더욱 강렬한 인상을 주겠네요."

야스요도 고개를 끄덕이며 자화자찬으로 결론을 맺었다. 텔레비전에 출연하는 인간들은 어쩌면 이리도 자기 본위인지, 히가시는 어이가 없었다. 뛰어난 순발력을 자랑하는 그들의 머릿속에는 애당초 깊이 생각한다는 의식 같은 건 없는지도 모른다.

반면 오쓰카와 나카무로 두 의사와 사우치 변호사는 머릿속으로 실행 방법을 검증하고 있는 것 같았다.

"텔레비전으로 치료를 공개한다면 어디에서 하지요?"

오쓰카가 난처한 목소리로 묻자, 아사이는 반대를 용납하지 않겠다는 듯 단호하게 대답했다.

"오쓰카 선생, 그건 세타가야 의료센터에서 해주셨으면 합니다."

"그런……."

나카무로가 자기도 모르게 내뱉은 말에 오쓰카는 오른손을 내밀어 제지하며 나카무로와 아사이에게 말했다.

"원장님도 안락사는 반대니까 제가 부탁하면 이해해주시겠지만, 여러 가지 준비가 필요합니다."

"오쓰카 선생, 환자의 프라이버시는 어떻게 할 겁니까?"

나카무로가 반박했다.

"물론 환자의 승낙을 받아야지요. 경우에 따라서는 얼굴에 모자이크 처리를 하는 방법도 있습니다."

"괜찮습니다. 우리 의도를 설명하면 환자도 분명히 이해해 줄 겁니다."

아사이가 오쓰카의 말을 받아 강하게 밀어붙이자 나카무로는 불만스러운 표정으로 입을 다물었다. 히가시는 아사이의 말투에서 독선적인 오만함을 느꼈다. 어쩌면 그런 말투는 국회의원이라는 인간들의 숨길 수 없는 특성인지도 모른다.

"병원 내에 텔레비전 카메라가 들어가는 것에는 저도 거부감이 듭니다. 그러나 연명 치료의 효용성을 세상에 알리기 위해서라면 긍정적으로 생각할 필요도 있겠지요."

오쓰카가 스스로에게 말하듯 중얼거렸다.

"맞습니다." 아오야기가 열띤 어조로 말했다. "지금은 의료 붕괴를 다룬 프로그램에서도 현장에 카메라를 들이는 경우가 많으니까요. 실제로 환자의 생명이 살아나는 영상을 내보내면 대단한 설득력을 발휘할 겁니다."

"하지만 만약 치료가 잘되지 않으면 어떡합니까? 공개적으로 치료했는데 환자가 비참한 상황에서 사망한다면 그거야말로 연명 치료의 부정적인 면을 온 세상에 알리는 꼴이 될 겁니다."

나카무로가 못 참겠는지 다시 한 번 반박했다. 사우치도 같은 생각을 했는지 말없이 고개를 끄덕였다. 그러자 오쓰카가 나카무로를 설득했다.

"환자를 잘 선택하면 되지 않을까요? 살아날 가능성이 큰 환자를 고르면 됩니다."

"그건 허위 방송이 아닙니까?"

나카무로는 펄쩍 뛰었지만 야스요와 아오야기는 뭘 그렇게 새삼스럽게 구느냐는 식으로 눈살을 찌푸렸다. 나카무로가 반발하자 아사이가 갑자기 목청을 높였다.

"나카무로 선생, 설마 진심으로 연명 치료에 반대하고 계신 건 아니지요?"

뜻밖의 말에 나카무로는 한순간 안색이 변했다.

"나카무로 선생은 늘 치료가 잘 안 되거나 환자가 비참한 상황에 빠지는 경우만 생각하십니까? 그건 패배주의입니다. 연명 치료를 올바르게 하면 환자가 살아나지는 못하더라도 최소한 비참한 상황에 빠지지는 않습니다. 선생은 환자가 비참한 상황에 빠질 경우를 지나치게 두려워하는 것 아닙니까?"

"아니, 그렇지는 않습니다만."

나카무로의 기가 꺾였지만 아사이는 추궁을 멈추지 않았다.

"그런 불필요한 걱정이 연명 치료를 중단하게 만드는 것 아닙니까? 비관적인 생각만 해서는 살 사람도 살리지 못합니다. 제 아버지도 그런 말에 넘어가 치료를 그만두게 되었어요. 위암 말기였는데, 의사는 치료를 포기하고 더 이상 치료해봤자 상태가 더욱 심해질 뿐이라는 등 치료를 계속하는 건 가족의 이기주의라는 등 비관적인 이야기만 늘어놓았지요. 그래서 어쩔 수 없이 치료 중지에 동의했습니다. 하지만 그 의사가 긍정적인 자세로 노력해주었다면 아버지는 살아났을지도 모릅니다. 그걸 생각하면 지금도 분해서 치가 떨립니다."

아사이는 끓어오르는 감정을 참을 수 없는지 말을 잇지 못했다. 히가시는 어쩐지 연극을 하는 것 같다는 느낌이 들었지만, 아오야기는 곧바로 자신의 무릎을 치며 몹시 감동한 듯 위로했다.

"아사이 선생의 마음은 충분히 이해합니다. 의사가 치료를 포기하는 바람에 부친께서 돌아가셨으니 그 원통함은 이루 말할 수 없겠지요."

아오야기에 이어 야스요도 깊이 머리를 숙였다.

"그런 슬픔을 겪은 사람은 분명 아사이 선생 혼자만이 아닐 거예요. 지금 일본의 병원 곳곳에서 똑같은 일이 벌어지고 있습니다. 그런 불성실한 의료 태도는 어떻게든 막아야 합니다."

"고맙습니다. 두 분 말씀은 가슴 깊이 새기겠습니다."

아사이가 야스요와 아오야기에게 깊이 머리를 숙이자 기묘한 감동이 분위기를 지배했다. 히가시는 이런 상황에서는 더 이상 아사이의 제안에 반론이 불가능하겠다고 생각했다. 나카무로도 어색한 듯 더 이상 아무 말 하지 않았다. 그러자 아사이가 나카무로를 열심히 설득하기 시작했다.

"나카무로 선생, 선생이 걱정하시는 것도 당연합니다. 하지만 그럴수록 더욱 강한 신념을 갖도록 합시다. 반드시 환자를 살리겠다는 신념, 의사에게 그런 신념이 없다면 어떡하겠습니까? 의사가 약해지는 순간부터 존엄사니 안락사니 하는 유혹이 마음속에 스며드는 겁니다. 마지막까지 포기하지 않겠다, 어떤 일이 있어도 생명을 포기하지 않겠다, 이런 마음이 의사가 지녀야할 신념 아니겠습니까?"

나카무로는 굳게 입을 다물었지만 아사이의 설득에 마음속에 있던 의혹이 풀린 듯했다.

"알겠습니다. 저도 안락사는 반대하고 있으니 마지막까지 치료에 최선을 다하겠습니다."

"잘 생각하셨습니다. 그럼 이것으로 결정된 겁니다. 오쓰카 선생, 세타가야 의료센터에서 진행할 공개 연명 치료 잘 부탁합니다."

아사이가 만면에 웃음을 띠며 오쓰카에게 말했다. 사우치는 조금 전까지 뭔가 생각하는 듯했지만 입을 열지 않았다. 히가시는 이야기를 구체적으로 진행하는 편이 나을 것 같아 아사이에게 물었다.

"연명 치료 공개는 어느 방송에 맡기면 좋을까요? 생각하고 계신 곳이라도 있습니까?"

아사이는 기다리고 있었다는 듯 미소를 지으며 자신 있게 사람들을 바라보았다.

"연말에 방송되는 〈24시간 온 에어!〉가 어떨까 생각 중입니다. 그 프로그램의 프로듀서를 도운 적이 있어서 부탁하면 들어줄 겁니다. 감동적인 장면을 내보내고 아이돌이 출연해서 눈물을 흘리면 순식간에 안락사 반대 물결이 일겠지요."

11월 7일 토요일 오후 3시 30분, 세타가야 의료센터 6층에 있는 집중치료실에서 공개 연명 치료 첫 녹화가 시작되었다.

감독과 카메라맨 두 사람만 입실이 허용되어 같이 간 야스요와 아오야기, 히가시는 복도에서 기다려야 했다. 복도는 허리 높이 윗부분부터 유리로 되어 있어서 내부를 들여다볼 수 있었다. 내과 병동에서 나카무로가 찾아와 히가시 일행에게 상황을 설명해주었다.

"환자는 예순두 살 먹은 남성입니다. 나흘 전 패혈증으로 쇼크 상태에 빠져서 의식불명인 채로 긴급 입원했습니다."

집중치료실에서는 전용 살균 가운에 종이 마스크와 모자를 착용하고 카메라까지 투명 살균 커버를 씌워야 했다. 카메라맨은 약간 엉거주춤한 자세로 촬영을 시작했다. 허가된 시간은 10분. 환자는 침대 여덟 개 중 오른쪽에서 두 번째에 누워 있었다. 환자에게 인공호흡기를 부착하고 위 튜브와 중심 정맥 영양, 심전도와 도뇨관 등 수많은 관과 코드가 연결되어 있었다.

"패혈증으로 쇼크를 일으키면 DIC(파종성 혈관 내 응고증)나 다발성 장기 부전을 일으켜 사망률이 60에서 75퍼센트에 이른 다고 알려져 있습니다."

나카무로의 심각한 설명에 야스요가 무의식중에 물었다.

"저 사람 살 수 있을까요?"

"입원 이틀째까지는 방심할 수 없는 상황이었지만 사흘째에 순환 동태(혈압이나 혈류 상태)가 호전되어 회복 가능성이 커졌 습니다. 그래서 어제 오쓰카 선생이 가족에게 텔레비전 출연을 타진했어요. 환자인 가모시다 하지메 씨는 2년 전에도 당뇨병 성 혼수로 쓰러져 오쓰카 선생의 치료를 받고 무사히 퇴원한 적 이 있습니다. 그래서 부인이 촬영을 허락해주어 갑자기 오늘 녹 화가 결정되었습니다."

유리창 너머에서는 오쓰카가 감독에게 상황을 설명하고 있었 다. 익숙하지 않은 집중치료실용 가운을 입은 감독은 긴장한 표 정으로 열심히 고개를 끄덕였다. 나카무로의 설명에 따르면 환 자는 안심할 수 있는 상태는 아니지만 심각해 보이는 겉보기와 달리 회복 가능성이 크다고 했다. 히가시는 상황이 그렇다면 텔 레비전에 공개하기에는 그야말로 적격이라고 생각했다.

유리창 너머로 환자 주위의 기기와 링거를 응시하던 아오야 기가 감탄하며 중얼거렸다.

"이거야말로 연명 치료의 적나라한 현실이군."

야스요가 그에 응하듯 대답했다.

"우리 쇼타로 때도 똑같았어요. 인공호흡기는 달고 있지 않았지만."

또 보지도 않은 일을 본 것처럼 말한다고 생각했지만 히가시는 아무 말도 하지 않았다.

오쓰카의 손짓에 나카무로가 집중치료실로 들어갔다. 히가시는 야스요에게 방송 날짜를 물어보았다.

"12월 22일이에요. 앞으로 한 달 반 정도 남았네. 그때까지 저 환자, 어떻게든 건강해져야 할 텐데."

"가능하면 퇴원하는 장면까지 내보낼 수 있으면 좋겠군. 그래야 효과적인 그림이 되지."

아오야기는 그 장면을 상상이라도 하는 듯 시선이 허공을 향했다. 히가시는 환자보다 프로그램의 성공에만 집착하는 야스요와 아오야기에게 의문을 느꼈지만 아오야기는 아랑곳하지 않고 갑자기 소리쳤다.

"그렇지. 프로그램을 세타가야 의료센터의 캐치프레이즈로 만들면 좋겠네. '결코 환자를 포기하지 않는 병원'이라고 하면 어떨까? 안락사나 존엄사 없이 마지막까지 최선을 다하는 병원이라는 이미지를 세상에 알리는 거야."

"그거 괜찮네."

야스요가 맞장구를 쳤다. 그러더니 한숨을 쉬며 말했다.

"환자를 포기하지 않는 병원이라, 당연한 일을 일부러 내세워야 한다니 어이없는 시대지 뭐예요."

히가시도 그렇다는 생각이 들었지만 그가 느끼는 위화감의 일부는 야스요의 비아냥거리는 말투 때문이었다. 병원이 환자를 포기한다면 비판을 받아야 마땅하다. 그런데 왜 병원은 환자를 포기하는 걸까?

"야스요 씨, 예전부터 마음에 걸렸는데 의사가 연명 치료를 주저하거나 중지하는 진짜 이유는 뭡니까? 그저 단순히 환자에게 더 이상 살 가망이 없기 때문입니까? 그런 어설픈 이유로 의사가 치료를 포기한단 말입니까? 무언가 다른 사정이 있지 않을까요?"

이어서 히가시는 아오야기에게도 질문했다.

"아오야기 씨는 어떻게 생각하십니까? 의사가 치료를 중지하는 이유가 적어도 수입 때문은 아니겠지요. 의료 행위에 따라 비용이 지급되는 현행 수가제에서는 낭비건 뭐건 병원은 연명 치료를 계속하는 편이 돈이 되지 않습니까?"

아오야기는 적당한 대답을 못했지만 야스요는 고개를 치켜들고 머리를 흔들었다.

"히가시 군, 잘 모르는군요. 의사가 연명 치료를 중지하거나 환자를 안락사시키는 이유는 치료를 계속하는 것이 귀찮기 때문이에요. 환자가 살아날 가망이 없어지면 의사는 갑자기 의욕을 잃게 되죠. 패전 처리처럼 빨리 정리해버리고 싶은 거라고요."

치료가 귀찮아서 환자를 포기한다고? 의사가 그렇게 비열한 인간들일까?

아오야기가 유리창 너머로 집중치료실을 들여다보더니 "끝나가는데요"라고 말했다. 촬영을 멈춘 카메라맨과 감독이 얼굴을 맞대고 무언가 이야기하고 있었다. 오쓰카는 나카무로에게 지시를 내리고 방송국 사람들을 데리고 출구로 향했다.

자동문이 열리자 가운과 모자를 벗은 감독이 한시름 놓은 표정으로 오쓰카를 뒤쫓으며 말했다.

"오쓰카 선생님, 수고 많으셨습니다. 바쁘시겠지만 환자 가족들에게 설명하는 장면도 녹화했으면 합니다."

히가시는 야스요 일행과 함께 오쓰카와 방송국 사람들을 따라 집중치료실을 떠났다. 그리고 엘리베이터 홀을 지나 '컨퍼런스 룸'이라고 표시된 방으로 들어갔다. 탁자가 세 줄로 늘어서 있고 한가운데 놓인 탁자 앞에 환자의 아내와 딸로 보이는 여성이 앉아 있었다.

"기다리게 해서 죄송합니다. 오늘은 촬영을 조금만 할 계획입니다. 잘 부탁드립니다."

오쓰카가 머리를 숙였다. 미리 이야기를 해두었는지 두 여성은 가볍게 고개를 끄덕였다. 오쓰카는 야스요와 아오야기, 히가시를 '저지런'의 관계자라고 소개하고 뒷자리에 앉혔다.

카메라가 촬영 위치를 잡자 오쓰카는 가족을 향해 천천히 환자의 상태를 설명하기 시작했다.

"가모시다 씨의 패혈증을 치료하기 위해 어제부터 세 종류의 항생 물질을 사용하고 있습니다. 혈압은 서서히 오르고 있지만 여전히 열이 높고 염증 반응도 사라지지 않은 상태입니다. 호흡이 불안정해서 당분간 인공호흡기는 떼지 않을 생각입니다. 지금은 입에 관을 넣고 있지만 이 상태가 길어지면 기관지를 절개하는 편이 낫습니다."

가모시다 씨의 아내와 딸은 얼굴을 마주 보았다. 그리고 서로 살짝 고개를 끄덕이더니 환자의 아내가 오쓰카에게 말했다.

"남편이 살아날 가망은 있는 겁니까? 가망도 없는데 괜히 고통만 더하기보다는 차라리······."

오쓰카는 험악한 표정으로 시선을 떨어뜨리더니 자신의 양손을 응시했다. 카메라가 그 옆얼굴을 잡았다.

"솔직히 말씀드리면 결코 전망이 밝다고는 할 수 없습니다. 부군을 고통스럽지 않게 하려는 부인의 심정도 충분히 이해합니다."

아내와 딸이 서로 손을 마주 잡았다. 오쓰카는 절묘한 타이밍에 고개를 들었다.

"그러나 부인, 부디 마지막까지 희망을 잃지 마시고 저희의 치료를 믿어주십시오. 분명히 희망이 있을 겁니다."

힘 있는 오쓰카의 말에 두 여성은 입술을 깨물고 결심한 듯 고개를 끄덕였다. 감독이 몸짓으로 카메라맨에게 두 여성의 얼굴을 크게 비추라고 지시했다. 아마도 이 장면은 시청자들에게 크게 어필할 것이다. 히가시는 오쓰카의 연기력에 감탄했다.

첫 번째 녹화 사흘 뒤, 아사이가 다시 교세이 회관으로 '저지련'의 이사들을 불러 모았다. 이런 모임에는 반드시 참가하라며 야스요는 반강제적으로 히가시도 끌고 갔다.

아사이는 사무국에 모인 멤버들을 돌아보며 중대 발표라도 하듯이 비장한 표정으로 입을 열었다.

"여러분, 오늘 총리의 자문 기관으로 '안락사법 임시조사회' 설치가 결정되었습니다."

"뭐라고요?"

"그렇게 반대했는데도 결국 막지 못했군요."

아오야기와 야스요의 안색이 변했다. 오쓰카와 사우치도 눈썹을 찌푸렸다. 안락사법 임시조사회는 여름부터 정부가 준비해온 기관으로, 안락사의 법제화를 향해 크게 한 걸음 내디뎠다고 볼 수 있었다. 당연히 '저지련'을 포함한 반대파는 맹렬히 반대했지만, 결국 임시조사회의 설치를 막아내지는 못했다.

오쓰카가 심각한 표정으로 아사이에게 물었다.

"정부도 드디어 안락사 법제화를 위해 본격적으로 움직이기 시작했군요. 반대파 의원들은 결국 여론에 휩쓸린 겁니까?"

"아니요, 그리 쉽게 휩쓸리거나 하지 않습니다."

아사이가 오만함이 느껴질 정도로 자신만만하게 말했다.

"저는 민화당 좌파 그룹이나 약소 정당으로 안락사법에 강경하게 반대하는 사생당 의원들과 연대해 임시조사회 설치에 반대해왔습니다. 그러나 안락사를 허용하는 여론이 강해진 지금 이대로 팔짱만 끼고 있다가는 정부의 강압적인 추진에 떠밀릴 수도 있습니다. 그래서 저는 어쩔 수 없이 설치는 인정하지만 위원회 인선은 공평하게 하도록 요청했습니다. 다시 말해, 안락사법 추진파와 반대파가 균형 있게 위원회에 배분되도록 요구한 것입니다. 임시조사회 설치를 서두르는 추진파는 이쪽 의견을 받아들여서 저와 사생당의 미야기 아즈사 당수도 참가하게 되었습니다. 임시조사회 내부에 저희 반대파가 있는 이상 안락사 법제화를 추진하기는 쉽지 않을 겁니다. 즉, 저항의 장을 임시조사회로 옮겨 더욱 강하게 안락사법을 저지하자는 말입니다."

"옳거니, 그거 괜찮은 생각이네요. 아주 훌륭한 전략입니다."

아오야기는 늘 그렇듯이 생각 없이 즉석에서 찬성을 표했다.

"임시조사회 설치가 오히려 안락사법 추진파의 발목을 잡게 될 거라는 말이군요."

야스요도 재빠르게 반응했다.

"그렇습니다. 여론 조작으로 기세등등한 추진파에게 쐐기를 박은 셈이지요. 사생당은 물론 평소 비판만 일삼던 공부당 의원들마저 보기 드문 묘안이라고 칭찬하더군요."

낯 뜨거운 자화자찬이었지만 어쩌면 정말 괜찮은 승부수일지 모른다고 히가시도 수긍했다.

"그런데 공개 연명 치료를 하고 있는 환자의 상태는 어떻습니까?"

아사이가 묻자 오쓰카가 온화하게 대답했다.

"걱정 마십시오. 가모시다 씨는 좋아지고 있습니다. 내일모레쯤 인공호흡기를 뗄 생각입니다."

"그렇습니까? 하지만 마음 놓지 말고 치료에 최선을 다해주십시오."

아사이는 다짐하듯 말했지만 안경 너머로 한순간 희미한 짜증이 스치는 것을 히가시는 놓치지 않았다. 아사이는 무엇이 불만일까? 히가시가 그런 의문을 느낄 틈도 없이 아사이가 빠른 말투로 말했다.

"이 공개 연명 치료는 꼭 성공시켜야 합니다. 안락사나 존엄사가 아니라도 바람직한 연명 치료가 가능하다는 사실을 세상에 널리 알려야 하니까요. 안락사법은 자칫하면 국민에게 막대한 피해를 입힐 수 있는 악법입니다."

"맞아요." 야스요가 몸을 앞으로 내밀며 말했다. "환자의 고통을 빌미로 안이하게 치료를 중지하려는 의사가 너무 많아요. 환자를 위해서라고 하면서 '죽은 자는 말이 없다'는 말을 방패 삼아 이런저런 이유로 스스로 정당화할 뿐이라고요."

아오야기도 지지 않고 떠들었다.

"안락사법은 의사의 자기 보호와 면책을 위한 법률이지요. 의사가 소송에서 스스로를 방어하고자 시작된 발상입니다."

"바로 그렇습니다." 아사이가 뒤를 이었다. "미국에서 화제가 되고 있는 존엄사 따위도 보험 회사와 영합해 어차피 살지 못할 사람은 빨리 죽는 편이 낫다는 본심을 미화하고 있을 뿐입니다.

의사가 환자를 구하기 위해 마지막까지 최선을 다하는 자세를 신성한 사명감이라고 생각한다면 안락사나 존엄사 따위는 생각지도 못할 겁니다. 의사가 도중에 치료를 포기하는 것은 멀리해야 할 패배주의일 뿐입니다. 그러한 패배주의가 제 아버지를 죽음으로 내몰았습니다. 존엄사를 강요당한 피해자로서, 저는 이 점을 안락사법 임시조사회에서 강하게 주장할 생각입니다."

아사이 의원의 습관인가? 거의 연설조에 가까운 말투였다. 그리고 언제나 존엄사를 당한 아버지에 대한 원통함으로 끝을 맺었다. 아버지의 죽음이 꽤 깊은 상처로 남았나 보다라고 생각하면서도 히가시는 아사이의 태도가 어딘지 모르게 작위적으로 느껴졌다.

11월 12일 목요일, 공개 연명 치료를 받고 있는 가모시다는 오쓰카의 예측대로 인공호흡기를 뗄 정도까지 상태가 호전되었다. 기관 튜브를 빼는 장면을 촬영하기 위해 방송국 직원들이 다시 세타가야 의료센터 집중치료실로 들어갔다. 이번에는 가모시다의 부인도 함께였다.

집중치료실 밖 복도에서는 야스요, 아오야기, 히가시와 나카무로가 유리창 너머로 촬영 상황을 지켜보았다.

"아오야기 씨, 지난번에 걱정했던 시라카와의 동의를 드디어 받아냈답니다."

야스요가 방송업계 사람 특유의 허물없는 말투로 이야기했다. 듣고 있던 사람들은 아마도 성명서에 관한 이야기일 거라고 생각했다.

"그런데 내가 쓴 성명서는 받아들이기 어려운 모양이에요. 자기 나름대로 하고 싶은 말이 있다면서 직접 다시 쓴다고 하네요."

"괜찮을까요?"

아오야기가 미심쩍다는 얼굴로 야스요를 바라보았다.

"물론이에요. 그리고 이 공개 연명 치료가 방송될 때 시라카와도 출연하게 하려고요. 그렇게 되면 상승효과가 엄청나겠지요. 눈앞에서 연명 치료가 성공한다면 아무리 시라카와라도 안락사를 정당화할 수는 없을 테니까요. 하지만 그 양반 정말 완고하더군요. 안락사의 전면 부정은 도저히 할 수 없다고 버티지 뭡니까. 뭐, 적군인 것이 애석하더라고요. 하지만 나도 질 수 없잖아요? 최종적으로는 우리 주장에 찬동하기로 동의를 받아냈어요. 그러니 막판에 뒤집거나 하는 일은 없을 거예요. 어쨌거나 옴짝달싹 못할 커다란 약점을 잡혔으니까. 시라카와가 자기 입으로 안락사의 과실을 인정하면 사우치 선생 말처럼 그 영향이 엄청나겠죠?"

"그거야 그렇겠지요."

당시 사우치를 따라 덩달아 맞장구쳤던 아오야기도 야스요의 말에 찬성할 수밖에 없었다.

그런데 막상 사우치는 지난번에 이어 이번에도 녹화를 보러 오지 않았다. 바쁘다는 이유였지만 지금까지 이런 모임에 거의 빠짐없이 얼굴을 내밀던 것을 생각하면 사우치답지 않았다. 히가시는 묘한 불안을 느꼈지만 야스요와 아오야기는 가모시다의 회복에 들떠 있을 뿐이었다.

"가모시다 씨의 의식은 언제 회복되었어요?"

야스요가 묻자 나카무로는 흥분된 목소리로 말했다.

"그저께입니다. 가모시다 씨가 눈을 떴을 때는 정말 감동했습니다. 그때는 인공호흡기를 달고 있으면 고통스러워서 일부러 의식을 잃게 하려고 진정제를 투여했지요. 하지만 오늘은 아침부터 진정제를 투여하지 않아서 의식도 또렷합니다."

복도에 있던 세 사람은 다시 집중치료실 안을 들여다보았다. 오쓰카가 침대 옆에서 환자에게 무언가 말을 걸고 있었다. 가모시다는 기관 튜브를 끼운 채 열심히 고개를 끄덕였다. 가모시다의 아내는 집중치료실용 가운에 모자와 마스크를 쓰고 한 걸음 떨어진 곳에서 남편을 지켜보았다.

오쓰카가 감독에게 신호를 보내고 인공호흡기의 스위치를 껐다. 마침내 시작되었다. 호흡기의 주름 호스를 커넥터에서 빼고 주사기로 커프의 공기를 뺐다. 튜브를 고정한 테이프를 떼자 오쓰카가 단숨에 기관 튜브를 잡아 뺐다.

격렬한 기침을 쏟아내며 가모시다의 상반신이 침대에서 튕겨 올랐다. 카메라가 그 모습을 하나도 놓치지 않고 담았다. 오쓰카의 지시에 따라 심호흡을 하고 안정을 찾자 마침내 가모시다의 얼굴에 미소가 번졌다. 아내가 다가가 남편 손을 힘주어 맞잡았다. 소리는 들리지 않았지만 이야기를 나누는 듯했다.

"부인은 남편 목소리를 9일 만에 듣는 겁니다."

나카무로는 몹시 감동한 듯 떨리는 목소리로 말했다.

"가모시다 부인이 정말 애 많이 쓰셨어요. 남편이 의식을 잃은 채 42도의 고열에 시달리고 온몸이 퉁퉁 부어올랐을 때는 그냥 남편을 편하게 해달라고 울부짖었으니까요."

즉, 이 치료는 처음부터 나을 확률이 높은 환자를 골라서 한 조작 방송이 아니었다는 말이다.

"맞아요. 가모시다 부인이 말하더군요. 얼마 있으면 두 사람의 결혼기념일이라고요. 이런 상태라면 그때까지 퇴원은 어렵겠지만, 적어도 집중치료실은 벗어날 수 있겠어요. 결혼기념일 축하는 꼭 일반 병실에서 했으면 합니다."

나카무로가 말하자 아오야기가 그 이야기에 달려들었다.

"결혼기념일이 언제입니까? 근로자의 날(일본의 경우 11월 23일 - 옮긴이)? 그렇다면 아직 열흘도 더 남았네요. 어떻게든 퇴원 날짜를 연기할 수 없을까? 아니, 그날 퇴원하는 건 어떻습니까? 생사의 갈림길에서 살아 돌아와 결혼기념일에 퇴원이라, 이보다 더 감동적인 장면은 없을 겁니다. 안 그렇습니까?"

동의를 구하는 아오야기의 말에 야스요도 "그거 괜찮네요"라며 맞장구쳤다. 아닌 게 아니라 그렇게만 되면 〈24시간 온 에어!〉

에 딱 어울리는 장면이었다. 그 장면이 각 가정에 방영되면 안락사를 허용하는 분위기가 순식간에 가라앉을 것이 틀림없었다.

"부인이 연명 치료를 포기했다면 그런 날은 오지 않았을 거라는 사실을 강조하면 사람들도 존엄사나 안락사가 얼마나 섣부른 행동인지 알게 되겠죠."

"그렇죠? 옳거니, 재미있어지겠네요. 〈24시간 온 에어!〉에서 확실하게 시청자들의 눈물을 쏙 빼놓겠어요."

"아오야기 씨, 아주 의욕이 넘치네요. 아직 출연자도 정해지지 않았는데. 너무 앞서가는 것 아니에요?"

야스요가 견제하자 아오야기는 시치미를 떼고 대답했다.

"저는 벌써 출연 제의를 받았는데요. 프로듀서가 은밀히 연락했더라고요."

갑자기 야스요의 안색이 확 변했다.

"뭐라고요? 프로듀서 누구요?"

"가몬 씨요. 아사이 선생에게 신세를 졌다고 말했었지요."

야스요는 입술을 깨물며 침묵했다. 야스요는 아직 출연 의뢰를 받지 못한 듯했다. 아마도 아오야기가 〈선데이 프라임〉에 출연하지 못한 한을 풀려고 아사이의 연줄을 이용해 선수를 친 것이 분명했다. 〈24시간 온 에어!〉의 출연자는 아직 정해지지 않았지만 환자의 주치의인 오쓰카와 공개 연명 치료 발안자인 아사이는 일단 출연이 확정적이었다. 그 밖에 몇 명이 더 출연할지는 알 수 없었다.

"가끔은 나도 재미 좀 봐야지요."

약 올리듯이 아오야기가 들뜬 목소리로 말하자 야스요의 표정이 더욱 굳어졌다. 모처럼 작전이 순조롭게 진행되는데 시시한 출연 경쟁으로 옥신각신하지 않았으면 좋겠다는 생각을 하며 히가시는 내심 우울해졌다.

17. 역전의 시나리오

　11월 13일 금요일, 야마나 게이스케는 택시에서 내려 손목시계를 흘깃 보았다. 오후 6시 30분이었다. 아무리 여유 있게 도착한다고 해도 30분은 너무 빨랐다. 야마나는 에도 시대 유흥가의 정취가 남아 있는 가구라자카 거리를 천천히 걸어 내려가 10분 정도 시간을 보내기 위해 가쿠렌보요코초 길로 빠져나갔다.

　니미 데이이치는 오늘 요정 '센푸'에서 국회의원 두 명을 접대하기로 되어 있었다. 사도하라파의 중진이며 자공당 전 간사장인 고다 요시마사와 사교 모임에서도 만난 적 있는 '의료행정개혁회의' 멤버 이무라 가즈오였다. 상세한 접대 내용을 알지 못해 어떤 이야기가 나올지 걱정이 되긴 했지만, 그런 자리에 동석하게 되었다는 점만으로도 만족했다. 그것은 니미가 자신을 믿고 있다는 증거이기도 했기 때문이다.

의료청은 설치가 확실시되었고 니미가 제창한 '의료 붕괴 저지를 위한 다섯 가지 제안'도 다가오는 의사법 개정의 중요 검토 사항에 포함되었다. 니미는 정치가나 관료와 밀접한 관계를 구축하면서 의료청의 기획 입안에 깊이 관여하고 있었다. 나아가서는 안락사 법안의 작성에도 참여하는 듯했다.

마침내 일본의 의료가 니미를 중심으로 움직이기 시작했다. 니미는 이를 '의료 신질서'라 부르며 JAMA의 통일 이념으로 삼았다. 니미의 측근이 되면 일본 의료의 중심부에 합류하게 될 것이라는 상상만으로도, 출세욕이 강한 야마나는 더할 나위 없이 흥분되었다.

검은색 담을 따라 돌계단을 내려가서 둥글게 굽은 골목길을 돌아가면 나카 거리가 나오고, 그 바로 옆에 미리 봐둔 요정 '센푸'의 입구가 있었다. 격자무늬 장지문 너머로 흰 모래가 깔린 정원이 고즈넉한 분위기를 풍겼다. 돌바닥을 걸어가 현관에서 인기척을 내자 여주인이 조신하게 걸어 나와 안으로 안내했다.

방은 세로로 긴 10평 정도 크기로, 도코노마(일본식 다다미 방에서 바닥을 한 층 높여 벽에 족자를 걸고 바닥에 도자기 등을 장식한 곳 – 옮긴이)에서 조금 떨어진 곳에 먼저 온 손님이 있었다. 지바에 위치한 마부치 종합의료센터 부원장 마부치 도시미쓰였다.

"어이구, 일찍 오셨군요."

야마나가 인사하자 마부치도 예의 바르게 인사했다. 뛰어난 신경내과의로 서른여덟 살이라는 젊은 나이에 집안에서 경영하는 병원의 부원장직에 취임한 마부치도 오늘 밤은 긴장한 표정이었다.

야마나는 방으로 들어가 마부치의 옆자리에 앉았다. 도코노마 앞에는 붉은색으로 옻칠한 탁자 두 개가 길게 놓여 있었고 위쪽에 두 자리, 아래쪽에 네 자리가 널찍하게 마련되어 있었다. 위쪽에는 고다와 이무라가 앉고 맞은편에는 니미와 시바키가 앉을 것이다. 야마나는 그렇다면 자신은 도코노마 옆자리겠거니 생각했다.

"오늘 무슨 이야기를 할지 알고 계십니까?"

마부치가 신경질적으로 물었다. 그도 상세한 내용은 알지 못하는 듯했다. 야마나는 마음에 약간 여유가 생겨서 "글쎄요, 여러 가지겠지요"라며 얼버무렸다. 마부치는 JAMA의 이사로서는 동료지만 니미의 측근 자리를 두고 경쟁하는 관계이기도 했다.

"족자는 계절에 맞춰 성성이(오랑우탄)군요."

야마나가 연장자답게 도코노마에 걸린 족자에 시선을 주자 마부치는 상체를 약간 숙이더니 낮은 목소리로 말했다.

"'저지런'이 꾸미고 있는 공개 연명 치료가 간신히 위닝(인공호흡기를 떼는 조작)까지 도달한 모양입니다."

공개 연명 치료에 대해서는 야마나도 소문으로 들었지만 상세한 경과까지는 알지 못했다. 마부치의 정보에 순간 초조한 마음이 들었지만 야마나는 아무렇지 않은 표정으로 맞장구를 쳤다.

"그런 것 같더군요. 니미 선생에게 뭔가 묘안이 있을까요?"

그렇게 말하면서 야마나는 마부치와 자신 중 누가 더 니미에게 신뢰를 받고 있을까 속으로 따져보았다.

얼마 후 니미가 시바키 가오리를 데리고 들어섰다.

"늦은 시간까지 두 분 모두 고생이 많습니다."

니미가 먼저 온 두 사람의 노고를 치하하며 앞자리에 앉았다. 야마나는 공개 연명 치료에 관한 이야기를 할지 망설였다. 마부치가 선수를 치는 것은 싫었지만 그렇다고 접대 자리에 어울리지 않는 화제를 꺼내 니미의 심기를 불편하게 하고 싶지도 않았다. 야마나가 열심히 분위기를 파악하는 동안 마부치는 의외로 조용히 앉아 있었다.

"시바키 선생한테는 이미 이야기해두었지만, 오늘 밤 중요한 이야기를 하게 될 겁니다. 두 분께서는 그저 마음에 담아두고만 계시면 됩니다."

니미가 야마나와 마부치를 공평하게 바라보며 말했다.

이윽고 인기척이 나며 카펫 위를 거리낌 없이 걷는 발소리가 들렸다. 곧이어 장지문이 열리고 나잇살이 붙어 뚱뚱하고 노인 냄새를 물씬 풍기는 고다와 최근 갑작스럽게 연예인과 같은 화려함이 몸에 밴 이무라가 함께 들어왔다.

니미가 재빨리 일어나 두 사람을 상석으로 안내했다. 고다는 뚱뚱한 몸을 비틀거리며 자리에 앉자마자 의자 등받이에 기댔다. 이무라는 소리 없이 조용히 자리에 앉았다.

니미와 야마나 일행도 자리에 앉자 여주인이 나타나 정중하게 허리 굽혀 인사했다.

"오늘 저희 음식점을 찾아주셔서 감사합니다. 변변치 않습니다만, 부디 편안한 시간이 되시기 바랍니다."

각자의 잔에 맥주가 채워지자 니미가 잔을 들고 좌중을 둘러보았다.

"바쁘신 와중에도 두 분 선생님께서 함께 자리해주셔서 진심으로 감사드립니다."

니미의 인사말이 끝나자 다 함께 건배를 했다.

"아니, 저희야말로 초대해주셔서 감사합니다."

고다가 얼굴 가득 웃음을 띠며 말하자 이무라는 확신에 찬 눈빛으로 묵례했다.

간단한 안주가 나오고 나서 깔끔한 흰색 도자기에 담긴 전채 요리가 나왔다. 맥주를 한 잔 더 받은 고다가 유쾌하게 니미에게 말했다.

"마침내 주초에 의료청 기본 계획이 내각 회의에서 결정됩니다. 법안은 내년 1월부터 개회되는 통상 국회에 제출될 예정이고요. 니미 선생도 여러모로 애쓰셨지만, 드디어 일본의 의료도 새로운 시대를 맞는군요, 하하하."

니미는 검은 눈동자를 빛내면서 "감사합니다"라고 대답했다. 이무라는 기다리고 있었다는 듯 몸을 앞으로 내밀며 니미에게 말했다.

"의료청의 조직도는 니미 선생과 우리의 원안이 거의 전면적으로 통과되었습니다. 본청의 내부 부국은 3곳으로 의료통괄국, 병원감독국, 총무기획국입니다. 지방 지부는 9개 구역에 지역 의료 운영국을 두기로 했습니다. 지방 행정 제도를 그대로 본떠서 지방의 자치권을 인정하고 서로 경쟁하도록 하는 구조입니다."

"후생노동성과의 관계는요?"

니미가 묻자 이무라는 약간 목소리를 낮춰 대답했다.

"당분간은 후생노동성의 외국이 됩니다만, 5년 내에 내각부로 이행할 예정입니다."

"장관 인사는 어떻게 됩니까?"

"초대 장관은 역시 후생노동성에서 내야겠지요. 현 관방장인 에비하라 신지가 될 것 같습니다."

"에비하라 신지? 그 사람은 차관 후보가 아닙니까? 그런데 어째서 의료청 장관 자리에 거론되는 겁니까?"

"그 사람은 원래 의정국과 보험국에 있던 인물로 의료 행정에 관심이 많은 것 같아서요."

니미가 복잡한 표정으로 팔짱을 끼었다.

"에비하라라면 만만치 않은 인물이군요. 그렇게 되면 이러니저러니 해도 결국 의료청은 관료가 지휘하게 될 겁니다. 그건 그렇고, 사도하라 선생님께 부탁드렸던 '의료인권리원'은 어떻게 되었습니까?"

"네, 그쪽에 대한 구상도 해두었습니다."

이무라는 들고 온 가방에서 '의료인권리원 초안'이라고 쓴 서류를 꺼내 니미에게 내밀었다.

의료청 구상이 추진되는 가운데 니미는 관청의 형태를 갖추면 의사가 권력을 장악하기 곤란하다는 사실을 깨달았다. 일본의 의료를 관장하려면 역시 행정 시스템을 활용할 수밖에 없었다. 하지만 그렇게 되면 우두머리에 관료가 취임하게 된다. 니미는 그런 상황을 제어하기 위해 내각부의 외국으로서 의료인권리원 설치를 요구했다. 명목상으로는 의료청에 권력이 집중되어 의료인의 권리가 침해되는 일이 없도록 하기 위해서였고, 구체적으로는 의료인과 국민의 양식 있는 대표가 의료청을 감독해 공평하고 효율적인 의료를 실현한다는 것이었다.

"의료인권리원의 감독 범위는 의료 제도 개혁, 진료 보수 개정, 의료 기관 설립 인허가, 의사 등록 관리, 고도의 선진 의료 및 의학 연구 예산 분야입니다."

니미가 초안을 훑어보면서 이무라에게 확인했다.

"의료청과의 관계는 어떻게 됩니까?"

"니미 선생의 지시대로 했습니다. 즉, 의료청 장관은 의료인권리원의 감독에 따르도록 의무화했지요."

"권리원 회의에서는 장관 외에 관방장, 각국의 국장급이 출석해 보고와 현안 문제 논의가 이루어지겠지요. 권리원 측은 의장 이하 고문관 아홉 명이 참석하고요."

"그렇습니다."

야마나는 꼼짝도 하지 않고 두 사람의 이야기에 귀를 기울였다. 그 말대로라면 의료인권리원은 의료청의 상위에서 일본 의료의 전반을 조정하게 된다. 안건 하나하나에 대해서도 강력한 권한을 행사할 것이 틀림없다. JAMA의 의사를 포함시키는 것만으로는 의료청을 좌지우지할 수 없다고 생각한 니미가 이번에는 의료인권리원을 통해 일본의 의료를 지배하려는 것이다. 표면적으로는 의료청이 의료를 관장하도록 하고 뒤에서 의료청 장관의 목덜미를 움켜쥐려는 술수였다. 물론 니미가 노리는 것은 권리원 의장 자리였다.

"우리의 목표는 일본에 '의료 신질서'를 확립하는 것입니다. 일본의 의료 붕괴는 이제 한시도 두고 볼 수 없는 상황입니다. 관료를 상대로 쓸데없이 공론화할 여유가 없습니다."

이무라가 니미의 시선을 맞받으며 신중하게 대답했다.

"그 점에 대해서는 사도하라 선생도 충분히 알고 계십니다. 나가미네 총리도 아즈마 장관도 현재 인기가 있으니 한동안 정권은 안정적일 겁니다. 그동안 신속하게 일을 추진하면 에비하라 관방장이 걸림돌이 되지는 않겠지요."

니미는 엄격한 어조로 말을 이어갔다.

"전일본의사회와의 교섭은 어떻습니까?"

"지명하신 상임 이사와 접촉하고 있습니다."

이무라가 대답하자 그때까지 아무 말 없던 고다가 헛기침을 하고 나서 끼어들었다.

"니미 선생, 나는 전일본의사회와의 관계에 대해서는 좀 더 고려해볼 가치가 있다고 생각합니다만."

"무슨 말씀이신지요?"

"아니, 그러니까 전일본의사회는 지금까지 쌓아온 실적도 있고 우리 당과도 오랜 인연이 있으니……."

고다는 말끝을 흐렸지만 선거 때의 표밭 관리와 정치 헌금을 암시하고 있다는 걸 야마나도 금방 알 수 있었다. 고다는 JAMA의 창립 기념 총회에서 축사를 했지만 원래 의사회 멤버로, 선거 때에는 항상 지역구인 오카야마의 의사회에서 지원을 받았다. 시바키의 정보에 따르면 전일본의사회에서 받는 정치 헌금도 상당한 금액이라고 했다. 그래서 고다는 의사회를 잘라내려는 니미의 방침에 쉽게 동의할 수 없었다.

니미는 고다의 늘어진 이중 턱을 바라보다가 이어서 돋보기에 가려진 눈을 응시했다.

"말씀하신 대로 전일본의사회는 지금까지 일본의 의료 발전에 지대한 공을 세웠습니다. 의료의 지역 격차가 컸던 시대에 의사회는 전국 곳곳에 개업의를 배치해 일본 의료의 안정화를 도모해왔지요. 그러나 한편으로는 욕심쟁이 촌장이라는 별명처럼 탐욕스러운 의사를 배출해 무능력한 의사의 이익을 보호하는 방침만 내세웠습니다. 의사회가 내세우는 가치는 모두 보험 제도에 의한 프리 액세스와 행위별 수가제입니다. 의사회는 이것을 악용해 '환자를 위해서'라는 가짜 구호 아래 만족을 모르고 돈만 긁어모으는 탐욕스러운 시스템을 만들었습니다."

"가짜 구호? 전일본의사회의 주장이 거짓말이란 말입니까?"

고다가 눈썹을 찌푸리자 니미는 불타오르는 듯한 시선으로 상대를 마주 보았다.

"거짓이라는 말은 아닙니다. 그러나 사실도 아닙니다."

니미의 단언에 고다는 기가 죽어 입을 다물고 말았다. 니미는 개의치 않고 계속했다.

"의사회가 정부 방침에 반대하면서 늘 주장하는 구호가 '환자를 포기하지 마라', '노인을 버리지 마라'입니다. 언뜻 보면 환자를 위하는 구호처럼 들리지만 본심은 개인 병원을 찾는 환자 수를 줄이고 싶지 않다는 속셈이 숨어 있습니다. 프리 액세스, 즉 보험증만 있으면 어느 의료 기관에서나 자유롭게 진료를 받을 수 있는 제도도 결국 환자를 조금이라도 늘리기 위한 방책입니다. 그렇기 때문에 고도의 전문 병원에 가벼운 병을 앓는 환자들이 넘치는 겁니다. 이것이 얼마나 비효율적인지는 잘 아시죠? 게다가 의사회가 더욱 집착하는 행위별 수가제에서는 엑스선 사진 한 장만으로도 진단이 가능한 의사보다 다섯 장을 찍어야만 진단할 수 있는 의사의 수입이 더 많습니다. 쉽게 말해 무능력한 의사일수록 돈을 버는 구조입니다. '만일을 위해서'라는 편리한 구실로 의사들은 불필요한 의료를 늘리고, 환자는 세심하게 진료받는다는 거짓된 안도감에 속아서 의료비 지출 규모가 커지고 있습니다. 이것이 지금까지 전일본의사회가 만들어 놓은 돈을 모으는 시스템입니다."

니미가 논리 정연하게 설명하자 고다는 복잡한 표정으로 한숨을 쉬었다. 의사회를 지지한다고 해도 돈밖에 모르던 고다에게는 반론의 여지가 없었다.

"지역의사회도 마찬가지입니다. 고다 선생님, 지역 의사가 왜 의사회에 가입하는지 아십니까?"

"그거야 정보 교환이나 연구회 등을 통해 지역 의료를 발전시키기 위해서 아닙니까?"

"아닙니다. 실상은 자기 보호와 서로를 감싸주기 위해서입니다. 치료에 실패했을 때 다른 의사에게 비판을 받으면 평판이 나빠지겠지요. 의사회에 가입하면 서로가 아는 얼굴이니 비판을 받지도 않습니다. 의료 과실이 있어도 의사회 멤버들끼리 서로 감싸주어 의사에게 불리한 정보가 환자에게 알려지는 일도 없습니다. 이것이 의사회에 속하면 얻을 수 있는 이점이지요. 그래서 그들은 지역에 따라서는 수백만 엔에 이르는 입회금을 내면서까지 의사회에 가입하는 겁니다."

"환자 입장에서는 백해무익한 단체군요."

시바키가 절묘한 타이밍에 끼어들었다. 니미는 고다로부터 눈을 떼지 않고 고개를 끄덕였다.

"그렇습니다. 의사회는 의사들의 상호 보장 조직으로 자정 능력이 없는 이권 단체입니다. 환자에게는 아무런 존재 의의도 없습니다. 언젠가는 그 실태가 세상에 알려지겠지요. 그때 의사회와 선생의 관계가 세상에 드러나면 고다 선생도 곤란해지지 않겠습니까?"

니미의 날카로운 시선에 고다는 풀 죽은 미소만 지었다. 물론 의사회가 그렇게 나쁜 면만 있는 건 아니었다. 그러나 니미의 언변에 걸리면 단점만 부각되어버렸다.

야마나는 긴장된 표정으로 상황을 지켜보았다. 그때 이무라가 침묵을 깨고 니미에게 물었다.

"전일본의사회는 안락사법도 반대하고 있습니다. 뭔가 다른 꿍꿍이가 있는 거겠지요?"

"물론입니다." 니미가 곧바로 대답했다. "현행 행위별 수가제에서는 환자가 죽으면 치료가 끝나기 때문입니다. 안락사시킨 단계에서는 진료 보수를 받지 못하니까요. 그래서 환자가 어떤 고통을 받든 가능한 한 오래 살려두어 치료를 계속하려는 겁니다."

"하지만 환자를 치료해서 살리는 것이 의사의 사명 아닙니까?"

고다가 가까스로 반론을 펼쳤지만 니미는 꿈쩍도 하지 않았다.

"살 가망이 있는 환자에 대해서는 그렇습니다. 그러나 치료해봤자 살아날 가망도 없이 극심한 고통에 시달리는 환자에게는 그 고통에서 해방시켜주는 것이야말로 의사의 사명 아닐까요? 헛되이 생명을 연장시키는 행위는 오히려 의료를 악용하는 겁니다."

고다는 니미의 시선을 피하면서 술잔에 손을 뻗어 미지근한 맥주를 마셨다. 아무도 빈 잔에 맥주를 따르지 않았다. 고다는 팔짱을 끼고 반쯤 비위를 맞추듯 말했다.

"니미 선생, JAMA와 전일본의사회가 공존할 수 있는 방법이 없을까요?"

"유감스럽지만 전일본의사회는 세간에 이미지가 너무 나빠요. 이제 그들은 의사의 권리만 추구하는 단체로 전락했습니다. 정치가들과 연줄이 끊기면 금방이라도 붕괴되고 말 겁니다. 고다 선생이 먼저 결단을 내려주세요. 그러면 의사회의 다른 분들도 선생의 뒤를 따를 겁니다."

니미는 더욱 냉랭한 목소리로 고다에게 말했다.

"의사회는 이미 제 역할을 다했습니다."

"하지만 전일본의사회를 해체하는 건……."

고다가 미련이 남는 듯 말끝을 흐리자 니미는 짜증 난다는 표정을 감추지 않았다. 그러자 이무라가 고다에게 몸을 기울이고 구슬렸다.

"전일본의사회를 해체한다고 해서 완전히 잘라낸다는 뜻은 아닙니다. 우수한 인재는 JAMA 쪽에서 뒤를 봐줄 생각입니다. 앞서 니미 선생이 말씀하신 교섭은 전일본의사회에 속한 열두 명의 상임 이사 중 젊은 층 다섯 명을 스카우트하려는 겁니다."

"상임 이사를 스카우트한다? 그것도 다섯 명이나? 그렇다면 누구를 생각하고 계십니까?"

전일본의사회와 가까운 고다는 이무라의 말을 그대로 믿기 어려운 모양이었다. 니미가 살짝 고개를 끄덕이자 이무라는 천천히 다섯 명의 이름과 직함을 이야기했다. 듣고 있던 고다의 얼굴색이 점점 변하더니 마지막 이름을 듣자 자기도 모르게 소리를 질렀다.

"반도 교이치라고? 수석 상임 이사 반도 선생? 게다가 가네코 리쓰 선생까지……."

반도 교이치는 야마나도 알고 있었다. 그는 전일본의사회에서 주목받는 인물로, 작년 전일본의사회 총회에서 회장과 부회장 세 명에 이어 수석 상임 이사로 발탁된 뇌외과 의사였다. 가네코 리쓰는 반도의 심복으로 알려진 소화기외과 의사로 교수의 멱살을 잡아 오슈 대학에서 쫓겨난 경력이 있으나 의사회 개혁으로 두각을 나타냈다.

"반도 선생과 가네코 선생은 접촉 중인 인사 중에서 이적에 가장 적극적인 분들입니다."

이무라의 말에 고다는 손수건으로 땀을 닦으며 신음하듯 말했다.

"그 두 사람이 나오면 전일본의사회는 대혼란에 빠질 겁니다."

아주 잠깐 뜸을 들인 후 니미가 조용히 말했다.

"부정과 유착으로 썩을 대로 썩은 조직은 어차피 내부에서부터 붕괴되기 마련입니다. 우리는 무너지기 직전의 문을 걸어 차기만 하면 되는 거지요."

"전일본의사회는 그렇게 해체한다고 치고, 그럼 각 지방과 도시에 있는 900여 개의 지역의사회는 어떻게 합니까?"

"걱정 마십시오. 지역의사회는 중앙보다 더욱 약삭빠르게 움직일 테니까요. 우리 JAMA가 새로운 질서를 제시하면 침몰하는 배에서 앞다투어 도망치겠지요."

니미의 말을 받아 시바키가 보충했다.

"의료청 발족과 동시에 중의협(중앙사회보험의료협의회)도 후생노동성에서 분리되어 의료청 관할로 이동합니다. 의사 위원 다섯 명 중 지금까지 실질적으로 네 명을 독점하고 있던 의사회 멤버는 배제될 겁니다. 그렇게 되면 지역의사회도 중앙에 종속하는 의미를 잃게 되겠지요."

다시 할 말이 궁해진 고다에게 이무라가 맥주를 따르며 낮은 목소리로 말했다.

"고다 선생, 정치 헌금과 표밭 관리는 JAMA가 뒷받침할 겁니다. 헌금에 관해서는 이미 JAMA의 신세를 지고 있지 않습니까?"

잔을 든 고다의 몸이 굳어졌다. 니미는 실질적으로 JAMA의 의료 컨설팅 업무를 맡고 있는 'JM3'라는 회사를 우회해 4개월 전부터 고다에게 매달 1500만 엔씩 뒷돈을 대주고 있었다. 이는 야마나도 익히 알고 있는 사실이었다.

"JAMA의 후원금을 받으면서 전일본의사회의 돈도 계속 받겠다는 건 좀 그렇지 않습니까?"

"전일본의사회 해체에 대해서는 사도하라 선생도 이미 승낙하셨습니다."

니미가 계속 압박하자 고다는 옆에 앉은 이무라를 바라보더니 다시 한 번 이마의 땀을 닦고 떨리는 듯 한숨을 내쉬었다.

"어쩔 수 없군요. 그렇다면 저도 전일본의사회와 결별하는 수밖에."

"감사합니다."

니미는 입가에 승리의 미소를 띠면서 고다에게 가볍게 인사했다.

"그럼 이제 신나게 즐겨볼까요?"

니미의 신호에 게이샤(일본의 기녀 – 옮긴이)들이 들어오고 요리와 술이 나왔다. 방의 분위기가 순식간에 흥겨워졌지만 고다는 머릿속이 복잡한 탓인지 표정을 풀지 않았다.

"어려운 이야기는 다 끝나셨나요?"

자잘한 무늬가 그려진 붉은빛 옷을 입은 젊은 게이샤가 옆에 앉아 술을 따르자 고다는 겨우 얼굴이 풀어졌다.

"이봐, 아무래도 의사회는 일본에서 없어질 모양이야."

"정말요? 의사회가 없어지면 인플루엔자 예방 접종은 누가 해주죠?"

"여기 이 선생님이지. 우는 아이도 울음을 그친다는 JAMA의 총수, 니미 선생님이셔."

고다의 거북한 농담에 게이샤가 당황하자 자주색 기모노를 입은 스미요라는 리더격 게이샤가 민감하게 분위기를 읽고 니미에게 말을 걸었다.

"아무튼 의사회가 평소 어떤 일을 하는지 저희는 잘 모른답니다."

니미가 술잔을 천천히 입으로 가져가며 짧게 설명했다.

"전일본의사회가 지금까지 해온 일은 진료비 인상, 의사의 세금 우대, 의료 소송 억제, 의사 면허 갱신제 반대 등 의사의 이권에 관한 일들뿐입니다. 옛날에는 그래도 상관없었지만 의료 붕괴가 심각해진 지금은 자기들의 이권만 챙기려는 그런 단체에 의료를 맡겨둘 수 없지요."

"하지만 의사회라는 곳, 꽤 막강한 단체 아닌가요?"

니미의 자신감을 읽은 스미요가 일부러 도발하듯 물었다. 니미는 그 도전을 받아들이고 고다도 들으라는 듯이 위압적인 태도로 대답했다.

"이번에 의료청이라는 전문 관청이 발족하는데, 그렇게 되면 일본의 의료 상황이 순식간에 바뀌고 전일본의사회는 해체될 겁니다. 지금까지 시대가 바뀌면서 이와 비슷한 변화는 얼마든지 있었습니다. 국철, 전기공사, 우체국 등 실제로 예도 많습니다. 전국 곳곳에 퍼진 조직이라도 눈 깜짝할 사이에 사라집니다. 그것이 현실이지요."

니미의 절대적인 자신감과 기묘한 시원스러움에 야마나는 압도적인 카리스마를 느꼈다.

"하지만 전일본의사회는 지금까지 쌓아온 공도 있고 오랫동안 의사회에 몸담은 의료인들도 많지 않은가?"

아직 미련이 남은 고다가 얼음 위에 놓인 회에 젓가락을 뻗으면서 말하자 이무라가 비아냥거리듯이 반론했다.

"고다 선생, 의사회 사람들은 선생님 같은 유력한 후원자가 없으면 아무런 힘도 쓰지 못할 겁니다. 그들은 구태의연하게도 여전히 의사의 이권 확보에만 눈이 멀어 있습니다. 선생의 권위가 그런 사람들에게 악용되어서야 되겠습니까?"

"아까 니미 선생도 같은 말을 하기는 했지요."

고다는 겉치레로 한 말을 그대로 받아들였다. 그런 고다에 대한 짜증을 애써 감추며 이무라가 쉴 새 없이 말을 이었다.

"왜 의사회에 의존하는 사람들이 많을까요? 의사회가 그만큼 안전할 거라는 전제 때문입니다. 독립적인 성향이 강한 의사들은 애당초 의사회에 충성심이 없습니다. 의료청이 발족하면 그들은 앞다투어 새로운 체제에 뛰어들 겁니다. 총무성의 개혁이 추진되었을 당시 정치 상황을 떠올려보십시오. 당시 고시미즈 총리가 반대하는 이들을 '저항 세력'이라고 칭하자 여론도 고시미즈 총리 편에 서서 함께 들고 일어나지 않았습니까? 결국 많은 의원이 순식간에 총리 편으로 기울었고요. 당시에는 '저항 세력'이라는 딱지가 붙으면 치명적일 정도로 여론의 집중적인 공격을 받았으니까요. 의료 붕괴도 마찬가지입니다. 의사회에 대한 반발은 그야말로 폭발 직전입니다."

이무라의 말을 주의 깊게 듣고 있던 니미가 젓가락을 놓더니 팔짱을 끼었다.

"분명 의사회에 대한 여론의 반발은 거세지고 있습니다. 하지만 의사회 세력의 저항도 만만치 않습니다. 개혁을 추진하려면 여론의 지지를 얻어야 합니다. 그러기 위해선 알기 쉽고 강렬한 인상을 주는 말이 필요합니다. 말은 때로 미사일이나 테러리스트에 버금가는 무기가 되니까요. 고시미즈 총리가 개혁을 추진할 당시 자주 입에 담던 '저항 세력'처럼 효과적인 단어가 있다면 금상첨화일 텐데……. 그렇다고 같은 말을 쓸 수도 없고."

니미의 중얼거림에 자리에 모인 사람들은 생각에 잠겼다. 지금 묘안을 낸다면 단숨에 니미의 마음을 사로잡을 텐데. 야마나는 필사적으로 머리를 굴려보았지만 좀처럼 좋은 아이디어가 떠오르지 않았다.

바로 그때 게이샤가 있는 자리에 침묵은 수치라는 듯 스미요가 작게 손뼉을 쳤다.

"니미 선생님도 이무라 선생님도 의사회는 자기들의 이권만 챙긴다고 말씀하셨잖아요. 그러니까 '이권 세력'이라고 부르면 어떨까요?"

"아아, 좋은 생각인데."

누구보다 먼저 야마나가 반응했다.

"낡은 의사회 세력이야말로 '이권 세력'입니다. 환자를 위한다는 구실을 내세워 결국 자신들의 이익만 추구하고 있으니까요. 게다가 '이권'이라는 말이 들어가면 여론은 더욱 반발할 겁니다."

니미가 검은 눈동자를 빛냈다.

"그렇군. 그럴지도 모르겠군."

니미의 동의를 얻자 야마나는 자랑스러운 표정을 지었다. 이무라가 고다 쪽으로 상체를 기울이더니 교묘하고도 완곡하게 다시 한 번 못을 박았다.

"고다 선생, 이것으로 결정합니다. 앞으로 의사회에 영합하는 자들은 모두 '이권 세력'으로 불릴 겁니다. 하루라도 빨리 의사회와의 관계를 청산하지 않으면 선생까지 그런 딱지가 붙어버리겠죠. 저는 내일이라도 당장 당내 의사회 쪽 의원들에게 선생의 결심을 알리겠습니다. 모두 고다 선생의 안색만 살피는 자들이니 의사회는 순식간에 고립되겠지요."

"그렇겠군. 허허, 참, 허허허허……."

고다가 허탈한 웃음을 짓자 스미요가 끼어들어 "슬슬 시작해볼까요?"라며 재빨리 분위기를 바꿨다. 젊은 게이샤들이 서둘러 일어나 금색 병풍 옆에 준비된 악기를 들었다.

"그러면 오늘 밤은 '후카가와'로 시작하겠습니다."

스미요가 고다 옆에 앉아 있던 게이샤와 함께 부채를 들고 공손히 인사한 다음 샤미셴(삼현으로 된 일본 고유의 현악기 - 옮긴이)에 맞춰 춤을 추기 시작하자, 고다는 허탈함이 가시지 않은 기색이면서도 칠칠치 못한 웃음을 흘렸다. 계속해서 '히토리', '가치나노리'가 이어졌다. 춤이 끝난 뒤에는 흥겨운 놀이와 술판이 벌어졌다.

고다는 의사회 해체라는 중대사도 잊어버린 듯 신나게 먹고 마시며 웃었다. 어차피 고다에게 의사회의 해체는 그 정도밖에 안 되는 일이라고 야마나는 생각했다.

술자리가 파하자 고다는 비틀거리는 걸음으로 일부러 게이샤에게 몸을 기대 현관으로 향했다. 니미는 직접 배웅하고 깊이 머리 숙여 인사했다. 시바키가 살며시 고다에게 다가가 "이건 교통비로 쓰세요"라며 양복 주머니에 흰 봉투를 찔러 넣었다. 두께로 보아하니 100만 엔은 됨 직하다고 생각하며 야마나는 못 본 척했다.

"이무라 군은 어떻게 할 건가?"

"저는 니미 선생과 조금만 더 있겠습니다."

배웅하는 쪽에 서 있던 이무라가 고다에게 말했다.

다시 방으로 돌아오자 이무라는 지금부터가 본론이라는 듯 니미를 향해 말했다.

"의사회 해체 후 구체적인 전략에 대해 니미 선생의 생각을 다시 한 번 확인하고 싶습니다."

"알겠습니다. 있는 그대로 말씀드리면 JAMA가 의사의 이익을 대변하는 대표가 되어 의료청과의 연락 창구 역할을 하게 될 겁니다. 그러고는 JAMA가 의료청에 영향력을 행사할 수 있다는 점을 어필해서 의사 전체를 장악할 생각입니다. 실제로는 우리가 의료인권리원을 통해 의료청을 제어하고 '의료 신질서'를 구축하기 위해 현장의 의사들을 유도하게 됩니다."

"'의료 신질서'라 하면?"

"우수한 의사에 의한 합리적인 통제 의료입니다. 의료 전체를 관리해서 실력이 부족한 의사는 도태시키는 방법으로 질 좋은 의료를 균일하게 제공할 겁니다. 이는 환자에게도 매우 바람직하지요."

"합리적인 의료를 시행하면 의료비도 억제할 수 있다는 뜻이군요."

니미가 고개를 끄덕이자 이무라는 계속해서 질문했다.

"여론과 정계를 유도하는 전략은 어떻습니까?"

"그건 주초에 실시되는 의료청 설치에 관한 각의 결정 후에 차츰……."

바로 그 일에 이무라의 조력이 필요하다는 듯 니미는 은밀한 눈짓을 보내며 말끝을 흐렸다.

이번에는 니미가 이무라에게 물었다.

"그런데 안락사법 임시조사회 설치가 결정되었더군요. 후생노동성이 작성한 안락사 법안의 원안은 아무래도 뜨뜻미지근한 모양입니다."

"그 말씀은 무슨 뜻입니까?"

"절차가 너무 복잡하다는 거지요. 원안대로라면 법률이 성립되어도 사용하기가 쉽지 않을 겁니다. 예를 들어, 본인의 의사 확인을 정식 서면 없이 구두로도 인정해야 합니다. 게다가 본인의 의사를 확인하는 기간도 2주는 너무 길어요. 환자는 고통을 참을 수 없어서 안락사를 선택하는 겁니다. 그런데 안락사 의사를 표시하고도 2주나 기다리는 건 무의미한 일입니다. 5일 정도면 충분하지 않습니까? 그리고 대상 연령도 마흔 살 이상으로 정한 근거가 대체 뭡니까? 개호 보험(일본의 노인요양보장을 위한 보험의 하나 - 옮긴이)에서 말하는 2호 피보험자이기 때문입니까? 그런 바보 같은 발상은 말도 안 됩니다! 소년법처럼 열네 살 이상으로 해야 합니다."

"글쎄요, 그건 어떨지. 연령이 너무 낮으면 오히려 여론의 반발을 살 수 있을 텐데요."

"그렇다면 연령은 조금 높여도 좋습니다. 어쨌거나 법률은 안락사를 가능하게 하려고 만드는 겁니다. 법률이 제정되었는데도 안락사를 실행하기가 어렵다면 말이 안 되지요."

"지당하신 말씀입니다."

이무라는 고개를 숙였다가 마음에 걸리는 듯 니미에게 말했다.

"안락사와 관련된 움직임입니다만, '저지련'이 공개 연명 치료를 해서 대대적인 안락사 반대 캠페인을 전개할 거라는 이야기는 들으셨습니까?"

"알고 있습니다."

니미는 놀라는 기색도 없이 시바키의 왼쪽에 앉아 있던 마부치에게 물었다.

"경과는 어떻다고 합니까?"

니미가 이 건을 마부치에게 맡기자 야마나는 초조해졌다. 마부치는 야마나의 동요를 눈치채지 못한 듯 간결하게 대답했다.

"환자는 예순두 살 남성입니다. 이달 3일에 패혈증성 쇼크로 세타가야 의료센터에 입원했습니다. 처음에는 위중한 상태였지만 현재는 호흡도 안정되었고 어제 인공호흡기를 떼었습니다."

"이대로 회복하면 어떻게 되는 겁니까?"

"집중치료실 간호사에게 손을 쓰도록 지시해두었습니다. 하지만 그럴 필요는 없을 것 같습니다."

"철저한 치료를 계속한다면 자연히 우리 쪽의 의도대로 되겠군."

니미와 마부치의 대화를 듣고 있던 이무라가 걱정스러운 듯 끼어들었다.

"만약 이 공개 연명 치료가 성공적으로 텔레비전에 방영되면 안락사에 호의적인 지금의 여론도 흔들리지 않을까요?"

니미는 이무라에게 얼굴을 바싹 대고 낮은 목소리로 말했다.

"이무라 선생, 재미있는 이야기 하나 해드리죠. 실제로 있었던 일입니다. 일본 외교의 뒷이야기라고나 할까요. 1990년 이라크가 쿠웨이트를 침공해서 걸프 전쟁이 발발했을 때의 일화입니다."

외교와 연명 치료가 무슨 상관이 있단 말인가? 야마나는 이상했지만 니미는 희미한 미소를 띤 채 계속했다.

"당시 일본 정부는 자위대 해외 파견이라는 커다란 딜레마에 빠졌죠. 국제 사회는 자위대의 파견을 요청했고, 국내 합의가 이루어지지 않아 파견을 망설이고 있었으니까요. 파견을 강행하면 여론의 맹렬한 반발을 피할 수 없어서 외무부가 내놓은 비책이 민간 의료단 파견이었습니다. 파견지는 사우디아라비아였습니다. 그러나 경험도 노하우도 없는 의료단은 결국 아무런 공도 세우지 못하고 사우디 정부로부터 친절한 잡상인 취급만 받았습니다. 그 일이 있은 뒤 정부는 이렇게 말했습니다. '역시 민간은 역부족이다, 자위대를 파견하지 않으면 효과적인 협력은 불가능하다.' 의료단의 실패라는 부정적인 실적을 내세워 정부는 반대 세력을 억누르고 자위대 해외 파견을 가능하게 하는 국제평화협력법을 보기 좋게 성립시킵니다. 이 이야기는 외무부 의무관이었던 사람에게서 들은 실화입니다. 모든 것이 처음부터 정해져 있었던 겁니다. 의료단은 법률 제정을 위해 이미 실패가 정해져 있던 일종의 투자였던 셈이죠."

니미는 확신에 찬 표정으로 냉정하게 이야기를 마쳤다. 이무라는 긴장한 나머지 목이 잠긴 채 질문했다.

"'저지련'의 공개 연명 치료도……, 그 의료단과 같은 역할이
라는 말씀이십니까?"

니미는 긍정도 부정도 하지 않았다. 야마나가 옆을 보자 시바
키도 니미와 같은 표정으로 웃고 있었다.

믿지 못하겠다는 듯 이무라의 입가에 경련이 일었다. 이것이
니미의 무서운 실체인가? 야마나는 무한한 경외심을 담아 니미
를 바라보았다.

18. 의사회 붕괴

　11월 16일 월요일, 후쿠무라 내각 관방 장관은 의료청 및 의료인권리원 설치를 정식으로 각의 결정했다는 소식을 기자회견에서 발표했다. 둘 다 내년 10월 1일 발족할 예정이었다. 병원들의 잇단 폐쇄, 받아줄 병원을 찾지 못해 거리를 헤매는 응급 환자, 산부인과와 소아과를 함께 보는 외과, 뇌외과 의료의 파탄 등 시급한 과제를 해결해 의료 붕괴를 막기 위해 심의 결정한 것이었다.

　환자의 입장을 최대한 존중해 안심하고 치료받을 수 있는 안전한 의료에 주안점을 두고 있으며 대다수 언론으로부터도 호의적인 반응을 얻었다.

　특히 각 지역 단위별 의사 등록 제도가 관심을 끌었다. 의사는 진료 과목 변경과 이동의 자유를 제한받는 대신 지위와 수입을 보장받고 지역 간 의료 격차를 없애 환자는 자기가 사는 지역에서 충실한 진료를 받을 수 있다고 발표했다. 의사의 자유 제한에는 전일본의사회를 비롯해 각 지역의사회가 맹렬하게 반발했지만, 이 문제에는 후생노동성의 아즈마 요조 장관이 정면으로 대응했다.

아즈마는 사회정치학 교수 출신으로, 날카로운 정치 평론이 주목을 받아 나가미네 총리에게 발탁되었다. 그래서 장관이 된 후에도 후생노동성의 권익에는 미련이 없었고, 후생노동성의 권익이 크게 줄어드는 의료청 구상에 간부들이 반발할 때도 특유의 웅변으로 억제해왔다.

아즈마는 적극적으로 텔레비전에 출연해 의료청에 저항하는 의사회의 고루한 체질을 강하게 비판했다. 그리고 이해하기 쉽게 설명해 시청자에게 큰 영향력을 행사했다. 예를 들어, 의료 법인이 영리에만 치중하는 실태를 아즈마는 한 프로그램에서 이렇게 폭로했다.

"여러분, 의료 법인이라는 것은 본래 의료법에 비영리 단체로 정의되어 있습니다. 다시 말해 돈벌이를 목적으로 해서는 안 된다는 뜻입니다. 그런데 요즘 의사들을 보십시오. 어디 그렇습니까? 부인을 사무장이나 컨설턴트로 고용해서 이익을 올립니다. 이런 편법들을 없애지 않는 한 돈벌이에만 혈안이 된 의사들은 사라지지 않을 겁니다."

그 밖에도 의사회의 방만한 회계 처리, 고액 가입금, 의료 과실 은폐, 지자체에 대한 압력 등 실례를 들어가며 알기 쉽게 비판했다. 그리고 적당한 때가 되자 의사회를 비롯해 의료청에 저항하는 자들을 '이권 세력'이라고 규탄했다. 물론 이 모든 것은 사전에 이무라를 통해 전달된 니미의 시나리오였다.

'이권 세력'이라는 말은 순식간에 언론으로 확대되어 격렬한 반응을 이끌어냈다. 신문은 의사회 문제를 연일 다루었고, 텔레비전은 때를 놓치지 않고 특집을 편성해 의사회의 횡포, 기득권 등을 비판했다.

12월 1일, 신주쿠 이치가야의 의사회 강당에서 개최된 전일본의사회 총회에서는 전대미문의 사건이 발생했다. 대의원 회의가 끝난 후 지금까지 형식적으로 몇 분 만에 끝났던 총회에서 수석 상임 이사인 반도 교이치 외 이사 다섯 명이 갑자기 의사회 탈퇴를 선언했던 것이다. 의사회장과 그 밖의 의사들은 이 청천벽력 같은 소식에 정신을 차릴 새도 없이 다섯 명의 퇴장을 망연히 바라보기만 했다. 총회에 출석한 대의원들도 동요하면서 그 자리에서 대의원 일곱 명이 개인적으로 탈퇴를 신청했다. 집행부는 당황해 총회가 성립되지 않았음을 선언하고 가까스로 사태를 수습했다.

그날 밤 반도 일행은 도내 호텔에서 기자회견을 열고 자신들의 주장을 발표했다.

"전일본의사회는 일반에 알려진 것처럼 그렇게 돈에만 연연하는 압력 단체가 결코 아닙니다. 의사의 양심에 의거해 환자의 생명과 건강을 가장 중시하는 전문가 집단으로서 모든 노력을 기울여왔습니다. 한편 이권과 부정 은폐, 권위주의에 물들어 있는 것 또한 사실입니다. 그래서 저희는 젊은 이사들을 중심으로 내부로부터의 개혁을 추진해왔습니다. 그러나 의사회는 이미 너무 낡아서 변혁이 불가능하다고 판단했습니다."

그렇다면 그들은 어떤 의료를 지향하는가? 이 질문에 대해 반도는 "의료에 최선을 다하고 우수한 의사가 올바르게 평가받는 시스템"이라고 대답했다. 상호 의존에 익숙하고 제 식구 감싸기에만 바쁜 의사회 내에서는 처세에 능한 의사만이 혜택을 받는다는 것이었다.

"그 방침은 니미 데이이치 의사가 대표를 맡고 있는 JAMA의 주장과도 겹치는데, 그렇다면 JAMA에 합류할 예정입니까?"

이 질문에 반도는 애매하게 대답했다.

"JAMA의 활동은 저희도 주목하고 있습니다. 우리 주장과 완전히 일치하지는 않지만 통하는 부분도 있습니다. 대등한 입장이라면 우리는 니미 씨와 의견을 교환할 용의가 있습니다."

JAMA 본부에서는 니미를 비롯해 야마나와 몇몇 간부들이 이 회견을 지켜보고 있었다. 야마나는 반도의 오만한 태도가 어쩐지 미심쩍었다. 동석한 시바키도 상당히 불쾌한 듯 말했다.

"기가 막히는군요. 대체 무슨 꿍꿍이인지."

그러나 니미는 무표정했다.

다음 날 전일본의사회는 회장 명의로 반도를 포함해 탈퇴한 이사 다섯 명을 강하게 비판했다. 탈퇴를 인정하지 않고 새롭게 제명 처분을 내리며 의사회의 단결을 호소하는 성명도 발표했다. 그러나 언론은 무시했고 혼란은 수습되지 않았다.

같은 날, 때를 기다렸다는 듯 발각된 오사카 제3의사회와 부청 복지과 간의 뒷돈 거래는 세간의 비난을 의사회에 더욱 집중시켰다. 의사회 간부가 부청 직원과 공모해 의료 기기 가격을 부풀리는 방식으로 300만 엔 정도의 유흥비를 착복한 사건으로, 그자체는 흔한 일이었다. 그러나 의사회에 대한 역풍이 거센 가운데 지자체와 유착한 사건은 절호의 비난거리가 되었다.

이 일을 전후해 의료청의 초대 장관으로 유력한 후생노동성의 에비하라 관방장이 다음과 같은 담화를 발표했다.

"전일본의사회는 지금까지 늘 개업의의 이익 확보에 집중해 왔습니다만, 이는 국민의 이익에 반하는 행위입니다. 최근에는 의사회에 소속되지 않은 의사도 많고, 특히 병원에 소속된 의사는 전체 대의원의 약 6퍼센트에 지나지 않습니다. 이런 가운데 의사회가 의사 전체를 대표한다고는 말하기 어렵습니다. 따라서 의료청에서는 지금까지 전일본의사회가 거의 독점하던 중의협의 의사 멤버 제도를 폐지합니다."

이는 진료비 개정에 의사회의 의견이 반영되지 않을 것이라는 중대 발표였다.

나아가 에비하라는 지역의사회의 취급에 대해서도 발언했다.

"각 지역의사회는 의료청 지역의료운영국의 관할에 속하도록 지도할 예정입니다. 지금까지 건강 검진과 예방 접종, 휴일 진료 등의 지역의료를 의사회에 의뢰해왔습니다만, 이는 반성해야 할 잘못된 관행입니다. 이러한 업무는 공적인 성격이 강하기 때문에 일개 민간 조직인 의사회에 맡기는 것은 바람직하지 않습니다. 앞으로는 의료청이 책임지고 국민을 위한 의료를 실현해 나갈 생각입니다."

이로써 전일본의사회와 지역의사회는 완전히 분리되었다. 당연히 전일본의사회는 맹렬히 반발했지만 지역의사회도 반드시 같은 의견이라고 할 수는 없었다.

동시에 전일본의사회 집행부 내에도 심각한 균열이 발생했다. 현 회장파와 전 회장파의 불화였다. 5년 전 전 회장은 의료비 억제를 추진하는 정부와 극렬히 대립해 총리로부터 '저항 세력'이라는 낙인이 찍히면서 사상 최대 폭의 진료비 인하를 받아들이지 않을 수 없었다. 이와 반대로 정부와 협조 노선을 취한 현 회장은 미미하기는 하지만 의사의 수입과 직결된 일부 진료비의 인상을 받아냈다. 그러나 이번 의료청 설립에서 의사회가 자공당으로부터 버림받은 꼴이 되자 전 회장파가 그것 보라는 식으로 비난한 것이었다.

자공당의 의사회 잘라내기는 '건정회'의 해산이 계기가 되었다. 전 간사장 고다 요시마사의 후원회인 '건정회'는 고다가 자공당 간사장에 취임하기 전부터 전일본의사회가 후원하던 단

체였다. 전일본의사회의 정치 단체인 전일본의사정치동맹(전의
동)으로부터 매년 약 1억 엔의 정치 자금이 개인을 통해 건정회
에 흘러들어갔다. 그러나 고다는 가구라자카의 요정에서 니미
일행에게 약속한 대로 의사회와의 관계를 끊었다.

자공당 내에서는 전일본의사회가 '이권 세력'으로 세간에 알
려지며 이미지가 나빠지기 이전부터 선거에서 표를 모을 수 있는
능력이 의문시되었고, 정치 헌금에 대해서도 불만이 높아지고
있었다. 한편 의사회 내에서도 자공당 지지에 회의적인 목소리
가 늘어나 주요 도시의 의사회가 실시한 설문 조사에서는 자공
당 지지 9퍼센트, 민화당 지지 20퍼센트라는 결과가 나왔다.

이러한 상황에서 지금까지 자금과 표라는 올가미에 매여 의
사회의 무리한 요구에 협력할 수밖에 없었던 의원들은 손바닥
을 뒤집듯 의사회에 등을 돌렸다. 위기감에 쫓긴 전일본의사회
는 젊은 층을 중심으로 '의사회의 미래비전협의회'를 가동했지
만 위원들로부터 오히려 의사회 해체론이 대두했다. 격분한 의
사회 회장은 협의회를 즉시 해산했고, 이에 반발한 의사들이 대
거 탈퇴하는 소동이 일어났다.

일련의 움직임을 예상하고 있었던 것처럼 반도 교이치는 시
사 평론지 『언론』에 '전일본의사회의 몰락'이라는 충격적인 논
문을 발표했다.

이는 법인 제도가 새롭게 개혁되면 전일본의사회는 특별 공
익 법인의 인가를 받지 못하고 결국 해산할 수밖에 없을 것이라

는 내용이었다. 전일본의사회는 지금까지 개업의의 이익만을 추구해온 데다가 정치 단체인 '전의동'이 특정 정당에 지속적으로 자금을 제공해왔기 때문에 이것이 사적 활동으로 간주될 수 있었다. 그렇게 되면 특별 공익 법인의 인가를 받기 어렵지 않겠느냐는 의구심이 조심스럽게 제기되었다. 만약 전일본의사회가 인가를 받지 못하면 사회적인 신용이 떨어져 세제상의 우대도 받지 못하고, 운용 가능한 유휴 재산도 한정될 것이며, 그렇게 되면 운영이 곤란해질 것이라고 반도는 예측했다.

잡지에 논문을 발표한 뒤 신문 사설 등도 이 내용을 다루었고, 반도는 텔레비전 보도 프로그램에도 출연했다. 카메라 앞에 선 반도는 빠른 어조로 자신의 주장을 펼쳤다.

— 법인 제도를 개혁하는 동안 인가를 받지 못하면 전일본의사회는 해산한 것으로 간주됩니다. 그런 식으로 자연 소멸된다면 역사와 전통을 자랑하는 의사회에 그보다 더한 불명예는 없습니다. 과거에 의사회는 의료의 최전선인 진료소의 기능 강화에 노력했고, 그 후에도 의사의 평생 교육과 간호사 양성, 노인 보건 시설 운영 등 수많은 실적을 쌓았습니다. 그러나 이제 의사회의 역할은 끝났다고 말하지 않을 수 없습니다.

거리낌 없이 잘라 말하는 반도에게 사회자는 아첨하듯 물었다.

— 전일본의사회는 특별 공익 법인의 인가를 받기 위한 물밑 작업에 한창이라는 말이 있습니다.

─소용없는 일입니다. 의사회는 여전히 돈과 연줄로 정치가를 움직이려는 구태의연한 발상에서 벗어나지 못하고 있습니다. 시민과 언론의 감시가 엄격한 오늘날 그런 뒷거래에 응하는 의원들이 있겠습니까? 의사회 조직은 타락해서 자기 보신과 부정 은폐, 이권 다툼과 권위주의에 물들어 있습니다. 이번 기회에 스스로 해산의 길을 선택하여 역사의 무대에서 명예롭게 사라져야 합니다.

반도는 손을 들어 자신의 주장을 강조했다. 자칫 오만해 보일 수도 있는 몸짓이었다.

JAMA 본부에서 이사들과 함께 텔레비전을 보고 있던 니미는 반도의 그런 행동에 쿡쿡 웃었다.

"반도 씨는 행동이 꽤 극적이군요."

"저런 걸 상당히 좋아하는 모양이네요."

시바키가 금방 맞장구를 쳤다. 야마나도 말없이 고개를 끄덕였다. 요정 '센푸' 회합 후 야마나는 라이토 소화기의료센터 부센터장 자리에서 고문으로 물러나 병원보다는 JAMA 본부에서 보내는 시간이 많아졌다.

"반도 씨가 의사회 해체 깃발을 흔들어준 덕분에 JAMA가 표면에 나서지 않아도 일이 순조롭게 풀리겠군."

니미는 의미심장한 미소를 지으며 말했지만 야마나는 그 표정에서 희미한 분노와 경계심을 읽었다. 니미가 반도를 '선생'이 아닌 '씨'라고 부르는 것도 그 증거였다. 예의 바른 니미는 적대 관계에 있는 상대라도 의사나 의원에게는 보통 '선생'이라는 호칭을 붙였다. 그런 그가 반도를 '씨'라고 부르는 이유는 반도가 전일본의사회를 탈퇴한 후 기자회견에서 니미를 '씨'라고 불렀기 때문이다.

'대등한 입장이라면 우리는 니미 씨와 의견을 교환할 용의가 있습니다.'

텔레비전 뉴스를 통해 이 발언을 들었을 때 니미의 표정에는 변화가 없었지만 결코 흘려들었을 리 없다.

의사회 해체를 겨냥하여 후생노동성 관방장의 담화와 아즈마 후생노동성 장관의 '이권 세력' 발언을 뒤에서 조종한 것은 분명 니미였다. 그러나 의사회 내분과 '미래비전협의회'의 자멸에 가세해 반도의 눈에 띄는 움직임이 상당한 효과를 발휘하고 있었다. 그런 만큼 반도에 대한 니미의 경계심도 커졌다.

프로그램이 끝난 후 니미는 야마나를 방으로 불렀다.

"야마나 선생, 수고스럽지만 이무라 선생을 좀 만나고 왔으면 합니다. 의사회 이사들의 스카우트 건으로 접촉했을 때 어떤 느낌이었는지 알아봐주십시오. 미라 도굴꾼이 오히려 미라가 되었다면 기가 막힐 노릇이니까요."

니미는 이무라가 반도 쪽으로 기운 것 아닌지 신경 쓰이는 듯했다. 야마나는 그 임무를 기쁘게 받아들였다. 국회의원과 개인적으로 가까워지면 자신에게도 장래에 도움이 될 것이기 때문이었다.

현재 JAMA 집행부는 이사 일곱 명으로 구성되어 있지만 서열은 애매했다. 가장 위가 니미, 다음이 시바키라는 것은 분명했지만 그다음은 명확하지 않았다. 니미는 이사 각자에게 담당을 정해 서로 경쟁을 유도하고 있었다. 야마나는 집행부에 입성한 순서로 따지면 다섯 번째지만 자공당 전 총재인 사도하라 잇쇼의 별장에 다녀온 이후 니미와 동석하는 기회가 늘었다. 아마도 시라카와를 일본판 포스트마 사건의 주인공으로 만든 공적을 인정받았기 때문일 것이다.

그러나 니미는 지금도 시라카와의 동향에 신경을 곤두세우고 있었다. 공개 연명 치료에 맞춰 '저지런' 쪽에서 시라카와에게 접촉하는 기색이 엿보였기 때문이다. JAMA의 정보 그룹으로부터 보고를 받은 야마나는 은밀히 손을 써놓긴 했지만 방심할 수 없는 상황이었다. 시라카와는 정신적으로 불안정한 상황인 듯했다. 게다가 야마나는 대학 동기로서 시라카와에 대한 심경이 복잡했다. 솔직하게 털어놓고 싶지만 그러면 고지식한 시라카와는 생각대로 움직여주지 않을 것이고, 그렇게 되면 자신이 대학을 그만두면서까지 JAMA에 참여한 의미가 없어진다고 여겼기 때문이다. 시라카와에게는 미안하지만 그를 위해서는 비밀로 하는 편이 나을 것이라고 스스로를 납득시켰다.

이무라 의원과 약속을 잡기 전에 야마나는 인터넷과 데이터베이스를 뒤져 반도 교이치에 대해 알아보았다. 현재 마흔여섯 살인 반도는 1992년에 메이요 의과학원을 졸업한 후 게이오 대학 의학부의 뇌외과 의국에 들어갔다. 삼류 사립 의대에서 최고 수준의 의국에 들어간 것만 봐도 그가 얼마나 출세 의지가 강한 인물인지 알 수 있었다. 그러나 2년 만에 대학을 뛰쳐나와 혈혈단신 홍콩으로 건너가 '구룡뇌의료중심'의 레지던트가 되었고, 그 후 오스트레일리아 애들레이드 종합병원에서 뇌외과 전문의 자격을 취득했다. 2003년에 귀국한 반도는 내리마 구 사쿠라다 이에 '도쿄브레인클리닉'을 개설했다. 그 클리닉은 뇌동맥류의 혈관 내 치료로 유명해 전국에서 환자들이 모여들었다.

반도는 개업 초기부터 의사회 활동에 열심이었는데 내리마 의사회, 도쿄 제2의사회 이사를 거쳐 현 의사회 회장의 눈에 띄어 작년 총회에서 수석 상임 이사로 발탁되었다. 그렇게 보면 의사회 탈퇴나 작년에 의사회를 격렬하게 비판한 행동은 현 의사회 회장에 대한 배신이나 다름없었다.

니미는 자신과 같은 해외파에다 실력이 뛰어난 반도를 처음에는 높이 평가했는데, 지금은 어떨지 야마나는 주의 깊게 생각해보았다. 니미는 반도를 JAMA 집행부로 불러들일 생각인가? 어쨌거나 자신보다 위에 앉힐 수는 없을 것이다.

또 한 가지 중요한 점은 전일본의사회에서 몇 명이나 반도를 따라나설 것인가 하는 문제였다. 인원수가 많아지면 JAMA로서도 반도의 세력을 무시할 수 없었다.

12월 8일 화요일 오후 7시, 야마나는 중의원 제1의원회관 4층에 있는 이무라 가즈오의 사무실을 방문했다. 노크를 하자 의원 비서가 문을 열고 맞이했다. 책과 파일이 꽉 들어찬 철제 책장 옆을 지나자 4인용 소파가 나타났다. 책상에 앉아 열심히 자료를 읽고 있던 이무라가 책상을 돌아서 나와 야마나에게 손을 내밀었다.

"어서 오세요. 기다리고 있었습니다."

이무라가 허스키한 목소리로 맞이했다. 젊은 층을 자처하고 있었지만, 그는 삼선의 번듯한 중견 국회의원이었다. 이 기회에 이무라와 개인적인 관계를 맺어두고 싶은 야마나는 만면에 웃음을 띠며 말했다.

"이무라 선생은 하루를 일찍 시작하시는군요."

"저는 매일 아침 5시에 일어납니다. 그리고 7시부터 일을 시작하는데 귀중한 공부 시간이지요."

"황송하군요. 선생처럼 근면한 의사들이 많았으면 좋으련만."

야마나는 크게 감탄하며 일단 시작은 좋다고 내심 만족했다.

"지난번 전일본의사회를 탈퇴한 반도 교이치 선생 일입니다만."

갑자기 반도의 이름을 꺼냈지만 별다른 반응은 없었다.

"니미 선생이 지난주 반도 선생의 기자 회견을 보고 조금 마음에 걸려 하셔서요."

"아아, 그 대등한 입장 운운하는 말 때문이군요. 그건 저도 무슨 뜻인가 싶었습니다."

"그러셨습니까?"

"반도 선생은 야심가인 데다가 자만심이 강한 사람입니다. 늘 대장이 되어야 성에 차는 타입이지요. 밀고 당기기도 능숙한 데다 늘 자신의 이익을 계산하고 움직이지요."

"기자 회견은 그런 식이었습니다만, 반도 선생이 JAMA에 합류할 생각이 있을까요?"

"아마 그럴 겁니다. 자기 혼자서는 아무것도 할 수 없을 테니까요."

반도가 새로운 단체를 설립할 가능성은 없어 보였다. 야마나는 속으로 하나씩 확인해나갔다.

"만약 JAMA에 합류하겠다면 저희로서는 물론 환영입니다. 그런데 혹시 반도 선생 쪽에서 뭔가 조건을 제시하거나 하지는 않았습니까?"

"조건이라니요?"

"예를 들면 이적 후의 JAMA 내 지위라거나."

"글쎄요, 그런 얘기는 없었는데. 그 사람도 내게 그런 말을 하는 건 실례 아니겠습니까? 저는 개인적으로 의사회에서 탈퇴하도록 권한 것뿐이지 JAMA와의 중개자로 만난 건 아니니까요."

"이런, 제가 큰 실례를 했습니다."

야마나는 당황해 머리를 숙였다. 이무라는 분명 자신의 힘을 과시했다. 그러니 야마나는 몸을 낮출 수밖에 없었다.

이무라가 그리 기분 나빠하지 않는 것 같자, 야마나는 거북이 움츠렸던 목을 빼듯 다음 질문을 했다.

"반도 선생 외에 탈퇴한 이사들은 앞으로 어떻게 할까요?"

"그들도 JAMA에 합류하지 않겠습니까? 달리 갈 곳도 없고."

"그들은 당연히 반도 선생에게 충성을 맹세했겠지요?"

"그거야 사람마다 다르지 않을까요? 반도 선생과 가까운 가네코 선생은 그렇겠지만 다른 이사들은 전부 제각각이니까요."

"탈퇴한 이사들 말고 이사회에서 JAMA로 옮길 뜻이 있는 의사는 얼마나 있을까요?"

"글쎄요."

이무라는 가볍게 어깨를 움츠렸지만 니미가 걱정할 만한 사태, 즉 반도 일파가 일대 세력이 되지는 않을 거라는 뜻이 얼굴에 스치고 지나갔다.

대화를 하면서 야마나는 대략적인 상황을 파악했다. 이무라와 반도가 뒤에서 뭔가 꾸미고 있을 가능성은 일단 없어 보였다. 반도의 기자 회견은 허세일 뿐으로, 반도를 추종하는 의사회 회원은 그리 많지 않을 것 같았다.

야마나의 안심한 표정을 알아챘는지 이무라는 텔레비전에서도 자주 보이던 머리를 약간 기울인 자세로 말했다.

"하지만 방심은 금물입니다. 가네코 선생도 만만치 않은 인물이고, 누가 뭐래도 반도 선생은 실력자니까요. JAMA에 불러들이려면 그만한 대응이 필요하겠지요."

"대응……이라고요?"

"그렇습니다. 처음이 중요합니다. 기자 회견에서 '대등한 입장' 운운하는 것도 반도 쪽의 술수입니다. 의료청 관련 일을 포함해서 JAMA의 장래성을 충분히 알고 있을 테니까요. 반도 입장에서 보면 JAMA는 하루라도 빨리 손에 넣고 싶은 매력적인 조직일 겁니다."

야마나가 애매한 표정을 짓자, 이무라는 슬슬 이야기를 마치고 싶다는 듯 빠르게 말했다.

"어쨌거나 니미 선생에게 그대로 전해주십시오. 의료청이 본격적으로 가동하기 시작하면 JAMA도 바빠질 겁니다. 야마나 선생도 수고가 많으십니다만, 앞으로의 활약을 더욱 기대하겠습니다."

"감사합니다."

야마나가 공손히 인사를 하고 머리를 들었을 때, 이무라는 이미 책상으로 돌아가 있었다.

의원 회관을 나온 야마나는 그길로 JAMA 본부로 돌아가 니미에게 면담 결과를 보고했다. 니미는 이무라가 말한 '대응'이라는 말에 잠깐 고개를 갸웃했지만, 곧 계획에 포함시킨 듯 수긍했다.

"야마나 선생, 수고 많으셨습니다. 이제 반도 씨 일행을 맞이할 준비를 할 수 있겠습니다. 전일본의사회도 마침내 끝장나겠군요."

"무슨 일이 있었습니까?"

"그런 건 아니고, 거의 말기 상태니까. 안락사도 필요 없을 만큼."

니미는 의미심장하게 웃으며 천천히 손을 뻗어 팩스를 한 장들어 올리더니 야마나 앞에 내밀었다.

"이건 가네코 선생이 보낸 겁니다. 정식으로 만나고 싶다는의뢰를 해왔더군요. 전공은 야마나 선생과 같은 소화기외과입니다. 그러니 죄송합니다만, JAMA를 대표해서 가네코 선생을만나주십시오."

반도의 심복이라 불리는 가네코에 대해서는 야마나도 이미파악하고 있었다. 니미는 확실히 말하지는 않았지만 의사회 간부의 JAMA 이적 문제를 야마나에게 맡길 심산인 것 같았다.

니미의 방을 나와 가네코에게 연락하자 가네코는 금방이라도만나고 싶어 했다. 밤에 오사카로 돌아갈 예정이었던 야마나는그날 오후 JAMA 본부에서 가네코를 만나기로 했다.

가네코는 오슈 대학 출신인데, 폭력 사건으로 의국을 떠났다가 10년 전 가와사키 시에 병원을 개업하고 의사회에서 일찍부터 개혁파 대의원으로 주목받던 인물이었다. 어떤 사람인지 궁금해하며 기다리고 있는데, 오후 2시가 되자 한 남자가 응접실

문을 열고 들어섰다. 그는 교수의 멱살을 잡았다고는 도저히 상상하기 어려운 가냘프고 지적인 풍모였다.

"바쁘신 와중에도 만나주셔서 감사합니다."

가네코는 눈을 내리뜨고 은근한 태도로 인사했다. 아직 40대 중반으로 알고 있는데 배 속에 구렁이가 몇 마리는 들어 있을 것 같은 인상이었다. 가네코는 반도 등 상임 이사 다섯 명이 의사회를 탈퇴한 경위를 간결하게 설명한 후 자신들을 JAMA에서 받아줄 수 없는지 솔직하게 타진해왔다.

"그것은 반도 선생의 의향이기도 한가요?"

야마나는 상대의 눈을 응시하면서 신중하게 질문했다.

"물론입니다. 반도도 JAMA에 가입하기를 바라고 있습니다. 우리는 전일본의사회와 완전히 결별하기로 결심했으니까요."

"의사회를 탈퇴한 후 가진 기자 회견에서는 JAMA 가입을 희망하는 듯한 인상이 아니더군요."

"죄송합니다. 그것은 반도가 나서는 걸 좋아한다고 할까, 허세가 좀 있어서. 그때는 사실 저희도 눈살을 찌푸렸습니다."

가네코는 세간을 의식한 반도의 과장된 행동이 내심 불편하다고 말하며 JAMA의 비위를 맞추는 자세를 보였다. 야마나는 가네코가 왜 JAMA에 가입을 서두르는지 알지 못한 채 서서히 경계심을 풀었다. 어쩌면 반도는 그 독선적인 성격 탓에 의사회 이사들 사이에서도 고립되어 있는 것 아닐까? 만약 그렇다면 다른 멤버들을 끌어안아서 반도를 무력화할 수 있을 것이다.

"JAMA에 가입하신다고 해도 전일본의사회에서 상임 이사까지 지낸 분들이신데, 일반 회원은 무리가 아니겠습니까? 가네코 선생 쪽에서 뭔가 희망하시는 자리라도?"

"아니요, 그건 그쪽에서 원하시는 대로."

가네코는 계속 겸손한 태도를 유지했다. 다른 의사들에 대해 묻자 당연히 전원 같은 뜻이라는 대답이 돌아왔다.

반도를 비롯해 상임 이사 다섯 명이 탈퇴한 후 전일본의사회의 상황은 더욱 심각해졌다. 의사회를 감싸던 자공당 의원들이 하나둘 떠나자 그에 편승해 민화당도 이제는 '이권 세력'으로 불리며 세간의 악평을 받는 전일본의사회에 냉담했다. 게다가 의사회 회원 중에서 정치권과의 관련성을 의문시하는 이들이 늘어나 상황은 더욱 혼란스러워졌다.

의사회 내부에서는 집행부에 대한 비판이 거세졌고 현 회장파와 전 회장파의 대립이 나날이 격화되었다. 의사회 회관에는 아침부터 불만과 문의 전화가 쇄도했다. 괴문서가 나돌고 내부 고발과 스캔들 폭로전이 시작되었다.

사태는 점점 심각해져서 현 회장이 당선한 지난 선거에서 투표용지를 위조했다는 의혹까지 제기되었다. 전 회장파는 즉석에서 이를 제소해 현 회장의 직권 무효 소송을 도쿄 법원에 냈다.

12월 10일, 『주간 파토스』가 전일본의사회에 치명적인 특종을 게재했다. 법인제도개혁 인정위원회가 JAMA의 특별 공익 법인 인정을 신속히 결정하고 전일본의사회의 인정은 보류하기로 내정했다는 내용이었다. JAMA가 의사회를 대신하는 조직으로 정식 확인을 받았다는 의미였다.

그 후의 동향은 임계점을 넘긴 원자로처럼 격렬했다. 각 지역 의사회가 전일본의사회와의 관계를 재검토하는 가운데 지바, 시가, 오사카의 의사회는 전일본의사회로부터 대의원을 철회한다고 하고 이 세 곳의 지역의사회는 의료청이 발족한 후 의료청 지역의료운영국의 지도하에 들어간다고 선언했다.

이는 지역의사회의 실질적인 해체나 다름없었다. JAMA의 부대표인 시바키의 말에 따르면, 지역의사회 간부에게는 운영국의 고문 또는 참여할 수 있는 지위가 부여된다고 한다. 교환 조건은 특별 공익 법인 인정이 확실한 JAMA에 가입하는 것이었다.

상황을 만회하기 위해 의사회 현 회장파는 '법인제도개혁 인정위원회'에 뇌물 공작을 시도했다. 하지만 13일에 이 사실이 발각되어 신문 및 텔레비전에 일대 스캔들로 보도되면서 현 회장의 증인 소환으로까지 확대되는 소동이 일어났다.

전 회장파는 이 기회에 현 회장의 해직 청구 및 새 회장 선거를 추진하려고 했지만 사태는 예기치 않게 전개되었다. 가까스로 권력을 유지하던 현 회장이 12월 14일, 돌연 전일본의사회 해산을 발표한 것이다. 이 발표는 내부 권력 투쟁에만 치중하던 전일본의사회가 60년에 걸친 역사의 막을 내리는 계기가 되었다.

신문 호외를 보면서 야마나는 가네코 일행이 JAMA에 가입을 서두른 이유를 납득했다. 전일본의사회가 해체되고 난 뒤에는 일찍이 탈퇴 의사를 표명한 의미가 반감되기 때문이었다.

19. 고백

　시라카와 다이세이는 거실 탁자 앞에 앉아 신문을 펼치고 1면 헤드라인을 허탈한 표정으로 바라보았다.

　'전일본의사회 해산.'

　5단으로 게재된 기사는 사실 굉장히 큰 사건인데 지금의 시라카와에게는 방음 유리창 너머로 거세게 부는 바람으로밖에 느껴지지 않았다. 그에게는 더욱 개인적이고 심각한 문제가 코앞에 닥쳐 있기 때문이었다.

　응급 수술 병원에서 알게 된 간호사 모토무라 유키에와의 밀회를 누군가 사진을 찍어 폭로하는 바람에 격노한 아내 마사미와 다투고 집을 나온 것이 지난 10월 22일이었다. 그 후 호텔을 전전하며 익숙지 않은 외박에 지친 시라카와는 집으로 돌아가 마사미에게 무릎을 꿇었다. 그리고 이혼 합의에 응한다는 조건으로 11월 5일 일단 귀가를 허락받았다.

그동안 시라카와는 작년 10월에 안락사한 후루바야시 쇼타로의 모친 야스요에게 불려나가 자신이 시행한 안락사를 부정하는 성명을 발표하도록 강요받았다. 야스요는 만약 거절하면 10년 전에 시라카와의 수술을 받은 뒤 사망한 환자의 문제를 폭로하겠다고 협박까지 했다. 시라카와는 이전에 근무하던 후시미 산재병원에서 레이저 메스를 사용한 수술을 무리하게 진행하다 출혈 과다와 다발성 장기 부전으로 간암 환자를 사망하게 한 일이 있었다.

쇼타로의 안락사가 네덜란드에서 안락사법을 제정하는 계기가 되었던 포스트마 사건의 일본판으로 언론에 대서특필된 후 시라카와는 뜻하지 않게 유명 인사가 되었다. 병원에서의 인간관계가 어색해지고 원장과 부원장은 불쾌하게 대했다. 익명의 편지가 날아들고 연예인 의사가 되었다는 등 터무니없는 소문이 나돌았다. 그런 상황에서 야스요가 예전의 과실을 폭로하면 또 어떤 곤경에 처할지 모를 일이었다.

야스요는 자신이 직접 쇼타로의 안락사를 부정하는 성명서를 준비할 테니 시라카와는 서명만 하면 된다고 했다. 그런데 야스요가 보낸 성명서는 쇼타로의 안락사를 전면 부정하는 내용이어서, 시라카와는 도저히 받아들일 수 없었다. 그 후 여러 번 메일을 주고받았는데, 야스요는 12월 22일 방송 예정인 〈24시간 온 에어!〉에 출연해달라는 새로운 요구를 해왔다. 그 프로그램은 연명 치료를 마지막까지 포기하지 않는 병원에 관한 내용이었다. 거기에 출연해 안락사는 불필요하다고 증언해달라는 것이었다.

시라카와는 안락사를 하나의 선택으로 인정해야 한다는 기본적인 생각에는 변함이 없었다. 쇼타로를 맡기 전 다른 환자에게 안락사를 시행하지 않은 이유는 고령의 환자가 많아서 주저하는 동안 환자의 수명이 다했기 때문이다. 그러나 스물한 살의 젊은 나이에 항문암 말기였던 쇼타로는 극심한 고통에 시달리면서 죽으려 해도 죽을 수 없는 상황이었다. 거의 한 달 동안이나 그런 상태에서 고통을 받다가 간병하던 이모, 후루바야시 아키코의 요청으로 부득이하게 안락사를 시행했던 것이다.

그러므로 시라카와 자신은 쇼타로의 안락사에 대해 후회나 부끄러움이 전혀 없었다. 그러나 그것은 단순히 의사의 감정에 의한 정당성을 부여하는 것일 뿐이라는 사실을 야스요와 이야기를 나누며 깨달았다. 환자 쪽의 감정이나 안락사에 잠재한 위험을 알게 되자 안락사에 전혀 문제가 없다고 단언할 수 없다는 것을 시라카와는 이해했다. 그렇다고 지금처럼 안락사를 금지해야 할까? 아니, 그러면 극심한 고통에 시달리며 죽고 싶어도 죽지 못하는 환자를 더욱 방치하게 될 것이다.

야스요는 시라카와가 안락사법 추진파에게 이용당하고 있다고도 말했다. 그렇지만 야스요 쪽 안락사법 반대파도 시라카와를 자신들의 반대 운동에 이용하려 하고 있었다. 안락사법 반대파의 주장에서는 의사의 좁은 세계에는 없는 사회성을 느낄 수 있었다. 그러나 현장과 거리가 먼 탁상공론이라는 면도 있었다. 게다가 '저지런' 오쓰카 의사의 지적, 안락사를 시행하는 의사에게는 '까다로운 치료를 빨리 끝내고 싶다'는 잠재의식이 있다는 말에 시라카와는 몸이 부들부들 떨릴 만큼 분노를 느꼈다. 그런데 왜 그렇게까지 화가 났을까? 절대로 인정하고 싶지 않은 사실을 지적당했기 때문 아닐까?

시라카와는 탁자 위에 놓인 식은 커피를 한 모금 마시고 너무 써서 얼굴을 찡그렸다. 마사미에게 부탁할 수 없어서 자신이 직접 탔기 때문이다. 아침 식사도 지금껏 먹어왔던 된장국과 밥 대신 맛없는 콘플레이크로 때웠다.

어수선한 거실에서 혼자 '전일본의사회 해산'에 관한 기사를 읽으며 시라카와는 수염이 무성한 뺨을 만져보았다. 더러운 잠옷에 양말도 어제 신었던 것이지만 시라카와는 몸 매무새에 신경 쓸 정신이 없었다.

〈24시간 온 에어!〉의 출연은 어떻게 해야 할까? 일단 승낙하긴 했지만 시라카와의 마음은 흔들리고 있었다. 야스요의 요구대로 텔레비전에서 안락사를 부정하는 말을 해버리면 애써 시작된 안락사 법제화의 움직임이 크게 후퇴할 것이다. 경우에 따라서는 여론이 크게 뒤바뀔 수도 있고, 그렇게 되면 안락사가 필요한 많은 환자들 앞에 고개를 들 수 없을 것이다.

시라카와는 지금까지 진료해온 수많은 말기 암 환자의 치료를 떠올려보았다. 만약 안락사가 허용된다면 적지 않은 환자들이 도움을 받을 수 있었다. 실제로 일본판 포스트마 사건을 다룬 보도에서도 안락사를 원하는 환자나 고령자의 의견이 많았다. 위법인 줄 알면서도 시행한 안락사를 용기 있는 결단이라고 칭찬하는 의사도 있었다. 그만큼 주목을 받았던 자신이 손바닥 뒤집듯 텔레비전에서 안락사를 부정하면 그 영향은 엄청날 것이다.

그렇다면 지금이라도 출연 의뢰를 거절할까? 하지만 그렇게 하면 야스요는 광분해 10년 전의 사건을 과장되게 언론에 떠벌릴 것이다. 유명인이 되어버린 자신의 스캔들에 언론은 기다렸다는 듯 달려들겠지. 시라카와는 그런 상황을 도저히 버텨낼 자신이 없었다.

대체 앞으로 어떻게 해야 좋을지 시라카와는 결단을 내리지 못했다. 이렇게 우물쭈물하다니, 혹시 우울증인가?

문득 그런 불안감이 뇌리를 스쳤지만 혼자 끙끙 앓아봤자 아무 소용이 없다. 시라카와는 마음을 고쳐 잡고 다시 한 번 쇼타로를 간병하던 아키코를 만나보기로 했다. 당사자의 마음을 확인하고 결과를 겸허하게 받아들이자고 마음먹었다.

시라카와는 생각난 김에 바로 그 자리에서 아키코에게 전화를 걸었다.

"아침 일찍부터 죄송합니다. 교라쿠 병원의 시라카와입니다."

"어머나, 시라카와 선생님. 오래간만입니다. 요전에는 신세가 많았습니다."

오랜만에 듣는 아키코의 목소리는 변함없이 상냥함으로 가득 차 있었다.

"쇼타로 군의 일주기에는 늦었습니다만, 한번 찾아뵈려고 합니다. 오랜만에 아키코 씨도 뵙고 싶고요."

"감사합니다. 일부러 찾아주신다니 몸 둘 바를 모르겠습니다. 선생님께서 편한 시간에 언제든지 찾아주세요."

"그럼 갑작스럽지만 내일 오후는 괜찮으신지요?"

아키코는 순간 당황한 듯했지만 곧바로 "선생님께서 좋으시다면"이라고 대답했다.

전화를 끊고 시라카와는 내일이 아니라 오늘이라도 당장 아키코를 방문하고 싶은 마음과 그녀를 방문해봤자 무슨 소용 있겠느냐는 상반된 마음 사이에서 갈팡질팡했다. 사소한 일로 갈등한다는 건 우울증 초기 증세 중 하나다. 역시 우울증에 걸린 건가? 그렇게 생각하면서도 생각은 엉뚱한 쪽으로 흘러갔다.

당시 악몽과도 같은 치료가 계속되는 동안 아키코는 고통스러워하는 쇼타로의 목을 직접 조른 적도 있고 링거의 케타민양을 최대한으로 늘린 적도 있었다. 아키코의 그런 행동에 시라카와도 결단을 내렸던 것이다. 그런데 야스요가 텔레비전에서 안락사를 폭로하고 시라카와를 비판하기 시작하자 아키코는 여러 번 말을 바꿨다. 경찰 조사를 대비해 방문했을 때도 아키코는 눈에 띄게 동요하고 있었다. 그런 아키코에게 같은 질문을 다시 해봤자 결국 애매한 대답만 듣게 되지 않을까?

그러나 만약 아키코가 지금 쇼타로의 안락사를 후회하고 있
다면 시라카와로서도 잘못을 인정하는 결심을 할 수 있었다. 그
러면 자신도 당당하게 텔레비전에서 안락사를 부정하면 될 일
이었다.

시라카와는 남은 커피를 개수대에 버리고 면도도 하지 않은
채 어제와 같은 옷으로 갈아입었다. 그리고 병원에서 처방받은
안정제와 항불안제를 복용했다. 불륜이 발각되고 나서 시라카
와는 정신적인 스트레스로 잠을 이루지 못했고 낮 동안에도 기
분이 안정되지 않았다. 교라쿠 병원 정신과에서 약을 처방받았
는데, 지금은 수면제와 안정제, 항불안제 등 총 네 종류나 복용
하고 있었다. 정신과 의사는 자택 요양을 권했지만 하루 종일 집
안에 있으면 그야말로 머리가 돌아버릴 것 같아서 가까스로 출
근만은 계속하고 있었다.

다음 날 오후, 시라카와는 외과 부장실에서 가운을 벗고 아
키코를 방문하기 위해 허탈한 발걸음으로 병원을 나섰다. 작년
에 한 번 방문했던 니시쿄고쿠에 있는 아키코의 집은 1년 동안
비바람에 시달린 만큼 이전보다 바래 보였다. 현관 초인종을 누
르자 안에서 기다렸다는 듯이 발소리가 들렸다.

"어서 오세요."

시라카와를 맞이하는 아키코의 표정은 약간 쓸쓸해 보이면서
도 편안하고 천성적으로 선한 사람이라는 느낌이 들었다.

집 안으로 들어간 시라카와는 먼저 쇼타로의 위패에 합장을 했다.

"쇼타로 군의 일주기에 참석하지 못해 죄송합니다. 교토에서는 야스요 씨가 속한 단체에서 심포지엄을 개최하고 도쿄에서는 안락사법 추진파 단체가 설립 총회를 여는 등 언론의 시선이 따가워서요."

갑자기 변명을 늘어놓는 자신에게 혐오감을 느끼면서 시라카와는 아키코에게 물었다.

"아키코 씨에게는 언론사에서 찾아오거나 하지 않았나요?"

언론에서 일본판 포스트마 사건이라며 떠들어댈 때도 아키코의 이야기를 보도한 언론은 없었다. 지금 생각하면 이상한 일인데, 아키코는 그에 대해 이렇게 설명했다.

"동생이 언론 취재는 모두 거절하라고 단단히 일러두어서요."

과연 안락사에 결사반대하는 야스요다웠다. 언니가 조금이라도 안락사에 긍정적인 말을 할까 봐 엄중하게 경계했던 것이다.

차를 내오려는 아키코를 제지하며 곧바로 용건을 이야기하고 싶었지만 격식을 중시하는 교토 여성인 아키코를 막을 수는 없었다. 그래서 시라카와는 과자와 차를 내올 때까지 참을성 있게 기다려 차를 한 모금 마시고 침통한 표정으로 말을 꺼냈다.

"쇼타로 군이 가고 여러 가지 일이 있었습니다. 그래서 저도 고민이 많았습니다. 언론에는 신중히 대응해왔다고 생각했는데 이리저리 휩쓸리다 보니 지금은 어느새 저 자신도 그것이 올바른 선택이었는지 솔직히 잘 모르겠습니다. 그래서 다시 한 번 아키코 씨의 생각을 듣고 싶어서 이렇게 찾아뵈었습니다."

시라카와는 과연 아키코가 어떤 대답을 할지 긴장되었지만 마음 한구석에서는 어떤 대답이든 상관없다는 자포자기의 마음이 뒤섞여 냉정한 기분이었다.

"감사합니다."

아키코는 실제보다 나이 들어 보이는 눈가를 촉촉하게 적시며 깊이 머리 숙여 인사했다. 그리고 불단 옆에서 노트와 파일을 꺼내 시라카와 앞에 내밀었다. 무언의 재촉에 페이지를 넘기던 시라카와는 자기도 모르게 자세를 고쳐 앉았다. 노트와 파일에는 시라카와에 관한 언론 기사가 빼곡히 스크랩되어 있었다.

"아키코 씨, 이것은……."

"저는 시라카와 선생님이 이렇게 훌륭한 분이신 줄 몰랐습니다. 쇼타로는 선생님 같은 명의에게 치료를 받아서 정말 행복했을 거예요."

아키코는 시라카와가 손에 든 노트를 보고 진심으로 기쁜 표정을 지었다.

"아니, 명의라니, 설마 이 신문과 주간지 기사를 보고 말입니까?"

아키코는 빙긋 웃으며 고개를 끄덕였다. 시라카와는 너무 놀라서 말문이 막혔다. 언론 기사를 이렇게까지 단순하게 믿어버린단 말인가? 이따위 글들은 신문사의 입맛에 따라 얼마든지 쓸 수 있는데.

아니, 일반인들은 그럴지도 모른다. 기사 뒤에 어떤 의도가 숨겨져 있는지 모른 채 간단하게 세뇌될 수도 있다.

"그러니까 걱정 마세요. 저는 물론 쇼타로도 분명히 기뻐하고 있을 겁니다. 동생은 편견이 심한 편이라 어쩔 수 없지만요."

"잠깐만요, 언론의 기사라는 건……."

시라카와는 도중에 말을 삼켰다. 비록 엉터리 언론 정보라고는 하지만 아키코는 지금 쇼타로의 안락사를 그녀 나름대로 받아들이고 있었다. 그 마음의 평화를 자기 마음대로 흔들어놔도 될까? 이대로 모른 척 지나치면 자신에게도 도움이 될 것이다. 하지만 결코 그것으로 자신의 떳떳함을 주장할 수는 없었다. 그렇다고 진실을 위해 아키코에게 다시 그 괴로운 상황을 떠올리게 해서 진심을 추궁할 권리가 자신에게 있을까?

시라카와가 멈칫거리자 아키코는 머리를 숙이고 갈라진 음성으로 말했다.

"시라카와 선생님, 실은 선생님께 고백할 일이 있습니다."

멍한 상태에서 듣고 있으려니 아키코가 생각지 못한 말을 꺼냈다.

"쇼타로가 죽은 후 제가 교라쿠 병원 원장님에게 익명의 편지를 보냈습니다. 아니, 편지라고도 할 수 없는 괴문서입니다."

괴문서? 그 말에 시라카와는 귀를 의심했다.

"저는 그때 제정신이 아니었습니다. 과연 올바른 선택이었는지 혼란스러웠습니다. 그래서 병원이 철저하게 조사해주기를 바란 나머지 일부러 그 안락사는 불필요한 것이었다는 편지를 보냈습니다."

쇼타로가 죽고 2주 후에 와다 원장이 받은 그 괴문서를 아키코가 보냈단 말인가?

"정말 죄송합니다."

아키코는 방석에서 내려와 갑자기 방바닥에 이마를 대고 엎드려 빌었다. 시라카와는 당황해 아키코에게 손을 뻗었다.

"아키코 씨, 제발 얼굴을 드세요. 이미 끝난 일이니……."

가까스로 말했지만 시라카와의 마음은 늪 속을 허우적거리듯 점점 깊이 가라앉았다.

발바닥이 허공에 떠 있는 것만 같았다.

깨어날 수 없는 악몽에 갇힌 기분으로 시라카와는 아키코의 집을 나섰다. 해답은 얻지 못한 채 오히려 새로운 혼란의 씨앗만 심게 된 것 같았다. 그 괴문서 때문에 원장에게 추궁을 당하고, 보고서를 쓰고, 심지어 한때 진료 정지까지 당했다. 그러나 아키코에 대한 분노는 느껴지지 않았다. 언론 보도에 이용당한 결과라고는 하지만 지금 아키코의 마음이 평안하다면 그것으로 충분했다. 시라카와는 그렇게 마음먹고 역으로 향했다.

오후 3시 50분. 한큐 니시쿄고쿠 역이 바로 근처였다. 지금부터 병원에 돌아가도 할 일은 없었다. 시라카와는 역 앞에 서서 병원과 반대 방향으로 걷기 시작했다.

시라카와는 혼란스러웠다. 지금은 아무리 아키코가 납득하고 있다지만, 그것은 표면적인 안정이며 언론에 의한 착각일 뿐이었다. 쇼타로의 안락사가 올바른 결정이었다는 증거는 아니었다. 안락사에 대해서는 아직 그 밖에도 해결해야 할 문제들이 있었다. 하지만 지금은 머릿속이 뒤죽박죽이어서 생각이 정돈되지 않았다.

차가운 바람이 아스팔트 위를 휘몰아치고 낙엽이 바람결에 춤추고 있었다. 길가에 초등학교와 좁은 수로가 보였다. 모든 것이 잿빛으로 물들어 있었다.

'대체 내 인생은 무엇이었나?' 그런 생각이 시라카와의 뇌리를 스쳤다. 학생 시절에도 다른 사람보다 열심히 공부했고 의사가 되고서도 노력을 멈추지 않았다. 수술 실력을 쌓고 최신 의료 지식을 배워 치료에 항상 최선을 다했다. 그러나 야스요에게 폭로된 과거의 수술 사망 사건, 아니 치료가 잘되지 않아서, 혹은 합병증이나 판단 오류로 환자가 사망한 경우는 그 밖에도 있었다. 지금껏 환자를 위해서라는 말로 자신을 속여오지는 않았던가? 가족의 희생을 앞세워 의료에 최선을 다하는 척하며 실제로는 결국 '명의'로 인정받고 싶었던 것 아닐까? 허울 좋은 말을 늘어놓으며 자신의 목적만을 위해 이기적으로 살아왔던 것이다.

시라카와는 납빛 하늘 아래를 정처 없이 걸었다. 이 불안감은 스트레스성 심신증일까? 아니면 역시 우울증 초기 증상일까?

어느새 발걸음은 교통량이 많은 큰길로 나와 자연스럽게 서쪽으로 향하고 있었다. 시야가 탁 트였다. 본 적 있는 풍경, 가쓰라가와 강이었다.

자신은 물을 찾고 있다. 사막으로 변해버린 정신이 목말라 한다.

다리를 건너자 오른쪽에 가쓰라리 궁의 나무들이 보였다. 그립다. 피곤에 지친 시라카와의 뇌리에 떠오른 것은 아내도 아들도 아닌 상냥하게 웃음 짓는 유키에의 얼굴이었다.

밀회를 폭로하는 사진으로 마사미에게 불륜이 발각되고 시라카와는 곧바로 그 사실을 유키에에게 전했다. 유키에는 충격을 받은 듯했지만 시라카와는 또 미행을 당하거나 사진이 찍힐 우려가 있으니 잠시 만나지 않는 편이 낫겠다고 말했다. 유키에는 꺼져가는 목소리로 알겠다고 대답했다.

11월 5일 집으로 돌아갔을 때, 시라카와는 귀가하는 조건으로 마사미에게 휴대전화를 빼앗겼다. 당연히 유키에의 전화번호와 주소는 모두 지워졌다. 그녀가 근무하는 사가 기념병원의 번호는 알고 있지만 함부로 전화할 수는 없었다. 근무 중에 사적인 전화를 하면 눈에 띌 테고 병원 관계자 중에 밀회 사진을 찍은 범인이 있을지도 모를 일이었다.

유일한 연락 방법은 유키에의 집을 직접 찾아가는 것이었다.

한큐 가쓰라 역 앞에서 시라카와는 다시 한 번 시간을 확인했다. 오후 4시 40분. 지금 출발하면 5시 전에 유키에가 사는 나가오카텐진에 도착할 수 있었다. 만약 오늘 유키에가 낮 근무라면 집에 도착할 시간이었다.

전철을 기다리는 동안 시라카와는 자신이 통상적인 감각을 잃고 있음을 깨달았다. 눈에 비치는 모든 것이 마치 억지로 만들어놓은 무대처럼 얄팍해 보였다.

전철에 올라탄 시라카와는 주위를 둘러보았다. 승객은 모두 잿빛이고 컴퓨터그래픽으로 만든 3D 영상처럼 현실감이 없었다. 전철에서 내려, 시라카와는 개찰구를 나와 서쪽으로 향했다.

아키코의 집을 향해 나선 이후 허공을 걷는 듯한 감각은 계속되었다. 주변을 의식하지 않고 걷는 시라카와는 마치 몽유병자 같았다.

유키에가 사는 '파밀나가오카쿄'는 나가오카텐진 궁에서 서쪽으로 한 블록 떨어진 곳에 있었다. 차로 근처까지 간 적은 있었지만 안에 들어가보기는 처음이었다. 입구에서 아파트 번호 301을 눌렀다. 답이 없었다. 하지만 시라카와는 실망도 초조함도 느끼지 못한 채 그 자리에 서 있었다.

잠시 후 주민으로 보이는 여자가 시라카와 앞을 지나치다가 수상쩍다는 듯 뒤돌아보았다. 시라카와도 의아하게 마주 보았다. 상대의 얼굴이 두꺼운 도화지처럼 보였기 때문이다. 여자는 매직으로 그린 것 같은 눈썹을 찡그리며 잠금장치를 해제해야 할지 망설였다. 이 여자는 뭘 하려는 걸까?

그런 생각을 하고 있는데 뒤에서 "시라카와 선생님!" 하고 겁에 질린 목소리가 들려왔다. 유키에가 입을 꾹 다물고 서 있었다.

"유……, 아니, 모토무라 씨."

시야에 색채와 공간 감각이 돌아왔다. 시라카와는 그 현실감에 오열이 터져 나올 것만 같았다.

"선생님, 기다리게 해서 죄송해요. 잠깐 뭐 좀 사갖고 오느라고요."

옆에 있는 여자를 의식해서 유키에가 즉흥적으로 얼버무렸다. 시라카와는 갑작스럽게 혼자 사는 여자 집을 방문하는 것이 예의에 어긋난다는 걸 깨닫고 뒤늦게 허둥거렸다.

"아, 아니, 나야말로 너무 일찍 와서. 그럼 어디 가서 차라도."

시라카와도 미리 약속하고 기다렸다는 듯이 말을 맞추자 유키에는 당황하면서도 따라나섰다.

어두컴컴한 길을 걸으며 시라카와는 조용히 말했다.

"갑자기 찾아와서 미안해. 유키에를 만나고 싶어서."

유키에는 아무 말도 하지 않았다. 역시 갑작스러운 방문에 화가 난 것일까?

덴만 궁 연못을 지나 상가 입구에 도착했을 때 유키에가 걸음을 멈추었다.

"선생님, 그냥 저희 집으로 가요."

"아니, 그건, 하지만……."

시라카와가 주저하자 유키에는 흔들리는 눈동자로 응시하더니 입술을 깨물었다.

"저도 선생님을 얼마나 만나고 싶었는지 몰라요."

두 사람은 인기척이 없는 덴만 궁 경내를 지나 뒷길로 해서 아파트로 돌아왔다. 불빛이 보이는 곳에서 유키에가 다시 걸음을 멈추었다.

"죄송해요. 저 먼저 들어갈게요. 3분 후에 입구로 와주세요."

시라카와는 유키에의 말대로 기다렸다가 주위에 아무도 없는지 확인하고 건물 입구로 갔다. 잠금장치를 해제하는 소리가 들리고 유리문이 열렸다. 시라카와는 엘리베이터를 타고 3층으로 올라갔다. 그리고 방에 들어서자마자 유키에를 꼭 껴안았다.

"보고 싶었어."

손가락 끝에 가냘픈 등의 익숙한 부드러움이 느껴졌다. 시라카와는 고조되는 흥분을 애써 억누르며 조용히 몸을 떼었다.

"오랫동안 연락하지 못해서 미안해. 그 후로 여러 가지 일이 있어서……."

시라카와가 끓어오르는 감정에 말끝을 흐리자 유키에가 말없이 고개를 끄덕였다. 시라카와는 자기도 모르게 입가를 눌렀다. 그렇게 하지 않으면 약해진 정신이 모두 쏟아져 나올 것만 같았다.

유키에는 시라카와의 마음을 알고 있다는 듯이 진지한 눈빛으로 그를 바라보며 말했다.

"선생님, 저라도 괜찮으시면 말씀해주세요."

시라카와는 소파에 앉아 심각한 표정으로 지금까지 있었던 일을 이야기했다. 후루바야시 야스요로부터 안락사를 부정하는 성명을 발표하도록 강요당한 일, 과거의 수술 실패 건으로 협박받은 일, 오늘 아키코를 만나 쇼타로의 안락사에 대한 생각을 들은 일, 그리고 괴문서에 관한 뜻밖의 고백과 언론을 통해 들은 자신에 대한 아키코의 믿음 등을 모두 털어놓는 동안 시라카와는 마음 가장 깊은 곳에 맺혀 있던 무언가에 이르렀다. 그것은 역시 쇼타로를 안락사시켰을 당시, 시라카와 자신의 의식이었다.

"나는 100퍼센트 환자와 가족을 위해 안락사를 했다고 생각해왔어. 하지만 어쩌면 그냥 내 형편에 맞춰 그렇게 믿었던 건지도 몰라."

시라카와는 괴로운 표정으로 얼굴을 숙이고 고개를 흔들었다. 유키에는 말없이 시라카와를 바라보았다. 시라카와는 계속해서 쥐어짜듯 말을 이었다.

"항문암 수술은 성공했지만 그 후의 방사선 치료는 실패했어. 만약 수술에서 충분히 암을 제거했다면 쇼타로 군은 지금도 살아 있을지 몰라. 어쩌면 암은 남아 있더라도 입원하지 않고 잘 지냈을 수도 있지. 병을 완치하려고 무리하게 방사선 치료를 한 것도 나고 실패한 것도 난데, 죽은 것은 쇼타로 군이야. 너무나 미안하고 너무나 원통해서 참을 수가 없어!"

시라카와는 자기도 모르게 주먹을 꼭 쥔 채로 고통스러워하며 말했다.

"쇼타로 군은 내게 치료 실패의 증인이야. 아무리 노력해도 고통스러워하던 그 모습은 치료의 한계를 드러낸 증거였다고. 내가 그의 존재에 모욕감을 느낀 건 아닐까? 그래서 눈앞에서 빨리 사라져주기를 바란 건 아닐까?"

"그렇게 자책하지 마세요."

유키에가 꼭 쥔 시라카와의 주먹을 두 손으로 감쌌다. 그리고 그의 어깨에 손을 돌려 얼굴을 가슴에 안고 강하게 말했다.

"선생님은 최선을 다해서 치료하셨어요. 누구도 그 이상은 하지 못했을 거예요. 선생님이 환자를 포기하다니, 그랬을 리가 없어요."

시라카와는 가만히 유키에에게 몸을 맡기고 생각을 멈추었다.

그대로 시간이 얼마나 흘렀을까? 유키에의 포옹은 시라카와의 상처를 치유하고 평안하게 했다. 지금까지 느끼지 못한 감각이었다. 이렇게 영원히 유키에의 가슴에 안겨 있고 싶었지만 마음이 가라앉자 더 이상 어리광을 부릴 수 없다는 자제심이 일었다.

시라카와는 몸을 일으켜 다시금 유키에에게 갑작스러운 방문을 사과했다. 유키에는 "괜찮아요"라고 하며 고개를 흔들었다.

그러고는 시라카와에게 맑은 눈동자를 향했다. 그 정직한 시선에 시라카와는 감정이 격해져 그녀를 안고 싶었지만 자신을 억눌렀다. 그는 옷매무새를 가다듬고 자리에서 일어섰다.

"정말 고마워. 유키에 덕분에 기분이 한결 나아졌어. 그만 돌아가야겠어. 나중에 다시 연락할게."

현관까지 따라나온 유키에에게 시라카와는 지금까지와 다른 아름다움을 느꼈다. 신기한 안도감이었다. 흐트러진 마음이 진정되고 상처가 치유되었다.

"그럼."

헤어지는 인사말을 건넸을 때 시라카와의 가슴에 비밀스러운 마음이 싹텄다. 시라카와 자신에게도 놀라운 충격이었다. 유키에와 지내는 생활. 유키에와 함께하는 매일. 새로운 인생을 그녀와 시작할 수 있다면?

시라카와는 반쯤 꿈을 꾸는 심경으로 집을 향했다. 집에 가까워질수록 감정이 고조되었다. 현관문을 열자 불륜이 발각된 이후 집 안에서 느껴지던 험악함이 사라졌다. 그는 언제나처럼 말없이 거실을 지나 방으로 들어갔다. 그러나 기분은 지금까지와 전혀 달랐다.

그동안 자신의 삶은 성실함 그 자체였다. 친구나 동료가 개업하거나 민간 병원으로 옮겨 우아한 생활을 시작해도 전혀 부러워하지 않았다. 그러나 이제는 어깨에 힘주고 살던 생활을 청산해도 되지 않을까? 지금까지 노력해온 자신에게 박수를 쳐주고 앞으로는 인생을 즐기며 살아도 좋지 않을까?

시라카와는 지금까지 흘려듣던 민간 병원 근무를 상상해보았다. 공립 병원처럼 큰 수술은 하지 못할 테고 학회나 연구회로부터도 멀어지기 쉬웠다. 그러나 시간적으로 여유가 있고 수입도 지금보다 두 배는 늘어날 것이다. 얼마 전 의국의 소개로 일찌감치 투석 병원으로 옮긴 후배는 연봉이 3200만 엔이라고 했었다. 그 정도면 유키에와 새로운 생활을 시작하기에 충분했다. 오히려 돈이 남아돌 것이다. 그런 생각을 하자 시라카와의 얼굴에 저절로 미소가 떠올랐다.

유키에와 새롭게 삶을 꾸린다면 제대로 시작하고 싶었다. 그러려면 먼저 마사미와 이혼해야 한다. 문제는 위자료였다. 현재 시라카와의 수입은 별 볼일 없어 지금한 돈을 전부 내준다고 해도 큰 금액이 아니었다. 병원을 옮겨 수입이 늘어난다는 걸 알면 마사미가 가만있지 않겠지만 지금의 수입을 전제로 한다면 거액을 요구하지는 않을 것이다. 시라카와는 이혼만 성립되면 나머지는 자신의 뜻대로 할 수 있다고 마사미에 대한 복수를 생각하며 교활하게 따져보았다.

다만 아들 루이가 마음에 걸렸다. 루이는 아버지인 자신을 어떻게 생각하고 있을까?

일에만 매달리느라 전혀 돌보지 못한 아들은 이미 마사미에게 여러모로 세뇌되어 있었다. 아들은 아버지의 직업보다 외할아버지 같은 변호사가 더 훌륭하다고 믿고 있었다. 얼마 전에도 루이는 의료 소송 전문 변호사가 되어 의료계의 부정 부패를 파헤치고 말겠다며 떠들어댔다. 현장에서 성실하게 고생하는 의사가 얼마나 많은지 아느냐고 시라카와가 말했지만 "의사는 당연히 성실해야죠. 안 그런 놈들은 혼내줄 거예요"라며 귀담아들으려 하지 않았다.

그날 밤, 시라카와는 루이가 학원에서 돌아오기를 기다려 아들 방을 찾았다. 노크를 한 뒤 "들어간다"고 말하며 문을 열자, 얼마 전 아들이 없을 때 맡았던 땀 냄새 비슷한 남자 냄새가 코를 찔렀다.

"무슨 일이세요?"

학원에서 방금 돌아왔는데도 루이는 책상 앞에 앉아 있었다. 그리고 이쪽에 등을 돌린 채 참고서에서 눈을 떼지 않았다. 아들의 태도를 보니 물어보나마나겠지만, 그래도 확인해두자고 마음먹었다.

"잠깐 물어볼 게 있는데, 너는 아버지가 없어도 괜찮겠니?"

"지금은 뭐 안 그런가요? 다를 게 없어요."

루이는 참고서에서 눈을 떼지 않은 채 아무래도 상관없다는 듯 대답했다. 혼란도 의심도 없는 답변이었다. 자신은 그 정도밖에 안 되는 아버지였던 것이다.

"알았다. 공부 방해해서 미안하구나."

이걸로 충분했다. 첫 번째 인생은 실패였다. 잊어버리자. 두 번째 인생을 시작하면 된다.

아들의 방을 나서면서 시라카와는 스스로에게 말했다. 유키에만 있으면 다시 일어설 수 있다. 다음번에는 절대로 실패하지 않겠다.

다음 날 아침, 시라카와는 평상시 이용하는 지하철이 아니라 교안 대학 부속 병원으로 향하는 버스를 탔다. 아침의 냉기가 감도는 12월의 하늘은 맑게 개어 푸르렀다. 시라카와는 긴장하며 연구동 8층에 있는 소화기외과 의국으로 올라갔다.

의국장인 모리가 시라카와를 기다리고 있었다. 모리는 올 3월 시라카와가 안락사 사건으로 경찰 조사를 받을 때 야마나를 대신해서 교라쿠 병원을 찾아준 후배였다. 시라카와도 부탁하기 편한 상대였다.

"실은 병원을 옮겨볼까 하고."

시라카와가 말을 꺼내자 모리는 놀란 듯했지만 이유는 묻지 않고 간결하게 물었다.

"어떤 병원을 원하세요?"

"글쎄, 공립 병원은 충분히 겪었으니까 조금 여유 있는 민간 병원이라도."

이 정도면 시라카와의 진의를 충분히 전한 셈이었다.

대학 병원의 현관을 나서면서 시라카와는 자신이 인생의 방향을 크게 꺾었음을 실감했다. 이렇게 해서 새로운 인생에 한 걸음 다가가는구나 싶었다.

시라카와는 그대로 교라쿠 병원으로 향했다. 어제까지와 달리 불안함도 초조함도 사라진 상태였다. 벽에 걸린 달력을 보며 동요하는 일도 없었다. 〈24시간 온 에어!〉의 방송 날짜까지는 닷새가 남았다. 출연 의뢰를 어떻게 할지 아직 결정을 내리지는 못했지만 신기하게도 기분은 편안했다. 답은 유키에와 의논해 정하면 된다. 앞으로는 모든 것을 두 사람이 함께할 테니까.

그런데 왜 야스요에게서도, 방송국에서도 연락이 없을까? 전에 한 프로그램에서 방송 이틀 전에 출연을 요청받은 일이 있긴 했다. 방송국은 원래 일이 코앞에 닥쳐야 움직이는 곳인가? 하지만 성격 급한 야스요에게서 아무런 연락도 없는 건 좀 이상했다.

그렇게 생각하고 있는데 휴대전화가 울렸다. 바로 후루바야시 야스요였다. 마침내 올 것이 왔다며 통화 버튼을 누르자, 야스요가 상당히 혼란스러워하며 말했다.

"시라카와 선생님이십니까? 저 갑작스럽게 죄송하지만 〈24시간 온 에어!〉 방송 건, 일단 취소해도 괜찮을까요?"

"왜 그러십니까?"

"사정이 조금 변해서요. 죄송합니다."

전화는 급하게 끊겼다. 대체 무슨 일이지?

놀라움이 지나가자 기쁨이 찾아왔다. 그렇게 고민하던 일이 저절로 해결되었으니 이보다 더 행복한 일이 또 있을까? 해결해야 할 난제가 전화 한 통으로 사라져버렸다. 그렇다면 남은 일은 유키에에게 청혼하는 일뿐이었다. 시라카와는 다시 달력을 바라보며 지금까지와 전혀 다른 기분으로 날짜를 계산해보았다.

시라카와는 유키에가 자신의 마음을 받아주리라 확신하고 있었다. 마사미에게 불륜 사진을 보낸 사람이 누굴까 생각해보며 그는 문득 깨달았다.

시라카와가 유키에와 오사카의 호텔에 간 날, 두 사람의 일정을 아는 사람은 아무도 없었다. 설사 그 사진을 촬영한 사람이 시라카와를 미행했다고 해도 고급 레스토랑인 '라 베'에 들어가려면 그에 맞는 차림새를 갖춰야 한다. 촬영자가 때마침 그런 차림새였다는 건 말이 안 된다. 그보다는 그날 두 사람이 무엇을 할지 사전에 알고 있었다고 생각하는 편이 자연스럽다.

레스토랑에서 방으로 향할 때 엘리베이터에 올라탄 남자. 촬영한 사람은 그 남자가 틀림없었다. 휴대전화로 문자 메시지를 보내는 척하면서 셔터 음이 나지 않는 카메라로 촬영했을 것이다. 그때 늘 조심스럽게 행동하던 유키에가 엘리베이터에서 내리기 전 시라카와의 팔짱을 끼었다. 그 사진이 치명적이었다. 호텔에서 다른 여성과 있는 사진이라면 얼마든지 얼버무릴 수 있지만 함께 팔짱을 끼고 있다면 변명의 여지가 없었다. 그때는 유키에의 감정이 상당히 달아올랐나 보다며 기뻐했지만 지금 생각하면 부자연스러운 행동이었다.

시라카와는 다른 면에서도 생각해보았다. 마사미에게 불륜이 발각되어 가장 이득을 볼 사람은 누구일까? 불륜 사실을 캐내고도 그것을 빌미로 아무런 협박도 하지 않고 사진을 보내는 것만으로 목적을 달성할 사람.

처음에는 설마 했다. 그러나 등잔 밑이 어둡다고 하지 않던가? 괴문서를 보낸 사람이 아키코였던 것처럼 만약 촬영자를 고용한 사람이 유키에라면 모든 것이 들어맞았다.

시라카와는 언젠가 유키에로부터 들은 이야기가 생각났다. 이전에 자신이 먼저 이혼한 뒤 불륜 상대에게도 이혼을 종용했다는 정열적인 어머니. 그 어머니를 닮아 정이 깊은 유키에라면 가능성이 전혀 없지는 않았다. 그렇다면 유키에의 의도는 무엇일까? 이쪽 가정을 깨뜨리고 싶은 마음, 그것은 결국 시라카와와 함께하고 싶다는 의미였다. 불륜을 폭로하는 행동은 옳지 않지만, 그녀가 그렇게밖에 할 수 없는 마음이라면 용서할 수 있었다.

그런 생각이 시라카와의 마음을 재촉했다.

12월 24일 일요일, 시라카와는 유키에를 차에 태우고 아라시야마에 있는 고급 호텔 '아오아라시가쿠'의 지하 주차장으로 들어갔다. 오전 11시 50분이었다.

1층에 올라가자 턱시도 차림의 매니저가 다가와 웃으며 친절하게 인사했다.

"12층에 '소운테이'를 예약한 시라카와입니다."

"기다리고 있었습니다."

매니저의 지시로 남자 종업원이 두 사람을 별관으로 안내했다. 두 사람은 두툼한 카펫이 깔린 복도를 지나 특별실로 보이는 5평 정도의 방으로 안내되었다. 중후한 마호가니 테이블을 사이에 두고 벨벳에 싸인 의자 두 개가 마주 보고, 천장에는 아르누보풍의 심플한 샹들리에가 매달려 있었다.

"안쪽에 앉지."

시라카와가 권하자 유키에는 남자 종업원이 뒤에서 꺼내주는 의자에 머뭇거리며 앉았다.

"선생님과 이렇게 다시 만날 수 있다니."

유키에는 희미하게 붉어진 얼굴로 눈을 내리뜬 채 미소를 지었다. 조금 불안해 보이는 이유는 마사미의 일이 마음에 걸리기 때문일 것이다. 빨리 말을 꺼내고 싶지만 요리에 관한 설명으로 도중에 이야기가 끊기면 곤란하기 때문에 시라카와는 초조한 마음을 억눌렀다.

메뉴는 일식으로, 겨울에 어울리는 게와 동아, 주요리로는 옥돔구이에 굴밥이 나왔다. 디저트 다음에 커피가 나오자 기모노를 입은 여종업원이 허리를 깊이 숙여 인사하고 마침내 물러났다.

시라카와는 창문 밖으로 눈을 돌려 아라시야마를 배경으로 펼쳐진 정원의 쓸쓸한 겨울 풍경을 바라보았다. 기분 좋은 시간이 흘렀다.

"유키에와 있으면 마음이 편안해."

시라카와는 자연스럽게 말이 나왔다. 더 이상 아등바등하지 않아도 된다. 그저 새롭게 한 발 내딛자.

"실은 아내와 헤어지려고 해."

유키에가 놀라서 고개를 들었다. 뺨에는 긴장이 서려 있었다. 시라카와는 온화하게, 그러나 정열을 담아 말을 이었다.

"아내하고는 가능한 한 빨리 정리할 거야. 그러니까……."

유키에가 시라카와를 응시했다. 검은 눈동자에서 수많은 바늘 같은 반짝임이 시라카와를 향했다. 본능적인 공포와 긴장. 그러나 이제 와서 물러설 수는 없었다.

"그러니까 나와 결혼해주지 않겠어?"

유키에는 두 손을 무릎에 올려놓고 고개를 숙였다.

"시라카와 선생님……."

핏기를 잃은 유키에의 입술이 희미하게 떨렸다. 그 입에서 나온 말을 시라카와는 믿을 수가 없었다. 유키에는 머리를 푹 숙이고 이렇게 말했다.

"죄송해요. 저는 그럴 생각으로 선생님을 만난 것이 아니에요."

(2권에 계속)

신의 손 1

ⓒ 구사카베 요, 2012

2012년 7월 30일 초판 1쇄 발행

지은이 구사카베 요
옮긴이 박상곤
펴낸이 우찬규
펴낸곳 도서출판 학고재

주소 서울시 종로구 계동 101-12번지 신영빌딩 1층
전화 편집 (02)745-1722 영업 (02)745-1770
팩스 (02)764-8592
홈페이지 www.hakgojae.com

ISBN 978-89-5625-178-3 (세트)
ISBN 978-89-5625-180-6 03830